庫

最終標的

所轄魂

笹本稜平

徳間書店

第一章

1

　松の内も過ぎ、寒さもひとしお厳しくなった。葛木邦彦《かつらぎくにひこ》は都営地下鉄新宿線西大島《にしおおじま》駅を出て、コートの襟《えり》を立て、いつもの通勤路を城東《じょうとう》警察署に向かって歩いていた。

　駅から十五分ほどの道程は、運動不足解消にはもってこいのウォーキングコースだが、界隈《かいわい》はもともと殺風景なうえに、建物のあいだに覗《のぞ》くわずかな木々も冬枯れて、いま一つ気持ちが晴れ晴れしない。

　警察にしても税務署にしても、市民に好かれない役所というのは概《おおむ》ね繁華街から離れた不便な場所に立地する。それも親しみを持たれない理由の一端のはずだが、長年警察に奉《ほう》職《しょく》していても、なぜそうなっているのかはよくわからない。

　年末年始の特別警戒も終わり、とくに大きな事件は抱えていない。かといって暇なわけでは決してなく、いまは江東区内を中心に頻発する空き巣事件の捜査の応援で日中はそこそこ忙しい。

警視庁城東警察署刑事・組織犯罪対策課の強行犯捜査係長を拝命しているが、所轄の刑事課で殺人や強盗傷害のような凶悪事案が発生するのは年に一、二回あるかないかで、本来の担当ではない窃盗や破廉恥《はれんち》犯、轢《ひ》き逃げなどの捜査にも駆り出される。

逆にこちらで本業の凶悪事案が発生すれば、特別捜査本部が設置され、他の部署からの支援を受けるからお互い様で、要は建前上の仕切りはあっても、刑事課全体がなんでも屋集団だともいえる。

かつて所属した警視庁捜査一課では、通称殺人班と呼ばれる強行犯捜査殺人犯捜査係に席を置き、殺人以外の事案に関わることはなかった。

殺人事件が起きれば、総勢十五、六名の殺人班一チームが、都内のどこであれ、帳場《ちょうば》（特別捜査本部）が立てられた所轄に出張り、そちらの刑事担当捜査員から近隣署の応援部隊まで総動員した百人、二百人規模の人員を顎《あご》で使って捜査を進める。

自分たちは殺人捜査のエキスパートだと思い込み、所轄の刑事たちを上から目線で見る癖は、捜査一課殺人班の刑事の病気のようなものだった。

所轄の刑事からすればじつにはた迷惑な話で、警察が扱う犯罪は殺人事件だけではないし、殺人の捜査が他の事案と比べて格別難しいわけでもない。むしろ帳場が立つこともなく、所轄の限られた人員だけで捜査を進める窃盗や暴行事件のほうが刑事としての手腕が問われる。

所轄の刑事は、殺人捜査しか取り柄のない殺人班がとくに優秀だとは思ってはいないが、そこには厳然たるヒエラルキーがあり、楯突《たてつ》いて得をすることはなにもないから、唯々《いい》諾々《だくだく》と指図に従う。

それで結果が出ればいいが、上手《うま》くいかないと所轄の能力不足のせいにされ、首尾よく解決すれば、それを手柄に本庁へ凱旋《がいせん》する。そんな姿を所轄サイドがどれだけ苦々しく思っていたか、自身が所轄に異動するまで、葛木も気づいてすらいなかった。

自分が所轄に身を置いて、いくつか帳場を経験し、そんな思いが身に染みてわかった。それまで知らなかった世界も所轄にはあった。殺人班時代には洟《はな》も引っかけなかった小さな事件を通じて、市井《しせい》の人々と触れあうことができる。

一般の市民にとって、殺人事件は日常生活とはほど遠いが、窃盗や破廉恥犯などはだれでもどこかで遭遇する事件だ。しかしそれらの検挙率は殺人などの凶悪犯罪と比べてはるかに低い。

それはそうした事件の認知件数が圧倒的に多い一方、捜査に投入できるマンパワーが極めて少ないせいで、所轄の刑事の能力とは無関係だが、それも所轄が無能だという話にされてしまう。

しかしそういう犯罪こそ一般市民にとっては重大事件で、所轄の刑事はその負託に応えようと日々靴の底を減らしている。

そんな所轄での刑事生活が、いまの葛木にはかけがえのないものになっている。いまさら殺人班に戻れと言われても、応じようという気はさらさらない。もっともそんなお声もかかってはいない。

「おお、きょうも冷えるな」

背後から声が聞こえて、振り向くと刑事・組織犯罪対策課長の大原直隆《おおはらなおたか》だった。

「冷えますね。腰の具合はどうですか」

ここ最近、大原は腰痛に悩んでいるとのことで、医者に行っても原因はよくわからないらしい。

寒さが原因だろうと本人は勝手に決めて、デスクで新聞を読んでいる時間が長くなったが、口さがない部下たちは日頃の運動不足のせいだと言って、適当な理由を見つけてはあちこち現場に引っ張り出す。

「きのう池田《いけだ》に空き巣の現場を五ヵ所付き合わされて、それ以来調子は最悪だよ。おれはあいつから、なにか恨みを買うようなことをしてるかな」

首を傾《かし》げて大原はぼやく。池田誠《まこと》巡査部長は鬼のデカ長を自任するばりばりの中堅で、一方で人情に厚く、若い連中からも人望がある。上に対しても遠慮なしの口を利《き》くが、ある種の人徳と言うべきか、それが葛木の耳にはときに心地よく聞こえることがある。その点は大原も似たようなものらしい。

「運動不足という指摘は当たっている気がしますがね。ウォーキングでもしてみたらどうですか」

「あんたまでそういうことを言うんだな。しようがない。もう少し暖かくなったらやってみるよ。それより、俊史《としふみ》くんから聞いているんだろう。勝沼《かつぬま》さんの件？」

「とくに聞いてはいませんが、なにかあったんですか」

「知らないのか。警察大学校の校長に異動するという噂だぞ」

警察庁刑事局長の勝沼巌《いわお》は、警察庁キャリアである息子の俊史の上司に当たる。上司と言っても、俊史の階級は警視で、刑事部捜査二課の理事官として警視庁に出向しており、直接の指揮命令関係はないが、出身大学のゼミが同じだったことを知った勝沼が、以来、ことのほか目をかけてくれていた。

俊史は、鳶《とんび》が鷹《たか》を生むの喩《たと》えの典型で、とくに親父が望んだわけでもないのに、一流国立大学を卒業し、国家公務員試験Ⅰ種（現在は国家公務員総合職試験）に合格し、奉職したのが警察庁。捜査、捜査に明け暮れて、家庭のことはすべて妻任せ。息子のためにも妻のためにも、葛木自身はなにもしてこなかった。

そんな親父に愛想を尽かすどころか、その背中に憧れて警察官の道を選んだと聞かされて、嬉しいというより慚愧《ざんき》の思いを抱きさえした。

その妻に先立たれて、葛木は途方に暮れた。自分の刑事人生のすべてが、妻の献身によって支えられていた。そのことに気づかされて、足の下の地面が抜け落ちたような気がしたものだった。

気持ちが落ち込み、仕事が手につかず、病院に行くと軽い鬱《うつ》病と診断された。それまでは捜査一課の刑事であることが葛木のプライドの源泉だった。しかしそのときは人生の負い目の象徴にしか思えなかった。刑事を辞めることも何度か考えたが、いまさらほかの職種をといっても潰《つぶ》しが利かない。そこで考えたのが所轄への異動だった。

捜査一課殺人班といえば警視庁の看板ともいうべき花形部署で、そこへの異動を希望する刑事はいくらでもいるが、逆というのは葛木も聞いたことがなかった。

ところが異動してみると、水にあったと言うべきか、鬱の症状はぴたりと治まり、それが天職だったような気さえした。

大原や池田など気のおけない人々に囲まれた職場環境が、凝り固まっていたプライドの鎧《よろい》を融《と》かしてくれた。

俊史は俊史でいい意味でも悪い意味でもキャリア然としたところがまるでなく、刑事捜査が好きで堪《たま》らないようで、親父を冷や冷やさせることもしばしばだ。城東署の殺人事件の帳場に管理官として乗り込んできて、権柄《けんぺい》ずくで強面《こわもて》の捜査一課の刑事たちと火花を散らしたこともあった。

それもあって、大原や池田を始め城東署の刑事たちにはなかなか受けがよく、ときおり遊びに立ち寄っては、みんなと一献傾けることもある。

青臭いほど一本気で、長いものに巻かれるのが大嫌いな性格で、相手が身内の大物だろうが、こうと思ったら引くことがない。そんなところを勝沼は気に入ったようで、まだ警視に過ぎない若造の俊史を、頼れるパートナーのように重用する。

出世の便宜《べんぎ》を図ってくれるわけではないが、刑事局長自らは乗り出せない事件の際に、その意を体して俊史が動くことで、警察内部の腐敗や政治家絡みの厄介な事件を解決に導いたこともある。

勝沼もまた、出世と保身に汲々《きゅうきゅう》とするキャリアの悪弊とは一線を画す気骨のある人物で、将来は長官もしくは警視総監の椅子も射程に入ると目される一人だが、そんな性格がキャリアとしてはマイナス評価に繋《つな》がると、冷ややかに見る向きもあると聞く。

葛木にもむろん親馬鹿心理はあるから、そんな勝沼との親しい付き合いが、俊史の出世の助けになればと期待するところがないでもないが、俊史自身にはそういう下心はさらさらないようで、歳《とし》の差も階級の差も少しも気にせず、先輩後輩の親密な関係をいまも続けている。

「どこから聞いたんですか、その話?」

穏やかではない思いで問いかけると、大原は言った。

「きのう、うちの警務課長と軽く飲んでね。本庁の警務部から流れてきた噂らしい。上の役所（警察庁）の人事というのは、本庁にも波及するから、そういう情報には神経を尖《とが》らせているんだよ。こっちの副総監が勝沼さんの後釜《あとがま》じゃないかと取りざたされていて、だったらその後釜に誰が来るのか、連中も気が気じゃないらしい」

「人事異動は四月でしょう」

「それがね。いまの校長が体調不良で退任を願い出たもんだから、急遽《きゅうきょ》、そういうことになったらしいんだが」

「勝沼さんにとっては、嬉しい話じゃないですね。例の事件のとばっちりで、政界からの圧力でもあったんじゃ？」

不穏な思いで葛木は問いかけた。暗い表情で大原も頷《うなず》く。

「おれもそこが気になるんだよ。かたちの上では横滑りでも、警察大学校の校長なんて、トップクラスのキャリアにとっては島流し同然だからな」

「あの事件はマスコミにも大きく取り上げられて、警視庁の株もだいぶ上がりました。政界マターは地検特捜部の独占で、警察は決して手を出さないという風潮に風穴を開けた。警察庁にとっても喜ばしい話だったんじゃないですか」

「ところが、そうは思わない連中がいたのかもしれないな。勝沼さんは地雷を踏んだような気がするよ」

あの事件とは、ある大物国会議員を中心に政界全体に広がった贈収賄事件のことだ。江東区内で起きた殺人事件の捜査が、俊史たち捜査二課が進めていた事件の捜査とクロスした。しかし贈収賄の捜査に関しては葛木たちはあくまで黒子で、主役は警視庁捜査二課。それを背後で指揮したのが警察庁刑事局長の勝沼だった。

あと一歩で捜査の手は総理官邸にまで伸びるところだったが、黒幕の国会議員が射殺されて首相の犯罪は闇に葬られた。

しかし国会議員十数名が逮捕され、そのうち四名が訴追され、事情聴取された議員が数十名に及んだ事件は、造船疑獄、ロッキード事件、リクルート事件などと並ぶ戦後を代表する疑獄事件として世人の記憶に残ることになった。

その捜査の主力となった警視庁捜査二課もまた、政治事案ではつねに地検特捜部の後塵を拝してきた屈辱の歴史に終止符を打てた。

「そうだとしたら、この国で腐っているのは政治家だけじゃない。警察もまた同類ということじゃないですか」

「こうなると、おれたちにも、いつとばっちりがくるかわからんぞ。首を洗って待っていたほうがいいかもしれないな」

マフラーの上から首筋をなでながら大原は言う。まさかとは思うが、決してあり得ない話ではない。

政治絡みの事案を禁忌《きんき》にする傾向が、警察にあるのは葛木も承知している。地検特捜部は法務省の管轄で、政治家が直接影響力を行使することに対してはある程度の歯止めがかかる。

しかし警察は国家公安委員会の管轄下にある行政機関で、国家公安委員会は内閣府の外局。つまり官邸が影響力を行使することはいつでも可能だ。そのうえ警察庁キャリアの人事権は国家公安委員会が握っているから、政治筋から嫌われまいとする心理は、警察キャリアにとって持病のようなものだと俊史は言っていた。

そんな風潮に風穴を開けたいというのが勝沼の年来の宿願《しゅくがん》だった。それが地雷を踏む行為だということも、もちろん勝沼は知っていたはずだ。しかし被疑者が政治家だろうと犯罪は犯罪で、摘発さえすれば、あとは司法の手に委《ゆだ》ねられる。

三権分立の原則があるから、政治は裁判には口を出せない。そこまで行ったとき、いくら官邸筋でも、勝沼たちに露骨な報復はできない。それでは首相自らクロだと白状することになる。それが勝沼の目算だったが、どうやらそれは外れたらしい。

こうした事件の通例どおり、摘発から九ヵ月経ったいまも裁判は続いており、起訴された議員は、有罪になれば控訴、上告と争い続け、確定するまでにはあと数年かかるとみられている。起訴された連中が最終的に無罪にでもなれば報復人事もあり得るが、その見通しはほとんどないだろうと、勝沼も俊史も考えていた。

政治的な報復だとはまだ言い切れないが、刑事部門一筋で辣腕《らつわん》を振るい、公安人脈が牛耳る警察庁上層部の重要ポストに這《は》い上がり、長官、総監の椅子に最も近い一人と目されていた勝沼に、その人事はいかにも不当といえるだろう。

まさか所轄の葛木や大原にまでそれが及ぶとは思えないが、親馬鹿心理を隠さずに言えば、俊史に対しても、そうした人事が発動される惧《おそ》れがある。

「あとで俊史に訊《き》いてみますよ。まだ人事のほうだけの噂かもしれませんから」

「そうだな。灯台もと暗しで、自分のところの話には案外疎《うと》いもんだからな」

「勝沼さんが望んだとは思えませんよ。警察大学校の校長なんて、もう上へ行けないと見限られた警視監クラスが着任する、いわば行き止まりの部署でしょう」

「俊史君の今後にも影響がないとは言い切れないな」

「本人は出世には恬淡《てんたん》としていますが、勝沼さんのことは尊敬していますから、ショックは大きいでしょう。強いうしろ盾がなくなって、これまでのように好き放題はできなくなるでしょうし」

「ただの噂ならいいんだが、本庁の人事課もその道のプロだから、そうはガセネタは摑《つか》まないような気がするんだよ」

不安を隠せないように大原は言った。

2

刑事部屋に着くと、すでに出勤していた池田と、山井清昭《やまいきよあき》、若宮良樹《わかみやよしき》の若手二人がなにやら慌ただしい動きをしていた。池田は誰かと電話で話し込んでいる。

「なにかあったのか？」

葛木が問いかけると、山井が慌てて振り向いた。

「一時間ほど前に、東砂《ひがしすな》二丁目の路上で轢き逃げ事故が起きたようです。交通課から捜査支援の要請が来まして、いま池田さんが詳しい話を聞いてるんですが」

渋い表情で大原が応じる。

「本業は開店休業なのに、ボランティアのほうは忙しいな。被害者の状態は？」

「意識不明の重体で、頭部の打撲と腰椎骨折の可能性があるようです。いま救急車で病院へ運ばれたところで、詳しいことはまだわかりません」

「目撃者はいたのか」

葛木が訊《き》くと、ちょうど電話を終えた池田が振り向いた。

「現場付近に人はいなかったんですが、近くの高層マンションの上階で事故を目撃していた主婦がいましてね。通報してきたのはその人だそうです」

「ナンバーは?」

「部屋は十八階で、そこまでは見えなかったようです。車はシルバーグレーのセダンで、車種まではわかりません。洗濯物を干していたら、なにかがぶつかるような音が聞こえた。慌てて下を見たら、路上に人が倒れていて、その車からは人が降りてくるでもなく、急発進して立ち去ったそうなんです。被害者は二十代くらいの女性で、いま身元を調べているところです」

「かなり悪質だな。ほかにはなにか手掛かりはないのか」

「交通課もその道のプロですから、いま鑑識が路上のタイヤ跡や塗装の剝《は》がれを採取しているそうです。そこから糸口が出てくるんじゃないですか」

「それで、おれたちはなにを手伝えばいいんだ」

「近隣一帯を聞き込んで、シルバーグレーのセダンを見た人間を洗い出して欲しいそうです。その場所を地図上にプロットしていけば、大まかな逃走経路が把握できるとのことでしてね」

　現場が好きな池田は張り切るが、いかにも気乗りしないように大原は言う。

「おれはほかにも用事があるから、おまえたちに任せるよ。交通課の課長によろしく言っといてくれ」

「また運動不足で腰に来ますよ。腰痛治療にいい機会じゃないですか」

ここぞとばかりに池田は言うが、大原は真顔で言い返す。

「きのうはおまえに引き回されて、かえって痛みがひどくなった。原因は間違いなく寒さだよ。おまえたちの言うことを聞いていると、そのうち寝たきり状態になりかねない」

「もうすでに、座りっきり状態になってますけどね」

「おれは強行犯捜査の専任じゃないからな。盗犯から知能犯、暴力犯――。少ない人員でそのすべてを差配するだけで四苦八苦で、デスクに張り付いていないと仕事にならないんだよ」

心底嫌そうに大原は応じる。とりなすように葛木は言った。

「きょうの寒さはまた特別だから、ここは大事をとるほうがいい。どうもそのヤマ、厄介な仕事になりそうだ。肝心なときに課長に乗り出してもらえないと、おれにしたって困るから」

「そうだよ。こんな腰の状態で外を駆けずり回ったって、どうせ大したことは出来やしない。捜査の山場で大見得《おおみえ》を切るのがおれの仕事で、まだまだ出番は先の話だ」

意を強くしたように大原は言う。困ったもんだという顔で、池田は山井と若宮を振り向いた。

「じゃあ、おれたちだけで片付けよう。ロートルの皆さんは、暖房の利いた刑事部屋で、せいぜい大事をとってくださいよ」

「まだそっちの仲間に入れないでくれよ。おれも行くから」

苦笑いしながら葛木は言った。池田たちと比べれば決して若くはないが、ロートルの称号に甘んじる気にはまだなれない。

3

東砂二丁目の現場に着くと、鑑識作業は終わっていた。第一機動捜査隊城東分駐所小隊長の上尾孝信《あげおたかのぶ》と、城東署交通課交通捜査係長の水谷真也《みずたにしんや》がなにか話し込んでいる。

上尾は葛木のかつての同僚で、年齢も同じで、階級も同じ警部補。城東署の管内が管轄地域に入るため、こちらに来てからはしょっちゅう仕事で付き合うようになった。

水谷は葛木より五つほど若いが、轢き逃げや車両盗難のエキスパートで、仕事が刑事課の領分とも重なることから、コンビを組んで動くことがしばしばあって、互いに気心は知れている。

「どんな状況だ」

葛木が訊くと上尾が振り向いて、待ちかねていたように切り出した。

「どうも面倒なことになりそうだぞ、このヤマは」

「面倒なこと？」

「新しい目撃証言が出てきたんだよ。現場から二〇〇メートルほどの狭い裏道を、猛スピードで走り抜けていった車を見た人がいてね。シルバーグレーのベンツなんだが、スポーツタイプのけっこう値の張る車種らしい」

「メルセデスAMG C43という車で、足立ナンバーでした。その目撃者がえらく車好きでしてね。車種は一目で特定できたそうです」

水谷が付け加える。仕事が仕事だけに、水谷自身もマニアと言っていいくらい車に詳しい。葛木は言った。

「そういう車を持っている人間はそうはいないんだろう。所有者を当たれば、一気に絞り込めるんじゃないのか」

「もう当たったよ。東京都内では八人ほどまで絞り込めたんだが、そのなかに一人、江東区在住の人物がいてね。車は足立ナンバーだった。それがなんとも問題なんだよ」

いかにも困惑げに上尾が言う。葛木は怪訝《けげん》な思いで問い返した。

「どうして――。犯人はその男でまず間違いないんじゃないのか」

「じつはそいつの親父が、与党所属の国会議員でね」

「橋村幸司《はしむらこうじ》衆議院議員か」

「ああ。党三役もやったことのある大物だ。被疑者はその三男の彰夫《あきお》だよ」

「だからどうなんだ。親父が政治家だろうがなんだろうが、轢き逃げが犯罪なのは間違いないだろう」

怪訝な思いで葛木は訊いた。渋い口調で水谷が応じる。

「電話をかけて、息子の所在を確認したら、なんと出てきたのが代議士本人でしてね。息子はいま所用があって東京を離れている。もちろん東京にいない息子が轢き逃げなんか出来るわけがないと、とりつく島もないんですよ。それだけならまだよかったんですが、そのあとすぐに代議士から署長のところへ電話が入って、無礼な警官がいるから厳重注意をするようにと、厳しいお達しがあったそうなんです」

「東京を離れていたという話は、裏がとれたのかね」

「どこに行ってるんだと訊いても答えない。それは家庭内のことで、政治家の家族にだってプライバシーの権利はあると、相手にもしてくれないんですよ」

水谷は匙《さじ》を投げるような口ぶりだ。怒り心頭という調子で池田が口を挟む。

「潔白なら堂々と出てくりゃいいじゃないですか。臭いですよ。そのどら息子。家のなかに隠れてほとぼりが冷めるのを待ってるか、こっちの手が回らないうちに、どこかへとんずらしてしまったといったところでしょう。息子の車を調べれば、人を撥《は》ねたかどうかはすぐにわかる。令状をとってガサを入れるのが手っ取り早いですよ」

「それを課長に提案したんだけどね。署長から、捜査はくれぐれも穏便にというお達しがあったそうで、ちょっとやそっとじゃ令状はとってくれない気配なんだよ」

「相手が政治家だからって怖《お》じ気《け》づいていたんじゃ、なんのための警察かわからないじゃないですか」

池田はいよいよ憤慨《ふんがい》するが、政治家に対する天敵意識は上へ行くほど強くなる。ノンキャリアの署長クラスでも、相手が国会議員となれば、蛇《へび》に睨《にら》まれた蛙《かえる》のようなものなのだ。その意味でも勝沼が首相官邸にまで捜査の手を伸ばしたことが、どれほどの勇気を要するものだったかよくわかる。

葛木たちのような下っ端警官には、そのあたりの苦手意識はとくにないが、組織としての警察が政治家に甘いのは、上がブレーキを踏んでしまうからだ。

そして葛木たちのようなその下のクラスにしても、役人という商売の通例に違《たが》わず、上司の意向にはからきし弱い。池田のように所轄のデカ長で警察人生を終わるのが理想だと腹を括《くく》っている者ならいいが、多少なりとも出世したいと願う気があれば、上司と喧嘩をして得することはなにもない。

そんな点ではご多分に漏れないところがあるようで、微妙な調子で水谷は口を開く。

「そうは言うがな、池田君。署長やうちの課長の首が飛ぶようになってもまずい。それで、なんとかならないものかと、上尾さんと相談していたんだよ」

「なにか、いい考えがあるんですか」

「代議士の自宅を張り込むしかないだろうな。息子は三十過ぎてもいわゆるパラサイト・

シングルで、親と同居していると聞いている。東京を離れているなんてのは嘘に決まっているから、そのうち外へ出ることもあるだろう。そのときにつかまえて事情聴取をする。話を聞いて不審な点があれば、令状をとって車を調べる」

「急がないと、高飛びしちゃうかもしれないじゃないですか」

「そこは心配ないよ。息子がその車種の所有者だと判明してからすぐ、機捜の隊員に自宅を張り込ませているから。ただし事故直後に高飛びした可能性もあるんで、いま近隣の住民に、息子が外出するのを見ていないかどうか、聞き込みをさせている。いまのところ、事故が起きた時刻以降、姿を見ている人は出てきていない」

上尾が言う。さすがに機捜で初動のやり方に抜かりはない。葛木は訊いた。

「だったら、おれたちはなにをすればいいんだ」

「これから、事件現場と代議士宅を繋ぐルートの周辺に範囲を広げて、徹底的に聞き込みをするつもりです。併せて自宅周辺では、その三男についての評判も聞いたほうがいいでしょう。見込み捜査になっちゃまずいですが、そういう情報も、これから出てくる事実関係を補強する材料として重要になると思いますので」

水谷は張り切って言う。とりあえず代議士の癇《かん》に障《さわ》らないようにアヒルの水搔《みずか》きをしようという算段らしいが、轢き逃げしたあと、自宅に立ち寄らずに、そのまま車で高飛びした可能性もある。

「Nシステム（自動車ナンバー自動読取装置）のチェックは？」

葛木が確認すると、もちろんだというように水谷は頷く。

「いまのところ、引っかかってはいないんですよ。もっとも主要高速道路にしか設置されていませんので、下を走られたら捕捉は出来ませんけど」

水谷のトーンがやや落ちる。上尾が問いかける。

「そういうスポーツタイプの車なら、目立つから目撃者も出てきやすいだろう」

「ところがその車、見た目は普通の4ドアセダンなんですよ。ポルシェやフェラーリみたいな、いかにもスポーツカーという車なら目につくはずですが、よほどマニアじゃないとわからない」

「じゃあ。いまごろは、どこかの風光明媚な一般道路を、鼻歌を歌いながらドライブしているかもしれませんね」

山井が余計な口を挟むと、水谷はわずかに不快感を滲《にじ》ませた。

「上尾さんたちのお陰で、初動捜査はこれ以上ないほど迅速だった。そこまで心配することはないだろう」

ここでいがみ合っても始まらないので、葛木は話の向きを変えた。

「被害者はどんな状況なんだね」

「命は取り留めましたが、まだ意識が戻らないそうです。脳に大きな損傷はないようですが、腰椎を骨折していて、下半身が不随になる可能性があるとのことです。被害者の名前は田口由美子《たぐちゆみこ》。年齢は二十六歳。自宅は現場近くにあり、両親と三人暮らしで、都内の小学校に勤務しているそうです。事故が起きたのは通勤の途中でした」

　水谷は同情する口ぶりだ。だとしたらまだ先の長い人生を棒に振りかねない。たまたま大物政治家の息子だったというだけで犯人が逃げおおせるようなら、一警察官として慚愧《ざんき》に堪えない。強い思いで葛木は言った。

「是が非でもその息子を挙げないとな。政治家が法の埒外《らちがい》の特権階級なら、この国は法治国家でもなんでもない」

「そうですよ。政治家もその家族も人間で、一般人より犯罪を犯す確率が低いとは思えない。それなのに、選挙違反以外の事案で、政治家に捜査の手が伸びたような話はほとんど聞かない。選挙違反にしたって、秘書や運動員が勝手にやったことになって、政治家本人はまずお咎《とが》めなしです。そういうなあなあの関係に甘んじていたら、税金で警察を養っている国民は堪ったもんじゃない。私だって納税者の端くれですからね」

　池田もテンションを上げる。葛木は頷いた。

「本庁や上の役所のお偉いさんたちにとっては、政治家の顔色を窺《うかが》うのも仕事のうちかもしれないが、おれたちには関係ない話だ。代議士のどら息子を逮捕したからって国政に支障が出るわけじゃない。じゃあ、さっそく捜査にとりかかろう」

4

水谷と上尾と相談して聞き込み先の地割を決めた。投入できる人員の多い交通課は、事故現場のある東砂二丁目一帯と、代議士の自宅のある亀戸《かめいど》五丁目を結ぶ主要道路周辺を担当する。

上尾たち機捜の隊員と葛木たちは、代議士の自宅周辺を集中的に聞き込んで回る。地元の道路事情に明るい交通課と、犯罪捜査のプロである葛木たちとのバランスのいい役割分担だ。

亀戸五丁目一帯は戸建て住宅と中低層マンションが密集した地域だが、橋村代議士邸はその広壮ぶりで異彩を放っている。

建坪は七十坪ほどはありそうで、家屋は鉄筋コンクリートの三階建て。かなりの広さの庭もあり、都心に近い江東区で、そうは見かけない豪邸だ。

若宮がスマホで来歴を調べたところ、橋村は生まれも育ちも亀戸で、先祖は地元で羽振りを利かせた豪商だったと本人は言っているらしい。

バブル景気の時期に不動産や株式投資で蓄財し、バブル崩壊を予見して抜け目なく保有資産を売り抜いて、その後は外食分野に進出し、同業者の買収でファミレスや回転寿司、居酒屋チェーンをいくつも傘下に収め、第二の黄金時代を築いたという。

ところが十数年前に一念発起して、会社は長男に譲り、自らは与党候補として衆院選に立候補。その財力のお陰もあってかトップ当選し、政界入りしてからも辣腕ぶりを発揮して、主要な委員会の委員長や党三役を歴任し、次期内閣での閣僚就任も取り沙汰されているらしい。

邸宅は高いブロック塀に囲まれて、彰夫の車があるかどうかはわからない。塀のあちこちには監視カメラが設置されており、梯子《はしご》をかけて覗くわけにもいかない。

機捜の捜査員が気を利かせて、近くのスーパーの屋上から観察してみたが、カーポートの屋根に隠れて、その車があるかどうかは確認できなかったという。

近隣で聞き込みをしてみると、彰夫の評判は芳《かんば》しいものではなかった。中学のころから万引きや自転車泥棒で何度も補導され、高校に入ってからは暴走族に所属して、人身事故や暴力沙汰を起こしたが、すべて父親の財力で示談にしたという。

大学もそこそこのところに金の力で押し込んだものの、ほとんど通いもせずに二年で退学。以後は親のすね齧《かじ》りのパラサイト生活で、齧っても齧りきれないほどそのすねが太いから、素行が改まることもけっきょくなかった。親の力を笠に着て近隣の人間ともしばしば諍《いさか》いを起こし、地元の鼻つまみ者の筆頭だという評判だった。

長男は父親がつくった会社を継いで、その後も順調に業容を拡大し、次男はメガバンクに就職し、米国留学を経て、いまや出世街道まっしぐらのエリートらしい。姉もいるが、そちらもすでに結婚し、平和な家庭を築いているという。

それに引き替え、三男の彰夫の体《てい》たらくは父親にとって頭が痛いはずだが、橋村はその馬鹿息子が目のなかに入れても痛くないらしく、近ごろは参院選に出馬させ、行く行くは自分の後継にとまで口にしているという噂だった。

橋村自身も地元で評判がいいわけではないらしい。橋村はいわゆる落下傘候補で、選挙区は愛知県だから、この土地の人々に好かれても意味はない。近隣の人間とはほとんど付き合いがなく、地元の役に立つことなどなに一つしない。

政治家といっても選挙区以外なら寄付行為は自由だが、町内会から寄付を頼みに出向いても、びた一文出す気はないと、取り付く島もなく追い返されるらしい。

そんな具合だから、町内会長を始め近所の人間は口さがなく、そういう噂話は面白いほど拾えたが、肝心の事件に関する耳寄りな情報は出てこない。一日足を棒にしても、彰夫を目撃したという有力な証言は得られず、夕刻になっていったん聞き込みを終了し、署に戻って次の作戦を練ることにした。

もちろん、そのあいだに彰夫が逃走しては困るから、交通課の捜査員何名かを自宅の周辺に配置しておいた。

5

城東署に戻って開かれた捜査会議には、交通課長の宮下俊之《みやしたとしゆき》と大原も加わった。

被害者はその後意識を回復したが、背後から撥ねられたため、車についてはなに一つ記憶がないという。

宮下の報告によれば、現場からは微量の塗料の破片とタイヤ跡が採取され、どちらも目撃者の証言どおり、メルセデスＡＭＧ Ｃ43のものと特定された。

不審なのは車が急ブレーキを踏んだ形跡がないことで、スマホの操作をしていたなどによる脇見運転や、アルコールや薬物による酩酊《めいてい》状態での運転だった可能性があり、その場合は過失運転致死傷罪、さらに悪質なら危険運転致死傷罪が適用される。後者なら被害者が死亡した場合、最高刑は懲役二十年と殺人とほぼ変わらない量刑だ。

橋村彰夫への容疑はほぼ固まったというのが参集した面々の一致した見方で、池田はふたたびガサ入れの案を主張した。大原もそれに乗り気なようだが、署長からよほど太い釘を刺されているようで、宮下は時期尚早だと言って応じない。

「時期尚早だと言っても、宮下さん。この期《ご》に及んでそれをやらないとしたら、あとで捜査上の怠慢だと批判されかねない。いまのところは被疑者不明にしてあるからマスコミの扱いは小さいけど、連中は抜け目がないからね。その話が漏れでもしたら、世間は大騒ぎになるよ」

強い調子で大原は説得するが、宮下はそれでも首を縦に振らない。

「大丈夫だよ。部内には箝口令《かんこうれい》を敷いているから。おたくたちだって、そんなことはどこにも漏らさないだろう」

「しかし、きょうはさんざん、そのどら息子の件で近所を訊いて回ったんだから、そっちの筋からマスコミに伝わることだってあるだろう」

「そんなところまでマスコミは足を運ばないよ。いまのところ三面記事止まりで、おれのところに話を聞きに来るような熱心な記者もいないし」

自信ありげに宮下が言うと、若宮が訳知り顔で指摘する。

「いまはツイッターとかフェイスブックとかありますから、聞き込みを受けた人が、ネット上に発信しちゃうかもしれませんよ。そういう情報はあっという間に広がるし、最近は、足を使って取材をするより、ネットを漁《あさ》ってネタを見つけるほうが楽だと思っている記者が多いそうですから、安心はできないと思います」

皮肉な調子で池田も言う。

「そうですよ。警察社会じゃ政治家に神経を使うことが常識でも、一般社会では通用しません。それでネットが炎上したら、次はこっちがマスコミの餌食《えじき》です」

「そうは言っても、まだその車が、橋村彰夫のものだというところまでは特定できていないだろう」

宮下はあくまで渋る。そういうことなら、大原がガサ入れの令状を請求してもいいわけだが、そこまでやるとさすがに越権行為で、けっきょく宮下の判断に任せるしかない。葛木は訊いた。

「Nシステムにも、まだ引っかかってはいないんですね」

「そうなんだ。つまり車が自宅にある可能性は高いんだが――」

歯切れの悪い宮下を、水谷が一押しする。

「我々も、いつまでも代議士の自宅を張り込んでいるわけにはいきません。彰夫がいるかいないかまず確認しないと。もしいなかったら手遅れになります。海外に高飛びされる可能性だってあるんですから」

「ああ、わかった。とりあえず署長に相談してみるよ」

宮下は渋々頷いたが、自分一人の判断で責任を負わされるのは真っ平だという態度がありありだ。どういう結論が出ようと、署長との相談の結果ということなら、そちらに責任を転嫁できるという思惑だろう。

けっきょく、さしたる結論も出ずに会議はお開きになり、あすもきょうと同様の態勢で聞き込みを続けることになった。会議を終えて刑事部屋に戻ると、いかにも情けないという顔で大原は言った。

「そんな話になりそうな気はしたんだが、やっぱりな。署長に相談すると言うんじゃ、答えは出ているようなもんだ」

「署長だって、もう出世はどん詰まりで、あとは定年退職を待つだけじゃないですか。いまさら上に気に入られたって、意味はないと思いますがね」

池田が首を傾げる。大原は力なく首を横に振る。

「あのあたりまで行けば、退職後の天下りってのがあるんだよ。建前上はやっちゃいけないことになってるが、警務部の人事課が裏で斡旋《あっせん》する仕組みはしっかり残ってる。そのとき、上に好かれているか嫌われているかで斡旋先が変わってくるし、へたをすれば斡旋してもらえないこともある」

「おれたちにも、そういう退職後の特典はあるんですか」

「ないな。おれなんかでも、あとは勝手にしろと追い出されるだけだろうよ。生活安全のほうだと、現役時代のコネでパチンコ業界や風俗業界に再就職するのもいるらしいが、おれたち刑事畑の場合は、そういう義理のある得意先がないからな」

「だからといって、このままじゃお宮入りになりかねません。まだ若いのに半身不随にされたんじゃ、被害者があまりに気の毒ですよ。馬鹿息子は刑務所にぶち込んで、慰謝料もきっちりふんだくってもらわなくちゃ」

池田は義憤《ぎふん》を露《あら》わにするが、警察は厳然たる階級社会で、真の保護対象である一般市民より、上司の顔を立てることが習い性の警官が大半だから、葛木たちが反乱を起こしたところで、速やかに鎮圧されるのはわかりきっている。苦い表情で大原は頷く。

「いろいろ制約はあるかもしれんが、おれたちもいったん捜査に乗り出した以上、このまじゃ引けない。いざとなったらおれが弾《たま》よけになってやるから、おまえたちは遠慮しないで橋村彰夫を追い詰めていいぞ」

「腰痛がひどいからって、そのときになって休暇をとったりしないでくださいよ」

池田の嫌みに、大原はそこだというように身を乗り出す。

「だからそのために、いまのうちはせいぜい養生させてもらうよ。やはり寒さがいちばんいかんようだ」

6

その夜、葛木は俊史に電話を入れた。大原から聞いた勝沼の件を確認すると、重い口調で俊史は言った。

「さすがに大原さんは地獄耳だね。おれも二、三日前にそんな噂を聞いたんだけど、正式に辞令が出たわけではないんで、勝沼さんに訊くのも変だしね。親父には、もう少し具体的なところが見えてきたら報告しようと思ってたんだよ」

「信憑性《しんぴょうせい》はどうなんだ」

「半信半疑だったけど、警視庁の警務でも取り沙汰されているとなると当たりの可能性は高そうだね」

「だとしたら、やはり政治筋の圧力か」

「そうとしか思えない。あの贈収賄事件じゃ、警察の株を大いに上げて、マスコミの報道もすべて好意的だったからね」

「ところが、それでは具合の悪い人々もいたわけだ。しかし警察大学校の校長というのは、島流しに近い扱いだな」

「長官や警視総監への出世コースから外れた大物官僚を処遇するための、単なる名誉職といったところだね」

「戻れる可能性は低いんだな」

「任期が何年になるのか知らないけど、そのあいだに次の仕事を探せということだろうね」

「勝沼さんなら、天下り先はいくらでもあるだろう」

「あの人の性格からすると、そういう扱いを受けて、警察社会の温情にすがるようなことはしないと思うね。人事が発令されたとたんに辞表を出すかもしれない」

「そうなると、おまえもなにかとやりにくくなるな」

「おれみたいな下っ端はともかく、勝沼さんのような人がいないと、警察という組織の体質が変わらない。政治家に媚びを売るのが警察キャリアの仕事になったんじゃ堪らない。すでにあらかた、そうなってはいるんだけどね」

俊史は不快感を滲ませる。

「それは上の役所に限った話じゃないんだよ。じつはきょう、こういう事件があったんだが――」

東砂の轢き逃げ事件の話をすると、俊史は嘆息《たんそく》する。

「所轄のレベルまで政治家べったりの風潮が蔓延《まんえん》してるんだね。親父もそういう圧力がかかった経験はあるの？」

「たまたま政治家が絡んだ事件を扱ったことがなかっただけで、もしあったら手加減なしにやれたかどうか。刑事というのは組織で動く商売だから、おれ一人が抵抗したってたかが知れている」

「大原さんや池田さんは、本気を出してるんじゃないの」

「課長には、場合によっては交通課じゃなく、おれたちの事案として立件するくらいの腹づもりもあるようだ」

「当然そうだろうね。例の贈収賄事件では、親父たちにも大きな仕事をしてもらったわけだから」

「あのときは、おまえを始めとする捜査二課が前面に立ったからで、おれたちは殺人事件の捜査を進めただけだから、とくにとばっちりは来なかったんだよ」

捜査はほぼ成功裡《り》に終わり、当時は飛ぶ鳥を落とす勢いだった勝沼の威光もあって、捜査二課長もその配下の俊史たちも、成果を称賛されることはあれ、上から叱責されるようなことはなかった。

しかし勝沼が更迭されれば、そのあたりも流れが変わってくるだろう。勝沼自身は警察官としての本分に忠実であろうとしただけだが、彼をライバル視する者たちは、俊史たちも十把一絡《じっぱひとから》げに勝沼の派閥とみなすはずだ。

その領袖が失脚すれば、彼らは派閥そのものを潰しにかかる。俊史たちは与《あずか》り知らぬ話でも、上の役所の権力抗争の舞台は、そういうシナリオで回っていくのではと危惧《きぐ》される――。

そんな考えを聞かせると、俊史にも思い当たる節があるようだ。

「じつはうちの課長にも、春の異動で秋田県警の刑事部長にという打診が来ているんだよ。一階級アップしての異動だから栄転と考えるべきなんだけど、本人はどうも気が進まないようでね」

「勝沼さんと似たパターンか」

「そんな感触があるようなんだ。地方の警察本部を馬鹿にするわけじゃないけど、警視庁あたりと比べれば、日当たりの悪い境遇なのは間違いない。行きっぱなしの島流しということはないと思うけど、その先の出世のスピードに影響は出るんじゃないの――」

警視庁の捜査二課長はキャリアの指定席で、いまの課長も将来トップグループを狙う一人なのは間違いない。日の当たらない地方の部長の椅子に甘んじているあいだに、ライバルたちにごぼう抜きにされるのを惧れているようだと俊史は言う。

「だったら、おまえも安穏とはしていられないだろう」

訊くと俊史はさらりと応じる。

「出世が嫌だとまでは言わないけど、そのために節を曲げるのはご免だよ。勝沼さんは筋を通して刑事局長の椅子まで這い上がった。そのあたりは、けっきょく本人の覚悟次第だと思う。それでだめなら、そんな組織を選んだ自分が馬鹿だったと諦めるしかないよ」

そういう恬淡としたところが、いまの俊史にとっていい点なのか悪い点なのかわからない。こちらが望んだわけではないが、警察庁キャリアという狭き門をくぐり抜けた以上、より上を目指して欲しいのは親父としての偽らざる心情だ。

「だからといって少しくらいは抵抗しないと、警察がそんなクズたちの思いどおりにされてしまう。おれたち末端の警官の大半はそうなることを望んでいない。うちの交通課長が署長に対して筋が通せないのも、そういう組織風土が存在するからで、それを叩き直せるのは、勝沼さんやおまえのような愚直なキャリアしかいないだろう」

「そういう意味では出世も大事だね。組織に大鉈《おおなた》を振るうには、それに見合った権力が必要だ。それはわかっているんだけど、じゃあそのためにくだらない連中に媚びなきゃいけないのかと思うと、大いにジレンマを感じるよ。筋を通してあそこまでのし上がった勝沼さんのような地力はおれにはないから」

俊史はいつになく弱気な口ぶりだ。発破をかけるように葛木は言った。

「いつもの勢いはどうした。あすにでも勝沼さんに会って詳しい話を聞いてみろ。おまえにだってなにかできることがあるかもしれないだろう」

「人事のこととなると、おれごときが動いてどうにかできる問題じゃないけどね。とにかく話は聞いてみるよ。いやな感じなのは確かだから。しかし親父たちだって気をつけないと――」

週刊誌からの受け売りだがと断って、俊史は橋村代議士について語りだす。

例の贈収賄事件ではたまたま蚊帳《かや》の外だったが、政界ではよからぬ噂が絶えないという。金に目がない連中とは逆に、有り余る財力で党内に確固たる地歩を築いた人物で、敵と見なせば容赦なく叩く。それは野党の対立候補とは限らず、同じ与党の政治家でも変わりない。

自腹で私立探偵を雇い、これと思った相手の身辺を調べ上げる。政治家なら誰でも多少はすねに疵《きず》を持つ。それを材料に選挙のときは怪文書を流し、党内のライバルには逆らうなと恫喝《どうかつ》をかける。

利用価値があるとみた相手には息子の会社を通じて献金し、これもいいように操って、短期のうちに党の重鎮にのし上がり、当選五期目で早くも自派閥をつくりそうな勢いだという。

そんな手法が災いして、政界では味方以上に敵が多いが、正面から楯突く者はいないから、本人は意にも介さない。不動産バブルで儲けた時期には、暴力団を使った地上げを常套手段にしていたため、いまでも裏社会にコネがあると見られ、それも強面ぶりを助長する要素になっているらしい。

「そうだとしたら、なかなか侮りがたい相手だな」

嘆息《たんそく》混じりに葛木は言った。それなら恫喝一つで署長を抑え込むくらいやりかねない。同感だというように俊史は応じた。

「政治家の体質というのは、やくざとよく似ているよ。でもやくざは警察の捜査には介入できない。政治家は人事を梃子《てこ》に捜査の方向さえ左右できる。それは事実上の指揮権発動だよ」

7

翌日も、朝から葛木たちは橋村邸周辺の聞き込みを続けたが、有力な情報は出てこない。事件現場やそこから橋村邸までのルート周辺でも同様だった。Nシステムのチェックも続けているが、彰夫の車はそちらでも引っかからない。

宮下はきのうのうちに署長と話をしたのか、ガサ入れは時期尚早で、物証や証言をもっと固めるのが先決だと言うばかりで、煮え切らないことこの上ないらしい。

やむなく宮下は、ガサ入れという穏やかではない手段は避けたいので、任意で邸内を見せて欲しい。彰夫の車がないことがわかればそれで済むことだからと橋村サイドの説得を続けたが、電話は永田町の事務所に転送され、代議士本人に代わって出てきた秘書も、やはり頑《かたく》なにそれを拒絶する。

そもそも彰夫への容疑自体が濡《ぬ》れ衣《ぎぬ》で、令状があろうがなかろうが、警察に嗅《か》ぎ回られること自体が迷惑だという言い分で、代議士自身も含めた家人からの事情聴取も一切拒否すると、秘書は高飛車に応じるばかりだという。

いっそ若宮が危惧したように、ネット上に噂が流れて、問い合わせや抗議が党本部や警視庁に殺到するような事態になればとさえ思うが、いまのところそういう気配もないらしい。

　橋村邸に彰夫がいない可能性も高いとみて、水谷は捜索範囲をさらに広げることにした。とりあえずの対象は二人の兄と姉の自宅だ。

　長男の憲和《のりかず》の自宅は世田谷区上馬で、次男の久志《ひさし》の自宅は練馬区桜台《ねりまくさくらだい》、長女の亜紀子《あきこ》の自宅は大田区池上にあり、いずれも江東区からは地理的に離れているが、現場周辺での聞き込みではこれ以上の成果は期待できないため、その人員の一部を三人の自宅に張り込ませ、併せて周辺でも聞き込みをするという。

　親族の場合、犯人蔵匿《ぞうとく》及び証拠隠滅の罪の適用除外になる。彼らがそれを知っているかどうかはわからないが、肉親に犯罪者が出て嬉しいはずはない。長男の場合は運営している外食チェーンの評判にも悪い影響が出るだろうし、大手都銀のエリートの次男にしても、出世に響く可能性はある。

　そう考えれば、彼らにも匿《かくま》う動機はあるはずで、もしそこに彰夫がいる確証が得られれば、多少強硬に事情聴取の要請をしても、相手は政治家ではないから、父親もそうは露骨に圧力をかけられないだろうという読みだ。

　現状では人員の問題もあり、それ以上は手を広げられない。海外へ高飛びする惧れもあるが、まだ事故を起こしたのが彰夫の車だとは特定できず、指名手配しているわけではないから、入管に依頼して出国を止めてもらうことも難しい。入管に問い合わせたところ、まだ出国した事実はないようだが、成田や羽田の空港にまで見張りの人員を張り付けるのは、所轄レベルの捜査ではとても無理だ。

「なに、網を広げて待っていれば、そのうち動き始めますよ。そう何日も大人しく身を隠していられるような人間じゃなさそうですから」

寒さに身震いしながら池田が言う。近隣での聞き込みはあらかた終わり、葛木たちは橋村邸の近くに戻って、人の出入りを監視していた。

代議士は昨夜の十一時過ぎに帰宅して、けさは朝八時に家を出た。政治家という商売はなかなか忙しいようで、日中、彰夫は橋村の監督下にはないと見ていいだろう。

「そろそろ痺《しび》れを切らすころかもしれないな。いまのところは、それに期待するしかなさそうだ」

祈るような気分で葛木は言った。そのとき、マナーモードにしていた携帯が唸《うな》りだした。ポケットから取り出してディスプレイを覗くと、水谷からの着信だった。応答すると、水谷は声を落とした。

「新しい事実が出てきましたよ。ひょっとするとこの事案、ただの交通事故じゃないかもしれない」

「どういうことだね」

穏やかではない気分で問いかけると、深刻な調子で水谷は続けた。

「殺人未遂事件の可能性が出てきたんです」

「つまり故意に被害者を撥ねたと？」

「つい先ほど、生活安全課から連絡がありましてね。じつは一ヵ月ほどまえ、今回の被害者から相談を受けていたそうなんです」

「というと？」

「ある人物からストーカー行為を受けていると――」

「まさか、その人物が？」

「橋村彰夫です」

水谷は声を落とす。葛木は訊いた。

「そのとき、生活安全課はどんな対応をしたんだね」

「事情を聞いただけで、とくに動かなかったようです。その時点では、直接危害を加えられるような状況ではないと判断したとのことなんですが」

「ストーカー事件ではよく聞く話だが、相手が橋村の息子だとわかってのことだとしたら、大いに問題だな」

「その可能性がなくはないです」

「それを知った上で、生活安全課は、その事実をここまで仕舞い込んでいたわけだ」

深い憤《いきどお》りを覚えながら葛木は言った。それも橋村への気配りか、あるいはその時点で生活安全課長が、橋村からじかに圧力を受けていたとも考えられる。

第二章

1

「生活安全課は、どうしてもっと早く言ってくれなかったんだよ。代議士先生のどら息子だってことで、びびっていたわけか」

　大原の怒声が会議室に響いた。単なる轢き逃げ事件として捜査を進めていたところへ、突然、橋村彰夫による殺人未遂の可能性が浮上した。

　橋村邸には機捜と交通課の数名の捜査員に張り付いてもらい、葛木たち刑事・組織犯罪対策課のチームは急遽城東署に戻った。

　会議室には課長の宮下と捜査係長の水谷を始めとする交通課の主だった面々に加え、生活安全課からは課長の志田邦康《しだくにやす》とストーカー事案などを扱う防犯少年係の藤井《ふじい》治男《はるお》係長、今回、被害者から相談を受けていた竹内肇《たけうちはじめ》巡査部長が参集していた。

轢き逃げなら交通課、ストーカー事案なら生活安全課が捜査を主導するかたちになるが、殺人未遂となると、この先は刑事・組織犯罪対策課が表舞台に立たざるを得ない。

それ以上に重大なのは、生活安全課が橋村彰夫のストーカー行為に蓋《ふた》をしていたかもしれない点で、それが殺人未遂に繋がったとしたら、生活安全課長はもちろんのこと、城東警察署長さえ首が飛びかねない不祥事に発展する。

「隠していたわけじゃない。担当部署が被害者から相談を受けていたのは事実だが、そういう相談は月に何十件とある。その詳細を課長のおれがすべて把握しているわけじゃない。気がついたのがついさっきで、それで急いで連絡したんだから」

志田は血相を変えて言い返すが、大原はそれでも引かない。

「事件発生直後から、被害者の名前は警察無線で何度も流れていただろう。あんたの部署じゃ、朝から無線機のスイッチを切ってるのか」

「切っちゃいないよ。しかし轢き逃げ事件じゃうちと商売が違うから、被害者が相談に来ていた当人だとは、そうそう思い出すもんじゃない。そのうえ相談を受けた担当者がきのうは非番で、けさ、出てきて気がついたんだよ」

「相談を受けてなにもしなかったのはその担当者の判断なのか。まさかやっているのが橋村代議士の息子だと知って、あんたの指示で握り潰したんじゃないだろうな」

「同じ屋根の下で仕事をしている人間に、よくそんな口が叩けるな。親父が代議士だろうがなんだろうが、おれたちは法に則《のっと》って規制してるんだよ。なにもしていないというのはお門違いで、付きまとわれているという相談を受けてすぐ、当人の意思を確認した上で相手にちゃんと警告している」

「それで、付きまといはなくなったのか」

「一時は大人しくなったんだが、また最近、待ち伏せしたり、しつこくメールを送ってきたりし始めたんで、今度は都の公安委員会に申し立てて、禁止命令を出してもらおうと話を進めていた矢先だった。禁止命令に違反すれば、二年以下の懲役または二百万円以下の罰金が科されることになる」

「橋村代議士のどら息子となると、その程度の罰金、蚊に刺されたほどでもないだろうな」

「正直、ストーカー規制法にどの程度の実効性があるのか、取り締まる立場のおれたちだって疑問を感じるときがあるんだよ。それで被害者が殺されたりした日にゃ、やれ警察の怠慢だ、見殺しにしたと批判される」

志田の嘆きを聞けば一概に彼らのせいだとも言えなくなるが、彰夫が犯人だということになると、城東署が批判の矢面《やおもて》に立たされるのは間違いない。

「まあ、救われるのは被害者が生きていることだが、そうは言っても明らかに殺人未遂で、そのうえ重い障害が残るかもしれないという話だ。とくに犯人が代議士の息子となると、マスコミは情実があって見逃したと見るだろう。これから厄介なことになりそうだな」

大原は脅すような口ぶりだ。禁止命令の話にしても、もう少し早く手を打っておけなかったのかと悔やまれる。

「しかし、轢き逃げ犯が橋村彰夫だとは、まだ特定できていないんだろう」

今度は志田が足下を見るように言う。葛木たちの感覚では九分九厘そう考えて間違いはないが、たしかに逮捕状が請求できるだけの証拠はまだ出ていない。ここで署内が分裂しても困るので、志田の顔を立てるように葛木は言った。

「それで、ご協力願いたいんですよ。彰夫のこれまでの行状をご存じの範囲で教えて頂きたいんです。状況証拠として大きな意味を持ちますんで」

「それなら、うちの担当者に説明させますよ。相手が代議士の息子だからって、手加減したりはしていないことをわかってもらえるでしょうから」

渡りに船という表情で、係長の藤井が傍《かたわ》らにいる竹内に視線を向けた。竹内は緊張した様子で語り出す。

「被害者の田口由美子さんと橋村彰夫が知り合ったのは、去年の十一月だそうです。同僚の教師の結婚披露宴で、たまたま席が隣になった。その教師は彰夫と同い年で、子供のころは家が近所で、幼稚園以来の幼なじみだそうです――」

彰夫は中学生のころから不良グループと付き合い、高校生のときは暴走族に加わっていた。教師のほうはそういうグループとは無縁で、中学も高校もごく普通の少年として過ごしたが、彰夫とはなぜか気が合って、社会人になってからも付き合いが続いていたという。

彰夫の素行が芳しくないことは承知していたが、まさか自分の披露宴の場で悪さをするとは思わず、むしろそれが刺激になって、身を固める気にでもなってくれればと考えて招待したらしい。

職場の同僚とは席を離すことにしていたが、会場側の手違いで、彰夫が被害者の隣の席に座ってしまった。彰夫は如才《じょさい》のない男で、最初は話が盛り上がったが、そのうちしつこく携帯の番号やメールアドレスを訊かれた。

父親が衆議院議員の橋村幸司だという話をしきりにちらつかせ、玉の輿《こし》という言葉まで口にしたが、被害者はむしろそこが癇に障ったという。そのときは携帯の番号もメールアドレスも教えなかったが、その一週間後、彰夫からSMS（ショートメッセージサービス）が届いた。

どこかで会って食事をしたいという内容で、それ自体は危険を感じさせるものではないが、そもそもどうやって自分の携帯番号を知ったのかが不審だった。同僚の教師に訊いても教えた覚えはないという。彰夫本人にも確認してもらったが、そもそもSMSを送った覚えがないとしらばくれて埒があかない。

そのうち一日に何十回も送られてくるようになり、やむなく着信拒否を設定すると、こんどは音声通話でかけてくる。食事の誘いはきっぱり断り、二度とかけないでくれと強く求めると、そのときはわかったと承知するが、十分もしないうちにまたかけてくる。こちらも着信拒否に設定したら、こんどは別の電話番号からかけてきた。

しばらく沙汰止《や》みだったSMSも、新しい携帯番号から送ってくる。そのたびに着信拒否を設定するモグラ叩きにノイローゼ気味になったころ、こんどは通勤に使う最寄り駅で待ち伏せされるようになった。

同僚の教師に相談し、強く言ってはもらったものの、彰夫の行動はいっこうに改まらない。その教師もついに匙を投げて、警察に相談したほうがいいと勧めた。それで被害者は城東警察署に相談し、そのとき担当したのが竹内だった。続けて藤井が説明する。

「かなり悪質だったので、とりあえず警告書を出したんですよ。それが一ヵ月ほど前で、それからしばらく、いわゆる二条行為は収まったんです――」

二条行為とは、付きまといや待ち伏せ、迷惑電話やメールの送信など、ストーカー規制法第二条で規定されている行為を指す。竹内は続けた。

「ところがほとぼりが冷めたと思ってか、最近また脅迫めいたSMSや無言電話が続くようになった。それで公安委員会に禁止命令を出してもらうよう、手続きを進めていた矢先なんです」

「その男が、橋村代議士の息子だということは知っていたのかね」

葛木は確認した。藤井が頷く。

「もちろんですよ。しかしそれが理由で動きが遅れたということはない。ただ——」

「ただ？　なにか問題でも？」

「公安委員会がなかなか結論を出してくれなかった。手遅れになっては困るんで、何度も催促はしたんですがね」

いかにも胡散臭《うさん》いと言うように、大原が身を乗り出す。

「彰夫が橋村代議士の息子だというのを、公安委員会は知っていたのかね」

「さあ、こちらからはとくにそういう情報は伝えていません」

藤井は曖昧《あいまい》に首を横に振る。大原はさらに突っ込んだ。

「しかし、署長の名前で警告書を出したんだろう。彰夫の素上を署長は知っていたはずだ」

「おれがずいぶんせっついて、やっと判子を押してもらったんだよ。なにかあったときに叩かれるのはうちの署だから、せめて保険の意味でもと説得してね」

取り繕うように志田は言うが、大原は容赦ない。

「だったら、被害者の名前が耳に入ったとき、すぐに思い出せなかったという話は嘘じゃないのか」

「あ、ああ。じつは署長から言われてね。ストーカーの件は、轢き逃げしたのが彰夫だと立証されるまでは伏せておけって」

「それじゃ犯人隠避になりかねないぞ。なんで署長はそこまでびくついているんだ」

「まあ、上には上の事情があるんだろうよ。だからといって、これ以上伏せているとうちのほうにとばっちりが来る。それで竹内にそっちへ連絡させたんだよ。おれはともかく、若い竹内が詰め腹切って辞表を書く羽目になったら気の毒だから」

切ない調子で志田は言う。大原もこんどは同情するような口ぶりだ。

「まあ、あんたも宮仕えの身だからな。それでもいくらか骨はあったわけだ」

「署長だってこれで救われたと思うんだよ。あんたたちの話から察するに、どう考えてもやったのは彰夫だ。とっ捕まるのは時間の問題じゃないのか。このまま口を噤《つぐ》んでいたら、代議士の機嫌は損じなくても、マスコミから世論から、すべて敵に回しかねないからな」

「ところが、その代議士の壁が思った以上に厚そうだ。署長や公安委員会にも圧力をかけているのは間違いないぞ」

「ということは、その馬鹿息子が、轢き逃げどころじゃないとんでもないことをやらかしたことを、代議士先生は百も承知というわけだ」

交通課長の宮下は唸るが、大原は渋い表情だ。

「そこがはっきりすれば、代議士自ら彰夫の犯行を認めたことになるが、政治家が裏で口を利いたような話はまず表沙汰にはならないからな。署長をとっ捕まえて訊問するわけにも行かないし」

「けっきょく、彰夫の車をみつけるしかなさそうですね。現場に塗料の破片が落ちていたわけですから、ボディを調べれば、人を撥ねた車かどうかはすぐにわかります」

交通捜査係長の水谷が言う。池田が張り切って口を挟む。

「そのまえに、まず殺人未遂で捜査着手したらどうですか。ただの轢き逃げじゃない。ストーカー行為という状況証拠があるわけですから。なんならうちのほうで逮捕状を請求する手もありますよ」

「逮捕状までは難しいが、ここまできたらこの事案、うちのほうで丸々預かったほうがいいかもしれんな。もちろん交通課にも生活安全課にも大いに協力してもらうことにはなるが」

大原もその気になっているようだ。やっと肩の荷を下ろせると思ってか、二つ返事で宮下は応じる。

「そりゃそのほうがいいだろう。ただの轢き逃げならうちの仕事だが、殺人未遂の可能性が出てきた以上、あんたの部署が専門だからな」

「どうだ、係長、それで行けるか？」

大原が訊いてくる。葛木は頷いた。

「いいんじゃないですか。この先、殺人未遂の逮捕状という話になれば、うちが請求するのが筋ですから」

「なんとかそこまで持って行けそうか」

「橋村代議士は無理にしても、彰夫と付き合いのある人間から話を聞く必要があるでしょうね。そこで彰夫が殺意をほのめかすことを言っていたというような証言が得られれば、逮捕状請求の要件は満たすと思います」

「となると、まず彰夫の友達だという、被害者の同僚の先生だな」

「ええ。その人からその手の証言がとれるかどうかはわかりませんが、彰夫と付き合いのある人間を何人か知っているかもしれません。そこから聞き込みの対象を広げていけば、耳寄りな情報が得られるような気がします」

「たしかにろくでもないお友達はいっぱいいそうだな。その先生の連絡先はわかるかね」

大原が問いかけると、竹内が手帳を取り出してページを繰る。

「ああ、ありました。被害者の田口由美子さんから相談を受けて、彰夫についてのより詳しい話を聞こうと、私から一度連絡を入れているんです。相川浩一《あいかわこういち》という人で、被害者と同じ江戸川区立瑞江《みずえ》小学校に勤務しています。携帯の番号が——」

竹内が読み上げた番号をメモして、葛木は言った。

「じゃあ、これから私がその線を当たってみます。必ずしもいい答えが出るとは限りませんが」

気合いの入った調子で大原は応じた。

「頼むよ。うちのほうで事件を預かることについては、おれが署長に話を通しておく。そのときどう反応するかで腹づもりが読めるだろう。署長も難しい立場だろうがね」

2

橋村彰夫について話を聞きたいという依頼に、相川は二つ返事で応じてくれた。轢き逃げ事件の犯人が橋村の可能性が高いという話はこちらからはしていないが、相川自身もそこが引っかかっていたのか、彼は彼で詳しい捜査状況を知りたい様子だった。

彼の勤める小学校のある江戸川区瑞江は、都営新宿線瑞江駅にほど近く、被害者宅の最寄り駅の東大島からは千葉方面に向かって三駅目で、葛木の自宅のある一之江《いちのえ》からは一駅だ。

事情が事情なので、校内で会うのは相手も具合が悪いと考えて、夕刻、学校が退けた時刻に、駅に近いホテルのカフェで落ち合うことにした。

会議のあと、大原はさっそく署長のところへ出掛けていって、今回の事案を轢き逃げではなく殺人未遂容疑に切り替えて、刑事・組織犯罪対策課の扱いで捜査に着手することを承諾させた。

事情を聞かされた署長の驚きは相当なものだったようで、話をしているあいだ、くれぐれも慎重に、穏便にを連発するばかりで、頭のなかはこの不運な巡り合わせに、どう我が身を守るかでいっぱいのようだったと、大原は苦笑いしながら報告した。

本音としては橋村を極力刺激したくないところだろうが、下手《へた》に捜査にブレーキをかけていると、彰夫の犯行が立証されたときに、世論の風当たりを真っ向から受けて、そっちの理由で首が飛びかねない。まさに前門の虎、後門の狼という心境だろう。

「ここは思い切って橋村と真っ向勝負して、警察官としての花道を飾ったらどうですかと言ってやったんだよ。怪しげな業界団体の役員に天下って年金支給までの繋ぎにけち臭い禄を食《は》むより、男の生き様としてずっと上等じゃないですかってね」

大原は楽しげに言った。伸《の》るか反るかの勝負になる点は、大原だって変わらない。橋村の逆鱗《げきりん》に触れたうえに捜査が空振《からぶ》りに終われば、そのあとどういう報復が待っているかわからない。しかしすでに定年も視野に入り、もともと天下りの斡旋も期待できない大原にとって、そんなものは脅威でもなんでもないのだろう。

「なに、彰夫がクロだと立証されれば、いくら橋村代議士でも影響力は削《そ》がれますよ。刑事捜査に政治家が口を挟めば、司法権の侵害で指弾《しだん》を受けるのは向こうですから」

ほとんど確信して言いながらも、昨夜の俊史との電話のことを葛木は思い浮かべた。勝沼に対する不審な処遇もさることながら、橋村の政界での豪腕《ごうわん》ぶりもたしかに侮りがたい。

自身の財力で人を動かす力は、政界に少なからずいる黒い政治家とはタイプが違う。人事の力で圧力をかけるという、普通の政治家の常套手段とはまったく別方向からの妨害工作もあり得るだろう。闇社会との繫がりという週刊誌の報道に信憑性があるとするなら、むしろそんな連中を使って、荒っぽいやり方で仕掛けてくる可能性もなくはない。

「しかし彰夫が、馬鹿に大人しいとは思いませんか。根っからのワルで遊び人のようじゃないですか。そういうのが、いつまでもじっと家に籠《こ》もって気配さえ感じさせないというのは考えにくいですよ」

池田は不安げな口ぶりだ。葛木は頷いた。

「いよいよ高飛びしている可能性が出てきたか。そうだとしたら、なんとか逮捕状請求まで漕ぎ着けないと、指名手配もできないことになる」

「本人もいないし、邸宅内に車もないとしたら、こちらも厳しいところに追い込まれますよ。ボディの傷は、人を撥ねたくらいなら板金塗装されてしまえばわからなくなるし、タイヤだって、新しいのに替えられたら路上のタイヤ跡とは一致しなくなる。もちろん交通課の連中は素人《しろうと》じゃないからそういう小細工は見破るでしょうが、現場の遺留物からの立証という点については、理屈として成り立たなくなりますよ」

「そこに代議士の豪腕が加われば、検察にだって影響を及ぼしかねないな」

「証拠不十分で不起訴なんて話になったら、目も当てられませんよ。そのときはこっちもただじゃ済まない。のんびりはしていられませんよ。ガサ入れの令状くらいなら、いまの段階でもとれるんじゃないですか」

池田は焦燥《しょうそう》を隠さない。気持ちはわかるが、ガサ入れというのも現状ではリスキーな判断で、それが空振りに終わったとき、逆に次の手が打ちにくくなる。下手をすれば逮捕状の請求にも裁判所は難色を示すようになるだろう。

「やる以上は一発で決めなきゃいけない。その点から言えばもう少しの辛抱だな。踏み込んだところで車もないし彰夫もいないんじゃ、そのまま橋村に押し切られてしまう」

「じゃあ、やっぱり、その先生の話を聞いてみるしかないですね。そこからろくでもない友達の輪を手繰《たぐ》っていって、耳寄りな話が聞き出せたら、そこで一気に逮捕状という線ですか」

「彰夫が犯行をほのめかすようなことをだれかに言っていれば、逮捕状はまずとれる。そうなれば指名手配もガサ入れも思いのままだ。それまでは、少し辛抱したほうがいいんじゃないか」

「たしかにね。しかし、やっているのは間違いないですよ。そうじゃなかったら、屋敷のなかを見せればいいし、彰夫が本当に東京を離れているんだったら、どこにいるかを証明してみせればいい。なにも橋村が向きになって、気の弱いうちの署長に恫喝をかけなくたっていいわけですから」

「単に警察が嫌いで、ただの聞き込みでも門前払いを食わせる人間は珍しくもないからな。どのみち、政治家でうしろ暗いところのない人間がいるとは思えない。自分の実力を誇示するために、ただ警察いじめに走っている可能性もある」

「いやいや、それだけだとは思えませんよ。ひょっとしたら、車以外にも見られると困るものがあるんじゃないですか。脱税で溜《た》め込んだ現ナマが山と積んであるとか」

「脱税の時効は最長でも七年だから、会社をやっていた時期のものならもう逃げ切りだな。そのあともやっていたとしたら問題だが、現金には出どころが書いてないから、なんとでも言い逃れられる」

「じゃなきゃ、どら息子が可愛くてたまらない重症の親馬鹿病ですよ。へたすりゃそれで失脚する。正直に息子を警察に突き出せば、逆に政治家としての株も上がるかもしれないのに」

　親馬鹿病という点では葛木も感じるところがないでもないが、たしかに池田の言うとおり、このまま強情を張り続ければ、政治家としての生命は断たれるだろう。もし息子を出頭させれば、一時的には評価が下がるにしても、たぶん失脚という事態は免れる。

「出来の悪い子ほど可愛いという話はよく聞くからな。いずれにしても、政治家の圧力なんて法的に担保されたものじゃない。毅然《きぜん》として撥ねのければ彼らにはなにもできないはずなのに、唯々諾々と従うことが処世の要諦だと勘違いしているような連中が、警察内部にも大勢いるから困る」

大原が嘆くように言うと、池田が頷いて続ける。

「俊史さんには、ゆくゆく警察庁長官になってもらって、警察社会の腐った性根を叩き直して欲しいんですがね。ところがなんだか、勝沼さんの先行きが怪しくなってきたそうじゃないですか」

池田も大原から聞いたのだろう。勝沼とは直接の面識はないが、俊史との強い関係はよく知っているし、政治絡みの事案でも怯《ひる》むことなく追及する、志の高い人物だということはわかっている。葛木は頷いた。

「勝沼さんが動いてくれれば、今回の捜査を一気に動かすことはできそうなんだが」

「こうなりゃいっそ、殺人未遂でうちの署に帳場を立ててもらったってかまいませんよ。たかが所轄だと橋村は舐《な》めてかかってるんでしょうが、たとえお飾りでも捜査一課が出張ってくれれば形勢が変わる。母屋《おもや》（警視庁）にだって面子《メンツ》があるから、いくら橋村が圧力をかけても、そう簡単には退けないはずですよ」

「これ以上膠着《こうちゃく》するようなら、その手も考える必要があるな」

「そうですよ。勝沼さんだって、きょうやあしたに異動になるってもんでもないでしょう。せいぜい一ヵ月で片付けられる事案です。島流しの話が本当なら、刑事局長としての置き土産に、勝沼さんだって乗ってきそうな話じゃないですか」

池田は勝手に期待を込める。葛木は言った。

「普通なら警察庁刑事局長がわざわざ動くほどの事件じゃないんだが、橋村の腕力で潰されかねないとなると、黙って見てはいられないだろう。いまなら号令をかけて捜査一課を動かせる。置き土産というのはまだ早いが、勝沼さんにとっても意味のある仕事にはなりそうだな。おれのほうから俊史に相談してみよう」

「そうこなくちゃ。敵も上の連中を恫喝して事件に蓋をしようとしている以上、我々だって、せっかくの強力な手づるは利用させてもらわないと」

池田は張り切って言う。轢き逃げ事件でも十分悪質だが、殺人未遂ならさらに許しがたい犯罪だ。しかし被疑者が橋村の息子でさえなければ、必ずしも難しいヤマではない。これを潰されるようなことがあれば、警察は政治家の下僕に成り下がる。池田に発破をかけられて、この事案の最大の眼目は、それを許してはならない点にあるという気がしてきた。

「勝沼さんの件は、俊史君もまだはっきり摑んではいないのか」

大原が問いかける。葛木は頷いて応じた。

「昨夜電話で話したんですが、まだ噂程度しか耳に入っていないようです。きょうあたり、じかに本人に訊いてみるとは思うんですが」

「噂が本当なら、勝沼さんも微妙な心境だろうから、こっちの件であまり無理は言わないほうがいいぞ。それとなく耳に入れれば、自分から動いてくれそうな気がするよ」

「そのあたりは俊史との呼吸でしょう。うちに帳場が立つとなると、それはそれで面倒ですがね」

「なに、今回の事案じゃ、本庁の捜査一課はただのお客様だ。というより、本庁がうちに差し出す人質のようなものになる。結果が出なきゃ、捜査一課も政治にはからきし弱いと世間に知らしめることになって、警視庁の大看板も地に落ちる。そうなりゃ自慢の赤バッジもグリコのおまけだ」

いつもなら帳場が立つのをとことん毛嫌いするはずの大原も、今回に限っては前向きだ。捜査一課が出張ってきても、主導権は握らせない自信があるのだろう。その点は葛木も同様だ。

「要は橋村代議士というバリアーを突破できればいい。そのくらいやれないようなら、捜査一課は役立たずの穀《ごく》潰しということになりますからね」

古巣の捜査一課の悪口が、いまでは平気で口を突く。池田も勢いづいた。

「そのときは赤バッジのお歴々を、せいぜい顎で使ってやりますよ。ただしそのまえに、彰夫を取り逃がさないだけの証言はしっかり集めておかないと。ここは係長の腕の見せどころですよ」

とたんに重責を背負わされたが、とりあえず、相川という教師の線は希望がある。橋村一族の関係者以外で、彰夫のことをいちばんよく知る人物なのは、たぶん間違いなさそううだ。

3

相川浩一とは午後六時に、約束したホテルのカフェで落ち合った。葛木のお供は若宮で、池田と山井はふたたび橋村邸の監視に戻っている。先ほどもらった電話では、屋敷はきょうも静まりかえっていて、彰夫が動き出しそうな気配はないらしい。

二人の兄と姉の自宅にも交通捜査課の捜査員が張り込んでいるが、やはり取り立てて動きはないようだ。

すでに高飛びしているのではないかという気分が現場では濃厚になっているようで、いま怖いのはそれによる士気の低下だ。池田に現場に張り付いてもらうのはそれを防ぐ意味もあってのことで、持ち前の熱血ぶりを発揮して、池田はチームの突撃隊長を自任して憚《はばか》らない。

相川は三十代の実直そうな人物で、定刻ぴたりにやってきた。今回の件についてはよほど責任を感じているようで、慚愧の滲む口調で言った。

「僕の迂闊《うかつ》な考えで、田口君には大変な迷惑をかけてしまいました。一日でも早く元気になって、職場へ戻ってくれることを願っているんですが」

「彼女はこの事件を、どんなふうに見ているんですか」

　葛木は問いかけた。被害者の田口由美子から事情を聞いたのは交通捜査課のほうで、こちらはまだじかに話を聞いていない。そのときは意識が回復して間もないときで、我が身に起きた事態の意味をまだ十分には把握できていないようだった。

　相川はその後に彼女を見舞ったらしい。撥ねたのが橋村彰夫の可能性が高いと知って、いまはひどいショックを受けているようで、必ず逮捕して罰して欲しいと涙ながらに訴えたという。

「その願いに、ぜひ応えてやってください。僕にできることがあれば、なんでもご協力します」

　切実な調子で相川は言う。彼もまた、事件を彰夫の仕業《しわざ》だと確信しているようだった。

　橋村彰夫との付き合いは幼稚園以来だという。

「小さいころは、ちょっと悪戯《いたずら》好きの普通の子供でした。父親が実業家で、家庭が裕福だということは知っていましたが、それを鼻にかけるわけでもなく、どこにでもいる明るい元気な子だったんです――」

　家が近くだったこともあり、放課後や休みの日には一緒によく遊んだ。ほかのクラスメートとの関係も良好だった。

　しかし小学校も高学年になると、中学受験のために進学塾に通う子が多くなった。相川と彰夫も区内の塾に通うようになったが、そういう環境が彰夫の性には合わなかったらしく、欠席する日が多くなり、成績もはかばかしくはないようだった。

　兄二人は一流大学への進学率の高さで名高い名門中学に合格し、行く行くは国立大学や有名私立大に進学するのは間違いないと太鼓判を押されていた。しかし三男の彰夫の成績は芳しくなく、二人の兄へのコンプレックスもあって、落ちこぼれの悲哀（ひあい）を味わっていたらしい。

そのうちどこで知り合ったのか、他校の落ちこぼれ組と付き合うようになり、クラスメートとはほとんど交流することがなくなった。しかし相川とだけはその後も親しい関係が続いたという。

「なぜだか僕もよくわからないんです。そのころになると共通の話題もなくなって、とくに喋《しゃべ》ることもないのに、ハンバーガーショップに立ち寄って、ぼんやり時間を潰したりといった程度の関係でした。ただ彼にとってはそんな時間が大事なようで、どこか落ち込んでいるような日でも、一時間くらいつまらない話をすると、別れるときは元気になっていた。おかしな喩えですが、鳥の子供が、最初に見たものを親だと思い込むように、彼にとって、僕はなにか特別な意味を持つ親友だったのかもしれません」

「そうは言っても、相川さんと彼とはまったく別の人生を歩んだ。彼との付き合いで、個人的に迷惑を被ったようなことはありませんでしたか」

「夜中に酔って長電話をかけてきて、翌日の仕事に差し障りが出たりということは何度かありました。しかし向こうはああいう家庭の育ちで、経済的にはなんの不自由もなかったので、お金に絡むような話はまったくありませんでした」

「あなたの前では、どちらかというと好青年だったわけですね」

「ええ。とくにそういう姿を演じているというようなこともなく、ごく自然体なんです。ところが大学生のときは僕もまだ実家にいたので、近所の人からよく彼の噂を聞きました。それがことごとく悪い噂で、歩く疫病神というレッテルさえ貼られていたようでした」

「父親の橋村代議士は、彼を持て余していたんじゃないですか」

「そこがまたよくわからない。中学に入ると完全に不良グループの一員になって、万引きや自転車泥棒で補導されていたようですが、そのたびに父親が示談に持ち込んで事なきを得ていたようです。高校時代は暴走族に加わって、何度も暴行事件を起こしたと聞きましたが、それもすべて示談で済ませたようです。本人から聞いた話だから間違いはないと思います」

それが自分のせいででもあるかのように相川はうなだれる。葛木は言った。

「息子に甘いと言っても、限度というのがありますね」

「ええ。大学は中退して、そのあとはまともな職にも就かず、いわゆるパラサイト生活を続けている。そのころ長男は、政界に進出した父親の会社を引き継いで順調な経営を続けていた。次男は国内トップクラスのメガバンクに就職し、将来を嘱望《しょくぼう》されて、入社二年目でアメリカのビジネススクールに留学している。それなのに、おまえはこれからどうするつもりなんだって訊いたんです。すると、そのうち親父の力で政治家になると言うんです」

「そんな噂があることは我々も知っていましたが、本当なんですね」

「どうもそのようです。それなら少しは考えを改めて、まともな生活を送ったらどうだと言ってやったんです。すると、そのうち親父の秘書を二年くらいやって、それから参院選に出馬することになっていると、真面目《まじめ》な調子で言い出しましてね。そんな程度で国会議員が務まるのかと訊くと、父親からは、日本の政界なんて世間の役に立たないごろつきの掃きだめのようなもので、彰夫のような人間には向いた世界だと言われたそうです」

「納税者たる国民としては許しがたい暴言ですね」

若宮が呆《あき》れたように声を上げる。そうは言っても橋村の言い草は、意外に当たっているような気もするから困る。苦い表情で相川は応じる。

「できれば冗談であって欲しいと僕も思ったんですが、どうも当人は本気なようでした。これだけ地元で悪評を振りまいているお前に投票する人間がいるはずがないと言ってやったんですが、どうせ比例区からの出馬だから、親父がいい名簿順を確保してくれる。まず当選は間違いないと、いかにも自信があるような口ぶりでした」

「橋村代議士は、彰夫に特別な感情を持っているようですね」

「僕も異常な溺愛《できあい》ぶりだと思います。ただ、理由がないわけじゃなさそうです」

「というと？」

「これも彰夫から聞いた話ですが、橋村代議士自身も、若いころはいわゆる半グレというか、街のチンピラのようなことをやっていたそうなんです」

「それは初耳だ。代議士宅の近隣でも聞き込みはしたんですが、そういう話は耳にしませんでした。たしか生まれも育ちも亀戸では？」

「そういうことにしてあるようです。生まれたのが亀戸なのは嘘ではないんですが、代議士の父、彰夫にとっては祖父の代に、経営していた穀物問屋が倒産して家屋敷を失い、夜逃げ同然で東京を離れた。そのため代議士は、少年時代から成人になるまで名古屋で暮らした。不動産や株で財を成してから、凱旋するように亀戸に戻ってきたんだそうです。ですから、その時期の代議士のことは、地元の人もほとんど知らないはずです」

「代議士にとっては、彰夫が分身のように思えるんでしょうか」

「そうかもしれません。世間から相手にされない半端者の自分でも、一念発起して努力したらこれだけ成功できた。半グレ時代のさまざまな経験も、いまにして思えば栄養だったと、家では口癖のように言っていたそうです。兄二人は、もう見限って縁を切れと再三言っていたようですが、耳を貸そうともしなかったらしい」

「それでいい気になって、生活態度は改めなかったわけですね」

「そうなんでしょう。二人の兄にすれば不公平もいいところで、自分たちは頑張って勉強して、社会に出ても人からうしろ指を指されないように襟を正して生きている。それなのに父親は、いちばん出来の悪い三男にばかり愛情を傾ける。一見すると一族は結束しているように見えますが、そこに外からは見えない感情的な亀裂があるのは間違いないと思います」

「だとしたら、二人の兄と彰夫の関係も、あまりいいとは思えませんね」

「会えば小言しか言わないから、彼らが家に来るときは外出すると言っていました。向こうもそうかもしれませんが、どちらかといえば彰夫のほうが嫌っていたような気がします。自分のことは棚に上げて、兄たちが性格的に問題があるようなことをいつも言っていましたので」

「しかし父親にしたって、彰夫が改心してくれることを願ってはいたんでしょう」

「もちろんそのはずです。そんな話を聞いたのはだいぶ前ですが、その後も生活態度を改める気配はない。けっきょく参院選出馬の件は法螺《ほら》だったのかと安心していた矢先に、今度の事件が起きたんです。彼がやったのは間違いないんですね」

「我々としては強い感触を持っています。ただしあくまで状況証拠からの推論でして、決定的な証拠がまだ出ていません。橋村代議士の壁が厚くて、彰夫の行方《ゆくえ》はわからないし、車自体も確認できないんです。ストーカー的な行為は、過去にもやったことがあるんですか」

「彼はいろいろ問題行動を引き起こしてきましたが、じつは女性絡みの事件は、僕が知る限り今回が初めてなんです」

「本当ですか」

それは意外な話だった。執拗《しつよう》な付きまといや迷惑電話という行為に、つい、いわゆる女たらし的な先入観を抱いていたが、そこは訂正する必要がありそうだ。

「酒も飲めばギャンブルもする。じつは警察に発覚するには至りませんでしたが、違法薬物に手を染めたこともあるようです。ところが女性に関してだけは奥手と言うんでしょうか――」

「これまでも、その関係での事件は起こしていないんですね」

「ええ、僕もそこが気になるところで、身を固めれば品行も落ち着くのではと期待して、結婚を勧めたことが何度かあるんです。もっとも僕もそのときは独身で、お前に言えたことかと相手にもされませんでしたがね」

「そうなると、不慣れだから逆にコントロール不能に陥ることも考えられますね」

「そんな気がするんです。彼を弁護する気はありませんが、彼女に本気で惚れてしまったのは間違いありません。三十を過ぎた男が、まるで思春期の少年のようでした」

「最初は身に覚えがないとしらばくれていたようですが」

「しらばくれていたというより、照れていたというか。少なくとも、本人に罪の意識は皆無だったようです。彼女に届いたSMSを転送してもらって突きつけてやったら渋々認めたんですが、今度は彼女に対する切々たる思いを訴えられて、つい同情するような気分にもなってしまって――」

「ストーカーって、大体そういうもんじゃないですか。自分の愛は純粋だから、なにをやっても許されると考えてしまう。それがうまくいかないと、こんどは逆に憎しみに転じる。そういうことに歯止めが利かない性格だから、それが殺意にまで進んでしまう」

まるで経験者ででもあるかのように若宮が言う。相川は頷いた。

「そこの認識が僕も甘かったかもしれません。ただ警察のほうで、もっと早く手を打ってくれていれば――」

「おっしゃるとおりです。もちろん動いてはいたんですが、公安委員会がなかなか禁止命令を出さなかったものですから」

「やはり大物政治家の息子ということで、公安委員会も腰が退けたんでしょうか」

「そういうことはないと信じたいんですが」

相川の見方はなかなか鋭い。当たっている可能性はなきにしもあらずだが、ここはとりあえずそう応じておくしかない。葛木は問いかけた。

「犯行をほのめかすような話を、本人の口から聞いてはいませんでしたか」

「先週会ったときは、かなり思い詰めた様子でした。でもそんなことは言っていませんでした。もし聞いていれば、僕のほうから警察に連絡していたと思います」

「そうですか。あなた以外で彼が付き合っていた人物を、だれかご存じありませんか」

「かつての暴走族仲間とかが大勢いるとは思いますが、そちらの人脈とは、僕はまったく繋がりがないんです。ただ彼と話をしているときに出てきた人物の名前くらいなら、何人か覚えています」

「そうですか。我々のほうで聞き込みをしようと思いますので、教えて頂ければ有り難い。あなたから聞いたということは、決して相手には漏らしませんので」

相川は頷いて身を乗り出した。

「わかりました。一人は墨田区の向島でＤＶＤのレンタル店を経営している玉井《たまい》という男です。名前はたしか豊《ゆたか》だったと思います。住所や電話番号はわかりませんが、大手チェーンには入っていない独立系で、屋号が『レンタル玉井』だと聞いています」

「どういう人物ですか」

「かつての暴走族仲間のようです。歳は彰夫より二つか三つ上で、いまは堅気です。会うたびに説教されるとよくこぼしていましたが、そう言いながらも兄貴分のように慕っているようで、よく一緒に飲み歩いているという話でした」

「ほかには？」

「谷沢省吾《やざわしょうご》という人物で、かつて江東区議を一期務めましたが、次の選挙で落ちて、いまは浪人中です。父親が資産家で生活には困らない。その点は彰夫と似た境遇のようです。どこかの飲み屋で知り合いになったそうで、それほど長い付き合いではないようです。あともう一人。これがかなり怪しげな人物です」

「と言いますと？」

「藤村浩三《ふじむらこうぞう》といって、暴力団と関係があるようなんです」

「組員なんですか」

「表向きは板金塗装業者です。葛飾区の新小岩にある『板金エース』という会社の経営者なんですが、それを隠れ蓑《みの》にして盗難車の故買のようなこともやっているようです。暴力団が事業部門を分離して会社組織にし、表の社会と裏社会を繋ぐ役割をしている。そういうのを企業舎弟とかフロント企業とか言うらしいですね」

彰夫の指導よろしきを得たのか、相川は裏社会のことに詳しい。葛木は確認した。

「どこの組のフロントですか」

「葛飾区内を地盤とする高浜《たかはま》一家だと聞きました。広域指定暴力団山七《やましち》組の下部組織だそうです。藤村はかつてはそこの組員で、その後足を洗ったことになっているようですが、実質的にはいまも中堅幹部の扱いだそうです」

板金塗装業、しかも裏で盗難車の故買――。それはただならぬ話だった。葛木は身を乗り出した。

「彰夫とその男は、いまも付き合いがあるんですね」

「あると思います。その男も暴走族時代の仲間で、高校時代からの繋がりです。僕が知っているのはそのくらいですが、彼らから話を聞けば、もっといろいろ出てくるんじゃないでしょうか」

相川は期待を滲ませる。しかしいま聞いた藤村という男の話は、こちらが想定していたのとは別の意味での大収穫かもしれない。傍らで若宮も、やったという顔つきで膝を打った。

4

城東署へ戻って、相川から聞いた話を詳しく報告すると、大原は勢い込んだ。

「その板金屋の話、ひょっとすると当たりかもしれないぞ。新小岩なら、そのなんとかいう高い車でかっ飛ばせばものの五分もかからない。こっちは現場と自宅を結ぶ線を重点的に捜査していたが、それだと方角がまったく逆だ」

「ええ。いちばん惧れていた方向に事態は向かいそうですよ。板金修理をされたら事故の痕跡が消えてしまう。それ以上に問題なのが、その男が裏でやっている商売です」

「ああ。分解して廃車に偽装し、海外に輸出するという手口だな。すでに違法ヤードに持ち込まれているとしたら、探し出すのは容易じゃない」

違法ヤードというのは盗難車を解体し、中古部品扱いで海外に輸出する業者で、その作業場のことをヤードと呼ぶ。解体して輸出された車は、輸出先で組み立て直し、中古車として販売される。

ヤードを経営しているのはアフリカ系やロシア系などの外国人が多いとされるが、彼らは大規模な国際窃盗グループの末端に位置するに過ぎず、そこには日本の暴力団も関与しているとされている。

そのヤードの一大集積地が千葉県で、県内には四百ヵ所以上が存在すると言われている。葛飾区なら川を渡れば千葉県だ。そのうえ、彼らの処理能力は高く、持ち込まれた車両は一日もかからず解体されてしまうから、今回の事案に関しても証拠隠滅には最適だ。彰夫があとでしらばくれて盗難届を出せば、もっとも重要な証拠品が消えてなくなってしまうことになる。

「急がないとまずいですよ。下手をすると手遅れになる」

若宮は焦燥を滲ませるが、現状はそうは簡単に動けない。『板金エース』にせよ藤村浩三にせよ、なんらかの犯罪に関わっている証拠があるわけではない。そもそも橋村邸のガサ入れさえできないいまの状況で、そちらの令状がとれるわけがない。慎重な口ぶりで大原が言う。

「まずその板金屋に人を張り付ける必要があるな。こちらから話を聞きたいと連絡を入れたら、警戒して彰夫の車をどこかに移動してしまう惧れがある。あくまでそこにあるとしての話だが」

「その可能性は高いですよ。決して安い車じゃないですから、いくら金持ちのどら息子でも、そう簡単に違法ヤードに売り飛ばすとは思えない。撥ねた跡をきれいに補修して、タイヤも交換してから、旅行にでも行っていたふりをして姿を現せば、あとは親父がなんとでもしてくれるくらいに考えているかもしれません」

期待を込めて葛木は言った。大原は自信を覗かせる。

「そのくらい間抜けであって欲しいもんだな。交通課の連中に訊いてみたんだが、たとえ板金塗装されても、補修の跡は見分けられるし、科捜研に依頼すれば、補修前にどういう状態だったかも解析できるそうだ」

「きょうの話で、兄と姉の家に匿われている可能性は低くなりました。そちらに張り付いている捜査員を引き上げて、その板金屋の張り込みに回せばいい。周辺で聞き込みもすれば、彰夫の車や彰夫本人を目撃した人が出てくるかもしれない。その態勢ができたところで、私が藤村のところへ出掛けます。それで警戒してなにか動きがあるようなら、見逃すことはないでしょう」

「ああ。彰夫が姿を見せる可能性もあるし、もし車を捨てる気だとしても、どこかの違法ヤードへ運び出すところを押さえられるかもしれない。忙しくなったな。とりあえず配置を固めた上で、交通課も含めて対策を考えよう。いま宮下に連絡するよ」

大原はデスクの電話から宮下を呼び出して、手短に事情を伝え、受話器を置いて振り向いた。

「こっちに飛んでくるそうだ。高浜一家という組についても、所轄の葛飾署から情報を仕入れたほうがいい。向こうの課長にいま電話をしてみるよ」

大原は忙《せわ》しなくダイヤルボタンをプッシュする。そのあいだに葛木は、橋村邸を張っている池田に電話を入れた。相川から聞いた話をかいつまんで伝えると、池田は張り切った。

「だったらここは上尾さんたちにお任せして、我々は直接その板金塗装屋に向かいますよ。交通課の連中にも付き合ってもらいます。ここは一時的に手薄にはなりますが、いまはそっちが重要です。兄と姉の自宅を張っている連中の一部が、こっちに回ってくれればそれで十分です」

池田はさっそく現場を仕切る気だ。階級が一つ上の上尾まで顎で使うような口ぶりだが、遣《や》り手のデカ長というのは元来そういうもので、そこは上尾も納得ずくだろう。

「場所はわかるか」

「その店ならよく知ってますよ。駅に近い、平和橋通りに面したところでしょ。女房に買い物に付き合わされて、その辺はよく走りますから」

言われてみれば池田の自宅は東新小岩だ。店のある新小岩とは目と鼻の先で、もちろん土地鑑は十分だろう。

葛木は言った。

「じゃあ、よろしく頼む。おれも署内で打ち合わせしたあと、急いでそっちへ向かうことにする」

「そうしてください。どうも敵の本陣は、親父の家でも兄貴たちの家でもなく、そっちのほうだった可能性がありますね」

声を弾ませて池田は応じた。

5

「藤村浩三っていう男、やはり高浜一家の企業舎弟だな。葛飾署でも監視対象にしているらしい。組員だったころは切れ者で通っていて、債務整理をシノギにしていたそうだから、フロント企業の経営者としては適任だったんだろう」

葛飾署の刑事・組織犯罪対策課長との電話を終えて、手応えを得たように大原は言う。

葛木は問いかけた。

「本業以外に、裏で怪しい商売をしているのは間違いないんですか」

「そう睨んではいるんだが、なかなか証拠が摑めない。工場長がアフリカ人で、腕がいいという評判らしいが、違法ヤードの関係者でいちばん多いのがアフリカ人だと聞いている。その男が千葉県内の違法ヤードとのパイプ役だろうと葛飾署は見ているようだな。ところが警視庁と千葉県警で管轄が跨《また》がるから、なかなか捜査が進まない」

「だったら、こっちの捜査に協力してくれれば、そのあたりもついでに探れそうじゃないですか」

「ああ。向こうもえらく乗り気だよ。こっちがガサ入れするようなら、そこに相乗りして、ついでに盗難車売買の証拠も見つけたいと言っている」

「それは問題ないでしょう。要は令状の請求書面の書き方次第ですから。場合によっては葛飾署で立件してもらって、こっちが相乗りする手だってありますからね」

「いずれにしてもその車が見つかれば、この事件は一件落着だ。どんなに丁寧に補修をしたって、人を撥ねた痕跡は隠せないそうだし、廃車を装ってナンバープレートを外しても、車台番号までは誤魔化せないからな」

大原は先走って言う。あくまでもし見つかればの話で、まだまだ楽観はできないが、その線が当たりなら、橋村代議士という手強《てごわ》い障壁は避けて通れる。というより、橋村自身、じつは彰夫の行方を把握していないのではとも思えてきた。

そんな話をしているところへ、交通課長の宮下と交通捜査係長の水谷が息せき切って駆け込んできた。

「行けそうじゃないか。もうすこし偵察をして、車があるのが確実ならいつでもガサ入れできる。いくらなんでもフロント企業のガサ入れに政治家が口を挟むわけにはいかないだろうからな」

橋村に触れずに動けることで、宮下はだいぶ気持ちが大きくなったようだ。人員配置の話をすると、一も二もなく賛成した。

「そういう話なら、兄と姉のほうはパスしていいだろう。何人か残して、あとはとりあえず代議士の屋敷に回す。新小岩のほうで手が足りないようなら、そこからさらに人を移すことにするよ。そこは水谷にいい案配に調整してもらおう」

「わかりました。最近うちの管内や江戸川、葛飾あたりで頻発している車両盗難事件にもそいつが関わっているかもしれません。ついでと言っちゃなんですが、そっちのほうも一網打尽にできたらうちとしては万々歳ですよ」

水谷も勢いづく。葛木は言った。

「じゃあ我々は、これから新小岩に向かいます。この時間だと話を聞きに行くのはあすになりますが、そのまえに店の様子を頭に入れておけば、いろいろ突っ込みどころが見つかるでしょうから」

「ああ、頼む。おれは葛飾署からもう少し情報を集めてみるよ。さっきはマル暴担当が外出していて、課長から聞いた話だから立ち入ったところまではわからなかった。もうじきその刑事が帰ってくるそうだから」

「ぜひお願いします。あした出掛けていくときの、いい話の種が見つかるかもしれませんので」

そう応じて、若宮を促し、立ち上がったところでポケットの携帯が鳴り出した。取り出してディスプレイを覗くと俊史からの着信だった。

「いま出掛けるところなんだ。事態が急変してね。車のなかからかけ直すよ」

そう応じて部屋を飛び出し、階段を一階まで駆け下りて駐車場に向かう。覆面パトカーに飛び乗って、若宮に運転を任せ、葛木は俊史を呼び出した。

「どうした。勝沼さんの件でなにかわかったのか」

「さっき外で落ち合って、軽く食事をしながら話したんだけど、どうも異動は本決まりみたいだね」

俊史の声に力がない。穏やかではない気分で葛木は問いかけた。

「辞令が出たわけか」

「まだだけど、長官官房から正式な打診があったらしい」

「断るわけにはいかないのか」

「もう後釜が決まっているから、断れば行き場がないと言われたそうだよ」

「強引な話だな。いやなら辞表を書けというわけか。異動の理由を向こうはなんて説明してるんだ」

「いくら訊いても、適材適所で考えた結果で、他意はないと答えるだけらしい」

「それは長官の意向なのか」

「たぶんね。というより、長官を経由した誰かの意向なんだろうけど」

「長官の上となると、国家公安委員長か」

「そのさらに上ということもあり得るね。警察庁キャリアの人事権は国家公安委員会が握っている。その国家公安委員会は内閣府の外局という位置づけだ。つまり官邸とストレートに結びついている」

「やはり、例の贈収賄事件が絡んでいるとしか考えられないな」

「けっきょく官邸の堀は越えられなかったけどね。でも向こうだって相当肝は冷やしたはずだから」

「上層部には、勝沼さんの味方になってくれる人間はいないのか」

「周りの人たちは触らぬ神に祟《たた》りなしと言ったところらしいね。というより、長官や警視総監の椅子とり競争のライバルにとっては強力な対抗馬が脱落するわけだから、もっけの幸いというのが本音じゃないの。ところで心配なことがもう一つあるんだよ」

「というと？」

「いま衆議院の解散がマスコミで取り沙汰されているけど、それが信憑性が高いようでね。首相周辺は二月の頭あたりを狙っているらしい」

「あと一ヵ月もないが、それと勝沼さんの件と、なにか関係があるのか」

「勝沼さんというより、いま親父たちが扱っている事件と関係がなくもない」

「いったい、どういうことなんだ」

「次期内閣で、橋村幸司衆議院議員の初入閣が濃厚らしい」

「飛ぶ鳥を落とす勢いだな。なんの大臣になるんだ」

「国家公安委員長だよ」

声を落として俊史は言った。

第三章

1

『板金エース』の店舗兼作業場は、新小岩駅から三〇〇メートルほどの、平和橋通りに面した一角にあった。

看板にはつなぎの作業服を着た可愛らしい男の子と女の子のキャラクターがあしらわれ、これまでに得られた情報から受ける剣呑《けんのん》な印象とはほど遠い。

池田たちはやや離れた路上に覆面パトカーを駐め、店の周囲に散開して張り込み態勢に入っている。葛木と若宮もそこに合流し、近くの喫茶店で池田から状況の報告を受けた。

すでに午後八時で、店は閉店しており、いまは人が出入りしている気配はないという。

しかし事務所スペースとみられる二階の窓には明かりが点《とも》っていて、なかにだれかがいるのは間違いないようだ。

工場スペースとみられる一階はシャッターが降りていて、そちらの様子はわからない。間口の広さからみて、普通乗用車なら五、六台は同時に作業できそうだという。

「周りの商店はまだ営業してますから、これから聞き込みをして、それとなく評判を聞いてみようと思います。しかし店構えはなかなかなもんじゃないですか。これなら危ない裏商売に手を染めなくても、十分飯が食えると思いますがね」

池田が言う。たしかに看板も建物も真新しく、左前という印象はない。葛木は慎重に応じた。

「かといって、本業で羽振りがいいかどうかはまだわからない。隠れ蓑に使っているとしたら、周囲から怪しまれないように店構えくらいは立派にしておくだろうからな」

「なるほど。そういうこともありますね。そっちを手広くやっているとしたら、逆に本業が繁盛しすぎても困るでしょうから」

「あれから課長が葛飾署からさらに情報を仕入れたんだが――」

相川が言っていたとおり、経営者の藤村浩三は広域暴力団山七組傘下の高浜一家のフロントで、葛飾署も監視対象にしている。さらに工場長がナイジェリア人で、そのあたりからも違法ヤードのビジネスに手を染めている可能性が高いと見ているという話を聞かせると、池田は唸った。

「彰夫にそういうお友達がいるんなら、答えは出たようなもんじゃないですか。そっちの線から追及していけば、橋村代議士という壁も問題にならない」

「ああ、その代議士の件なんだが──」

葛木は先ほど俊史から聞いた、次の組閣で国家公安委員長に就任する可能性が高いという話を教えてやった。その件はここへ来る途中、大原にも伝えておいた。

国家公安委員長といっても、個別の現場を直接指揮する権限はないし、自分の息子が関わった事件で下手に動けば職権乱用と見なされて、自ら墓穴を掘ることにもなりかねない。それが本当なら橋村はむしろ手足を縛られるから、こちらはかえってやりやすくなると、大原はむしろ楽観的だった。

しかし国家公安委員長は警察を統括する国務大臣で、警察庁長官、警視総監を始めとする警察のトップ人事にも深く関与する。

役人の世界でいちばん強力な統治手段が人事だ。大半の警察官僚の頭の中の九〇パーセントは自分が次に座る椅子のことで占められていて、仕事のために使われるのは残りの一〇パーセントだけだと、俊史は多少の自虐を交えてよく皮肉を言う。

上に弱いのが警察官僚の習い性だから、トップの大臣が影響力を働かせようとすれば、べつに指揮命令権は必要としない。上司の腹の内を忖度《そんたく》するセンスにかけては彼らはピカイチで、阿吽《あうん》の呼吸で意思は伝わり、さらにまたその下へと、砂漠の砂に水が染みるように、順繰りにその意思は浸透していく。だから葛木のように末端にいる警察官でも、決して侮れないと俊史は言っていた。

「そのポストを利用してなにかする気なら、堂々と受けてやりましょうよ。それに今度の手掛かりを追っていけば、橋村先生が大臣になるまえに事件は片付くんじゃないですか。むしろ息子のスキャンダルが表沙汰になって、国家公安委員長の椅子もふいになるかもしれませんよ」

池田も気にするふうでもない。それが巡り巡って俊史にも不利な力が働くのではないかという親馬鹿心理もなくはない。しかしよぎるのはそれとは別の不安だ。

今回の勝沼の左遷話が、例の贈収賄事件で官邸を追い詰めたことへの報復なのは疑う余地がない。それと同様に、もし橋村の息子の彰夫を挙げることになれば、同様に葛木たちが橋村の報復を受けかねない。

その点、葛木も大原も腹を括っているが、生涯巡査部長を公言している池田にしても、まだ警察官人生は先が長い。山井や若宮にすればなおさらで、その将来に影を落とすような報復が待っているとしたら問題だ。

もっとも池田が言うように、息子が殺人未遂容疑で逮捕されたとなれば、国家公安委員長就任も立ち消えの公算が高いが、逆にその心配があればこそ、いま進行中の捜査を全力で潰しにかかる可能性もある。

藤村浩三という新たな手掛かりが出てきたとはいえ、その素性から考えて、簡単に彰夫の犯行事実にたどり着けるかどうか。手間どれば、その隙《すき》を突いて橋村がなにか仕掛けをして来かねない。

「しかし、先生の動きにも目配りは必要だな。まさかとは思うが――」

相川から聞いた橋村の来歴の話をすると、一つ唸って池田は応じた。

「だとしたら、藤村と彰夫がかつての暴走族仲間だっただけじゃなく、親父のほうも高浜一家とどこかで繋がっている可能性がありますね。上部組織の山七組のルーツはたしか名古屋ですよ。代議士は若いころ、名古屋でワルをやっていたというんでしょう」

「そのころの縁がいまも生きていないとは限らない。高浜や山七が全力を挙げて隠蔽《いんぺい》に走れば、証拠の車をどこかに消してしまうくらい造作もないだろう」

「俊史さんの話だと、バブルの時代には、暴力団と組んでずいぶんえげつない地上げをやったそうじゃないですか。政界入りしてからもその筋との繋がりを匂わせて政敵をびびらせているというんでしょう」

「そういう豪腕ぶりを買って、二度とあの汚職事件のような捜査に警察が乗り出さないように、締め付けを強めようという腹も官邸にはあるのかもしれない」

「そうだとしたら安穏とはしていられませんね。橋村が国家公安委員長の椅子に座るまえに、彰夫を挙げてしまわないと」

「ああ。このルートで追い切れないと、証拠の車そのものが消えてなくなりそうだ。そうなると事件の解明はほぼ不可能になる」

「その彰夫が、そのうち参議院に立候補するっていうわけですか。殺人未遂の犯人が、なんのお咎めもなく国会議員になるなんて世も末ですよ」

そこまでの話を聞けば、さすがの池田も考え込む。杞憂《きゆう》に過ぎないかもしれないが、勝沼の左遷といい橋村の入閣話といい、すべてがこのタイミングで起きていることに不安を覚える。因果関係があるかどうかは別にして、そんな一連の動きがこちらに不利に働くことは否めない。

2

『板金エース』の店舗自体に大きな動きはなさそうなので、張り込み要員数名を残し、葛木は若宮と、池田は山井と組んで、周辺での聞き込みを始めることにした。

まず飛び込んだのが、道路を挟んで斜め向かいのいかにも暇そうな古本屋で、名刺を差し出し『板金エース』について訊きたいことがあると言うと、退屈そうにしていた店主は、恰好《かっこう》の話し相手ができたとばかりに、奥に招いて椅子を勧める。

「店が出来たのは五年前で、それまではホームセンターだったんだよ。もともとは金物屋だったんだけど、時代の流れに合わせたんだか、大手チェーンのフランチャイズに加盟してね。最初は調子よかったが、そのうち近場にショッピングセンターができて、そっちに客を取られてやっていけなくなった。オーナーは破産宣告を受けて土地を去ったんだけど、その債務整理にやくざが絡んで、身ぐるみ剝がされたという噂でね」

店主はなにかをほのめかすような口ぶりだ。葛木はさりげなく問いかけた。

「そこにあの店ができたわけですね。ある程度の敷地が必要な商売だから、ホームセンターの跡地ならお誂《あつら》え向きだったんでしょう」

「まあ、そうなんだろうね。ただ噂なんだけど、あそこのオーナーはこの筋の人間だという話なんだよ。まえの店の倒産騒ぎのとき、人相の悪い連中を引き連れてしょっちゅう入り浸っているのを、近所の何人もが見かけていてね」

店主は自分の頰《ほお》に筋を一本引いてみせる。相川の話と葛飾署から得た情報ですでにわかっている話だが、素知らぬ顔で葛木は頷いた。

「だったら、ご近所に迷惑をかけるようなこともあるんじゃないんですか」

「最初はみんな心配したんだけどね。店が始まってみると、隣近所に手土産を持って挨拶に来るし、危なっかしい連中が出入りするわけでもない。近所のそば屋の親爺《おやじ》がたまたま車を壁にぶつけて、試しに修理を頼んでみたら、対応もいいし腕もいい」

「工場長が外国の人だと聞いていますが」

「よく知ってるね。アフリカの人らしいよ。そば屋の親爺も、壊されるんじゃないかって最初は心配したらしいんだけど、新品みたいになって戻ってきたと触れ回ったおかげで、けっこう客がついたと聞いてるよ」

「だったら商売繁盛なわけですね」

「だからといって、だれもがそうそう車を傷つけるわけじゃないから、そんなに仕事があるとも思えない。ただね、うちはこの建物の二階が住居なんだけど、夜中にでかいトラックが出入りするのを窓からよく見かけるんだよ。中古車のディーラーとか保険会社と契約して、そっちから仕事が回ってるんじゃないかとみんなは言うけど、本当のところはわからない」

さして興味もなさそうに店主は言う。ぴんとくるものを感じて、葛木は問いかけた。

「どのくらいの頻度ですか」

「月に一、二回かね」

「最近だと、来たのはいつごろですか」

「さあね。いつもいつもあの店を見張ってるわけじゃないから。一週間くらいまえに来ているのを見たけどね」

「そのトラックの積み荷は車ですか」

「なかは見えないから、多分そうだろうと想像してるんだけど」

「よくある車両運搬車じゃないんですね。外から運んでいる車が見えるような?」

「そうじゃないね。ボディには会社名とかも書いてない」

「オーナーはいつも店にいるんですか」

「いるけど、本人はそっち方面の技術はないようだね。筋者だという噂は本当かもしれない。ただ見てのとおり、店そのものに危なっかしい雰囲気はないし、剣呑な連中がたむろしているわけでもない。だったら同じ町内の人間として、ことさら文句を言う筋合いでもないからね」

「この人物を見かけたことはありませんか」

葛木は交通課が運転免許センターから取得した、橋村彰夫の写真を見せた。一昨年の更新時に撮影されたもので、風貌に大きな変化はないはずだ。店主は即座に頷いた。

「駅前の居酒屋でたまに見かけるよ。いつもあそこのオーナーと一緒だよ」

「ここ数日のあいだに見かけましたか」

「いや、私もそう毎晩飲み歩いているわけじゃないんでね。最後に見かけたのは一ヵ月くらい前かな」

一ヵ月前では今回の事件とは繋がらないが、相川の話の裏はこれでとれた。彰夫と藤村が親しい関係なのは間違いないようだ。

今度は彰夫の車と同じモデルで、ボディカラーも同じ車の写真を取りだした。ディーラーのウェブサイトからコピーしたものだ。

「こういう車が、あの店に出入りしているところは見かけませんでしたか」

店主は一瞥《いちべつ》して首をかしげた。

「私は車には詳しくなくてね。バスと乗用車の違いくらいしかわからない。それにこういう色の車はいくらでもあるしね。そもそもあんたたち、なんの事件の捜査で動いているの。あの店がなにか悪さでもしているわけか」

店主は興味津々の様子で問い返す。轢き逃げ事故に関しては、新聞やテレビのニュースで報道されているが、扱いは小さく、容疑者が彰夫だということも表には出していない。それで警察が動いていることは、現状ではまだ伏せておきたい。

「先ほどのお話に出てきた、あの店のオーナーと暴力団との関係を調べておりまして。いわゆるフロント企業と我々は言うんですが、暴力団関係者が表のビジネスとして運営し、その利益を暴力団の資金にしたり、違法行為の隠れ蓑に使ったりという会社が最近増えていまして」

葛木の名刺の部署名は刑事・組織犯罪対策課で、強行犯捜査係のところははしょられている。窃盗からマル暴事案まで助っ人で動くことが多く、いちいち事情を説明するのが面倒なので、刑事・組織犯罪対策課でひとくくりにしている。だからマル暴事案の捜査だと言っても変に思われることはない。もっとも一般の市民が警察の内輪の事情を知っているはずもない。案の定、店主は好奇心丸出しで身を乗り出す。

「そうなのか。だったら安穏としてはいられないね。このあたりは高浜一家の縄張りなんだけど、そこのフロント企業なの？」

「そのようです。こちらでの高浜一家の評判はどうですか」

「最近はとくに悪い噂も聞かないね。警察の締め付けが厳しいからもう虫の息かと思ってたら、そういうところで上手いことやってるわけだ」

「そのビジネスが法に抵触していなければ、我々も手出し出来ないんですが、賭博や薬物と同様に暴力団の資金源なのは変わりないので、絶えず目を光らせているんです」

「しかしこのあたりは葛飾署の管轄だけど、どうして城東署が？」

店主は厳しいところをついてくる。葛木はとっさに誤魔化した。

「近々江東区内に支店を出すという情報がありましてね。それを足掛かりに高浜一家が縄張りを広げようと画策した場合、地元の暴力団とのあいだで抗争が起きる。そうなると一般市民にも被害が及びかねないと警戒しているんです」

「そりゃ困るな。高浜一家とそっちの組でドンパチ始まったら、このあたりにも火の粉が飛んでくるかもしれない」

店主は困惑顔で言う。

「そうなんです。危険な火種は早めに消しておくに限ります。なにか不審な動きがありましたら、私のほうにご連絡いただけるとありがたい」

そう言ってて名刺をもう一枚取り出し、裏に携帯の番号を書いて手渡した。店主は真面目な顔で頷いた。

「わかったよ。私は町内会の防犯委員をやっててね。今度の集まりでみんなにその話を伝えておくよ。もちろん変な動きがあったら電話を入れるから」

「よろしくお願いします。暴力団の取り締まりには、市民の皆さんのご協力が不可欠ですので」

そう言ってその場を辞すと、若宮が驚いたように言う。

「葛木さん、凄《すご》いですね。あれなら詐欺師にだってなれますよ」

「褒められているようには聞こえないな。しかし彰夫の件でこちらが動いていることを、いま藤村に知られるのはまずい。ああ言っておけば、町内の人間もうかつに接触はしないだろうし、あとで思いがけない情報をもたらしてくれるかもしれないからな」

「それなら一石二鳥じゃないですか。さすが、元捜査一課ですよ」

「捜査一課じゃなくてもそのくらい思いつく。それより、大型トラックの話は貴重だぞ」

「そうですね。違法ヤードへの定期便かもしれませんよ」

「都内で盗まれた車をいったんここに集積して、まとめて千葉県内のヤードに運んでいる可能性があるな」

「そうだとすると、彰夫の車、すでに運ばれてしまっているかもしれませんよ」

「店主の話だと、トラックが来るのは月に一、二回だ。一週間前に来たばかりだそうだから、まだ移動はしていないんじゃないのか」

「ただ、今回は事情が事情ですから、トラックは使わずに自走でヤードへ運んだのかもしれませんよ。県内へ向かう主要道路のNシステムをチェックしたほうがいいんじゃないですか」

若宮は鋭いことを言う。葛木は頷いた。

「たしかにそれはやったほうがいい。ただ、盗難車の扱いに慣れている連中だから、ナンバープレートを偽装するくらいはお手のものだろう」

「そうですね。そうなるとお手上げかもしれません」

若宮は諦めがいいが、それでは警察は商売あがったりだ。葛木は大原に電話を入れた。事情を説明すると、焦燥を滲ませて大原は応じた。

「さっそく調べてみるよ。手遅れにならなきゃいいんだが」

「引っかかっていさえすれば、なんとかなりますよ。運び込まれたヤードを突き止めてガサ入れすれば、解体されていても誤魔化せません。車台番号は変えられないし、削り取られていたら、それはそれで逆に怪しいことになりますから」

「なんにせよ、彰夫には厄介な友達がいたもんだよ。親父だけでも十分厄介なのに」

大原は嘆息し、さっそくNシステムを当たってみると言って通話を切った。そこへ池田から電話が入った。

「耳寄りな話を聞きましてね――」

池田は声を落とす。

「きのうの朝七時を少し回ったころ、シルバーグレーのベンツが『板金エース』の敷地に入るのを見たと言うんですよ。近くのクリーニング屋の店主ですがね。日課の犬の散歩をしていたら、突然かなりのスピードで左折してきて、犬が驚いて吠えたもんだから覚えているそうです。営業時間外なのに変だなと、そのときは思ったんだそうですが」

「事故があった直後じゃないか。車種やナンバーは？」

「そこまで詳しくは覚えていないんですが、ベンツのエンブレムはわかったそうです。それで彰夫の写真を見てもらったら、髪の色は違うけど、似ているような気がするって言うんですよ。少なくとも年恰好は同じくらいだそうです」

「たぶん彰夫で間違いないな」

「そのあと家に帰ってテレビのニュースを観ていたら、江東区内で轢き逃げ事件があって、その車がシルバーグレーのベンツだったと知った。ひょっとしたらと思ったらしいんですが、あの店のオーナーが筋者らしいという噂を聞いていたんで、確信もなく警察に通報して、間違いだったらあとでどう因縁をつけられるかわからない。それで黙っていたんだそうです」

「そうか。だったら、まだ店の作業場にあるかもしれないな。じつはさっき——」

古本屋の店主から聞いた話を教えると、池田は唸った。

「それなら、まだ運ばれていない可能性は高そうですね。できればいますぐガサ入れしたいところですが」

「慌てなくても、ここでしっかり張り込んでいれば、移動させるときはすぐにわかる。トラックで運ぶようなら尾行して、行き先の違法ヤードを葛飾署と一緒にガサ入れすればいい。その車で移動するようなら、職質をかけて車種とナンバーを確認し、乗っているのが彰夫でもだれでも任意同行すればいい。逃走を図るようなら公務執行妨害で現行犯逮捕できる」

強気の口調で葛木は言った。打てば響くように池田も応じた。

「そうしましょう。もうじき兄貴たちの自宅を張っていた捜査員も援軍に駆けつけますから、見逃す心配はありません」

3

そのあと、聞き込みに回っていたほかの捜査員からも報告が入ったが、とくにめぼしいものはなかった。オーナーの藤村は近隣の住民とのあいだに波風は立たせず、どちらかといえば好感さえもたれているらしい点は、古本屋の店主の話と共通していた。

大原からはあれからまもなく連絡が入った。都内から千葉方面に向かう幹線道路のNシステムをすべてチェックしたが、きのうからきょうにかけて、彰夫の車はヒットしなかったという。だとすればいまも『板金エース』の敷地内のどこかに隠してある可能性は高いが、偽ナンバープレートに付け替える細工もあり得るから油断はならない。

周辺の店舗もぽつぽつ閉店し始め、開いているのはコンビニくらいになった。あす以降もみっちり監視する必要があるので、現場には五名ほどの捜査員を残し、葛木たちはいったん本署に戻った。大原は待ちかねていたというように報告した。

「ついさっき、葛飾署のマル暴担当と連絡がとれたよ。藤村という男、五年前に組を抜けたことになっていて、警察には脱退届を出しているそうなんだが、葛飾署ではあまり信じていない。やめた際の組との関係があまりに円満でね。普通は指の一本も詰めさせられたり、法外な手切れ金を要求されたり、身を隠してもしつこくつけ回されたりと大変な目に遭うらしいんだが」

「そういうことがなかったんですね。五年前というと、『板金エース』の開業と同じ時期ですよ」

「そうらしいな。そこを怪しんで葛飾署はいまも監視下に置いているんだが、なかなか尻尾《しっぽ》が摑めないんだそうだ。うちもそうだが、暴力団撲滅運動の一環として組員に足抜けを勧めている手前、明白な証拠がない限り嘘だろうとも言いにくい。近所に迷惑をかけているわけでもなさそうだし」

「我々が聞き込んだ範囲でもそうで、どちらかといえば、好感をもっているようでさえありました」

「組とのあいだに金の行き来があるかどうかまでは警察もチェックできない。現金だったら銀行口座をチェックしてもわからない。税務署なら税務調査で立ち入れるが、あそこはあそこで守秘義務があるから、多少怪しい点があっても、税金さえ取れれば警察には通報しない」

「彼らにすれば脱税こそが犯罪で、それさえなければお客様ですから、我々とは立場がまるで違います。フロント企業は上得意の部類でしょう」

「一部上場企業にもそういう噂の会社はあるし、マザーズのような新興市場に上場しているところは数え切れないほどらしい。上場基準は厳しくチェックしているというが、見抜けないほど巧妙なのか、審査するほうがザルなのかはよくわからない」

「橋村代議士との関係については、葛飾署はなにか摑んでいますか」

「それも訊いてみたんだが、そこまでチェックを入れていなかったようで、向こうは驚いていたよ。昔、名古屋でワルをやっていて、その後も地上げで世話になっているとしたら、いまも繋がっている可能性は十分ある。これから橋村の政治団体の政治資金収支報告書を入手して、怪しい会社からの政治献金がないかどうか調べてみるそうだ」

「月に一、二度、夜中に大型トラックが出入りしているという話はどうでしたか」

「それも初めて聞いたそうで、上とも相談して、あすからこっちの張り込みに合流したいと言ってきた。その点は問題ないだろう」

「もちろんです。こっちは殺人未遂容疑ですから、手を出せるのは彰夫だけです。しかし葛飾署なら、マル暴事案でも窃盗事案でも行けるから、やろうと思えば藤村をじかに挙げられます」

「いまの時点でガサ入れできれば、いちばん手っ取り早いんですがね。葛飾のほうで、なんとかなりませんか」

苛立《いらだ》ちを隠さず池田が言う。しかし彼らも決め手を欠いているわけで、令状をとれるほどの材料はなさそうだ。葛木は言った。

「すでにがっちり監視下においているんだから、そう焦ることもないだろう。とりあえずあす、おれが藤村のところに出向いてみるよ。彰夫の件でいろいろ訊いてやれば、なにか動きがあるはずだ。向こうも素人じゃない。警察に目をつけられているくらいは察知するだろう」

なにが起きるかわからないので、昨夜は池田たちともども署内に泊まり込んだが、張り込んでいた捜査員からの報告では、『板金エース』の店舗や周辺でとくに変わった動きはなかったという。

4

夜十時過ぎに二階のオフィスの明かりが消えて、通用口から男が一人出てきた。葛飾署から提供された顔写真は各捜査員の携帯やスマホに転送してあったので、それが藤村だということはすぐに判明した。

捜査員二人が尾行したところ、藤村が向かったのは店から歩いて五分ほどの小ぶりのマンションだった。なかに入ってしばらくすると、三階の角部屋に明かりが点いた。一階にある集合ポストの名札をチェックすると、その部屋と思《おぼ》しい部屋番号のところに藤村浩三の名札があった。

やや間を置いて三階に上がって確認すると、その部屋にも藤村浩三の表札があった。葛飾署から得た情報によると、藤村は二年前に離婚しており、いまは独身で子供もいない。部屋が暗かったのはそこに誰もいなかったということで、当然、彰夫がそこに匿われているわけでもないと考えられる。

オフィスの明かりも消えているから、そちらにも彰夫はいないはずだ。しかし、もし藤村の留守中に部屋の明かりが点いていれば、彰夫がいる可能性は高いわけで、そこは事件解決への突破口になりそうだ。葛飾署の応援も得て人員には余裕があるので、きょうからそのマンションも張り込みの対象にすることにした。

藤村は、けさは朝七時に店に入り、二階のオフィスにいるようだ。営業時間は午前十時から午後七時だから、そんなに早出することもなさそうだが、根が働き者なのか、きょうはたまたま朝から用事があったのかはわからない。

葛木たちは午前八時に到着し、昨夜張り込みを担当した捜査員から現場を引き継いだ。ほどなく葛飾署の応援部隊も駆けつけ、加えて交通課や生活安全課も捜査員を出してきたから、現場は二十名近い捜査員でごった返すような状況だ。これでは目立ちすぎるので、三交代のシフトを敷き、さらに一部の捜査員がきのうに引き続き近隣での聞き込みを行うことにした。

葛木は営業開始時間の午前十時に、アポはとらずに直接店に向かった。相手が相手だから、押しの強さに期待して、きょうは池田に付き合ってもらった。

繋ぎのユニフォームを着た若い従業員たちがすでに仕事に取りかかっており、「いらっしゃいませ」と声をそろえて挨拶する。教育はなかなか行き届いているようで、その筋の人間が経営する怪しい店という気配は微塵《みじん》もないが、工場長だというアフリカ系の男の姿は見えない。

作業場には三台の車があり、いずれも国産車で、彰夫の愛車と思しいものはない。しかしその奥がさらにアコーディオンカーテンで仕切られていて、その向こうになにがあるのかは確認できない。

従業員の一人に名刺を手渡し、社長さんに話を聞きたいと言うと、一瞬怪訝《けげん》な表情を見せたが「お待ちください」と言って階段を駆け上がり、間を置かず戻ってきて、どうぞこちらへと二階へ誘った。

腕まくりして乗り込んで来た池田は拍子抜けしたような面持《おもも》ちだ。これなら古本屋の店主から聞いた話も頷ける。堅気の市民に不安を与えるようではフロント企業の用をなさない。牙を隠すための仮面である以上、表向きの愛想の良さは不可欠な営業手法とも言えるだろう。

案内されたのはこざっぱりとした事務スペースだった。パソコンやファックスやコピー機が備えられていて、デスクが五つほどおいてあるが、そのほとんどが空席で、部屋にいるのは事務員と思しい女性と藤村だけ。怪しげな書やら置物やら組長の写真やらといったその筋を窺《うかが》わせる品物は見当たらない。いかにも趣味のいい新進実業家のオフィスといった印象だ。

傍らのデスクでパソコンを操作していた女性が立ち上がって応接セットに案内し、コーヒーメーカーで淹《い》れた香りのいいコーヒーをテーブルに置くと、「どうぞごゆっくり」と言って席を外した。藤村は名刺を差し出して、にこやかに挨拶した。

「社長の藤村です。警察の方にお出でいただくのはずいぶん久しぶりでしてね。昔はいろいろお世話になったものですが」

自分の来歴を隠そうともしない。過去はどうあれ立派に更生し、これだけのビジネスを立ち上げた。文句あるかというところだろう。

「葛木と申します。お忙しいところ、わざわざ時間をとって頂きまして」

こちらもつい慇懃《いんぎん》な調子になる。池田も名刺を差し出しながら、なにやらもごもご言っている。容疑者相手に啖呵《たんか》を切るのは得意でも、こういう相手だと、どうも具合が悪そうだ。藤村は余裕綽々《しゃくしゃく》で訊いてくる。

「城東署の刑事さんが、またどういうご用向きで？」

葛木は単刀直入に問いかけた。

「橋村彰夫さんとは、長いお付き合いだそうですね」

「彰夫が、なにか警察沙汰でも？」

呼び捨てにするということは、親しい関係なのを隠す気がないということだ。こちらの読みが正しければ、彰夫がなにをしたかは先刻承知のはずだ。しかし藤村は警戒する様子を毛ほども見せない。したたかな相手だと覚悟したほうがよさそうだ。

「じつは一昨日、江東区内で起きた轢き逃げ事件に関連して、事情を聴取しようと行方を追っているところなんですが、所在が摑めないんです」

ここではまだ殺人未遂容疑については触れないことにした。藤村は深刻な顔で問い返す。

「轢き逃げですか。そんな事件があったことは知りませんでした。まさかその犯人が彰夫だと？」

「確証は得られていませんが、可能性は高いとみています。いまも彼とは付き合いがおありだとのことなので、いまどこにいるか、心当たりがないかと思いまして」

「さあ、ここんとこ会ってないんですよ。亀戸の自宅にはいないんですか」

「父親の橋村代議士に訊いても、いないという話でしてね。目撃証言から、車種は彼の愛車と同じ、えーと――」

葛木が手帳をめくり始めると、藤村はすかさず言った。

「メルセデスＡＭＧ Ｃ43でしょう。ずいぶん自慢されましたよ」

「車にはお詳しいようで。昔はそっちの方面でのお付き合いだったそうですが」

「回りくどい言い方をしなくてもいいですよ。ご存じのように、彼は暴走族をやっていたときの仲間です。もちろんどちらもいまは足を洗っていますがね。その後も彰夫が私を兄貴のように慕ってくれるもんですから、なにかと相談に乗るような関係が続いているんですよ。しかし轢き逃げなんて、本当だとしたらとんでもない話だ」

藤村はいかにも嘆かわしいというように首を振る。葛木は訊いた。

「いちばん最近会ったのはいつですか」

「先々週の日曜日ですね。近所の飲み屋で軽く一杯やったんですがね」

「そのとき、なにか変わった様子はありませんでしたか」

「とくにそういうところはなかったですね」

「思い詰めているようなところも？」

「そんなふうでもなかったな。いやね。べつに人に説教できるような立派な人生を送ってきたわけじゃないけど。あいつは悩みごとがあると、私になにかと相談してくるんですよ。でもそのときは、ただ馬鹿話をしただけで終わりましたよ。でも事故を起こしたのはそのあとなんでしょ」

「じつは轢き逃げではなく、殺人未遂の容疑が浮上しましてね」

「殺人未遂？　そりゃ穏やかじゃないですね。しかしあいつは人殺しをするような度胸のあるやつじゃないですよ」

「ところが被害者と彼とのあいだには、ただならぬ結びつきがありまして――」

撥ねられた田口由美子に、彰夫が長期にわたるストーカー行為を働いていた事実を説明すると、いかにも驚いたという様子で藤村は応じた。

「そんな気配は私には見せませんでしたがね。人生上の問題があると、だいたい私に相談してくるんですが、そういえば普通の男ならまず避けて通れないはずの、女関係の相談ごとを受けたことがない。そういう点じゃ奥手だったんでしょうね」

そのあたりは相川の証言とも一致する。しかし、それを藤村が知らなかったというところまでは信じがたい。すべてしらばくれて押し通すつもりらしいと踏んで、葛木はとっておきの手土産を差し出した。

「じつはその事故があった直後の時間に、こちらの敷地にシルバーグレーのベンツが走り込むのを目撃した人がいるんですよ」

藤村は動揺する気配もみせない。

「ベンツなんて、いまどき日本じゅうにありふれてますよ。それにうちは、お客さん用の駐車スペースが広いんで、そこを使ってUターンする車が結構あるんです。迷惑な話ですが、こちらも客商売なんで、諍いを起こせば悪い評判が立つ。それでことさら目くじらも立てずにやっていたら、そのうちUターンの穴場みたいになっちゃって、どうしようかと頭を悩ませているんです」

「つまり、おたくとはなんの関係もない車だと?」

「そりゃそうですよ。そんな朝早い時間じゃ、うちだってまだだれも出勤していない。なかにはたちの悪いのがいて、進入したたましばらく停車して、車内で弁当を食べるようなのまでいますから」

傍らで池田が半身を乗り出すが、葛木はさりげなくそれを制して、調子を変えずに話を続けた。

「なるほど。こういう道路沿いの好条件の立地には、そういう難点もあるわけだ」

「お陰様で、商売繁盛とまでは行きませんが、なんとか食っていける程度にはやれてましてね。近隣の皆さんともいい関係なんですよ。そちらの思い込みでいろいろ聞き込みをして回るのは勝手ですが、為にするような聞き込みはやめてもらわないと」

ベンツを目撃したという話に限っての嫌みだとは思うが、あるいはこちらが周辺を聞き込んで回ったことを、だれかの口から耳に入れたのかもしれない。いずれにせよ、なにも知らないような口を利きながら、かなりのことを知っているのは疑いない。

「故意に藤村さんに目をつけているわけではないんです。ただ彰夫さんとは長いお付き合いだと聞いたものですから。ゆうべはもうお店が閉まっていたんで、近隣の方が彼を見かけているかもしれないと、少し聞き込みをしてみたんです」

「そうなんですか。私もこうやって堅気の仕事について、世間からうしろ指を指されないように頑張っている。もし彰夫がそういう人の道に外れるようなことをしたんなら、居場所がわかれば、逃げ回らずに出頭しろと説得しますよ。それがあいつのためでもありますから」

いかにも親身に藤村は言う。心のなかで眉《まゆ》につばをつけ、気さくな調子で葛木は応じた。

「そうしていただければ我々としても有り難い。まだ犯人だと決まったわけじゃない。ただ状況証拠から可能性が極めて高いんで、まずは事情聴取をしようと行方を追っているところなんです。無実なら早く姿を現して、納得のいく説明をしてくれればいい。我々にしても、冤罪をつくるのは本意じゃありませんから」

「私だってそう願ってますよ。あいつは私にとって弟みたいなもんで、いつまでも職に就かずにふらふらしているから、ずっと気を揉《も》んではいたんです。父親が甘やかしすぎなのも問題なんですよ」

「そのうち参議院議員に立候補させるつもりらしいと、地元では噂になっているそうですが」

「ほかに仕事が見つからないんなら、本人にとってはそれもいいんじゃないんですか。たっぷり税金を取られている身としては、複雑な気分ではありますがね」

藤村は苦笑いをする。殺人未遂容疑で訴追されれば、そんな法外な希望も吹き飛ぶわけだが、そうはならないとわかっているような藤村の余裕は薄気味悪い。

5

「賢く振舞ったつもりなんでしょうが、けっきょくぼろを出したじゃないですか。こちらは事故が起きた時間もベンツが目撃された時間も言わなかったのに、それが店の始業まえの早い時間だと知っていた。事故があったことは知らなかったとも言っていた。どう言い訳するか、あそこで突っ込んでやりたかったんですがね」

店を出て山井と若宮が待機する覆面パトカーに戻り、聞き込みの経過を説明したあと、どこか不満げに池田は言った。葛木は首を横に振った。

「いまはあまり警戒させないほうがいい。尻尾だけは摑んでおいて、少し泳がせようと思うんだ。それに藤村に関しては、いまのところ明らかな犯罪の事実がない。あそこで突っ込んでもしらばくれられれば終わりで、得られるものはなにもない」

「たしかにそうですね。つい入れ込んじゃうのが悪い癖でして」

池田は頭を掻くが、山井は気合いの入った調子で言う。

「でも、それなら間違いないじゃないですか。車はあの店のどこかに隠してあるし、彰夫の居場所も知っているはずですよ。きのう藤村が帰ったときマンションの部屋の明かりが消えていた点にしても、窓に面していない部屋にいたのかもしれないし、寝ていたのかもしれない」

「もう網にかかったも同然ですよ。これだけがっちり監視下においてるんだから、車を移動させるなり彰夫がうっかり姿を見せるなりしたら、そこで一件落着じゃないですか」

若宮も勢い込む。気を引き締めるように葛木は言った。

「いやいや、そう簡単な話じゃないかもしれないぞ。彰夫があそこに逃げ込んだとしたら、藤村はこっちの狙い目を百も承知だ。それを考えると、さっきの余裕のある態度が引っかかる」

「なにか企んでいると見ているんですね」

山井が身を乗り出す。葛木は頷いた。

「というより、もうすでに車は違法ヤードに運び込まれて、跡形もなく解体されているかもしれないだろう。そうなると手のつけようがない。千葉県内には何百という違法ヤードがある。そのうちのどこに運ばれたのかもわからない。それを虱潰《しらみ》しにがさ入れするのは不可能だしな。とりあえず、課長に報告しておくよ」

携帯を取り出して呼び出すと、大原は待ち構えていたように応答した。

「どうだった。藤村はなにか尻尾を出してきたか」

「したたかな男ですよ。いいようにあしらわれたような気がします――」

面談の様子を語って聞かせると、大原も不安げに応じる。

「なにやら自信があるようだな。そのアフリカ人の工場長の姿が見えなかったのも気味が悪いな」

「いずれにせよ、向こうが自信満々なところに、むしろつけいる隙があるかもしれません。ぴったり張り付いて監視を怠らないようにしていれば、なにかぼろを出す可能性はありますから」

　あえて楽観的に葛木は言った。渋い口調で大原は応じる。

「ああ。とりあえずそれしかないな。別件で藤村を引っ張れればいいんだが、葛飾署のほうも、それが見つからなくて手を焼いていたようだ。クスリをやるわけでもなきゃ賭博に手を出すわけでもない。立ち小便すらしてくれない」

「会った印象もそうですよ。当たりは柔らかいし、身なりもきちんとしている。従業員の教育も行き届いていて、うちの署の連中にも見習わせたいくらいですよ」

「いまは暴力団排除条例がどこの自治体でも施行されて、連中も本性を隠すのに必死だよ。昔みたいに一目でやくざとわかる恰好をしていたら、ホテルにも泊まれないしサウナにも入れない。本業のやくざでさえそうだから、フロント企業となればなおさらだろうな」

「かつてはその『いかにも』が、連中の飯の種だったんですがね」

「ああ。かえって厄介な時代になったよ。一般市民にとっては見た目でわかるほうがずっと安全なんだが、近頃は刑事のほうがやくざと間違われるくらいだから」

　大原は自虐的だが、池田と藤村が並んだら、たしかにそれもあり得なくはない。

「しかし、のんびり構えてもいられないな。親父が国家公安委員長に就任したら、これからどういう圧力がかかってくるかわからん」

「橋村氏が圧力をかけるというより、下の人間が忖度して、妨害に出ないとも限りません。

そのまえに彰夫を挙げてしまわないと」

「そうだな。逆にそうなれば、橋村の国家公安委員長就任も怪しくなる。ごろつき時代の経験が政治家人生の肥やしになっているようなことをしゃあしゃあと抜かすようなやつは、出来れば政治の舞台からも引きずり下ろしてやりたいもんだ」

「同感です。そういう過去を恥じて、いまはまっとうな人生を送っているならともかく、政界という舞台で、さらにスケールアップしてごろつきまがいのことをやっている。そこにもう一人、彰夫みたいなチンピラが加わったんじゃ堪らない」

「政界はそういう連中の掃きだめだという橋村代議士の話は、まんざら嘘でもないんだろうな」

「新聞を賑《にぎ》わす先生たちの行状を見ると、当たっていなくもなさそうですよ。そもそも例の贈収賄事件で、けっきょく訴追できたのは氷山の一角でした」

「贈賄側から入手したリストには、首相の名前まで入っていた。裏がとれないと言って検察は訴追を断念したが、それだって官邸の意向を忖度した結果だと言えなくもない。検事も役人である以上、現役の首相を敵に回すのは怖かったんだろう。ロッキード事件のときは、田中角栄はすでに首相を辞任していたからな」

「自ら息子を警察に突き出すくらいの度量があれば大したもんですが、自宅への立ち入りも事情聴取も拒否して、彰夫の行方も明かさない。そういう人間が日本の警察のトップに君臨するとしたら、まさにあきれ果てた事態です」

「そこはおれたちが関与できる領域じゃないが、このまま彰夫を逃がすようなことになれば、政治家はますます警察を舐めてかかる。勝沼さんみたいな変わり者が飛ばされれば、警察内部の良識派が組織の根幹を牛耳るようになる。その連中の良識が世間一般の常識とかけ離れているのは、政治の世界とほとんど違わない」

「なんとか勝沼さんの人事を撤回させる方法はないもんでしょうかね」

「署名を集めて嘆願《たんがん》するわけにもいかんし、先生が入閣したところで、息子を見逃す代わりに撤回を持ちかけるというのもな」

「そんなことをしたら、勝沼さんが怒りますよ。被害者だって堪らない」

「いや、冗談だよ。しかし勝沼さんの異動も先生の入閣も官邸の意向だとしたら、それがリンクした動きなのは間違いない。時の権力者にとって警察はいわば番犬だ。ところがあの贈収賄事件では、その番犬に嚙《か》まれたという思いが官邸にはあるんだろう」

深刻な調子で大原は言う。葛木は嘆息した。

「二度と嚙みつかないように牙を抜いてしまおうということですか」

「そんな思惑が透けて見えるな」

「だったら、是が非でも彰夫を挙げないと。それが代議士にとって痛打になれば、なにかの足しにはなるでしょう」

「そのくらいの援護射撃はしないとな。警察大学校の校長ったって、必ずしも片道切符と決まっているわけじゃないだろう」

「勝沼さんなら、起死回生の逆転劇もありそうな気がしますよ」

奇跡を願う思いで葛木は言った。片道切符と決まっているわけではないが、過去にそういう事例はほとんどないと俊史は言っていた。

警察庁の官僚には、その先がない行き止まりの部署が三つある。一つは警察庁長官で、もう一つは警視総監。残る一つが警察学校の校長で、長官と総監はもちろん警察官僚の頂点だ。

そこに至るレースで脱落した警視監クラスに用意されるポストの一つが警察学校の校長だというのが彼らのあいだでは常識で、逆転があるとしたらまさに奇跡だという。そのとき大原が唐突に声を上げた。

「ちょっと待ってくれ。いま交通課から電話が入った」

「水谷君からですか？」

期待を滲ませて問いかけた。葛木たち刑事・組織犯罪対策課の人員はほとんどこちらに来ていて、橋村邸には主に交通課の人員が張り込んでいる。そちらで身柄を押さえられれば、藤村のような食えない相手と付き合うこともない。それはそれで結構な話だ。

「ああ、なにか情報でもあったのかもしれない。あとでかけ直す」

わずかに声を弾ませて、大原は通話を切った。池田が訊いてくる。

「新しい動きでも？」

「交通課からだ。橋村邸でなにかあったんじゃないのか。解決の糸口は、案外こっちじゃなかったのかもしれないぞ」

「じゃあ、僕らは空振りですか。だったら骨折り損のくたびれ儲けですよ」

悔しそうに言う若宮を池田がたしなめる。

「そういう問題じゃないだろう。事件が解決するんなら道筋はなんだっていい。署内対抗戦をやってるわけじゃないんだから」

「でも、なんだか納得がいきませんよ。藤村は絶対に怪しいし、車を目撃した話もあるんだし」

山井も面白くないという口ぶりだ。後ろ髪を引かれる思いはわかる。

「まだなんとも言えないだろう。ただの状況報告かもしれないし」

池田もそうは言うものの、どこか割り切れないような表情だ。葛木もこれで決着がつくとは俄《にわか》には信じられない。もし自分から姿を現したのなら、なにか企みがあってのことではないのか。

山井が言うように、事故の直後に目撃されたシルバーグレーのベンツが彰夫の車だったのはまず間違いない。しかもさきほどうっかり馬脚を露《あらわ》したように、それが藤村と示し合わせての行動だったのも疑う余地がない。むしろ厄介な方向にことが進みそうな気がして、葛木の気持ちは落ち着かない。

手に握ったままでいた携帯が鳴り出した。慌てて耳に当てると、大原の高揚した声が流れてきた。

「彰夫の車がNシステムに引っかかったぞ。つい十分ほど前に、京葉《けいよう》道路の蘇我《そが》インターチェンジを通過して東京方面に向かっているそうだ。交通課はずっとチェックをしていたらしい。京葉道路なら要所にNシステムが設置されているから、この先、どこへ行くかはきっちり押さえられる。これから交通課のパトカーを走らせて、途中の出口に人員を張り付けるそうだ」

「自宅へ向かっているとしたら、なんとか押さえられそうですね」

「千葉に近い方はすでに通過しているかもしれないが、東京に向かっているとしたら、市川か船橋あたりまでならパトカーを回せるだろうと言っている。そこまで間に合わないにしても、移動状況はNシステムで追尾し続けられるから、地域課にも協力してもらって区内に非常線を張る。交通課の執念の見せどころだな」

大原のトーンも上がる。葛木は即座に応じた。

「じゃあ、我々も動きます。亀戸に向かうとしたら、高速を降りるのは篠崎《しのざき》か錦糸町《きんしちょう》でしょう。交通課も動くでしょうが、数は多いに越したことはないですから」

「そうしてくれ。これはうちのヤマだって大見得を切ったのに、ここで蚊帳の外じゃ体裁が悪い。任意同行を拒否するなら、それも逮捕状請求の立派な事由になる。なに、ワルを気どっていてもしょせんはお坊ちゃんだ。任意同行させちまえば、あとはぺらぺら自供するよ」

大原は勝負ありという口ぶりだが、果たしてそうかと不安がよぎる。それではあまりに無防備だ。せっかくここまで行方をくらまして、こんどは見つけてくれと言わんばかりにNシステムがある高速道路を走行する。さきほどの藤村の泰然とした態度を思えば、そこに仕掛けがないとは考えにくい。

警察無線に緊急配備の指令が流れる。パトロール中のすべてのパトカーに最寄りの高速の出口に向かうようにとの指示が飛ぶ。車種やボディカラー、ナンバーも告げられて、発見し次第、任意同行を求めるようにとの内容だ。交通課はなかなか手際がいい。

若宮はサイレンアンプのスイッチを入れて、覆面パトカーを発進させる。山井がすかさず屋根にマグネット式の赤色灯をセットする。

走行する車両に徐行を呼びかけながら、強引にUターンして京葉道路方面に向かう。高速道路としての京葉道路は篠崎までで、その先は首都高小松川線に繋がり、京葉道路はそこから先が一般道だ。小松川線の錦糸町インターに出るにはそのルートがいちばん早い。

警察無線から流れる情報では、彰夫の車はいま武石《たけいし》インターを通過したところだ。錦糸町の出口まではあと三十分ほどだろう。サイレンを鳴らして飛ばせば、こちらは十五分足らずで到着する。

ラッシュアワーはすでに過ぎて、京葉道路はがら空きだ。新小松川大橋を渡ったところで警察無線の情報が入る。彰夫の車はいま船橋インター付近を通過して、さらに東京方面に向かっているという。船橋方面に向かったパトカーにはすぐにUターンするように指示が飛ぶ。

高速を降りる可能性の高い篠崎と錦糸町の出口にはすでにパトカーが到着し、検問の態勢に入っているという。市川にもまもなくパトカーが到着するが、そちらは千葉県警の管轄のため、勝手に検問するわけにはいかない。代わりに県警の警邏《けいら》隊員に検問してもらえるよう依頼しているというが、そのあたりの連携が上手くいくかどうかは不安なところだ。県を跨がった追跡捜査で、連携が出来ずに犯人を取り逃がすことは珍しくない。

「亀戸の自宅に向かっているのは間違いないですよ。しかし、いまこの時点で家に戻るというのが腑《ふ》に落ちないですね」

傍らで池田が首をかしげる。葛木と同様のことを考えているようだ。もしこちらの見立てどおりなら、殺人未遂は懲役十年以上になることもある。自ら出頭して減軽されることを狙っているのかもしれないが、ストーカー事案や強制わいせつ絡みの場合、判例は概して重く、殺人に匹敵する量刑となることも珍しくない。

良心の呵責《かしゃく》に堪えきれず、自らの意思で出頭する気ならともかく、そうしたことにもっとも無自覚な犯罪者が多いのがストーカー事案に共通した傾向だとも聞いている。

「代議士が、なにか画策を始めたのかもしれませんよ。凄腕の弁護士を雇って徹底抗戦するとか」

「そうはいっても、逮捕・送検してしまえば、アドバンテージはこっちにある。いくら無罪を主張しても、代議士の評判に対する影響は甚大だろう」

「そうですね。閣僚就任のまえにまず総選挙というハードルがある。それを考えたら、彰夫の逮捕自体が痛手でしょう。なんにせよ、せっかく出てきてくれたんだから、まずは事情聴取で締め上げて逮捕に繋がる証言を得ることですよ。車のほうも交通課がしっかり検証するでしょうから、タイヤ痕が一致して、人を撥ねた痕跡が見つかればもう逃げられません。勝負は殺人未遂で訴追できるかどうか。そこは検察に根性を見せてもらうしかないでしょう」

自らに気合いを入れるように池田は言う。葛木は頷いた。

「とにかく身柄を押さえれば一歩前進だ。橋村がどれほどの政治家だろうと、刑事事件にそうは口を挟めない」

6

首都高小松川線錦糸町出口に着くと、すでに城東署交通課のパトカーが何台か到着し、カラーコーンを立てて道幅を狭め、検問の態勢を整えていた。

ついいましがたの警察無線によれば、彰夫の車は篠崎を通過したところで、そのまま首都高を進んでいるとのことだった。錦糸町で降りるとすればあと五、六分だろう。その先まで行かれると、箱崎《はこざき》ジャンクションに向かってしまうから追跡が面倒になるが、錦糸町で降りるのはまず間違いないと葛木は踏んでいた。

ナンバーがわかっているから、ほかの車はフリーパスにして、じりじりしながら彰夫が来るのを待ち受ける。

「あれじゃないですか」

交通課の警官が声を上げて指さした。姿を見せた車はまだ遠いが、さすがにその道のプロで、外観だけで車種の判別がついたらしい。さらに近づいた車のナンバーは、たしかに彰夫のベンツのものだった。

警官が両手を広げて停車の指示をする。車は静かに停車した。さらにほかの車の邪魔にならないように、路肩に寄せろと指示をすると、それにも大人しく従った。

「なにかあったんですか？」

サイドウィンドウを開け、顔を出したのは間違いなく橋村彰夫だ。運転免許証の写真は黒髪だったが、いまはブリーチして金髪になっている。

「お訊きしたいことがありまして。署までご同行願えませんか」

単刀直入に葛木は言った。彰夫はとぼけた顔で問い返す。

「僕が？　なんでですか。なにも悪いことはしていませんよ」

「じつは二日前に江東区内で起きた轢き逃げ事故の捜査をしておりまして。ほぼ同じ時刻にあなたの車が目撃されているんです」

「そんなの嘘ですよ。僕はここ一週間、館山《たてやま》の友人の家に滞在していたんです」

彰夫は平然と応じた。車のボディには疵一つない。もちろん腕のいい板金塗装工が補修すれば、素人目にはわからない。しかし科捜研の専門家が分析すれば、人を撥ねた場合のボディの損傷は、どんなに補修しても特定できると交通課の水谷は言っている。

そうだとは知らずに舐めてかかっているのか、あるいはこちらの見立て違いで、彰夫はじつは犯人ではないのか。落ち着き払った彰夫の態度が、妙に葛木の不安をかき立てた。

第四章

1

　橋村彰夫は城東署への任意同行に応じた。事情聴取は葛木と池田が担当したが、轢き逃げの容疑について、予想どおり彰夫は真っ向から否認した。

　彰夫がその家に滞在していたという館山の友人は畠山聡《はたけやまさとし》という大学時代からの知り合いで、いまは地元で釣り宿を経営しているとのことだった。池田が電話で問い合わせたところ、畠山本人が応じて、彰夫は一週間前からきょうまでたしかに滞在していたと証言した。

　しかしそれを証明する宿帳の写しを提供して欲しいという要請には、客としてではなく友人として泊めたのでそういうものはないと言う。

　親族のアリバイ証言はもっとも信用できないものとされるが、友人のそれも信憑性の低さではそれに劣らない。

怪しいのはここ一週間の東京から館山方面への主要道路のＮシステムに、彰夫の車のナンバーが記録されていなかった点だった。

その点を追及すると、ワインディングロードでのドライビングを楽しむために、あえて山中の道を選んで走ったと彰夫は空とぼけた。

それも信じられる話ではないが、かといっていまここで嘘だと証明できるわけでもない。カーナビやドライブレコーダーの記録が残っていればそのあたりの嘘はばれる。おそらくその期間の記録を消去するくらいの知恵は働くはずだが、その記録メディアはＳＤカードで、消去やフォーマットをされても、その道の専門家なら読み出せないこともないと聞いている。

いずれにしても、とりあえずの決め手は車のボディを検証することで、そこに人を撥ねた痕跡が見つかれば、彰夫の犯行を立証する決定的な証拠になる。

彰夫は愛車のメルセデスＡＭＧ　Ｃ43の任意提出にも応じた。さっそく交通課の捜査員がボディをチェックしたが、目視では凹《へこ》みや擦り傷を補修したと思われる形跡はないとのことだった。

もちろんそれは想定していたことだった。タイヤも現場に残っていたタイヤ跡とは別物だった。現場にあったのは純正タイヤのものだったが、彰夫の話では、二ヵ月ほど前に、好みに合った市販タイヤに交換したという。交通課の捜査員がチェックしても、ある程度使い込まれたもので、ここ数日のあいだに履き替えた新品ではないようだ。

これから本庁鑑識課の専門家に鑑定してもらい、それでも埒が明かなければ科捜研に依頼すると言うが、交通課の水谷はそこに不安を感じ始めているようだ。

彰夫のいかにも自信満々な様子は葛木も気になる。ボディ外板の変形や疵は板金塗装で補修すれば発覚しないと高を括っていると考えたいところだが、お仲間の藤村も、自身は技術者ではないとはいえ板金塗装屋のオーナーで、そのあたりについて多少の知識はあるだろう。

板金塗装ではなくフェンダーやボンネットそのものを交換した可能性もあるが、外車の場合、そういうパーツを取り寄せるにはある程度の日数がかかる。そのうえ交換用のパーツは下地塗装だけで販売されるから、そのあと本塗装されていれば、他の部分との経時変化の差で判別できる。

事件後に彰夫が『板金エース』に駆け込んだのは間違いなく、そこは板金塗装も外装パーツの交換も本業だから、車になんらかの細工をしたのは確実だが、それが見破れないようなことはあり得ないと水谷は言う。

しかしもしそこで不審な点が発見できなければ、こちらの見立て違いで彰夫は無実。真犯人はどこかでのうのうと暮らしていることになる。それどころではない。父親の橋村が黙って収まるとは思えない。署長以下、大原や葛木にまで報復の矢が飛んでくる惧れさえある。

けっきょくこの日は任意の事情聴取ということで、車の任意提出に応じたこともあり、午後三時には解放せざるを得なかった。

田口由美子に対するストーカー行為については、悪気はなく、本当に好きになって自分を抑えられなかったと率直に非を認め、今後一切そういう行為はしないつもりだと真面目な顔で誓った。

「なに、車からなにも出てこないはずはない。ここからは、鑑識と科捜研の腕の見せどころだよ」

自信を滲ませて大原は言う。その言葉を信じたいのは山々だが、彰夫のいかにも余裕のある態度が、言いしれぬ不安を呼び起こす。池田が身を乗り出す。

「あすにでも、私が館山に飛んでみますよ。そのお友達の釣り宿の近所で、彰夫を見かけなかったか、聞き込みをしてみれば答えがでるでしょう。一週間もそこにいて、近隣の人間の目に触れないはずはないし、あの車は田舎じゃそうは見かけない代物でしょう。目撃した人間がいないとなればやはり怪しい。畠山という友達にも直接会って話を聞いてみます。私もこの歳まで無駄に刑事はやってませんから、嘘を吐いてるようなら顔色や挙動でわかります」

「Nシステムに引っかかっていないというのも怪しいですね。房総《ぼうそう》半島は何度かドライブしたことがあります。南に行けば山道はいっぱいあるけど、そこまでは市街地や畑や田んぼのなかのただの道ですよ。彰夫のようなマニアはスピードを出すのが好きだから、普通ならそのあたりまでは高速を使うに決まってます。ちょっと想定しにくい釈明じゃないですか」

山井は疑念をあらわにする。若宮も大きく頷く。

「そもそも千葉方面から戻ってきたというのがいかにも怪しいじゃないですか。それも帰りは蘇我からわざとらしく高速を使って——。事故が起きた日に、偽装ナンバーを使うか車両運搬車を使うかして千葉県内の違法ヤードに運び込んで、いろいろ細工をしたに決まってます」

「ああ。ストーカー事件のことで、被害者の田口由美子さんへの謝罪の言葉を口にしていたのもなにやらわざとらしい。ただ気になるのは、あいつの自信満々な態度だよ。もしやっていないとしたら、このまま捜査を進めれば冤罪をつくることになりかねない」

葛木は慎重に応じた。池田が大きく首を捻《ひね》る。

「どう考えても、それはあり得ない気がしますがね。被害者を撥ねたのがあの車だという物証が出ていないだけで、それ以外の状況証拠は、すべて彰夫が犯人だということを指し示していますから」

「しかし車の任意提出に応じたということは、我々への挑戦でもある。そこは舐めてかからないほうがいいかもしれないぞ」

葛木は言った。科捜研の裏を掻く手口がそうそうあるとは思えないが、もしそこで決め手となる物証が得られなければ、ほかの状況証拠がいくら彰夫を指し示していても、それはないも同然ということになる。

いずれにしても、せっかく消息が判明した彰夫をまた取り逃がすわけにはいかないので、交通課の捜査員が自宅までパトカーで送り、家に帰ったのを確認して、そのまま張り込みについている。

新たに確認したい事項が出てきたら、また話を聞かせてもらいたいと言ったら、もちろんだと応じはしたが、このあと父親とじっくり相談をして、こちらが予想もしていない作戦を思いつかないとも限らない。彰夫一人なら恐れるに足りないが、父親とセットだと敵は強力だ。

「しかし面《つら》の皮の厚い野郎ですね。なにを訊かれてもぴくりとも表情を変えずに否認した。その言い分も、すべて事前にシナリオができてでもいたようにすらすらそつがない。そういう点じゃ、たしかに政治家向きかもしれませんね」

池田が舌打ちする。育ちのいいお坊ちゃん然としたところはたしかにあるが、その一方で元暴走族の半グレだったことを彷彿《ほうふつ》させるような虚勢も張ってみせた。

さすがに親父の名前を出して恫喝するようなことはしなかったが、自分が特別な人間だという態度は隠そうともせず、取調室での聴取を嫌い、場所を変えるように要求した。だめならいますぐ帰ると言い出すので、やむをえず空いている会議室を用意した。腹を括った調子で大原が言う。

「そう焦ることもないよ。科捜研で結果が出るまでのあいだに館山の友人周辺の聞き込みを進められるし、『板金エース』の藤村以外にも、彰夫のお友達はいるんだろう」

葛木は頷いた。科捜研が答えを出してくるまでただ待ってはいられない。そこで事故の痕跡が発見されたとき、彰夫を一気に追い詰めるには、館山にいたというアリバイを崩すのも大事だし、彰夫自身も認めたストーカー行為を殺人未遂の動機と結びつける証言も必要だ。

「墨田区でDVDのレンタル店を経営している玉井豊、元江東区議の谷沢省吾ですね。これからアポをとってみます。案外、そっちのほうでアリバイが崩せるかもしれないし、彰夫のストーカー行為についても、なにか新しい情報が得られるかもしれない」

「なに、いくら強がってみせたところで、もう逃げられやしませんよ。いまどきの車は卵の殻みたいに薄くできていて、ちょっとどこかにぶつかっただけで凹むようになっている。被害者の腰椎を骨折させるほどの衝撃があれば、車が無傷で済むわけがない。パーツの交換は時間的に難しいし、もしできたとしても、そこだけ替えたんだったらすぐにわかるでしょう。なんなら、もう逮捕状をとってもいいくらいじゃないですか」

信じ切っているように池田は言う。その気負いを抑えるように葛木は応じた。

「いくらなんでもまだ早いだろう。いまのところ逃走する気配は見せていないし、任意の事情聴取にも車の任意提出にも応じた。さすがに裁判所も、これでは逮捕要件を満たしていないと判断するだろうからな」

「面倒な話ですね。えいやっと逮捕して締め上げれば、あんなチンピラ、すぐにゲロさせられるんですが」

池田は危ないことを言い出すが、気持ちがわからないではない。葛木は言った。

「とにかくこっちは足場を固めることだ。彰夫はともかく、父親のほうは侮りがたい。捜査手法にちょっとでも瑕疵《かし》があれば、そこを狙い撃ちしてきかねない。公判になれば、凄腕の弁護士を立てて、とことんそこを突いてくるだろう。金にさえなれば、クロとわかっていてもシロと主張するような弁護士はいくらでもいるからな」

「そこですね、今回の事件で厄介なのは——。だからといって、物証さえ出てしまえば言い逃れはできませんよ」

池田はそれでも強気を崩さない。そのとき葛木のデスクの電話が鳴った。内線のランプが点いている。受話器をとると、交通課の水谷の声が流れてきた。

「例の車ですが、あす本庁の鑑識がこちらに来て、徹底的にチェックするそうです。交通事故関係の専門班です。それでもはっきりしなければ、科捜研に運び込む段どりもついています」

「プロが見れば、そうは誤魔化せないはずだ。いい答えを期待したいところだな」

「ところが問題は、カーナビとドライブレコーダーの記録なんです」

「ああ、そこからも手がかりが出てくるかもしれないと期待していたんだよ。彰夫に内容を確認していいかと訊いたら、かまわないと言うんでね」

「むしろ、そこが怪しいと思っていたんですよ。案の定、どちらも記録されていたのはきょう一日分だけでした」

「消去していたのか。もちろんそれはあり得ると思っていた。しかしSDカードの場合、消去したりフォーマットしても、データは読みだせると聞いていたんだが」

「記録されていたのは、どちらも蘇我インターに入ってからです。フォーマットされても、上書きされていなければ事故当時のデータが取り出せるかもしれないんですが、もし新品に差し替えられていたとしたら、手の打ちようがありません」

「だとしたら、そのこと自体が状況証拠と言えなくもないが」

「あくまで状況証拠にすぎません。SDカードには寿命がありますから、古くなったので交換したと言われれば、それ以上は追及できない」

「心証としてはますます疑いが濃厚になるが、逆に証拠そのものは完全に隠滅されている可能性があるわけだ」

微妙な手応えを覚えながら葛木は言った。水谷は不安げに応じる。

「そういうことですね。もちろん、そちらのほうも科捜研に依頼して解析を試みてもらいますが、彰夫がいかにも自信ありげに見えたと聞いたものですから」

「蘇我インターからの記録しか残っていないというのがとくに怪しいな」

「そうみられるのは承知の上で記録を隠滅したとしたら、我々を舐め切ってますよ」

「こうなると、どうも不安だな。車のほうにしても、なにか想像もつかない仕掛けがあるような気がしてきたよ」

葛木は嘆息した。彰夫が犯人なのは間違いない。それは単なる思い込みでは決してなく、これまでの刑事人生で培《つちか》った経験からくる確信だった。しかし刑事裁判は証拠主義が原則で、警察や検察の主観だけでは公判は維持できないし、葛木もそれを批判しようという気はない。

警察官も検察官も神ならぬ身で、間違いが絶対にないということはあり得ない。疑わしきは罰せずの原則が、冤罪を防ぐために欠かせない歯止めだという考えにも賛成だ。

しかし間違いなくクロだと確信した犯人を、徹底した捜査で追い詰めるとき、その原動力となるのが直感としか言いようのない強い思いなのもまたたしかで、直接的な証拠があろうがなかろうが、その直感を信じて突き進んだ結果、決定的な証拠を掴むことは稀《まれ》ではない。というより、まさしくそれが刑事捜査そのものなのだ。

2

DVDレンタル店経営者の玉井豊の電話番号は職業別電話帳から見つかった。元江東区議の谷沢省吾のほうは電話帳に名前を掲載していなかったが、過去の議員名簿をあたったらすぐに判明した。

さっそくそれぞれに電話を入れて、彰夫の件で訊きたいことがあると申し入れると、玉井は、日中はいつも店にいるので、来てもらえばいつでも会うという。とくに警戒するような様子はなく、なにを訊きたいのかと問い質《ただ》すこともない。すでに彰夫とは口裏合わせが済んでいるのではないかと、かえって心配になってくる。

むしろ警戒したのは谷沢のほうで、なにが訊きたいのか、しつこく確認してきた。こちらは彰夫と口裏合わせをしている気配はなく、むしろ迂闊なことを喋って、父親の橋村代議士の機嫌を損じることを惧れているようでもあった。

とりあえずここではストーカー行為の件だとだけ答えておいた。轢き逃げと殺人未遂の容疑については、まだ彰夫の名前はマスコミにも公表していない。しかしストーカーの件はすでに署長名の警告書が出ているし、都の公安委員会に禁止命令の申請も行っているから、それについての聞き込みなら、ことさら不自然でもない。

しかしそちらの件も耳には入っていなかったと谷沢は言い、それについてはなにも知らない、ここ最近は会ってもいないと渋りに渋る。情報源は捜査上の重要機密であり、名前は決して表に出ないからと説得して、なんとか応じさせた。

どちらもあすの午前中のアポを取った。池田のほうは前触れなしに畠山のところを訪れるという。そちらは彰夫と示し合わせている可能性が極めて高く、アポ取りをすれば気持ちの準備をしたり、家族に余計なことを言うなと言い含められる惧れもある。そこは不意打ちが得策なのは言うまでもないだろう。そんな段どりを終えたところへ、俊史から電話が入った。

「そっちの事件はどんな具合？」

「じつに微妙な局面だな――」

ここまでの経緯を説明すると、俊史は唸った。

「なんだか臭いね。これであっさりけりがつくとしたら、いくらなんでも向こうが間抜けすぎるんじゃないの。それじゃ飛んで火にいる夏の虫だよ」

「ああ。背後に橋村代議士がいるのかどうか知らないが、彰夫は余裕綽々だった。ところで上の役所のほうで、なにか動きは？」

「橋村氏が次の国家公安委員長に就任する話、どうも本当のようだね。きのう、長官と次長が都内某所で、橋村氏と懇談をしたという噂が庁内で持ち切りらしいよ」

「警察庁というところは、そういう話がだだ漏れなのか」

「キャリアにとっては、仕事より重要な問題だからね。誰かが小耳に挟めば、砂漠の砂に染み込む水のように、あっという間に広まるよ。とくにこういう問題は、長官官房が意図的に漏らしているんじゃないかという気もするね。次の国家公安委員長はすでに確定だから、全員心しておくようにという非公式のお触れだとも考えられる」

俊史は深読みをするが、それにしても、いかにも早手回しだ。

「しかしこれから選挙があって、本決まりになるのは、そのあとだろう」

「いまの政治状況で、与党が負けることはまずありえないし、橋村氏も選挙区では盤石で、他候補の顔ぶれをみても、圧勝は間違いないそうだよ」

「いまからそれを見越して、長官自らご機嫌伺いをしているわけだ。なんだかみっともない話だな」

官僚の世界の話はいつ聞かされてもうんざりするが、俊史はすでに免疫力がついてきているようだ。

「長官にしても、庁内の一派閥のトップだからね。主流派閥でいるあいだは、退職後も天下りの特権を享受できるし、ひょっとしたら政界入りという線もあるかもしれない。しかし庁内の覇権を狙っている派閥はほかにいくらでもあるから、早い者勝ちで官邸とのパイプを作っておくに限る。それができるのが長官派閥の特権でね」

「汚らしさという点じゃ、政治の世界と似たようなもんだな」

吐き捨てるように葛木は言った。俊史は忸怩《じくじ》たる思いを滲ませる。

「政治家と官僚は、納税者たる国民の立場から見れば、利益相反の横綱みたいなものだからね。本来、国民のために使われるべき税金を、自分たちの財布の金と勘違いしているようなのがほとんどだよ」

「全員がそうだというわけじゃないだろうがな。それで勝沼さんの処遇はどうなった」

「いまのところ、書面による内示はまだのようだ。この時期じゃいくらなんでも違和感があるから、春の人事異動に合わせるつもりなんじゃないの。そのころには選挙も終わって、橋村氏も晴れて入閣の運びとなるわけだから、人心一新という触れ込みで、多少強引な人事異動も不自然だとは見られないと踏んでいるのかもしれない」

「勝沼さんも、しばらくは首が繋がるというわけか」

「そんなところだね。そもそも勝沼さんの人事の話をリークしたのも長官官房以外に考えられない。そういう噂が庁内はおろか警視庁にまで広まってしまった以上、勝沼さんは強引にレームダックにされてしまったようなもんだよ」

そんな話を聞かされると、葛木もつい想像を逞《たくま》しくしてしまう。

「橋村氏は、勝沼さんの異動を官邸に対する献上品にするつもりなんじゃないのか。だから自分が国家公安委員長になるまでは手を付けるなと、長官に暗に指図したのかもしれないな」

「そういう流れも考えられるね。長期化する現政権の覚え目出度《めでた》きを得ることは、政治家としての次のステップとして、彼にとって大きな意味があるだろうしね」

「官邸にとって勝沼さんは獅子身中の虫だ。かといって首相も官房長官もほかの閣僚の何人かも、あの贈収賄事件の捜査で、逮捕には至らなかったにせよ、ぎりぎりのところまで追い詰められた。世間はそれを知っているから、自分たちが動いて勝沼さんを閑職に追いやったとみられるのは具合が悪い。しかし橋村氏はあのとき、捜査線上にまったく上らなかったわけだろう」

「そうなんだ。彼は権力欲の塊《かたまり》のような政治家だけど、金には不自由していない。それでたまたま贈収賄には縁がなかった。いまの国家公安委員長も疑惑リストに入っていた一人だから、できれば勝沼さんには手をつけたくないだろうしね」

「橋村氏なら、そういう背後関係を勘ぐられずに済むと考えて、あえて国家公安委員長に抜擢《ばってき》した。それなら官邸も、疑惑リストに入っていた閣僚たちも、知らぬ存ぜぬで逃げられる」

「そういう読みを、どうしてもしたくなるね。勝沼さんはいまのところ静観しているようだけど、おれとしては、つい親父のほうの捜査に期待しちゃうんだよ。彰夫が殺人未遂の容疑で逮捕されれば、いくらなんでも橋村氏の入閣はなくなる。そうなれば、勝沼さんの処遇にも別の目が出てくるかもしれない」

「ああ。なんとかしたいよ。勝沼さんには、やり残した仕事がいっぱいあるからな」

葛木は嘆息した。俊史も諦めきれない思いを隠さない。

「官邸の壁は厚かった。警察はいわばその直属機関だし、検察にしても法務大臣の指揮権のもとにある。実際に指揮権が発動されたのは造船疑獄のときだけだけど、暗黙の指揮権発動と見なされるようなことは、これまでにも何度もあったよ。もちろん法務大臣の指揮権にも重要な意味はある。検察官には起訴独占という強い権限が与えられている。本来はそれを、選挙によって選ばれた国民の代表である政治家が監視・牽制するという意味があるんだけど、その政治家が我が身を守る楯として使ったり、政敵を攻撃する武器として使ったりすることになるから問題だ」

「いわゆる国策捜査だな」

「ロッキード事件だって、実際のところ、当時の官邸の意思を受けて検察は動いた。背後にあったのは政局で、たしかに巨悪は摘発できたものの、別の見方をすれば当時の与党内の派閥争いに利用されたという面もある。けっきょくそれで政界が浄化されたわけでもない。おれたちが手がけた事件を含めて、似たようなことはいくらでも繰り返される」

「政治と金の話になると、おれたちのような下々はつい他人事《ひとごと》のように考えがちだが、そういう連中を、おれたちの懐から搾《しぼ》りとられる税金で養っていることを思えば、国民はもっと怒らなくちゃいけないな」

「おれたちが摘発したあの事件にしても、検察の詰めが甘かったと、勝沼さんは嘆いているよ。権力の厚い壁の向こうにいる連中を、国民を欺く犯罪者として摘発することが、自らの人生を擲《なげう》ってでもやり遂げたい最終標的だと言っている。しかしそれだって、警察庁刑事局長としての強い権限があっての話だ。そもそもそれがあっても、あの事件では最後の壁を突破できなかった」

俊史は苦い口振りだ。力づけるように葛木は言った。

「末端の警察官にとって、ああいう人は宝だよ。警察組織の体質を変えることなんて、おれたちにはとてもできない。しかし政治家の私欲を肥やすのを間接的に幇助するようないまの警察や検察の在り方が、この国を根っこから腐らせるのは間違いない」

その言葉を受け、声に力を込めて俊史は応じる。

「勝沼さん一人にぜんぶお任せとはいかないけどね。ただおれクラスの下っ端キャリアのなかには、勝沼さんシンパが決して少なくない。親父たちのほうだって、大原さんや池田さんや、ほかのみんなも勝沼さんに共感してくれている。トップが考えることだから手が出せないなんて、おれも最初から諦めてちゃいけないね」

同感だというように葛木は言った。

「おれたちも、やれるだけのことはやってみよう。彰夫の犯行を立証できれば、橋村代議士の入閣は難しくなる。彼が犯罪を犯したわけじゃないが、犯罪者の親が警察の元締めの国家公安委員長になるというのは、いくらなんでも世間の抵抗があるだろう」

「そこは期待しているよ。場合によっては、勝沼さんに動いてもらって、捜査一課を投入する手もあるしね」

「いや、一時はそういうことも考えたんだが、現状ではまだそれほど捜査は混迷していないし、そこまでやると、かえって橋村氏サイドが神経を尖らせる。むしろ所轄レベルで潜行して捜査を進めたほうがいいと思う」

「そうかもしれないね。そのあたりの状況は勝沼さんにも知らせておくよ。橋村氏が力任せに圧力をかけてくるようなことがあったら、そのとき勝沼さんに一働きしてもらう場面も出てくるだろうから」

快活な調子で俊史は言った。

3

翌日の午前十時に、葛木は若宮を伴って、まず玉井豊のもとを訪れた。

店は東京スカイツリーの足下の吾妻橋《あづまばし》三丁目にある。店構えはまずまず立派で、朝早い時間でもそこそこの客が入っていた。藤村にしてもそうだが、彰夫の友達は、少なくとも表向きはまずまずの羽振りで、三十を過ぎても親のすねをかじっている彰夫とはだいぶ身持ちが違うようだった。店の奥の狭い事務スペースに招き入れて、玉井は如才《じょさい》なく訊いてくる。

「それで、ご用向きは？」

「橋村彰夫さんとは古いお付き合いだそうですね」

訊くと玉井は、あけすけな調子で答える。

「昔、ちょっとワルをやっていた時期がありましてね。そのときからの付き合いが続いているんです。私のほうはいまは堅気の商売で、怪しげな連中との付き合いは一切ありません。ただ彰夫とは妙に気が合うもんで、いまもたまに飲むような仲なんです。で、彰夫がなにかやらかしたんですか」

刑事が話を聞きに来た以上、なんらかの事件に関わる話だとはだれでも察しがつくだろうが、それよりも、彰夫が警察沙汰になるようなことをしでかしても不思議はないという態度が意外だった。

「じつは江東区内のある女性に対するストーカー行為について捜査をしておりましてね」

とりあえず、殺人未遂の疑惑についてはまだ仕舞っておくことにした。

「ストーカーですか。やはりね」

玉井は頷いた。葛木は問いかけた。

「なにか心当たりでも？」

「うちはこの店の近くで携帯電話の販売代理店もやってるんですよ――」

玉井はどこか自慢げだ。彰夫と自分はそのあたりが違うと言いたそうにもみえる。玉井は続けた。

「それがあいつ、去年の十一月ころから立て続けに何台もスマホを契約しましてね。売り上げをチェックしていてそれに気づいて、なんに使うんだと訊いたんです。いわゆる飛ばしだったら問題だけど、そういうことで小銭を稼ぐほどあいつは金に困ってはいない。ぜんぶ自分の名義だから、悪さに使う気があるわけでもなさそうだ。でも家族が大勢いるんならともかく、あいつは独身で子供もいませんからね」

「彼はなんと答えたんですか」

「スマホはバッテリーの保《も》ちが悪い。それで予備に何台も持つことにしたというような訳のわからない返事でしてね。それなら保ちのいいガラケーとスマホの二台持ちにすればいいと言ってやったんです。そういう人はけっこう多いもんですから。しかしすべて二年縛りの契約なもんだから、いまさら解約もできないという話でね。まあうちにとってはいいお客様だし、彰夫のほうはスマホの通信費に月何万円かかろうが痛くも痒《かゆ》くもないでしょうからね」

「じつは、被害者が何度着信拒否に設定しても次々とべつの番号でかかってくるんで、困って警察に相談してきたんです」

「だったら辻褄《つじつま》が合うじゃないですか。そういう使い方ならプリペイドの携帯でもよかったはずですが、あいつは金のことには無頓着だから」

「そのころ、スマホの件以外に、なにか不審なことはありませんでしたか」

「いま思うと、それと関連があるような気がするんですがね。たまに飲んでても、しょっちゅう席を立っては戻ってくる。まだおしっこが近くなる歳でもないし、変だなと思ってたんですが、たまたまこっちもトイレに行ったら、あいつが夢中になってスマホになにか打ち込んでいるんですよ」

「メールを打ってたんですか」

「指の動きからするとそんな感じでした。なにをしてるんだと訊いたら、慌てたようにスマホをポケットに仕舞って、ネットショッピングをしていたんだと言い訳をする。そんなの家に帰ってやればいいだろうと思ったんですが、こっちもとくにそれ以上は突っ込まなかった」

玉井は彰夫の行動について隠し立てしている様子もない。いま聞いた話に関しては、すでに被害者が執拗なSMSを送られていた事実は把握しているので、とくに目新しい材料とは言えないが、彰夫と口裏を合わせてなにかを隠そうとしている気配は感じられない。

「思い詰めているような様子は？」

「先週もうちの近所で軽く飲んだんです。なんだかそんな様子でしたね。しようがないから、店を出たあと、どうした、女にでも振られたのかと訊いてやったんです。すると小さく頷いて、もう生きていてもしようがない。女を道連れにして死んでやるなんて危なっかしいことを言うもんですから、その場で張り倒してやったんですよ」

玉井は太い腕を擦《さす》ってみせる。武道の経験でもあるようで、身長はさほどではないが、筋肉の塊のような体型だ。きのう対面した彰夫はほっそりした優男《やさおとこ》で、腕力では玉井の相手になりそうにない。

「もちろん手加減はしましたよ。ただ、なんだかやばい感じがして、ちょっとショック療法が必要だと思ったんです」

「そのあと彼はどうしました」

「地べたにへたり込んで泣き出しましたよ。もうくだらないことは考えるなよと言い含めて、タクシーを呼んで自宅まで送ってやったんです」

「そのあと、話はしましたか」

「向こうからはなにも言ってきません。ああだこうだお節介を焼いてもプライドを傷つけるだけだと思って、こちらも黙ってはいたんですが、さすがにちょっと心配になってきたもんですから、きょうあたり飲みに誘おうかと思っていたんです」

その話が本当なら、藤村はともかく、先日会った相川と言いこの玉井と言い、彰夫は男気のあるいい友達をもっているようだ。玉井は続ける。

「あいつは女に対しては奥手でしてね。ワルをやってたころでも、そっちのほうの噂を聞いたことがない。これまで長いこと付き合ってきましたが、女がらみでいい噂も悪い噂も耳にしたことがないんです。そのストーカーの話、本当なんですね」

玉井はそれでも半信半疑な様子だ。そのあたりは相川や藤村の話とも一致する。葛木は頷いた。

「うちの署で被害者から相談を受けて、本人に対して署長名の警告を出しています。そのときは事実を認めて、しばらく迷惑電話やメールは沙汰止みになったんですが、最近、またしつこく続くようになり、待ち伏せや付きまといもするようになった。それで都の公安委員会に禁止命令を出してもらうよう申請していたところなんです」

「知らなかったな。本人からはそんな話、全然聞いていませんでしたから。しかし、うちで買ったスマホの件と言い、飲み屋での一件と言い、それを聞けば納得がいきますよ」

「思い込むと一途になるようなところがあるんですか」

「むしろなにをやっても飽きっぽいんですがね。要するに、そういうことに対して免疫がなかったんでしょう。私もそのうち引っ張り出して説教してみますが、あれでけっこう頑固なところがあって、言うことを聞くかどうか。しかし心配ですよ。なにかやらかしてしまったらあとの祭りですから」

玉井は不安げに言う。芝居臭いところは感じられないし、もしそうなら彰夫の犯行を隠蔽する方向に話を持っていくはずで、ここまでの話はその真逆だ。葛木は思い切って言ってみた。

「すでにやらかしてしまった可能性が高いんです。じつは先日、江東区内で轢き逃げ事故がありましてね――」

そのときの被害者が彰夫からストーカー行為を受けていた女性で、目撃証言では、そのときの車が彰夫の所有車である可能性が高いというところまで説明した。

ただし事故直後に『板金エース』に逃げ込んだ可能性や、きのうの事情聴取の件については、まだ触れないでおいた。

「だったらいまやってる捜査は、ストーカーの件というより――」

玉井は言葉を呑んだ。葛木は言った。

「轢き逃げ、もしくは殺人未遂の容疑です」

「被害者の女の人はどうなりましたか」

「腰椎の骨折で、障害が残る可能性が高いそうです。死亡しなかったのが幸いといった状況でした」

「一発張り倒しただけで済ましちゃったのが悔やまれますね。そのときじっくり話を聞いてとことん説教しておけば、そこまで馬鹿なことには走らなかったかもしれない」

玉井は無念そうに言う。宥《なだ》めるように葛木は応じた。

「警告をした際、警察側からも十分説諭はしたはずなんです。しかしその程度で収まるんなら、そもそもストーカーによる重大犯罪は発生しない。あなたが責任を感じるようなことではないですよ」

「そう言ってもらえるといくらか気持ちが落ち着きますが、そもそも親父の威を借りているというか、甘ったれたところがあるんですよ。なにをやっても、その政治力や財力で蓋をしてもらえると考えている節がある。これまでも、警察沙汰になってもおかしくない悪さをしても、父親が示談でもみ消したことが何度かありますから。あいつ、いまはなにしてるんですか」

「自宅にいると思います。じつはきのう事情聴取をしたんですが、本人は一切否認していまして、現在、任意提出を受けた車の鑑定を行っているところです」

「そうですか。それで答えが出るわけですね。できれば信じたくないんですがね」

「彼に対して、なにか特別な思いがあるんですか」

「人間、誰にでも取り柄の一つくらいはあるんでしょうね。なんだか憎めないんですよ。持って生まれた性分としか言いようがないんですが、可愛げがあるというか、歳は二つしか違わないのに、いくつになっても兄貴分として慕ってくれて、それでこっちもつい気を許してしまう」

玉井は慚愧を滲ませる。葛木は問いかけた。

「なにか迷惑を受けたようなことがあるんですか」

「私の行きつけの飲み屋で酔って暴れて顰蹙《ひんしゅく》を買い、ついでに私まで出入り禁止にされたり、夜中に何度も長電話をかけてきて睡眠不足にされたりね。いい歳をして、いまも世間知らずというか、昔の悪ガキ時代のままのようなところがあるんです」

「それでも、憎み切れないわけですね」

「女房には絶縁しろと言われてるんですが、ついそれも可哀そうな気がしましてね。しかしそういうことまでやったとなると、きっちりお灸《きゅう》を据えてもらわないとね」

玉井に彰夫をかばい立てする気はないようだ。そこは葛木にとっても予想外だった。せめて父親の橋村に玉井くらいの良識があれば、彰夫もこういう事態までは引き起こさずに済んだはずだった。

玉井には丁寧に礼を言い、いまは捜査中だから、できればそちらからは彰夫に接触しないで欲しいと頼んでおいた。

もちろん玉井に話したのはごく大まかなところだけで、彰夫に知られて困るようなところはぼかしておいたからそう心配することもないが、いま刺激を与えるのはやはりなるべく避けたい。義侠《ぎきょう》心《しん》に駆られて玉井が動けば、彰夫が想定外の行動に出る惧れもある。

玉井はそれを了承した。

店を出て、次の聞き込み先の元区議会議員、谷沢省吾の自宅のある木場《きば》方面に車を走らせながら、若宮が言う。

「女を道連れにして死んでやると言ったんですから、もう間違いないですよ。もっとも自分は死ぬ気もなくて、車の偽装工作で逃げようとしているんだから呆れたもんですけどね」

「ああ。たしかに重要な証言だが、それだけじゃ、酔っていたからだとか、一時の感情で言ってしまったとか、いくらでも言い逃れはできる。とりあえず、状況証拠がさらに一つ積み上がったというところだな」

「でも、館山にいたというのが嘘だとわかれば、いくらなんでも言い逃れるのは難しいでしょう。その時点で、十分逮捕状は請求できますよ」

「しかし、故意による殺人未遂の疑いがあるにせよ、事件そのものはとりあえず交通事故だ。その場合、どうしても物証が重視される。それが出てこないと、少なくとも彰夫の車による人身事故は存在しなかったことになってしまう」

「でも、それは絶対にあり得ませんよ。そのアフリカ人の工場長がどんなに腕が良くても、本庁の鑑識や科捜研の目は誤魔化せませんから」

若宮は強気だが、葛木としては、逆に彰夫の強気が気になった。いまは藤村の工作に気をとられているが、まったく想像もしない方向から、父親が強力な楯になる可能性だってある。

4

谷沢の自宅は木場三丁目にあり、深川《ふかがわ》警察署の管轄に入る。東京メトロ東西線の木場駅にほど近い真新しいマンションで、立地といい造りといい、決して安くはなさそうだ。こちらも父親が資産家で、政治家としては浪人中だが、食うに困らないという点では彰夫と似ている。

約束の時間より十分ほど早く着いたが、谷沢は在宅していて、広々としたリビングルームに通された。家具も調度もいかにも値の張りそうなもので、浪人中の元区議会議員の暮らしぶりとは思えない。谷沢は四十を過ぎたくらいの年恰好で、彰夫よりはかなり年上だ。こちらは暴走族関係のつながりではないと相川からは聞いている。

「ご多用のところ、わざわざお時間をおとりいただき、ありがとうございます」

うっかり口をついて出たその挨拶が皮肉に聞こえないかと心配したが、谷沢は気にするふうでもない。

「いやいや、城東署の管轄はこのあたりじゃないけど、私のような政治家にすれば、同じ区内の防犯という点でお互い力を合わせなきゃいけないわけだから、ご協力するのはやぶさかじゃないですよ」

落選した区議会議員を政治家と呼ぶべきかどうかは知らないが、本人としては捲土重来《けんどちょうらい》を期していると言いたいわけだろう。

「ところで橋村彰夫がストーカー事件を起こしていたというのは本当なんですか」

谷沢はしかつめらしい顔で訊いてくる。葛木は頷いた。

「去年の十一月頃から、迷惑電話や迷惑メール、付きまといや待ち伏せといった行為が執拗に繰り返されましてね。被害者の相談を受けて、城東署長名で警告を行ったんですが――」

事故の話にはまだ繋げずに、都の公安委員会に禁止命令の申請をしているというところまで話すと、谷沢は身を乗りだして訊いてきた。

「ひょっとして、その女性、江戸川区内の小学校の先生じゃないですか」

「ご存じなんですか？」

問い返すと、谷沢は慌てて首を横に振った。

「いや、私はその人とは付き合いもないし、もう名前も忘れました。橋村君からその女性の電話番号を調べて欲しいと頼まれたんです。友人の結婚式の披露宴で会って一目惚れしたとか言いましてね。たしか去年の十一月の初めでした」

「谷沢さんは、その頼みを聞いたんですか」

「私も少し前まで江東区議をやっていた関係で、江戸川区の区議にも知り合いが大勢います。そういう伝手《つて》を使えば調べられないことはないんですが、もちろん断りました。個人のプライバシーに関わることで、半ば公人である私がそんなスパイのようなことをするわけにはいかないですから」

「よからぬことに使われるような気がしたんですね」

「もちろんそれもありました。彼のほうも無理は承知で頼んできたようなんです。ご存じのように、彼の父親はあの橋村代議士で、一地方政治家に過ぎない私もその威光には勝てないと思ったんでしょう。所属政党は同じだし、私も再起を期して頑張っているところですから、自分に対しても頭が上がらないと高を括ったんでしょうね」

「断られて気分を害したようなことは？」

「なんどもしつこく電話を寄越しましたよ。そのたびに断ったもんですから、そのあとは飲みに誘われることもなくなりました」

「じゃあ、いまは付き合いはないんですね」

「ええ。まったく音沙汰なしです」

「父親の橋村代議士から、なにか圧力がかかるようなこともないんですね」

「ありません。そもそも橋村さんは選挙区が愛知のほうで、このあたりに地盤があるわけじゃない。国会ではそれなりの影響力はあるでしょうが、区議会レベルの地方選挙にタッチするような立場じゃないですから」

「彼とはいつごろからお付き合いを？」

「七年前ですよ。区議選出馬を目指して足場固めをしていた時期でしてね。行きつけの飲み屋の親爺に紹介されて、名刺交換をしたんです。橋村代議士の息子だと言うんで、こちらも付き合えばなにか得するようなことがあるんじゃないかという欲も多少はありましてね。そのときは意気投合して、朝まで梯子しましたよ」

「それから親しい付き合いが始まったんですね」

「親しいというかなんというか、こちらの都合も訊かずに事務所へ押しかけてきて飲み屋に引っ張り出されたり、夜中に長電話をかけてきたり、金を貸して欲しいと言われたり、いうなれば押しかけ親友といったところでしてね」

「彼は、金銭的には不自由していないはずですが」

「そうは言っても一種のパラサイトで、自分の稼ぎがあるわけじゃなく、親から小遣いをもらって暮らしている身ですから。そこにもってきて金遣いが荒い。あちこちの店にツケを溜めて、しょっちゅう出入り禁止になっていたようです。もちろんあとで返してはくれましたがね」

玉井や藤村からは、金銭に絡む話は聞いていなかった。そのあたりは谷沢も自分同様、資産家のお坊ちゃんだと見込んでの行動だろう。付き合いが浅かったせいか、これまでの三人のなかで、彰夫についての人物評はいちばん手厳しい。

「そのころから、ストーカー的な行為に走りそうな雰囲気はありましたか」

「なくもないんですよ。私の選挙事務所で働いてくれていた若い女性に一目惚れしたらしいんですが、あれだけ遊び人のくせに、そういう状況になるとからきしだらしない。自分からはまともに声もかけられず、それでも跡を付け回したり待ち伏せしたりということが何度もあったらしいんです。それで私が厳しく注意したんです。止めないと警察に届けると。そのときはそれで収まったんですがね。今度の被害者は、その女性よりも魅力的だったんでしょうかね」

「その辺はなんとも言えませんが、もともとそういう傾向があったと考えてよさそうですね」

「そう考えていいんじゃないですか。それが凶悪な犯罪に繋がらなければいいんですが」

「ところが、その可能性がありましてね――」

葛木は轢き逃げ事故と殺人未遂容疑について切り出した。谷沢は驚きを隠さない。

「だったら、私が電話番号を調べてくれと頼まれた女性が――」

「おそらく被害者でしょう。勤務先は江戸川区立瑞江小学校です」

「たしか、その小学校だったと思います。轢き逃げ事件のことは知っていましたが、まさかその女性だとは思わなかった。あのとき、私がなんらかの手を打っていれば、最悪の事態は避けられたかもしれない」

「そうは言っても、その時点ではまだストーカー行為が本格化していたわけではありませんから、通報してもらっても警察は動けなかったでしょう」

「どうやって、その女性の電話番号を知ったんでしょうね」

「それなりの料金を払えば、調べてくれる違法業者はいくらでもいますから」

「だったら、逮捕も間もなくじゃないんですか」

谷沢は妙に期待を滲ませる。橋村の政治の地盤は愛知にあり、東京での影響力はほとんどないと谷沢は言っていたが、まったくないということはないだろう。たとえ区議会議員でも、党本部の意向には逆らえないはずで、橋村はそういう上のレベルで影響力が行使できる。

谷沢がどういう人脈につながっているのか知らないが、前回落選したときに、橋村の息のかかった議員とつばぜり合いを演じたようなことがあるとすれば、橋村にとってマイナスの話は、谷沢にとってプラスだとも見ることができる。

彰夫との付き合いがいかにも迷惑だと言いたげなここまでの口ぶりからも、そんな背景が感じとれる。その意味では逆に谷沢の証言は信憑性が低いとも考えられるが、言っていること自体は嘘ではなさそうだ。思い切って、その方面に話を向けてみた。

「それが思った以上に難しいんです。やはり与党の大物議員ですからね。いろいろ壁が厚い。そもそも彼のストーカー行為にしても、都の公安委員会がなかなか禁止命令を出してくれないうちに事件が起きてしまった」

「彼が橋村代議士の息子ということもあったかもしれませんね。地方の公安委員会は、中央からの独立性が本来求められるべきなんですがね」

「中央の政治家の影響力は、そういうところにも及ぶわけですか」

「嫌われて得なことはなにもありませんからね。我々の政治資金だって党中央から回ってくるものだし、選挙の際も党の公認がもらえるかどうかで形勢が大きく変わってくる。公安委員は政治家じゃないですが、地元の名士や財界人から選ばれるのが常で、言い換えれば国や地方自治体になんらかの利権がある人たちです」

電話で面談を申し入れたときは、自分の評判に疵がつくことを惧れたのか、警戒心をあらわにしていたが、橋村との関係はどうもこちらの読みどおりらしく、谷沢はやけに饒《じょう》舌《ぜつ》になってきた。

「それに、葛木さんにこんなことを言うのはなんですが、警察というのは政治家に弱い役所のようでしてね。今回のことで葛木さんたちが積極的に捜査に乗り出していると聞いて、じつを言えば驚いているんですよ」

「たまたま被疑者の父親が政治家なだけで、特別変わったことをしているわけじゃありませんが」

　やや身構えて応じると、谷沢は慌てて首を横に振る。

「いや、やめろと圧力かける気なんか毛頭ない。むしろ感心してるんですよ。都の公安委員会というのは、所在地も警視庁の庁舎内だというのはご存知でしょう」

「おっしゃるとおりです。委員は別として職員はほとんど警視庁の警察官です」

「その警視庁にしても、警視総監を含む上層部の人たちはすべて警察庁から出向したキャリアです。その警察庁は、国家公安委員会を介して首相官邸に直結している。だから近ごろいちばん驚いたのは、政界全体を巻き込んだ、例の大型贈収賄事件ですよ。普通なら地検の特捜部が手掛けるはずの事案なのに、摘発したのは警視庁の捜査二課だった」

　その捜査に葛木たちが関わったことは世間ではまったく知られていないし、ここでそれを自慢する気もない。

「しかし、けっきょく全容を解明するには至りませんでした」

「それでも、よくあそこまで切り込んだものですよ。いや、私も政権与党に属する人間の一人ですが、国政の根幹を担う人たちが、その立場を利用して私腹を肥やしているようでは、この国も先が思いやられますからね」

　谷沢は聖人君子のような口を利く。地方議会も中央に劣らず利にさとく、むしろ地元の利権に密着しているだけたちが悪いという話もよく聞くが、とりあえずここは調子を合わせる。

「そういう傾向はたしかにありまして、現場には、歯痒い思いでいる者も少なくはないんです。とはいえ、上の命令にはなかなか逆らえない。上の人間も、またさらに上の人間の命令で動くしかない。警察官も、組織がなければただの人ですから、それに逆らってまでは捜査を進められない」

「そのへんは、どこの役所も、あるいは民間の会社でも似たようなところはあるでしょうがね。しかしそちらのほうの捜査を進めていて、橋村さんから圧力がかかっているようなことはないですか」

谷沢はなにやら微妙な方向に話をもっていく。この人物に関しては、彰夫は友達を選ぶのを間違えていたかもしれない。葛木は首を横に振った。

「必ずしも捜査に協力的だとは言えませんが。人事的な面も含めて、とくに圧力がかかってきているようなことは、いまのところありません」

「そうですか。しかし橋村氏はいま大事な時期で、たとえ息子の話でも、現在の立場が揺らぐようなことは非常に嫌うはずです。場合によっては豪腕を振るってくるんじゃないですか。そのあたりは心しておかないと」

親身な調子で谷沢は言う。葛木は素知らぬ顔で問いかけた。

「大事な時期と言いますと？」

「これはオフレコなんですがね――」

谷沢は声を落とす。まるで現役の政治家が貴重な情報をリークするような口振りだ。浪人中とはいっても、自分がいまも政界に情報のパイプをもっていることを誇示しているようにも受けとれる。

「どうも、次の組閣での大臣の椅子が内定しているようなんです」

「そうなんですか。いったいどういう椅子が？」

「なんと、国家公安委員長ですよ」

「本当に？」

葛木はいかにも驚いたふうを装った。したり顔で谷沢は続ける。

「警察行政のトップです。一般の人にはあまり馴染《なじ》みのない大臣ですが、意外に隠然たる力がある。内閣府の外局ですから、いわば官邸直属です。世間では警察庁の官僚の言いなりで、ただ上がってきた書類に判子を押すだけの官庁とみられていますが、逆に言えばずぶずぶの関係になりやすい」

「と言いますと？」

「ご存じのように、警察庁の人事は実質的に国家公安委員会の管理下にある。警察庁長官や警視総監、各道府県警本部長はもちろん、警視正以上の警察官すべてに及びます。ほかに警察行政全般の監督や監察もその職務に含まれますが、大臣たる国家公安委員長と五名の公安委員だけでそれが遂行できるわけがない。実際の運営に携わるのは警察庁の長官官房です。つまり国家公安委員長はお飾りで、実質的には警察庁の一人芝居のようなものなんです」

「お詳しいですね。そういう雲の上の話には、我々は疎いもので」

葛木はとぼけた。その手の事情は折りにふれ俊史が愚痴るところでもあるが、現場の警官には、警察を所管する官庁が国家公安委員会だということさえ知らない者もいる。

「じつは区議会議員に立候補するまえ、ある国会議員の秘書をやっていまして。その人が国家公安委員長を一期務めたんです」

「そうなんですか。しかしそうだとしたら、橋村氏が就任したとしても、さしたる影響力は持たないのでは？」

「ところが政官の関係はさらにどろどろしたものでしてね。表向きは操り人形を演じてやる代わりに、裏で様々な便宜供与が得られるわけですよ」

「便宜供与というと？」

「現場で頑張っている皆さんには失礼な話かもしれないが、政界の人間はだれでも知っています。与党に限らず、警察が政治家の刑事事案をタブーにしていることを。例外は選挙違反ですが、これも秘書や後援者止まりで、政治家本人が逮捕されることはまずない。政治家の汚職事件も、これまでは地検特捜の独占のようなものでした。それで驚いているんです。あの贈収賄事件——」

「たしかに前例のないものでした。私もその点については驚いたんです」

葛木はあくまでとぼけてみせた。谷沢は勢い込む。

「どうも、警察庁の大物局長の肝煎《きもい》りだったようですが、次の組閣で豪腕の橋村氏を起用するのは、その牙を抜いてしまおうという官邸筋の思惑があるからだとの噂がもっぱらです」

「そうは言っても、ここまでのお話だと、国家公安委員長にできることは限られているんじゃないですか」

「それは表向きの話です。国家公安委員長には法務大臣が検察に対してもつような指揮権はありませんが、政治の世界で重要なのは、法に裏付けられた権限よりも、その意思が以心伝心で伝わるパイプです。豊富な財力と裏社会との繋がりを武器に、買収と恫喝で政治的地歩を築いてきた橋村氏は、その任務に最適だと官邸は踏んでいるんでしょう」

谷沢がそこまで突っ込んだ話をする理由をどう解釈すべきか訝《いぶか》しいが、彰夫との付き合いを含め、橋村とは、少なくともいまは芳しい関係ではなさそうだ。

いずれにせよ、谷沢が口にした橋村の人物評は、俊史が言っていた話とおおむね一致する。それは単に週刊誌レベルの噂ではなかったようで、彰夫の事件の本筋からは外れるが、これはこれで、葛木にとって貴重な情報と言うべきものだった。

第五章

1

「ついさっき、畠山の経営する釣り宿に行ってきたんですが、事件のあったころ彰夫がそこにいたという話、やはり嘘っぽいですよ――」

谷沢の自宅を辞して、城東署に戻る車中から葛木が電話を入れると、苦々しい口調で池田は応じた。

「彰夫は友達として滞在していたから宿帳の記載はないと、オーナーの畠山はきのうと同じようにしらばくれました。旅館業法に規定された手続きで、虚偽記載は罰せられるし、本人の筆跡が残りますので、そこまでは捏造《ねつぞう》できなかったんでしょう。妻にも話を聞いたんですが、やはり口裏を合わせているように、滞在したといってきかない。だったらなにか証拠はないかと突ついてやったら、そのとき撮った写真だというのを見せてくれたんですがね」

「そんなものがあったのか。いかにもわざとらしいな」

「畠山と彰夫のツーショットなんですが、おっしゃるとおり、どう見ても怪しい。南房総はたしかに暖かい土地でしょうが、それにしても、二人とも着ているものが春か秋みたいに薄着でしてね」

「あの日はこの冬いちばんの寒波の到来で、並みの寒さじゃなかったな。そのせいで腰痛がひどくなったと言って、課長がこぼしていたよ」

「そうなんですよ。写真には日付も入ってますが、それがちょうど事件のあった日で、その点もいかにもわざとらしい。デジタルカメラは、撮影日時を書き換えるなんてわけないですから」

池田は頭から疑ってかかるが、まだ嘘だと断定できる話でもない。葛木はさらに問いかけた。

「近隣の住民は、彰夫本人や例の車を目撃しているのか」

「これから一帯を徹底的に聞き込むつもりですが、畠山のところへ行く前に、とりあえず隣近所の数軒を回ってみたんですよ。彰夫にしても車にしても、目撃したという人はいませんでした」

「同じ日に宿泊していた客は？」

「それも訊いてみました。東京方面から来た客が三組、八名ほどいたようです。宿帳には代表者一人だけ記帳させているようなので、連絡先がわかるのは三人だけです。プライバシーがどうのこうのと渋りましたが、強引にそのページのコピーをとってきました」

「その客たちが見ていないとしたら、彰夫がいたという話は嘘だと考えて間違いないな」

「ええ。あすにでもそちらを当たってみます。ただね、その畠山という男、地元ではあまり評判がよくないようなんですよ」

池田は意味ありげに声を落とす。

「というと？」

「金にめっぽう汚いという話でしてね。食材の仕入れでは、いつも無理難題を言って値切り倒す。鮮度の落ちたものを買わされたと言って、代金を丸々踏み倒された業者もいるそうです。それでも、けっきょくその食材は客に供されたという話です。ほかにも組合の会費を滞納したり、子供の給食代の支払いを拒否したり、はた迷惑なことこのうえないそうなんです」

「そもそも地元の人間なのか？」

「先代の叔父が亡くなって、そちらには息子がいなかったので、五年前にその跡を継いだようです。それまではずっと東京にいて、地元の人とは馴染みがない。東京でなにをしていた人間なのかよくわからないんで、みんな薄気味悪がって、積極的には付き合わないようです」

「そのへんは、彰夫の評判と似たようなもんだな」

「東京にいたころは、彰夫みたいなろくでなしだったのかもしれませんね。彰夫はいまも変わっていないようですけど」

畠山は、どうやら玉井や谷沢とはタイプの違う友達のようだ。近隣の評判が芳しくないという点では藤村ともイメージが異なる。むしろ性格的には、彰夫と瓜二つといったところのようだ。

「彰夫とはなかなか気が合いそうだな。そういう人間でも、釣り宿の商売はうまくいっているのか」

「それがけっこう客が来るんで、地元の同業者はその点でも面白くないようでしてね。畠山はどうも宣伝が上手いようで、嘘八百を並べたホームページをつくって、地元でいちばん評判の釣り宿だと吹聴している。料理もサービスも月並みで大した魅力もないのに、先代、先々代と続いた地元随一の老舗《しにせ》という触れ込みで、事実とあまりにかけ離れていると、地元じゃ不快に思っている人が多いようなんです。憎まれっ子世に憚るってやつじゃないですか」

池田は吐き捨てるように言う。先ほど会ってきた玉井と谷沢の話を聞かせると、池田は唸った。

「あながちろくでなしの友達ばかりでもないいんですね。その話が本当なら、彰夫の容疑はますます濃厚になりますよ。しかし谷沢という人の話も別の意味で気になりますね。早いとこ彰夫をとっ捕まえて送検しないと、親父のほうからどんな横槍が入ってくるかわからない」

「そのようだな。勝沼さんの異動話にしても、橋村氏が大臣になってしまえばあとの祭りだ。あの人にはまだやり残した仕事がある。それをぜひまっとうして欲しいというのがおれの切なる願いだよ」

思いを込めた葛木の言葉に、池田もむろん賛同する。

「勝沼さんは、おれたちの仕事を決して無駄骨にはしない。そういう人から天職を奪うのがこの国の政治だとしたら、おれたち下っ端も国民も堪ったもんじゃない。官邸にすれば例の事件の意趣返しといったところでしょうが、幸いおれたちには、いまやれることがあります」

「ああ。彰夫を殺人未遂で送検すれば、いくら官邸でも、入閣という話は持ち出しにくくなるだろうからな。べつに橋村氏が罪を犯したというわけじゃないが、世間はそういうことを甘くは見ないはずだ。とくにそのポストが警察の監督官庁たる国家公安委員会のトップとなればなおさらだろう。閣僚の不祥事は、時の政権にとっては、命取りになりかねないからな」

「彰夫の事件が政治の圧力で潰されるようなことになれば、警察は政治家の飼い犬に成り下がります。そもそも昔からそうだったとも言えますけどね、そんな政治との癒着体質を、あの事件の捜査で、勝沼さんは叩き直そうとしたんです。その心意気を無にしたくはありませんよ」

意気込む池田に、心強い思いで葛木は言った。

「そのとおりだ。勝沼さんがあのとき背負ったリスクを思えば、おれたちなんてまだまだ甘い。こうなったら、彰夫はなんとしてでも挙げないとな」

2

本署に戻ると、大原が浮かない顔で電話を受けていた。話を終えて葛木たちを振り向き、渋い口ぶりで大原は言う。

「交通課の水谷君からだ。きょうは本庁の交通鑑識が朝から出張って、彰夫の車を調べたそうなんだが――」

その表情からは、朗報ではない気配が読み取れる。葛木は落ち着きの悪い気分で問いかけた。

「こちらが期待していた答えが出なかったんですか」

「どうもそうらしい。車は任意提出されたものだから、目視中心の非破壊的検査しかできないそうなんだが、それでも彼らは車体の鑑識に関してはプロだから、板金塗装による補修が行われていればまず見逃すことはないと言うんだよ」

「しかし、その形跡がなかったというわけですね」

「そうなんだよ。車台番号は間違いなく彰夫の車のものだった。ナンバープレートなら付け替えられても、そっちはメーカーが工場で刻印したものだから、いじりようがないはずなんだ」

事情聴取した際の彰夫の不敵な自信の理由は、どうやらそのあたりにあったらしい。しかし葛木には、その点がどうにも信じられない。

「板金塗装の腕がよほどよかったか、それともフェンダーやボンネットのパーツそのものを交換したかですね」

大原も首をひねる。

「板金塗装で補修したんだったら、どんな名人の手にかかろうと、交通鑑識の目はごまかせないはずだというんだよ」

「それならパーツの交換ですか」

「それもあり得ないらしい。国産車なら、在庫さえあれば、発注して翌日には届くそうなんだが、外車となるとそうはいかない。ディーラーに確認したが、どんなに早くても一週間はかかるそうだ。それに新品と取り換えたとしても再塗装は必要だから、ほかの部分と比較すれば、新旧の差は一目瞭然だというんだよ」

「じゃあ、彰夫は無実だということになりますね」

唯一の希望が音を立てて崩れた。落胆を隠さず葛木は言った。大原はまだ納得できない表情だ。

「そうは言っても、あらゆる状況証拠が彰夫の犯行を指し示している。おれだって伊達《だて》に長々と刑事をやってきたわけじゃない。彰夫がやったという点に関しては絶対的な確信がある」

「だったら、いったいどういう手品を使ったんでしょうね」

自問するように葛木は問いかけた。たかが街の板金屋に過ぎない藤村の店で、交通鑑識の目を欺くほどの偽装ができるとは考えにくい。大原は困惑を隠さない。

「いずれにしても、現状では非破壊的な検査しかできない。交通鑑識課はこれから科捜研に持ち込んでさらに詳細に調べてもらうそうだ。エックス線を使ったり、ほかにもなにやらよくわからない高度な分析方法があるそうで、塗装を削るようなことは一切しないで済むらしい。人間の目はなんとか誤魔化せたとしても、そういう機械を使えばまず発覚は免れないと言うんだよ。なんとか見つけて欲しいもんだが」

「その状況証拠なんですが――」

玉井と谷沢からの聞き込みの結果を伝えると、大原は力なく応じる。

「橋村代議士の噂はともかくとして、どっちもストーカー事案には関係するが、それは彰夫もすでに認めているからな。女を道連れにして自分も死ぬと口走ったあたりは、殺人未遂との繋がりを示唆するとも言えるが、まだ犯行をほのめかしたとまでは言いきれない。館山のほうは池田から報告を受けたよ。ただ難しいのは、目撃者が出てこなくても、それがすなわち彰夫がいなかったことの証明にはならない点だ。いなかったことを証明するのは、いたことを証明するよりはるかに難しい」

「そうですね。それにこの先、畠山がだれかを目撃者にでっちあげる惧れだってありますから」

「ああ。きょうのところはまだそこまで頭が回っていなかったようだが、池田の話じゃ、なにかと悪知恵が働く男のようだから、これからその手に出てくる可能性は大いにあるだろうな」

「池田がコピーしてきた宿帳の記帳者も信用できなくなりますね。常連だったら、畠山と気心が知れているかもしれない。電話を入れて、警察が出向いて写真を見せられたら、見覚えがあると答えるように頼むんじゃないですか」

葛木が不安げに言うと、若宮が突然身を乗り出す。

「だったら、こっちも引っかけてやったらどうですか」

「引っかけるって、どうやって？」

問いかけると、得々とした表情で若宮は続ける。

「彰夫とはべつの人間の写真を用意していって、最初にそっちを見せればいいじゃないですか。見たことがあると答えたら、畠山と口裏を合わせていることになりますから。見たことがないと答えたら、そのあと彰夫の写真を出せばいい」

「しかし畠山も彰夫の写真を持っているから、そこまで考えてメールで送っておくかもしれないぞ」

慎重な口ぶりで大原が言う。

「そうですね。それをやられたらお手上げですね」

若宮は肩を落とす。しかし葛木は期待を寄せた。

「だとしても、その作戦は十分考慮に値しますよ。もし引っかかれば、彰夫が館山にいたという話が嘘だったという状況証拠になりますから。犯人蔵匿及び証拠隠滅の罪に問われる可能性があると言ってやれば、畠山に頼まれたとあっさり白状するかもしれない」

「そうですよね。やって損な話じゃないですよね」

若宮は声を弾ませる。大きく頷いて葛木は言った。

「だったら善は急げだ。さっそく池田に宿帳のコピーを送ってもらって、すぐに聞き込みに回ってくれないか。その辺のコンビニからファックスできるはずだから」

「そうします。いや、忙しくなったな。山井さんは池田さんと一緒だから、誰か助っ人に来てもらわないと」

若宮は言いながら、デスクの電話で池田の携帯を呼び出している。葛木は携帯から俊史に電話を入れた。

「ああ、親父。なにか情報でも？」

俊史はさっそく訊いてくる。彰夫の捜査の状況がやはり気になるようだ。まず谷沢から聞いた話を教えてやると、俊史は興味をあらわにする。

「おれが仕入れていたのは、警察庁から漏れてきた情報だけだった。政界筋からの話は初めて聞いたよ。でも話の筋書きがほとんど一致している。ここまでに得た情報の裏がとれたね」

「そう言ってよさそうだな。おまえの読みは、まんざら外れでもないようだ。その標的が勝沼さんだというのも、ほぼ間違いないんじゃないか」

「それで、彰夫の捜査のほうはあれから進展しているの？」

「どうも、いささか微妙な感じになってきてな――」

警視庁の交通鑑識が、彰夫の車に修復の痕跡を発見できなかった話を聞かせると、俊史は落胆を隠さない。

「まさか、それはあり得ないと思っていたけどね。こうなったら、あとは科捜研頼みか。

そこでも駄目だとしたら、もう打つ手がなさそうだね」

「状況証拠をいくら積み上げても、肝心の事故の物証がないとなると、彰夫への容疑そのものが成立しなくなる。なにか仕掛けがあるような気がするんだが、うまい答えが見つからない」

「彰夫の友達の藤村が違法ヤードに関係しているとしたら、たまたまそこに同じモデルの車があって、車台番号が刻印された部分を除いて、すべての外装パーツを交換しちゃったのかもしれない」

俊史は突飛なことを言い出した。たしかにそれは可能かもしれない。しかし彰夫の愛車のメルセデスAMG C43については、国内で登録されたすべての車両を交通課がチェックしているが、いまのところ盗難届の出ている車も廃車手続きをした車もない。つまり日本全国の違法ヤードに、いまのところ同じ車種の盗難車もしくは廃車の在庫はないはずなのだ。

そもそも違法ヤードと連携した車両窃盗グループのターゲットは国外でも人気の高いカローラやハイエースのような大衆車で、密輸先もアフリカなどの発展途上国だから、彰夫の車のような高級車はむしろ商売にならないと聞いている。そんな事情を説明すると、残念そうに俊史は言う。

「けっきょく、科捜研にすべてを託すしかなさそうだね。たぶんいい答えが出ると思うよ。

いわけだから」

というより、親父たちがここまでに得た状況証拠からすれば、それ以外の答えはあり得な

「そう願いたいもんだな。しかし勝沼さんのほうも心配だ。官邸が橋村氏の閣僚人事を進めようとしているのはこれで確実になったと言っていい」

「まあ、官邸がその気でいるとしたら、だれがなっても勝沼さんの左遷はまず確実だろうけどね」

「いろいろな意味で、官邸からすれば、それが適材適所の人事になるわけだ。だったらやはり彰夫を挙げることで、それを妨害するしか手はないな」

「罪を犯したからって、彰夫はもう三十を過ぎた大人で、親が責任をとるべきだとは必ずしも言えないけど、これに関してはそういう物わかりのいいことを言ってはいられないね。向こうだって勝沼さんに理不尽な圧力をかけてきているんだから、こっちも遠慮はしていられないよ。ああ、ところで今夜、勝沼さんと会うことになってるんだけど、親父も顔を出さないか」

思いがけない話が飛び出した。葛木は慌てて応じた。

「おれが？　所轄の係長ふぜいが、顔を出すような場面じゃないだろう」

「遠慮はいらないよ。じつは勝沼さんの希望でもあってね。忙しいんなら無理にとは言わないけど」

「会っても、とくに報告できるようないい話はないけどな」

「勝沼さんも、彰夫の事件がいささか気になっているようなんだよ。いまのところ特捜本部を設置するレベルの事件じゃないけど、もしそこに橋村氏のような大物政治家が介入して握り潰されるようじゃ、勝沼さんとしては堪えがたい。これからなにが起きるかわからないけど、最悪の際の置き土産としても、手を貸せることがあれば一働きしたいと言うんだよ」

「それは有り難いが、いまのところ、本庁の捜査一課に出張ってもらうほどの事案じゃないからな」

「わかるよ。一課の威張り腐ったわからず屋が乗り込んできて、現場を引っ掻き回されるのが嫌なんだろう。でもそれ以外にできることはあるよ」

「たとえば？」

「そちらの署長も、どこか及び腰なところがあると聞いたけど。橋村氏の圧力を受けて彰夫の事案の幕引きを図るような動きがあったときは、刑事部長を介して釘を刺すくらいのことはできる」

「島流しの噂が立ったおかげで、勝沼さんの影響力がだいぶ落ちているようなことを聞いていたが」

「そうはいっても、警察庁刑事局長といえば、警視庁の刑事部長クラスは頭が上がらない。

それに島流しといっても、まだ確定したわけじゃないからね。いま逆らって恨みを買うことになれば、人事案が撤回でもされたとき、火の粉を被《かぶ》るのは自分だくらいの知恵は働くと思うけどね」

「そうか。刑事部長から直々《じきじき》お達しがあれば、署長だって楯突くわけにはいかないだろうからな。橋村氏と刑事部長のあいだで板挟みになって、署長としては辛《つら》い立場に置かれそうだな」

心強い思いで葛木は言った。敵が政治家としての威光を振りかざして圧力をかけてくるなら、レームダック化しつつあるとはいえ、いまはまだ日本の刑事警察のトップクラスに位置する勝沼を、強いうしろ盾として利用させてもらうくらいは十分フェアだろう。

「じゃあ、お邪魔させてもらうよ。勝沼さんとゆっくり話をするのも、ずいぶん久しぶりだし」

「じゃあ、場所と時間が決まったら知らせるよ」

機嫌よく言って、俊史は電話を終えた。

3

葛木はその日の夜七時に、俊史と勝沼と神楽坂《かぐらざか》の小料理屋で落ち合った。

勝沼はとくに気落ちしているふうでもない。前菜が並び、ビールが出てきたところで、とりあえずの乾杯をすると、持ち前の闊達《かったつ》な口ぶりで語りかけてきた。

「捜査は難しい局面に差し掛かっているようだね。私も昔は捜査の現場を経験したことがある。犯人なのは明らかなのに逮捕に至る決め手がない――。そういう事件はよくあるよ。しかし冤罪づくりを奨励するわけじゃないが、現場の刑事の直感というのは、刑事捜査のアルファにしてオメガだ。過ちがあれは率直に認めるべきだが、そこを信じない限り、どんな捜査も魂の抜けたものになるからね」

「ご理解いただいて有り難うございます。おおまかな状況は俊史がすでにお耳に入れていると思いますが、また新たにわかったことがありまして――」

若宮はあのあと池田が送ってきた宿帳のコピーを手にして、さっそく聞き込みに出かけた。相棒はこの間の捜査で気心の知れている交通課の若い捜査員だ。

記載されていた三人のうち、一人は電話をかけても通じなかった。身分証明書の提示を求めるわけではないから、宿帳に虚偽の記載をする者は珍しくない。

残りの二名は電話が通じた。一人は港区内の飲食店経営者で、店に出かけていくと気さくに応じてくれたらしい。

若宮は作戦どおり最初に別人の写真を見せた。手元に適当なものがなかったので、本人の承諾を得て山井の写真を使ったらしい。すると知らないと言うので、続けて彰夫の写真を見せたが、そちらも知らないと答えた。彰夫のものと同型の車の写真も見せたが、やはり記憶にないという。

もう一人は板橋区在住の男で、職業は自営業ということだが、仕事の内容は詳《つまび》らかにしない。しかしこちらは若宮の作戦に引っかかった。最初に見せた山井の写真に反応し、畠山の釣り宿でたしかに見かけたという。続いて彰夫の写真を見せると、そちらは見たことがないと答えた。車の写真については、そこまで口裏合わせはしていなかったらしく、それは見ていないとのことだった。

若宮がそこで作戦の種明かしをしてやると、男はやり方が汚いと怒ったが、場合によっては犯人隠避の罪に問われる可能性がある、ただし情状酌量もあり得るので正直に話して欲しいと言い含めると、男は渋々事情を説明したという。

男は梶田《かじた》と言い、畠山の釣り宿のここ数年来の常連で、館山にはほぼ毎月出かけており、畠山とは気心の通じる仲だという。

ついさきほど、その畠山から折り入って頼まれた。そのうち警察がある人物の写真をもって話を聞きに行くかもしれないから、そのときは滞在中に見たと証言してくれという。謝礼として、次に訪れるときの宿代を無料にするというので、とくに深い考えもなく引き受けたとのことだった。

そのあと若宮が署に戻って犯歴データベースを当たってみると、梶田には詐欺と恐喝の逮捕歴があり、都内の暴力団とも浅からぬ縁のある男のようだった。

若宮の作戦に簡単に引っかかったところをみると、彰夫とは面識がないとみていいだろう。畠山には前科はないようだが、地元でのよからぬ評判からすれば、梶田とは、単に釣り宿の常連という以上の関係があるとも言えそうだ。

池田たちはそのあとも地元で徹底した聞き込みを行ったが、彰夫ないしあの車を見かけたという証言は出てこなかったという。

そんな話を聞かせると、してやったりという表情で勝沼は言う。

「それじゃ、館山にいたというのは完全に嘘だということになる。車のほうも科捜研がいい答えを出すに決まっているよ。どうやら私の出番はなくなりそうだな。葛木さんの薫陶《くんとう》もあって、城東署の若手もなかなかやるじゃないか」

「私の力なんて大したもんじゃありません。若い連中は現場で勝手に育っていきます。とくにあの贈収賄事件で大きな仕事をさせていただいたお陰で、ずいぶん成長したようです」

「謙遜《けんそん》することはないよ。城東署のみんなの力があってこそあそこまでやれた。警察庁だって警視庁だって、ただお高くとまっているだけじゃなにもできない。汗を流し、靴の底を減らして地道に捜査する所轄の活動があるから、我々はまともな仕事ができる。そんな所轄の刑事魂があってこそ、警察の仕事に血が通う。そういう本来当たり前のことを、私もあの事件の捜査でつくづく教えられた気がするよ」

「そんなふうに言われると、逆に冷や汗が出てきますよ。あのとき我々はすべてが後手に回って、最後に辛うじて帳尻が合っただけですから」

「いやいや、どうもいまの風向きだと、私にとってはあれが最後の大仕事ということになりそうだ。皆さんの力でなんとかあそこまでやり遂げさせてもらえたことには、本当に感謝してるんだよ」

しみじみとした口調で勝沼は言う。きょうこの席に自分を呼んだのが、そんな別れの言葉を告げるためであって欲しくない。思いのたけを込めて葛木は言った。

「そんなことはおっしゃらないで下さい。勝沼さんには、まだやり残したことがあります。我々が世間に恥じることなく、刑事としての職務を遂行できる警察にしてくれる人は勝沼さんだけなんです」

「そうですよ。僕らにとっても勝沼さんは大事な人です。あの事件で警察は初めて政治家と対峙《たいじ》できる法の番人に生まれ変わりました。それでも破るべき壁は厚かった。闘いは始まったばかりです」

俊史も身を乗り出して言う。勝沼は寂しげに笑った。

「そこまで言われると面映《おもは》ゆいね。私がやったのはせいぜい上から音頭をとっただけで、実際に仕事をしたのは君たちだよ。だから、いまだって私は警察を信じている。君たちのような地の塩とも言うべき警察官がいてくれる限り、私には希望がある」

そんな言葉に言い知れぬ寂しさを感じて、葛木は言った。

「そんなことはありませんよ。いま捜査している事件にしても、署長を始め上の人たちはどうしても及び腰になってしまう。政治家を聖域として扱う悪弊は、警察組織の末端にまで浸透しています。それも悪気があってというより、それが警察官としてのモラルだと勘違いしている節さえあるんです。私自身、若いころはそうでした。いまも警察学校では、上の考えに逆らうことは、秩序を乱す行為としてご法度だと叩き込まれているはずですから」

「それでみんなが上のほうばかり見る習性が、いつまで経っても消えないわけだ。我々警察官が足下を見なくなったら、組織そのものが砂上の楼閣になるからね。そんな警察の体質をつくってしまったのは、まさしく我々の責任だよ」

勝沼は慙愧を滲ませる。葛木は慌てて応じた。

「勝沼さんを責めたわけじゃありません。警察と政治が一般市民から見えないところで怪しげな結びつきを持ってきたのは、いまに始まったことじゃないでしょう。問題は、警察という組織全体が、それをいわば常識として、誰も疑いもせずにきょうまでやってきたことです」

「私だってその類《たぐ》いだよ。我々公務員は国民や市民のために働く義務は負うが、それは政治家の言いなりになることを意味しているわけじゃない。政治家だって悪事を働けばただの犯罪者だ。子供が考えても当たり前なそんな常識が、なぜか我々の世界では通用しない。それが入庁以来感じ続けてきた疑問だった——」

苦い思い出を噛みしめるように、勝沼は続ける。

「しかしそんな質問をするだけで、上司からは青臭いと馬鹿にされ、出世したければ政治家に嫌われることはするなと教え込まれた。恥ずかしい話だが、じつは政治家が絡んだ刑事事件を、上からの指示で見逃したことが何度かあるんだよ」

「そういうことは珍しくないと聞いています。現に今回の事件に対しても、橋村代議士から署長に、なにかと圧力がかかっていたようなんです」

「しかし君たちはそれに屈しなかったわけだ。私なんか、爪の垢《あか》でも煎じて飲みたいくらいだよ」

「しかし、政治の壁は厚いと思います。これから決定的な物証が得られれば別ですが、ここまでの状況証拠の積み重ねだけでは、送検どころか、逮捕状を請求するだけでも難しいでしょう」

「もしこの先、明確な政治的介入があるようなら、ぜひ私に言って欲しい。といっても刑事局に席があるあいだの話だがね。少なくとも裏からの政治的圧力より、正式なルートを通じた指揮命令のほうが権威がある。レームダックにされたといっても、そのくらいの実力は残っているはずだよ。私自身に圧力がかかったとしても、いまとなっては怖いものなしだからね」

勝沼は笑って言う。たしかに怖いものはないだろうが、葛木にすればそんな言葉がまた寂しい。だからと言って自分にできることはほとんどない。彰夫を検挙して訴追できれば、橋村の入閣を妨害するくらいの効果はあるだろうが、それも政権が強引に押し切ればなんとでもなる。息子が罪を犯しても、それが父親の入閣の欠格事由になるわけではない。

「まだ決まったわけじゃありません。そもそもそれ以前に選挙という洗礼がありますから。そこで落選すれば入閣の目はなくなりますよ。息子の犯罪に加えて、それを握り潰させようと警察に圧力をかけたという話が表沙汰になれば、そっちのほうで、この先どうなるかわかりませんから」

希望を繋ぐように俊史が言う。しかし橋村は愛知の選挙区で盤石だと聞いている。勝沼は言う。

「橋村氏が入閣できなかったとしても、官邸があくまで私を島流しにしようという気があれば、決して無理な話じゃない。たまたま入閣待機組で、あの収賄事件に関与していなかったのが橋村氏だけだったというくらいで、その点について開き直れば、誰が来ても私を飛ばすくらい造作もない話だよ」

勝沼はさばさばした調子だが、それが本心だとは葛木には到底思えない。俊史はさらに続ける。

「そうなったら、裏に汚い画策があったという事実を、僕がマスコミにリークしてやりますよ。人事の撤回にまで行くかどうかは別として、政権にとっては痛打になるはずですから。そのときは僕も怖いものはありません」

「そう言ってくれるのは嬉しいが、君が闘う場所はそこじゃないはずだ。そんなことに首をかけても警察はなにも変わらない。君にはもっと上を目指して欲しい。そのためには、ときに爪を隠すことも必要だ。組織を変えるために必要なのは権力だ。君にはいまの志を忘れないまま、組織の頂点を目指して欲しいんだよ」

勝沼は噛んで含めるように言う。息子がそれほどの器だとみてくれているとしたら葛木としては嬉しいが、いまはそんな遠い未来の話をしているわけではない。強い調子で葛木は言った。

「正しいことをやった人間が飛ばされるような警察に、未練はないと言いたい気持ちはわかります。しかしいまは勝沼さんに闘っていただきたいんです。そのために我々も微力を尽くします」

「もちろん私にしたって、素直に辞令を受けとったりはしない。そのときは庁内でうしろ指をさされようと、一暴れしてやるつもりだよ。政治家の先生方には、警察が彼らの飼い犬ではないことをしっかり教えてやらないといかん。せめてそのくらいの置き土産はしないとな」

強い興味を覚えて葛木は訊いた。

「なにか目算がおありなんですか」

「刑事訴追できるほどのネタじゃないが、警察庁というところはいろいろ噂が集まる役所でね。とくに政治家先生の行状については地獄耳なんだよ。普通は内輪だけの話にとどめているが、いざというときには庁益を守るための保険として使うこともある。なにしろ、全国の警察本部から所轄、交番や駐在所まで網の目のようなネットワークを持っている組織は警察だけだから」

「勝沼さんにも、そういう情報は入ってくるんですね」

もちろんだというように勝沼は頷いた。

「とくに公安の情報力というのは侮れないところがある。彼らは過激な政治集団やカルト教団を監視しているだけじゃない。本業のついでに耳に入る与野党の先生方のよからぬ噂はすべて上にあげている。私だって長官官房に知り合いがいないわけじゃないから、すべてとは言わないまでもそこそこ耳には入ってくる」

「橋村代議士に関する噂も？」

「すでに時効になった話ならいくらでもあるようだ。それでも使い方によっては、まだ十分役に立つからね」

勝沼は不敵な笑みを浮かべた。

4

翌日、朝いちばんで、勝沼のそんな話を聞かせると、大原は唸った。

「そういう話はよく聞いていたが、都市伝説の類いかと思っていたよ。上の役所の大物キャリアが言うんじゃ、やはり本当なんだろうな。そういう意味では、警察も政界に負けず劣らず汚い役所だよ」

「でもけっこうな話じゃないですか。そういう汚い連中をやっつけるためには、こっちだって手段は選んじゃいられませんよ。橋村氏が昔ワルだったころのネタなら、ゴシップ好きの週刊誌がほっとかないでしょう。そういう噂は、場合によっちゃ政治家にとって致命的ですから」

池田がいかにも嬉しそうに言う。ゆうべは俊史も似たようなことを考えたようだが、勝沼が手にしている弾頭のほうがずっと強力かもしれない。

今後の彰夫の事件の捜査で、橋村が圧力や隠蔽の動きに出たとき、そんな情報も勝沼に伝えれば、合わせ技で一本ということもあるだろう。

「そっちはそっちとして、おれたちのほうも一筋縄ではいかないぞ。板金エースの藤村といい、館山の畠山といい、梶田という自称自営業者といい、彰夫の犯罪隠蔽に手を貸す人間がやはりいるようだから」

気を引き締めて葛木は言った。藤村、畠山、梶田の三人の背後に、暴力団の影がちらついているとしたら、闇社会との黒い繋がりがしばしば指摘されている橋村の影響がそこに及んでいないとも限らない。

「でも、きょう科捜研で答えが出るんでしょ。車体に事故の痕跡がないなんてあり得ませんよ」

池田はなんの不安もない様子だ。ここまで状況証拠が積み上がれば、そう確信するのは当然だろう。

「もしそれが見つかれば、彰夫に事件を隠蔽しようとした意思があったことが立証される。事前に藤村とそのあたりの手順を打ち合わせているとしたら、事件の計画性も極めて高いことになる。となれば情状酌量の余地はほとんどなくなるな。けっこうな期間、刑務所に入ることになるのは間違いない。彰夫の参院選出馬という父親の願望も露と消えることだろう」

大原もそこに期待をかけているふうだ。葛木は言った。

「そう願いたいですね。そうなれば、勝沼さんの人事異動にもブレーキがかかるかもしれません」

「そこだよ、いまいちばん大きな問題は。彰夫の件がどうでもいいというわけじゃないが、この国の警察が、橋村のような屑《くず》政治家の軍門に降《くだ》るのは堪えがたい、おれたちのひと踏ん張りがなにかの足しになるんなら、それはそれでけっこうな話だよ」

気合いの入った口ぶりで大原は言う。そのときデスクの電話が鳴りだした。いちばん近くにいた葛木が受話器をとると、交通課の水谷からだった。

「じつは妙な事実が出てきましてね」

「例の車からなにか出たのかね」

「そうじゃないんです。つい先ほど、本庁から、直近の管内の盗難車情報が送られてきたんです」

警視庁管内の盗難車情報は、いったん警視庁に集められ、その後すべての所轄の交通捜査部署に通知されると聞いている。車両盗難は各所轄の管轄をまたぐ可能性の高い犯罪のため、そうした情報の共有は当然のことと言えるだろう。葛木は問いかけた。

「だったら、藤村に関係する話かね」

「そうじゃないんですよ。彰夫の車と同タイプのメルセデスＡＭＧです。きょうになって届けが出されたようで、盗まれたことに気づいたのがきのうだということです」

「だったら彰夫の事件のあとだが、ひょっとして――」

きのう俊史が口にした手口を思い出した。鑑識では補修の痕跡を確認できなかったが、もし丸ごと一台分の外装パーツを取り換えてしまえば、車台番号はそのまま残して、一切事故の痕跡のない車が出来あがる。そんな話を説明すると、水谷も同様なことを考えていたようだった。

「大いにあり得るんですよ。それでその盗難車のオーナーを当たってみたら、どうも意味ありげな人物でしてね」

水谷はなにかをほのめかすような口ぶりだ。葛木は問いかけた。

「というと？」

「川上隆《かわかみたかし》――。彰夫の兄の橋村憲和が経営するローレル・フーズ・ホールディングスの取締役で、憲和の義弟に当たるようです。インターネットで検索したら、そんな記事が出ていましてね。一部上場の大企業ですから、そういう内輪話でもけっこう話題になるようでして」

「その人物が、たまたま同じ車を持っていたわけか」

「購入したのが昨年の九月で、彰夫はその一ヵ月後に購入しています。義理の兄が乗り回しているのを見て、自分も欲しくなったのかもしれませんね」

「問題は、それが本当に盗まれたのかどうかだな」

「そのあたりがなんとも言えません。我々の部署は、盗難届が出れば簡単な事情聴取と現場検証はしますが、よほど証言に矛盾がない限り、届け出が虚偽かもしれないと疑ってかかることはまずありませんので」

「盗まれたとされる場所は？」

「大田区内にある自宅近くの月極駐車場だそうです。所轄の池上署が聴取したところでは、川上はかなりの車マニアのようで、自家用車が五台ほどあり、自宅にはすべてを置ききれないため、近所の駐車場にいつも三台ほどは駐めてあり、盗まれたというのはそのうちの一台だそうです」

「なにやら胡散《うさん》臭い臭《にお》いがしてきたね」

薄気味悪いものを覚えながら葛木は言った。兄二人と彰夫は極めて仲が悪いと聞いていたが、父親の橋村とはとくにそういうわけでもないはずだ。

弟が殺人未遂で検挙されるようなことがあれば、自身の会社にも悪影響が出る。あるいは橋村からのプッシュもあったかもしれない。それで義弟に頼み込んで一芝居打ってもらった――。そう考えれば、筋書としては十分説得力がある。

もしそれが当たりで、俊史が言ったような手口で偽装されていたら、科捜研が最先端の科学捜査の手法を駆使しようと、彰夫の車から事故の痕跡は出てこないだろう。

水谷はこれから池上警察署の交通課の捜査員から詳しく事情を聞いてみるという。この状況で、彰夫の事件と川上の車の盗難が偶然の一致とは考えにくい。藤村がそこに手を貸しているとしたら、そうした偽装も可能だろうし、その全体を差配したのが橋村である可能性もなくはない。そのあたりのことは科捜研の鑑識結果を聞いてからの判断になるが、場合によっては川上という人物の身辺を捜査する必要が出てきそうだ。

通話を終えて内容を報告すると、苦い口ぶりで大原は言う。

「敵もさる者だな。こうなると、科捜研からの答えは、いまさら聞くまでもないという気がしてきたよ」

「しかし、水谷君はいいネタを拾ってくれましたよ。科捜研が事故の痕跡なしと言ってきたら、我々としてはほぼギブアップという状況でしたから」

まずは安堵を覚えながら葛木は応じた。まさかあり得ないとは思いながらも、俊史の言ったことがあれからずっと頭に引っかかっていた。

事情聴取の際の彰夫の自信たっぷりな様子といい、警察がターゲットにしていることを承知で、これ見よがしにNシステムがあるのは誰でも知っている京葉道路を使って東京に戻ったことといい、その裏になにもないとはやはり考えにくかった。

それに本庁の交通鑑識が見つけられなかった事故の痕跡を、果たして科捜研なら発見できるのか。その道のプロの交通鑑識の目が節穴だとは思えない。しかし大原はその先の心配をする。

「もしそうだとしたら、それはそれで証拠を見つけ出すのが難しいだろう。そういう仕事が違法ヤードでやられたとしたら、彰夫の車のもとのパーツも、川上の車の残りの部分も、もう屑鉄扱いで船積みされているかもしれない。そもそも千葉県内に何百とあるという違法ヤードを、いまから虱潰しに捜索するわけにもいかないし」

「そのときは、川上という男を任意で引っ張って、とことん締め上げるしかないじゃないですか。そいつはたぶん藤村みたいなプロの悪党じゃないでしょう。案外簡単にぼろを出すんじゃないですか」

池田は相変わらず強気なところをみせる。山井が横から口を挟む。

「でもその場合、虚偽告訴罪は成立しませんよ。刑法の規定だと、他人に刑事または懲戒の処分を受けさせる目的で虚偽の告訴、告発その他の申告をした者ということになっています。今回のケースに当てはめると、特定の人間を処罰させようという性質のものじゃないので、嘘だとわかっても逮捕はできないんじゃないですか」

巡査部長への昇任試験を目指して勉強中だという山井は、近ごろにわか仕込みの知識をひけらかすことがよくある。池田も若宮もまたかという表情で聞いているが、言っていることはとくに間違ってはいない。軽く舌打ちして池田が言う。

「刑法じゃたしかにそうだが、軽犯罪法の業務妨害罪には抵触するんだよ。場合によっちゃ犯人隠避の罪にも該当する。もっともどう扱うかはこっちのさじ加減一つで、正直に吐いたら咎めだてはしないと言ってやれば、ころりと行くに決まってる」

「司法取引ですか」

興味深げに若宮が言う。池田はあっさり首を横に振る。

「そういう大層な話じゃないよ。それに司法取引ってのは検察官がやるもんで、警察の捜査じゃ認められない。ただし逆に言えば、やりたい放題だということだ」

司法取引は、日本でも改正刑事訴訟法で一部認められることになったが、池田の言うとおり、検察官と被疑者と弁護士の合意のもとに行われる法手続きだ。しかし警察の取り調べ段階では、池田の言う、まさにさじ加減といったレベルでの取り引きはとくに珍しい話ではない。

「だったら池田さんの得意技じゃないですか。強面で脅しておいて、ポロリと甘い言葉をかける。そういう手管《てくだ》は、そこいらへんのやくざよりずっと上手いですから」

若宮が言うと、渋い表情で池田が応じる。

「褒められているんだか、皮肉を言われているんだか、近ごろ口だけは達者になったな。まあいいよ。これから難しい局面が待っているのは間違いない。実戦で根性を叩き直してやるから」

池田もそこは覚悟しているようだ。場合によっては、父親の橋村と真っ向勝負することになる。所轄の刑事など向こうは歯牙にも掛けないだろうが、そこを突き破らない限り、真相は闇の向こうに埋もれてしまう。葛木にしても、一世一代の勝負ということになりそうだ。

5

その日の午後、水谷が刑事課にやってきた。表情が芳しくないところをみると、科捜研が出してきた答えは、やはり想像どおりだったらしい。

「細かい擦り傷が数ヵ所あっただけで、事故の痕跡と考えられるものはなかったそうです。板金塗装による補修個所は一ヵ所もなく、どのパーツも経時変化が一定で、一部だけを新品、もしくは他の車両のパーツと交換した可能性もないということです。ここで事故の痕跡が見つかれば、一気に彰夫の逮捕に繋がったんですが」

気落ちした様子で水谷は言う。あのあと池上署の交通課に電話を入れたが、向こうはとりあえず川上から事情を聞いてから、駐めてあったという駐車場を確認したという。さらに周辺の住民にも聞き込みをしたが、不審な人物を見かけた者はいなかった。

新車で買えば一千万円前後はする車だが、川上はとくに落胆しているふうでもないようだ。ほかにも車は四台あるので、とくに不便は感じないとのことらしい。盗まれた車はそのなかでも、とくに値の張るものではないという。

盗難車両が無傷で返ることはまずなく、保険に入っていれば、それで買い替えればいいくらいの考えの者も世間には多い。そんなことから被害者が警察の捜査に期待しないケースは珍しくもない。

逆に保険金目的で虚偽の盗難届を出す者も少なからずいるが、それに関しては保険会社が徹底的に調べるようで、怪しい場合は支払いを留保し、明らかな虚偽とわかれば警察に告訴するという。だから盗難届が虚偽かどうかの判断はそちらに任せ、警察はあまり詮索はしないと水谷は言う。

「けっきょく盗難届はとりあえず受理しただけで、池上署としてはとくに捜査に乗り出す気はないようです。ただしこちらの事情を説明すると、それなりに興味を示してはくれて、我々が川上の身辺捜査に乗り出す際には、協力は惜しまないという話でした。ただし話したのはあくまで彰夫の容疑についてだけで、橋村代議士の名前はいまのところ伏せてあります」

わずかな希望を託すように水谷は言う。しかしその糸口は、葛木たちにとっては意味が大きい。単に彰夫の轢き逃げもしくは殺人未遂の摘発にとどまらず、橋村代議士による事件の隠蔽まで射程に入れることができる。息子の犯罪の隠蔽にそんなかたちで手を貸した事実が明らかになれば、代議士自身に捜査の手が及ぶ。

犯人隠避の罪は肉親に対しては適用されないが、世間の常識からいえば、入閣、それも警察の監督官庁である国家公安委員長就任についての欠格事由とみなされるのは間違いない。それは勝沼への強力な援護射撃になるはずだ。

「彰夫の車からなにも出ないことは、ある程度は予想していたよ。しかしその川上という人物は新しい糸口になる。とりあえずその人物に対しては、集中的に捜査してみる必要がありそうだね」

葛木は言った。水谷は困惑する。

「しかし盗難届が出されたのは池上署で、うちの管轄ではありません。集中的にといっても、自《おの》ずと限度はあるでしょう」

「そこをうまく誤魔化せないか。うちの管内の車両盗難事件と関連がありそうなので、より詳しく事情を聞きたいと言えば、応じないわけにはいかないだろう」

「だったらむしろしらばくれて、藤村の店の件も絡めてやったらどうですか。あんたの車もそこに運ばれて、ヤードで解体処理されて密輸された可能性がある。従って盗まれたときの情報をもっと詳しく聞かせて欲しいと言ってやれば。水谷さんたちならその道のプロだから、証言の嘘はいくらでも見破れると思いますが」

池田はより大胆な発想を披瀝《ひれき》する。

「揺さぶりをかけるにはいい手だな。ただし彰夫の事件とは、まだこの時点では関連付けないほうがいいだろう」

大原はいかにも乗り気な様子だ。後段の話については葛木も同感だ。むしろそこを隠すことで、川上の話の矛盾を浮き彫りにできる。彰夫の犯行のことを川上が知らないということはないはずだ。あるいは藤村とも連絡をとり合った可能性があり、そこをどう誤魔化すか、まずはお手並み拝見ということになるだろう。

「じゃあ、それで行きましょうか。もちろん水谷君たちにも協力をお願いすることになる。形の上では、むしろ交通課が表に出て、我々は捜査協力という体裁にしたほうが収まりがいい」

葛木が言うと、大原も張り切って応じる。

「だったら、葛飾署のマル暴担当にも手伝ってもらったらどうだ。藤村の件では、彰夫が姿を見せてしまって、連中の捜査も中途半端に終わっている。こうなると、捜査のメスがもう一度藤村に向かうことになりそうだ。その場合は、連中のほうに一日の長があるからな」

水谷も気合いが入ってきたようだ。

「川上に圧力をかけるにはいい作戦ですよ。葛飾署にしても、藤村が関与している可能性の高い車両窃盗グループの摘発に繋がるかもしれない。いくら親戚でも、義理の息子に対する任意の事情聴取にまで、代議士が口を挟むことはないでしょう」

「それをやったら、むしろ馬脚をあらわすからね。代議士も苦しい立場に追い込まれるだろうな」

強い手応えを覚えて葛木は言った。最悪の方向に進むかと思われた状況から一転して、こちらに有利な局面が見えてきた。

6

「それは面白いね。敵は思わぬところから尻尾を覗かせたよ」

そこまでの成り行きを報告すると、声を弾ませて俊史は言った。

「ああ。お前の突拍子もない想像が、ずばり的中するとは思わなかった。敬服するよ」

「おれだってそうで、ただ思い付きを言っただけだよ。しかし、まさか実際にやったとはね」

「まだ確証はないが、現実に起きていることはそれでしか説明できない。川上という人物が出した盗難届が虚偽だという話になれば、車体の鑑識結果は無視していいことになる。逆にこれまでの状況証拠がすべて生きてきて、それだけで彰夫を逮捕できる。公判でも十分争えるはずだ。その過程で橋村代議士の隠蔽工作も明らかになる。その件では訴追できなくても、大きなダメージを与えることにはなるはずだ」

「だったらおれのほうでもいろいろ調べてみるよ。ローレル・フーズ・ホールディングスなら一部上場企業だから、二課の企業犯捜査係にはそれなりの量のファイルがたまっていると思うんだ」

「捜査二課は、普段からそういう情報も集めているのか」

「公安は過激な政治集団やカルト教団の情報を集め、マル暴担当の組対部四課は暴力団の情報収集に余念がない。それと同じで、我々が企業犯罪の端緒を見つけるには、日頃の情報収集が欠かせないからね」

「そこがおれたちとは違うところだな。こっちは事件が起きてからが仕事のスタートだ。しかし殺人事件なら、死んだ人間は生きて戻せない。つまり端《はな》から弔い合戦みたいなもんだから」

だから彰夫の殺人未遂事件も事前に防ぐことができなかった。被害者の女性は後遺症と心の傷を背負って残りの人生を生きることになる。そんなやりきれない思いで応じると、さばさばした調子で俊史は言う。

「それは商売柄、やむを得ないよ。川上という取締役についても、なにか情報があるかもしれない。ネタ元は経済紙や業界紙といったところが大半だけど、これが案外馬鹿にならないんだよ。週刊誌のゴシップ記事だって、鼻を利かせれば、脱税や横領事件の端緒になる場合がある」

「そうか。耳寄りなネタが出てくればいいな。勝沼さんも意気盛んだったし、先行きは案外明るいような気がしてきたよ」

心強い思いで葛木は言った。あの贈収賄事件のときと同様に、二つの歯車が再び噛み合いつつあるようだ。

　俊史にしても、ここで敗退して、キャリアとしての出世の道を棒に振らせたくはない。親の欲目かもしれないが、俊史のような青臭い正義感の持ち主が、この国の警察組織の頂点に一人くらいはいて欲しい。それが勝沼の願いでもあるはずだ。

「今回もまた、親父たちの世話になりそうだね。本来なら警察と政治の癒着はおれたち警察キャリアが排除しなきゃいけないんだけど、そもそも警察庁という役所がそんな癒着の温床だからね。勝沼さんやおれにとっては、親父たちこそ頼りになる味方なんだよ」

「おれに言わせてもらえれば、恥じることなく警察官としての人生をまっとうするために、勝沼さんやおまえのような人間にいてもらわないと困る。上の役所から見下ろせば、地べたを這いまわる蟻くらいの存在かもしれないが、それがおれたち末端の警察官のほとんどが抱いている偽らざる願いだよ。なかにはろくでもないことをするのもいるけど、そんなのはほんの一部でしかない」

「よくわかるよ。いかにも自浄作用がありますよと誇示するように、現場の警察官の不祥事は公表するけど、警察と政治の接点じゃ、そんなの目じゃないくらいの不正が横行してるんじゃないかと思うんだよ」

「ああ。勝沼さんやおまえには、ぜひともそこに切り込んで欲しいんだ。それはおれたちにできることじゃない。そのためにも勝沼さんには、いまの刑事局長のポジションに残って欲しい」

「おれなんかには荷の重い仕事だけど、所轄のみんなの力を借りて、やれるだけはやってみるよ。それができないんじゃ、親父の背中に憧れて警察官になった意味がないからね」

思いのこもった口調で俊史は言った。

第六章

1

科捜研の答えが出た翌日、葛木と水谷は、川上隆から面談のアポをとり、虎ノ門の高層オフィスビルにあるローレル・フーズ・ホールディングスを訪れた。

ロビーで入館手続きをし、セキュリティゲートを通過して、エレベーターで二十四階まで上がる。

オフィスは二十四、五階の二フロアを占めているが、持ち株会社という性格からか、一部上場企業の拠点としては規模はそう大きくない。しかし受付のカウンターや廊下に面したドアなどは高級ホテルを思わせる豪華な造りだ。

自家用車の盗難という個人的な事件で警察の聴取を受ける場所に、自分が取締役を務める会社のオフィスを指定してきたのが意外だったが、出向いてみればある種の威圧感を覚える。自分がひとかどの人物で、所轄の刑事ふぜいが舐めてかかれる相手ではないと暗に伝える意図があるなら、多少の効果はあったと言うべきかもしれない。

彰夫の車はきのうのうちに返却した。科捜研による鑑定の結果を得ても、警視庁の交通鑑識はなお諦めず、それなら車の外装を一度すべて取り外してみるべきではないかと主張した。

ボディの外装をすべて交換するような荒療治をすれば、車体内部のビスや固定用の金具になんらかの痕跡が残るはずで、それを確認すれば外装の交換が行われた事実を証明できるかもしれないというが、現時点ではあくまで任意提出だ。そこまでやると破壊的検査の域に入り、下手をすれば告訴されかねない。そのレベルの鑑定は令状をとって押収したうえで行う必要があるというのが交通課長の判断だった。

葛木たちにしてもここで悶着を起こして、親父の橋村代議士の介入を誘発する事態は避けたい。川上に対する重要な疑惑が出てきた以上、それを追及していけば令状による押収の道が開ける。そこで交通鑑識が主張する本格的な鑑定を行えば、最終的に動かぬ証拠になるというのが、大原や池田とも相談して得た結論だった。

葛飾署の刑事・組織犯罪対策課は、川上の車の盗難が偽装で、彰夫の車の外装がすべてそれと交換されたとの葛木たちの推理に諸手を挙げて賛同し、作業が千葉県内の違法ヤードのどこかで行われたのは間違いないとみて、ふたたび藤村の経営する『板金エース』に捜査員を張りつけている。

盗難車とおぼしい車の搬出入が行われた場合、輸送車両を尾行すれば藤村と関係のあるヤードまで案内してくれるはずで、そこに彰夫の車の外装パーツが残っていれば、藤村が盗難車の故買や密輸に関与している重要な状況証拠になるうえに、それ自体が彰夫の犯行を立証する決定的な物証になる。

彰夫の車から取り外した外装部品のみで、しかもそれがベンツの高級車種のものとなると、輸出しようにもそうは買い手がつかない。警察の捜査対象になっている車のパーツではうかつに捨てるわけにもいかないから、いまもヤードに残っている公算が高いと、葛飾署の捜査員はみているようだ。

今後、川上の身辺に人を張りつけるようなことがあれば、そちらからも人を出すことを検討するという。それは有り難いとこちらも応じ、今後は緊密に情報を共有しようということになった。

水谷が、受付の女性に川上常務と面談の約束をしている城東警察署の者だと告げる。女性は内線電話で誰かとなにごとか話し、しばらくお待ちくださいと愛想よく言ってカウンター横のソファーを勧めた。一分もしないうちに廊下の向こうから別の女性が現れて、「川上がお待ちしております。ご案内いたします」と、こちらもすこぶる愛想がいい。こういう場所に来てそういう扱いを受けることに慣れていないから、不本意ながらどこか気後れしてしまう。

「あ、どうも。よろしくお願いします」

慌てて応じる水谷の言葉遣いもなんとなくぎこちない。

案内されて向かった応接室で、川上は気さくな調子で二人を迎えた。年齢は四十代半ばといったところで、日焼けした顔に短めの顎髭《あごひげ》を蓄え、高級そうではあるがラフな感じのジャケットにチノパンツ、ノーネクタイで、いかにもやり手ビジネスマンという雰囲気だが、見方によってはただの遊び人のようでもある。

「ご多用のところ、お時間をとっていただきありがとうございます。じつは私どもの管轄で起きている車両盗難事件の犯人グループが、川上さんの車を盗んだ者と関連している可能性がありまして」

打ち合わせどおりのシナリオでまず水谷が切り出すと、川上はいかにも深刻な顔で身を乗り出す。

「グループというと、大規模な窃盗団の仕業なんですね」

「うちの管轄だけじゃなく、首都圏全体で多くの似たような事案が発生しておりまして、とても単独犯でやれる仕事ではない。独自の故買ルートや密輸ルートを持つ組織性の高いグループの犯行とみて、広域的な捜査に乗り出しているところなんです」

「だとしたら、摘発は困難じゃないんですか。車はまず返っては来ないような気がしますね。いやいや、警察の能力を疑っているわけじゃないんですが」

まるでそう願っているかのようにも聞こえるが、悲しいかなそれが現実で、盗難車両が無傷で戻ってくる確率は、水谷の話ではせいぜい認知件数の二〇パーセントといったところらしい。

「我々も鋭意捜査を進めてはいるんですが、そういう組織の場合、摘発はできても車はすでに解体処理されて、国外に持ち出されていることが大半でして」

川上の反応を窺うように、水谷はわざとらしく苦衷《くちゅう》を滲ませる。訳知り顔で川上は応じる。

「わかりますよ。いまは自分で使ったり、国内での転売を目的にした車両盗難はほとんどないと聞きますからね。私のほうは、ほかに車が四台あってとくに不自由は感じていないし、車両保険にも入っていますから」

「最近は、そうおっしゃっていただけるケースが多いんですが、それに甘えることには我々も忸怩たるものがあります。なんにせよ、そうした事件を抑止することが警察の使命と心得ておりますので」

水谷は恐縮したような調子で言って、おもむろに質問に入る。

「盗まれたのは二日前だとか？」

「いや、それに気づいたのが二日前なんです。自宅からちょっと離れた駐車場に置いてあったものですから。四日前にその車で埼玉まで遠出したんで、そこまでは覚えていたんですがね」

「メルセデスＡＭＧ Ｃ43というスポーツタイプの高級車だそうで」

「たしかに庶民的な車とはいえませんが、私の所有する車両のなかでは中くらいの価格帯です。それでも気に入って、よく乗ってはいたんです」

川上は謙遜《けんそん》するでもなく、しゃあしゃあと言ってのける。いわゆる同族会社にはよくあるパターンなのかもしれないが、社長の義弟というだけで大手企業の常務にまでのし上がり、高級車を五台も所有するほどの所得があるというのが、葛木あたりの庶民感覚からは理解しがたい。

それなりに有能ならともかく、ただの縁故だけでそれだけの扱いを受けているとしたら、一族の総帥の橋村に頼まれれば、偽装工作に手を貸すくらいのことはやるだろう。さりげない調子で水谷が問いかける。

「義理の弟に当たる橋村彰夫さんも、たしか同じ車種の車をお持ちでしたね」

表情一つ変えずに、川上は応じる。

「よくご存じで。彼も車好きでしてね。私があの車を買った話をしたら、ぜひ一度乗ってみたいというもので、一日貸してやったことがあるんです。大いに気に入ったようで、そのすぐあとに彼も同じものを買ってしまいましてね。しかし、うちの車の盗難とそのことに、どういう繋がりが？」

「都内でも所有者がそれほど多くない車ですから、ちょっと調べたらそんな情報が出てきたんです。今回の事案とは直接関係はありませんので」

水谷は適当にはぐらかす。ここまでの経緯からして、彰夫が轢き逃げの容疑で警察の捜査対象になっていた事実を川上が知らないはずがない。ただしマスコミには公表されていないから、興味津々でも突っ込んでは訊けないはずだ。そこはこちらにとって付け目でもある。代わって葛木が問いかける。

「あえて同じ車を持つとなると、義理のご兄弟でも大変仲がよろしいようですね。日ごろからお付き合いがおありで？」

「車とか釣りとか、共通する趣味があるものですから。しかし彰夫君のことは、きょうの本題とは関係ないのでは？」

川上は警戒心を覗かせる。葛木もここはしらばくれて応じた。

「いや、私の息子は、こちらがいくら勧めても、絶対に同じ車を買おうとしないものですから。もちろん川上さんが所有しているような高級車の話じゃありませんが」

彰夫の容疑についてはあくまで川上の口から引き出す作戦で、会話のあちこちで名前をちらつかせはするものの、こちらからは踏み込んだ話はなるべくしない作戦だ。

「私の場合は、べつに勧めたわけじゃなくて、彼が勝手に購入しただけです。もともと衝動買いの傾向が強いようでしてね。そのまえの車は、外国の俳優がテレビの番組で愛車自慢していたのを見てその翌日に買ってしまった。ただし乗ってみたら期待したほどの性能じゃなかったらしくて、私の車を試乗していっぺんに惚れ込んでしまったんです」

「じゃあ、よほどいい車なんでしょうな。国内で乗っている人は多いんですか」

「それほどでもないでしょう。見た目は普通のセダンですが、エンジンや足回りはバリバリのスポーツカーですから」

「そうでしょうね。城東署の管内では、所有者は彰夫さん一人のようですから」

今度は水谷が微妙に絡んでいく。さすがに川上も不信感を滲ませる。

「もう一度訊きますけど、彰夫君がその車を所有していることと、私の車が盗まれたことと、なにか繋がりがあるんですか」

「いえいえ、あくまで話のついでですから。ただ気になる話がありまして――」

水谷はそこで一呼吸入れてみせる。川上はかすかに苛立ちを覗かせた。

「どうも話の筋が、本来の事件とかけ離れているように感じられてならないが」

「参考までにご意見を伺いたいだけなんです。じつは最近、うちの署の管内で轢き逃げ事件が起きたんですが、犯人の車が走り去るところを見たという人がいましてね。彰夫さんのと同じAMG C43だったと証言したんです――」

水谷は誘いをかけるように一歩踏み込んだ。川上の表情がわずかに強張《こわば》った。

「それで犯人が彰夫君だと?」

「そういうわけじゃないんです。どうもアリバイがあるようですから」

「だったら、私にそんな話を持ち掛けられても困りますね」

川上の顔に安堵の色が滲む。その顔色の変化を見れば、彰夫の事件について知っており、かつなんらかの関与をしているのは疑いない。だからといって明確な証拠がない以上、いまそこを突いていっても、本人に否定されればお終《しま》いだ。葛木はとりあえずここは退くことにした。

「失礼しました。たまたま義理の兄弟というご関係で、同じ車に乗っていらっしゃった点が興味深かったものですから」

それだけではまだ落ち着きが悪いようで、川上はこちらが訊きもしないことを付け加える。

「しかし、ただ走り去るところを見ただけで、車種まで特定するのは難しいんじゃないですか。私のようなオーナーなら細かい特徴も覚えていますが、普通はその業界のプロでもない限り無理だと思いますがね。そもそもあの車は、スポーツカーといってもポルシェやフェラーリのような特徴的なスタイルじゃありませんから」

その点については、交通課でも当初は不安を覚えたが、目撃者本人から事情を聞くうちに、同一車種のオーナーではないにせよ、超マニアといったレベルで、とくに欧州車には詳しく、仕事柄、そういう分野の知識が豊富な交通捜査係のベテラン刑事も舌を巻くほどだったらしい。しかもその後の彰夫の不審な行動は、すべて彼の証言が間違ってはいなかったことを示しており、川上の反論に対抗することは十分可能だが、いまそのすべてを明らかにするわけにはいかない。もっともだというように水谷は頷いた。

「おっしゃるとおりです。仕事柄、そういうことに詳しいつもりでいる我々でも、目の前を走り去っただけの車の車種まで正確に指摘するのは難しいですから。あくまで参考といった程度の話でして」

葛木より歳はだいぶ若いが、なかなかのポーカーフェイスの遣い手だ。水谷は話を本筋に戻す。

「それでは、盗難される前後の状況について、あらためてお訊きしたいんですが――」

川上はなんなりとというように居住まいを正した。

2

「いまのところ、決定的なぼろは出してくれないようですね」

帰りの覆面パトカーの車中で水谷が言う。余裕をもって葛木は応じた。

「きょうはとりあえず当たりをつけるだけで、とことん追い込むつもりはなかった。しかし、彰夫と親しいことについては否定しなかったし、そのことに軽く触れただけでかなり神経質になった」

「車両盗難が狂言なのは、おそらく間違いないでしょう。問題は、それをどう証明するかです」

水谷は困惑気味だ。盗難時の状況についての話になると、川上は立て板に水だった。車両盗難事件への警察の一般的な対応に関しても詳しいらしく、ほぼ返ってこないものと諦めており、車両保険が出ればそれで買い替えるとのことだった。最近は月極駐車場でも防犯カメラがあるところが増えてはいるが、川上の自宅にいちばん近いというその駐車場には設置されていないという。

四日前にその車で遠出をして、その日のうちに帰り、気づいたのが二日前。しかし近隣の住民に訊いても、そのあいだに車両が移動したのを目撃した者はいなかった。

もっともいくら隣近所の人間でも、月極駐車場に駐めてある他人の車にいちいち注意を払う物好きはそうはいないだろう。葛木も思いあぐねた。

「池上署にしても、とくに気を入れて聞き込みをしたわけではないんだろう。といって、我々が自宅周辺でもう一度聞き込みしたところで、とくに新しい材料が出てくるとも思えないし」

車はキーレスシステムによる自動ロック式で、鍵のかけ忘れはあり得ないが、最近の窃盗団はキーカードと車のあいだの信号を傍受してハッキングするような高等技術も駆使すると聞いているから、それでも盗まれた可能性は否定できないと川上は主張する。水谷によれば、たしかに嘘ではなく、そうした事例が全国的に目立つようになってきてはいるらしい。

従来、鍵のかけ忘れは損保会社の免責事項とされ、保険金が支払われなかったり減額されたりということが多かったが、そうしたシステムを搭載している車ではそれが適用されることがなくなり、支払い率は高いはずだと川上は期待を示していた。駐車場は人通りの少ない道路に面していて、日中でも目撃されずに車を運び出すことは可能だという。

ということは川上自身が車を移動させてだれかに手渡したか、あるいは藤村が関係する窃盗団の手で運び出されたとみることは十分できるが、こちらがそこまでの疑念をもって接しているとは、川上はまだ考えてもいないようだ。

水谷はきのうのうちに首都圏のNシステムをチェックしたが、轢き逃げ事件があった日からきのうまでのあいだ、川上の車はどこのNシステムにも記録されていないという。

むろんそのこと自体、不思議ではない。窃盗団の仕業にせよ川上の一人芝居にせよ、そういう理由で車を移動するのに、Nシステムが設置されている高速道路や主要幹線道路を走るはずはない。

「空き巣なら現場に物証が残るし、犯人によって手口が違うから、ある程度の手がかりはあるんでしょうが、車両盗難となるとそうはいかない。なにしろ、現場ごと持ち去られるようなもんですから」

水谷はお手上げだという表情だ。言い換えれば、盗まれたという証拠もないし、狂言だという証拠もないことになる。もちろん人海戦術で徹底的な聞き込みをすれば有力な証言が出てくるかもしれないが、場所は池上署の管轄内だ。水谷はいまのところ現場の刑事と接触しただけで、先方の上層部とはまだ話をしていない。

その現場の刑事に対しても、城東署管内の轢き逃げ事件の犯人の車が川上のものと同車種だったこと、区内でその車を持っているのが橋村彰夫一人で、なんらかの関連があるかもしれないので話を聞きたいと言ったくらいで、父親の橋村についてはまだなにも触れていないという。

同じ警視庁管内でも、ほかの所轄で大々的な捜査を行うには、先方に理由を示して協力を申し入れるのが筋で、それを怠ったため要《い》らぬトラブルが起きるケースは少なくない。下手をすればそれが原因で犯人を取り逃がすことさえある。

「警察側から、損保会社にチクってやるという手はどうだ。保険金詐欺の疑いがあると言えば、徹底して調査をするんじゃないのか。その結果、狂言だとわかれば、川上は詐欺罪で告訴される」

葛木の発案にも、水谷はあっさり首を横に振る。

「詐欺の疑いがある場合、損保会社は入念に調査するとは聞きますが、結論が出るまで半年や一年はかかるのが普通です。それじゃこっちの捜査が後手に回ります。橋村代議士は選挙に勝って、堂々、国家公安委員長の椅子に座ることになるでしょう。あとは警察上層部がその意向を忖度して、彰夫の事件の幕引きにかかる。勝沼刑事局長も左遷されてしまいます」

勝沼の件については、大原が耳に入れていたのだろう。水谷はそれについても深刻な口ぶりだ。

「それでも、やってみる価値はあるんじゃないのか。二日前に盗難届を出したんなら、その日のうちに保険金の請求手続きもしているはずだ」

「問題はそこなんですよ。過去の判例では、車が盗まれた事実の立証責任は被害者にありましてね」

「というと？」

「該当する車両が、被害者が盗まれたとする場所に本当に存在したという事実と、それが被害者以外の第三者によって持ち去られたという事実を証明しろと、損保会社は言ってくるようです」

「警察に盗難届を出しておけばいいんじゃないのか」

「それだけでは支払わないと聞いています。その結果、被害者が裁判を起こすようなケースも多いんです。損保会社は、どういう場合でも、とりあえず被害者による狂言を疑うようでして」

「しかし民間人の被害者が、それを立証するのは無理だろう」

「決め手は防犯カメラくらいでしょうね。その場所にたしかに車があり、かつ第三者がそれを別の場所に移動するところまで映っていないと、なかなか裁判には勝てないらしいです」

「それじゃ、車両保険に入っていても、保険金が出るケースはほとんどないんじゃないのか」

「最近の数字では、全国の車両盗難認知件数が一万四千件弱なんですが、これに対して、保険金支払い件数はせいぜい三百件あまり。比率で言えば二パーセント強といったところです」

「しかし被害者の全員が車両保険に入っていたわけじゃないんだろう」

「それでも加入率は四〇パーセントを超えていますから、極端に少ない数字なのは間違いありません。もちろん、施錠せずに車を離れたとか、スペアキーを紛失したといった被害者側の過失があった場合にも支払いは拒絶されますから、すべてが偽装盗難の疑いによるものとは言えませんが」

「警察が事件性を認知しても、損保会社が相手にしないんじゃどうしようもない。高い保険料を支払ってそれじゃ、どっちが詐欺なのかよくわからないな」

呆れたように葛木が言うと、水谷も同感だというように頷いて続ける。

「いずれにしても、狂言を見抜いて警察に告訴するまでもなく、損保会社としては支払いを拒否して、納得できなければ裁判に訴えろと言ってくる。悪質な場合は、一罰百戒の意味で未遂罪として告訴するケースもあるようですが、実害が出ていないと、逆に警察も検察も動けませんので」

水谷は悲観的だ。それでも葛木は期待をかけた。

「しかしあながち、やって無駄ということはないんじゃないのか。一応調べはするだろうし、その情報をこちらに漏らしてくれないとも限らない」

自動車保険業界がそれだけ猜疑心《さいぎしん》の強いところなら、むしろこの事案に関してはうってつけではないか。その種の調査では警察が知らないノウハウを蓄積しているはずだし、大いに鼻も利くはずだ。

「そうですね。彼らにしたって、警察から得られる情報は貴重なはずですから。問題は、やはりその駐車場に防犯カメラがなかった点ですよ。損保会社が否認した場合、池上署の協力を得て、詐欺未遂容疑で事情聴取するくらいはできるかもしれません」

「こちらにとってはそれで十分だ。ここは彼らのがめつさに賭けてみるのもいいかもしれない」

葛木は言った。きょうの面談で期待していたのは、川上があれやこれや材料を用意して、車が本当に盗まれたことを熱心に立証しようとすることだった。しかし川上は饒舌ではあったが、どこかで聞きかじったような車両窃盗の手口や故買・密輸ルートに関する知識をひけらかすだけで、盗難時の状況について具体性のある証言はほとんどなかった。

それ自体が怪しいといえばいえるが、むしろ嘘八百を並べ立てられるよりある意味でたちが悪い。知らないあいだに持ち去られていたとなると、こちらも突っ込みどころが見つからない。水谷が言う。

「四日前に遠出したという話も、裏をとらないといけませんね。もしこちらの想定どおり、その車体を彰夫の車の外装交換に使ったとしたら、その日はその車で出かけられなかったはずですから」

「そうなんだが、出かけた先がな――」

葛木は首を傾げた。それとなく川上に訊いたところ、行き先は埼玉に住んでいる兄のところだったという。今回の面談の用向きで、さらに名前や住所まで訊けば、こちらが車の盗難について疑義を持っていると感づかせてしまうから、話はそこでやめておいた。

兄の氏名や住所は、戸籍謄本をたどって探り出すことはできるだろう。しかし館山の畠山の場合と同様に、その日に訪れていたと証言されてもにわかには信じられない。逆に近隣での聞き込みで目撃者が出てこなかったとしても、それだけでは行かなかったことを意味しない。

直感ではすでに答えが出ているのに、それを証明するための道筋が見つからない。館山の件にしてもこの件にしてもそうだが、ないことの証明は悪魔の証明と言われるように困難だ。

畠山に関しては、梶田が若宮の罠《わな》に引っかかったために、藤村が梶田に偽証させた事実が判明したが、それ自体も彰夫が事件当時、館山にいなかったことの直接的な証拠にはならない。すべてが意味をもつのは、彰夫を完璧に射程に捉えたときだ。そのときまでは、これらの間接的な証拠を道しるべに、幾重にも張り巡らされた見えない障壁を突き抜けていくしかなさそうだ。

3

「だったら、これから兄貴の名前と居住地を調べて、私が出かけてみますよ。館山のケースのように、確証は摑めなくても、川上がそこに行っていないという強い心証は得られるはずですから」

本署に戻って結果を報告すると、池田はさっそく張り切った。若宮が慌てたように手を挙げる。

「僕も行きますよ。池田さんと山井さんと三人なら最強です、聞き込みも広範囲にやれますから」

足手まといだと言いたげに山井が応じる。

「おれと池田さんだけで最強だよ。おまえには葛木さんの使い走りという大事な仕事があるだろう」

「使い走りって、どういう意味ですか。僕だって、けっこういい仕事をしてるじゃないですか」

梶田を落としたことで、若宮はだいぶ気をよくしているようだ。はやる気持ちを抑えるように大原が言う。

「しかしあまり派手に動きすぎると、自分に対する容疑で警察が動いていると川上に気づかれてしまうぞ」

腹を括って葛木は言った。

「いっそ気づかせてしまうほうが面白いんじゃないですか。兄の家の隣近所で、こちらが遠慮なしに話を聞いて回れば噂が立つし、直接兄のところへ話を聞きに行けば、口裏を合わせていたとしてもそれが川上に伝わるでしょう。どうせこのままじゃ埒が明かない。むしろそれによって川上がどう動くか見てみたいですよ」

「いいですね。だったら交通課や葛飾署にも手伝ってもらって、川上の自宅や会社もしっかり監視しないと。橋村と接触するかもしれませんから」

池田がさらに勢い込むが、葛木は冷静に応じた。

「そっちのほうは、わざわざ人手を使って張りついても成果はないだろう。橋村と接触するにしたって、電話もあればメールもある。義兄の橋村憲和となら、同じ会社にいるんだからいつでも会える。それより身辺に捜査の手が伸びていることを悟らせて揺さぶりをかけ、川上を落として一気に本丸に攻め込む手はどうだ」

「というと、どういう方法が？」

池田は興味深げだ。葛木は言った。

「川上に対しては多少強硬に出てもいい。もし彼が言っていた日に、兄の口からそちらに出かけていないという証言が得られたり、あるいはそこで口裏を合わせられたとしても、近隣での聞き込みからその事実が疑わしい場合は、詐欺の容疑で事情聴取できる。ただしそれに関しては、池上署に協力してもらうしかないんだが」

「そうなれば、表向き、彰夫の事件とは無関係ですからね、橋村サイドも困ることになるでしょう」

「ああ。直接捜査妨害には入れない、だからといってなにもしないと、彰夫や自分に捜査の手が伸びる。たぶん人事面から政治的圧力をかけてくるんじゃないのか」

腹を固めて葛木は言った。そのときは、まさしく伸《の》るか反るかの勝負になるだろう。不祥事を起こすわけではないから、馘《くび》にすることはできないだろうが、大原や自分を捜査に関われない部署に配転するという手もある。そうなると現在の捜査態勢は瓦解《がかい》する。それに先んじて事件の核心に切り込むことができるかどうか。

「しかしそれだけじゃ、これまでと同様に、状況証拠がもう一つ積みあがるだけで、彰夫を仕留める決め手が出てくるというわけでもないだろう」

大原が首をかしげる。葛木は言った。

「川上を事情聴取で追い込んで、狂言の容疑を指摘する。そこで橋村から教唆《きょうさ》されたんだろうと言ってやればいいんです。詐欺罪で逮捕状をとることもできるが、そちらを認めれば犯人隠避の容疑だけにしてもいい。しかも彰夫は義理の弟で、民法上の親族に当たるから、隠避罪の免責対象になる。どっちをとるか決めろと迫れば、答えはおのずから明らかでしょう」

「一種の取り引きだな。おれが川上だったら、乗りたくなる話だ」

「一部上場企業の役員が詐欺容疑で逮捕となれば、憲和だって困るでしょう。もともと彰夫とは犬猿の仲のようだから、会社の信用を落としてまでかばおうという気にはならないんじゃないですか」

「ああ。会社の評判に関しては、彰夫が逮捕されるのも痛手かもしれないが、自社の役員が詐欺容疑で逮捕されるよりはましだろう。親父から受け継いだ会社だといっても、上場企業なら株主がいる。親父に義理立てしてそっちを裏切れば、いまのご時世なら、たとえ会社のトップでも首が飛ぶ。しかし橋村が強引に介入してきたら、定年も近いおれの首ならかまわないが、あんたや池田にまで累《るい》が及びかねないぞ」

「そのときは、こっちも匕首《あいくち》を突きつけるしかないですよ。捜査一課時代からの知り合いの新聞記者が何人かいます。調べ上げた事実をすべてリークしてやればいい」

「そんなことをしたら、守秘義務違反に問われるぞ」

大原は不安げだ。先日、俊史が口にしていた作戦だが、あのとき勝沼が諭したように、まだ将来のある俊史にここでそんなリスクを負わせるのは。親馬鹿の真情としてもできれば避けたい。そしてそんな作戦を考えざるを得ないほどふがいない警察にした責任の一端が、わずかながらでも自分にないとは言い難い。

「すべて私が責任をとります。しかし自らの教唆による犯人隠避の容疑が表沙汰になれば、いくら橋村でも、警察の、しかも所轄の人事にまで介入するのは難しくなるんじゃないですか」

「ああ。しかしそれだと、あんた一人が刺し違えることになりかねんぞ」

「それで橋村を失脚させられるのなら、この首、とくに惜しくもないですよ。あとは池田たちが、きっちり彰夫を挙げてくれるでしょうから」

さばさばした気分で葛木は言った。それができないような警察なら、そもそもそこは自分に用のない場所だ。

「おれは嫌ですよ、それじゃ葛木さんの弔い合戦になっちまう。川上が車のすり替え工作の件を吐いたら、一気に彰夫を逮捕します。返す刀で橋村代議士も失脚に追い込んでやりますよ」

池田は気負い込む。しかし橋村は甘い相手ではないはずだ。

「そうできればベストだが、やはり油断は禁物だ。とはいえ川上がやったことは、訴追もできないくらいの微罪でも罪は罪だから、おれたちにとっては千載一遇のチャンスかもしれない」

「問題は、川上が損保会社に保険金の請求をしているかだな。そこはまだ確認していないんだろう」

大原が訊いてくる。そこは確かに心配な点だ。葛木は言った。

「その確認は水谷君に任せてあります、これから電話を入れて、必要なら捜査関係事項照会書を送付するとのことで、そのあと先方に調べに入ってもらったとして、結果が出るのは早くてもあす以降になるでしょう。もし川上が保険金を請求しているようなら、偽装盗難の疑惑についても、担当者に耳打ちしておくそうです」

捜査関係事項照会書は、民間企業などに捜査上必要な情報の提供を依頼する書面で、地方自治体に戸籍や住民票の提供を依頼する身上調査照会書と並んで、刑事捜査では重要な役割をもつ。警部以上の警察官が発出することになっており、令状のような強制力はないが、これを提示すれば、よほど臍《へそ》の曲がった担当者でない限り、協力が得られることがほとんどだ。

「損保会社も数が多いから、けっこう手間がかかりそうだな。といって、どこに加入しているか川上に訊くわけにもいかないし」

「まあ、やってみるしかないでしょう。本人も保険金が入るから痛くも痒くもないような話をしていましたから。もし請求がなされていて、盗難が虚偽だと証明されれば、損保会社のほうは単に支払いを拒否するだけでも、こちらにすれば、刑法上は詐欺未遂罪が成立します」

自分を励ますように葛木は言った。きょうのところはあえて突っ込みはしなかったが、さりげなさを装ったやりとりでも、川上がクロだという心証は強まった。これを梃子に一気に攻め切れなければ、すべてが橋村の思惑通りになりかねない。

4

翌日、池田は山井と若宮を引き連れて、埼玉県深谷市に向かった。川上の本籍地は、彼の免許証のデータから判明した。

いまの免許証には本籍地は記載されていないが、交付の際にはそれが登録され、埋め込まれたICチップにも記録されている。運転免許センターのデータベースでそれを検索することは警察にとって容易《たやす》い仕事だ。

川上の現住所は大田区だが、本籍は深谷市稲荷《いなり》町にあった。おそらく実家の住所をそのまま戸籍所在地にしたものとみて、さっそく深谷市役所に問い合わせた。

担当者は協力的で、身上調査照会書をファックスすると、すぐに調べてくれた。想像どおり、兄も同じ住所に本籍があり、現住所もそこだった。

池田たちはこれからそこに向かい、館山のときのように、まず隣近所で聞き込みを行う。戸籍の記録からは、生まれたのも同じ住所で、たぶん結婚した際に父親の戸籍から分籍したのだろう。その父親も存命で、いまも同じ住所に住んでいる。

顔写真は免許証のデータベースからも取得できたが、それより写りのいいローレル・フーズ・ホールディングスのホームページにあるものを使うことにした。

「これから川上の顔写真と車の写真をもって、町内一帯を派手に聞き込んで回ります。その噂が界隈で持ち切りになるようにしてやりますよ。どうせ目撃者は出てこないと思いますがね」

深谷に着くとさっそく、池田は電話を寄こした。

「ああ。せいぜい賑やかにやってくれ。深谷署には、ちょっとお邪魔するからと、課長がさっき仁義を切っておいたよ」

煽《あお》るように応じて通話を終えたところへ、順番を待っていたように、水谷から電話が入った。

「ついさっき、池上署に電話を入れてみたんですよ。向こうも川上とはいろいろ話をしているんで、ひょっとしたら保険の話題も出ているんじゃないかと思いましてね」

「なるほど。我々がそれを訊くと手の内を教えることになりかねないが、彼らが相手なら、雑談のなかでそんな話も出てきそうだな」

「ええ。それがどうも当たりだったようです。川上は例のごとくおしゃべりですから、話のついでに損保会社の品定めをしてみせたんだそうです。そのなかで、いまはローレルの株主の一社である大手損保会社を使っているが、料金が高いうえにサービスもいま一つなので、次は別のところに替えたいような話をしていたそうでして」

「じゃあ、その会社に問い合わせれば、保険金の請求をしているかどうかは、すぐにわかるね」

「捜査関係事項照会書を何十枚も切らなきゃいけないと覚悟してたんですがね。その手間が省けました。さっそく電話で問い合わせたんですが、さすがに顧客の個人情報に関わるから照会書は欲しいということなので、これから課長に書いてもらって、その会社に出向きます」

「もし請求しているようなら、偽装盗難の疑惑に警察が強い関心を持っていることを、できるだけ強調すべきだな」

「もちろんそのつもりです。そちらも川上の実家に出向くそうですね。あちこちから火をつけてやれば、そのうち大物が燻《いぶ》りだされますよ」

「ああ。この件は、彰夫はもちろんだが、背後で橋村が動いているのは間違いない。そちらからの教唆の事実を川上から聞き出せれば、いちばんでかい障害物が取り除ける」

「もう彰夫は落ちたようなもんですね」

「我々にとっては、それ以上に大きな意味があるかもしれないよ」

「そういうたちの悪い政治家に警察が牛耳られるという、最悪の事態が避けられますね」

水谷が言う。彼にとってもいまやそれが、彰夫の検挙そのものよりも重要な目標になっている様子だ。通話を終えて振り向くと、大原が書類仕事から顔を上げた。

「川上の件、なにやら上手いこと進んでいるようだな」

「契約している損保会社がわかったようで、これから話を聞いてみるそうです――」

水谷から聞いた事情を説明すると、大原はほくそ笑んだ。

「上手の手から水が漏れたということだな。川上が欲をかいて保険金をせしめようとしなかったら、事件は迷宮入りになっていたかもしれんぞ」

「そうなんです。盗難届なんか出さずに、廃車にしてしまえばよかった。それなら偽装工作も発覚しなかったし、詐欺罪に問われる可能性もなかったわけですから」

「その意味じゃ、おれたちにもツキはあったわけだ」

「この際、そのツキをぜひ生かしたいもんですよ」

「ああ。そこでしくじったら、おれもあんたも首が飛びかねないくらいの話だ。勝沼さんの島流しも確定ということになっちまう。ところでどうなんだ、勝沼さんの身辺の動きは？」

「先日会って以降、大きな変化はないようです。官邸もそうは露骨なことはできない。現在の国家公安委員長も、あの事件で事情聴取を受けた一人ですからね」

「けっきょく、首切り役人としてうってつけなのが橋村というわけだ」

「当時、マスコミは、勝沼さんを次期警察庁長官としてもっとも望ましい人物と評価していました。国民目線からも、それが妥当だという感覚があるはずです。その人物を左遷させるためには、収賄側のリストに名前がなく、かつ剛腕という橋村代議士にその役割を託すしかない——。そういうこちらの読みは、やはり当たっていそうですね」

「そう考えると、彰夫の件が小さく見えてくるな。もちろんこれから障害を抱えて人生を送ることになるかもしれない被害者のことを思えば、決して取り逃がしていい相手じゃないが」

「当然、不可分な関係です。一方を解明できないと、もう一方も取り逃がす。逆に、どちらかを押さえれば、おのずともう一方も落着します」

「とりあえず、追及すべきは川上だな」

「強行犯捜査の刑事が政治の世界に足を踏み入れるとは、自分としても予想もしていなかった成り行きですが、ここは逃げて済ますわけにはいきません。所轄刑事の意地という意味でも」

強い決意を込めて葛木は言った。

5

「ローレル・フーズ・ホールディングスの件だけど――」

昼どき少し前に、俊史から電話が入った。きのうは二課のファイルからなにか調べてくれるような話をしていた。期待を滲ませて葛木は問いかけた。

「面白いネタが出てきたか」

「例の川上隆という人物、ちょっと癖のある男のようだね」

「というと？」

「弁護士資格を持っていて、十年ほどまえに、ローレルの法務部門に社員として雇われたんだよ」

「普通の社員としてか」

「そのようだね。それが四年後には取締役に抜擢されて、その翌年に、橋村代議士の娘、つまり彰夫の姉と結婚している」

「結婚したあとで、抜擢されたわけじゃないのか」

「まったく無関係でもないとは思うけどね。そのときすでに婚約していたのかもしれないから。ただ、抜擢された理由は、それとは別のような気がする」

「つまり、どういうことなんだ」

「まだ若いけど、辣腕らしくてね。ローレルはここ十年ほどで急成長してるんだけど、そのほとんどが同業他社の買収によるものらしい。川上はその際の交渉で、腕を振るったそうなんだけど――」

俊史は気を持たせるように間を置いた。その先を読むように葛木は応じた。

「そのやり方に問題があったわけだ」

「そうなんだよ。恐喝まがいの買収交渉が相手企業に不評でね、訴訟に訴えることを検討したところがいくつもあるらしいんだけど、けっきょく力で捻《ね》じ伏せられてね。抵抗するなら敵対的ＴＯＢ（株式公開買い付け）を仕掛ける。その場合、買収後は現経営陣の留任は保証しないと脅される」

「だとしたら、車の盗難保険の件でも、損保会社は歯が立たないかもしれないな」

「そこも心配だね。じつはローレルに入社するまえ、彼は所属弁護士会から、何度か懲戒処分を受けているんだよ。借金の取り立て交渉で恐喝まがいの行為をしたケースもあれば、暴力団との繋がりを指摘されて、何ヵ月かの業務停止処分を受けたこともある」

「だとしたら、ローレルに入社したのも異例の抜擢を受けたのも、やはり橋村代議士とのコネクションが疑われるな」

「そう考えたくなるね。もしそうなら、川上と代議士の接点がどこにあったかということだけど、普通に中途採用された社員じゃないのはまず間違いないよ」

ため息混じりに俊史は言う。だとしたら、川上はこちらの想定とは異なり、必ずしも与《くみ》しやすい相手ではなさそうだ。ただならぬ不安を覚えて葛木は言った。

「損保会社を捻じ伏せて保険料をせしめてしまったら、それが無実の証拠だと言い出しかねないな」

もちろん保険金を受けとって、のちに盗難が虚偽だと発覚すれば正真正銘の詐欺罪が成立するが、俊史の言うことが事実なら、そこまで持ち込むうえでのハードルは高いと言わざるをえない。そうなると、水谷が池上署の担当者から聞いたという話にも不安を覚える。川上が加入している損保会社がローレルの株主の一つだという話だ。

そうした企業同士の繋がりを利用して、川上が持ち前の辣腕を振るった場合、ローレルの評判に疵がつくのを惧れて損保会社が支払いを承諾してしまう事態もあり得る。水谷から聞いた話を報告すると、俊史もいかにも不安げだ。

「油断はできないね。いま池田さんたちは、川上の兄のところへ出かけてるんだろう」

「隣近所を賑やかに聞き込んで回っているはずだ。そのあと直接兄のところに出向くと言っている」

「そうなると、こちらがなにを考えているか、川上には間違いなく伝わるね」

「それがそもそもの狙いだったんだが」

そういう厄介な相手だとしたら、むしろ結果は裏目に出かねない。俊史もその点が気がかりな様子だ。

「保険金をとれるかどうかはともかく、民事訴訟に持ち込まれたら、判決が出るまで時間がかかる。二審まで持ち込まれたら一年以上かかるケースだって珍しくないからね」

「そういう男なら、最高裁までだって争いかねないな」

「そっちをこじらせて時間稼ぎをして、結果的に橋村の大臣就任をサポートする。橋村の暗躍も考慮すれば、彰夫の検挙は時間との勝負だから、就任前に片づけてしまわないと、おれたちが圧倒的に不利になるね」

「とりあえずのポイントは、川上の嘘をどう立証するかだな。いまのお前の話からすると、損保会社を味方につけるというのも難しそうだし」

葛木は困惑を隠せない。もともと損保会社が警察と手を携えて捜査に乗り出してくれるとまで期待していたわけではないが、保険金の支払いを拒否してくれれば、それが彰夫の逮捕状請求の際にも、裁判所に強い心証を与えられる――。そんな程度には期待していたし、こちらが見逃していた不審な状況についても、なんらかの情報をくれるのではないかという思惑もあった。

「いずれにしても、犯人隠避の疑惑に関しては彼は適用対象外だ。橋村や彰夫に義理立てする以外に二人をかばう理由が川上にあるとは思えない」

「それはおれたちも考えたんだよ。詐欺の疑いを引っ込める代わりに、犯人隠避のほうを認めろと、こちらから取り引きを持ち出すつもりだった」

そんな作戦を口にすると、俊史が思いがけない話を切り出した。

「詐欺なら二課の領域だから、うちが直接乗り出してみてもいい。こんなことを言っちゃ失礼かもしれないけど、その手の事件なら、所轄よりもうちの捜査員に一日の長がある。それに警視庁の捜査二課が直々に乗り出したとなれば、いくら川上が弁護士でも、威圧感が違うはずだ」

「たしかにそうだな。しかし偽装だと立証するのはなかなか難しいぞ」

「この件に関しては、たぶんお互い様だよ。向こうだって、盗まれたという事実を立証する手段がないわけだからね」

「だったら彰夫の事件のことも、川上にしっかり匂わせてやるしかないだろう」

「おれなんかまだまだ駆け出しだけど、二課には修羅場を潜《くぐ》り抜けてきた猛者《もさ》がいる。詐欺にせよ、贈収賄にせよ、選挙違反にせよ、おれたちが扱う事案は物証が乏しいものばかりだからね。状況証拠しかないケースでも、イチかバチかで勝負をかけることはよくあるんだよ」

「今回の事案でも、状況証拠なら売るほどあるからな」

「ああ。こうなったら、こちらが彰夫に的を絞って捜査を進めている事実を、しっかり知らせてやるほうがいいかもしれない」

「しかしそれだと、川上が橋村にご注進に及ぶだろう」

「逆に、彰夫や橋村を見限る可能性だってなくはないと思う。ローレルの社長の憲和だって、彰夫とは犬猿の仲だそうじゃない。どちらにしても我が身が可愛いに決まっているからね」

「連中のあいだに、うまく楔《くさび》を打ち込めるかどうかだな」

「じつを言うと、二課の刑事はそのあたりが得意でね。汚いやり口かもしれないけど、物証のないところで犯罪事実を明らかにするには、仲間内の裏切りを利用するしかない場合がある。偽装盗難による犯人隠避を認めたほうが、詐欺で訴追されるより得だと考えさせようという親父の作戦は理にかなっている。ただしそれをやるなら、うちの刑事のほうが向いている」

俊史はあっけらかんと言う。葛木も頷いて応じた。

「餅は餅屋ということだな。動いてくれれば、こちらとしてはありがたい。この件は、とりあえず池上署に前面に出てもらうしかなかったが、それだとなにかとやりにくくてな」

「縄張りの問題だね。おれたちならそこは関係ない。警視庁管内なら、どこだろうと捜査に着手できるから」

「上の承認は得られるのか」

「うちの課長も例の贈収賄事件では勝沼さんサイドで動いた人だから、事情を話せば他人ごとじゃないと感じるはずだよ」

「しかし取引材料だとは言っても、詐欺容疑を見逃すという話は、二課の捜査の本筋から外れるんじゃないのか」

「そういう面での融通は利く人だから、とくに心配はしていないよ。勝沼さんの異動話についてはことのほか気にかけていたようだし、本人にも意に沿わない異動の打診があるようだから」

「地方の県警の刑事部長に栄転するという話だったな」

「本人にとっては、それも体のいい島流しのようだしね。勝沼さんを含め、そういう上層部の動きにブレーキがかけられると思えば、多少イレギュラーなこともやってくれると思うんだよ」

俊史もずいぶん際どいことを言うようになった。この歳で清濁併せ呑む気概というのもなにか危うい気がするが、いまの状況では、その境地を当てにするしかなさそうだ。

6

そんな話を聞かせると、大原は大いに興味を持った、

「たしかに微妙な駆け引きが必要な作戦だからな。おれも心配はしていたんだよ。池上署が無能だというわけじゃないが、相手が遣り手の弁護士となると、捜査二課だって苦戦しそうだからな。しかしそういう厄介な男だというのは、明らかにこちらの計算違いだったな」

「二課なら、安心して任せられますよ。課長が勝沼さんと気心の通じる関係で、本人もあの贈収賄事件に関わったせいで島流しの憂き目に遭おうとしてるんですから」

「そういう流れに抗するために犯罪捜査を利用するというのは、現場を支えるおれたちとしては不本意な話でもあるが、警察庁の上のほうと官邸が画策している策謀を潰すためには、きれいごとだけでは済まされない。おれたちも目には目を、歯には歯をの覚悟が必要だろうな」

複雑な口ぶりで大原は言う。当初はできの悪いドラ息子による単なる轢き逃げ事件だっ

たはずが、父親が政界の大物だったことから、陰に陽に捜査に妨害が入った。今回の川上のことからは、それが政治家としての威圧を利用しただけではなく、一族を巻き込んだ意図的な隠蔽工作だったことが明らかになった。それはこちらにとって、逆に橋村を揺さぶり、場合によっては失脚させられるくらいの大きな手がかりだ。葛木は言った。

「ここで逃したら、この事件、迷宮入りになりかねません。そのうえ橋村のような人物に警察が牛耳られ、勝沼さんのような人が島流しにされる。それも我々にとっては堪えがたい話です」

「そのとおりだ。こうなったら、多少汚い手を使ってでも、ここで攻め勝つしかないだろうな」

大原は力強く頷いた。そのときデスクの電話が鳴った。受話器をとると、池田の声が流れてきた。

「いま、川上の実家に行ってきたんですがね。兄貴というのは勤め人で在宅はしていなかったんですが、代わりに父親が出てきましてね。五日前に川上隆が来たか訊いてみたんですが、確かに来たと言ってました」

「嘘を言っている様子は？」

「ないんですよ。警察を相手に動揺もなく嘘を吐ける人物には、どうみても見えませんでしたね」

「つまり、こっちの見立てが根本から崩れたわけか」
葛木は落胆を隠せない。しかし池田は確信ありげに言う。
「むしろ、川上は実家を偽装工作に利用したんじゃないですか。こちらの考えが当たって
いれば、彰夫が事件を起こした日か遅くともその翌日には、その車が藤村の手に渡ってい
ないといけない」
「要するに、川上はそこでも、もう一つ偽装工作をしたとみているんだな」
「偽装というほど手の込んだものでもなさそうですよ」
池田は妙に自信のある口ぶりだ。
「というと？」
「乗ってきたのはこの車かと訊いたら、違うというんです」
「まったく別の車種だったのか」
「ベンツではあるんですが、写真の車とは違うというんですよ」
「親父さん、車についてそれほど目利きなのか」
「そういうわけじゃないんですが、先月来たとき、乗っていたのがあの車で、長男も車好
きなもんですから、そこで車談議が始まったようなんです。父親もそこにいて、二人の講
釈をしっかり聞いていた。ところが五日前は違うベンツで来たので、また新しい車を買っ
たのかと訊いたら、それは二年前に買った車で、いつもは通勤に使っているが、例の車が

エンジンが不調で、いまは修理に出しているからこちらで来たと言い訳していたらしいんですよ」

「近所の人たちからも、話は聞いて回ったんだろう」

「川上本人を見たという人は何人かいましたが、車についてはなんとも言えないということでした。ただ面白い話が一つありまして――」

いつもの癖で、池田はもったいをつけるように間を置いた。なにやら、いいネタを拾ったらしい。

「どういう話なんだ」

じれったい思いで問い返すと、声を落として池田は言う。

「その日、川上が母親と一緒に市内のスーパーの駐車場にいるのを見かけた人がいましてね。ちょうど車から降りてきたところだったそうです。その人も、車種がベンツだというくらいまでしかわからなかったと言うんですが、そういうところには当然防犯カメラがあるし、最近だと、気の利いたところはナンバー読み取りシステムを導入していますから、それが川上が盗まれたと主張する車かどうか判別できます」

「親父さんの証言に加えて、それは重要な物証になるな」

「ええ。このヤマ、案外出口が近そうな気がしてきましたよ」

意を強くしたように池田は言う。先ほどの俊史との話を教えると、池田は一も二もなく賛同した。

「それはいいんじゃないですか、あの贈収賄事件のチームの再現になりますよ、こっちもそのくらいの陣容で臨まなきゃ。なにしろ本当の敵は、あのときに負けず劣らず巨大ですから」

第七章

1

「川上はちゃっかり保険金を請求してましたよ。いま調査中とのことでした」

夕刻、水谷が電話を寄越して、損保会社での聞き込みの結果を報告した。葛木は強い期待とともに問いかけた。

「払うことになりそうかね」

「払いたくない気分がありありでしたね」

「しかしその損保会社はローレル・フーズ・ホールディングスの株主なんだろう」

「そうは言っても、調査部門というのは保険金を値切るのが仕事みたいなもんですから。営業はお客様第一という顔で勧誘して、いざ事故や盗難が起きると、契約者はすべて潜在的詐欺師だと疑ってかかる。利益相反の確信犯といったところじゃないですか」

水谷は呆れたような声で言う。そんなことは先刻承知のはずなのに、こと改めて嘆くところをみると、よほどえげつない話を聞かされたらしい。

「ローレルの常務だといっても、特別扱いはしてくれないんだな」

「とりあえず、その気はなさそうです。彼らは彼らで、保険金請求をどれだけ値切り倒すかにノルマがかかっていますから」

「役員レベルから指示でもされれば、話は違ってくるんじゃないのか」

「その惧れはたしかにありますね。ただこちらが耳に入れてやった話には、大いに関心を示しましたよ。請求があった時点で、担当した調査員は限りなくグレーとみていたようですから」

「そこと資本関係のあるローレルの常務だという話は、損保会社も知っているんだろう」

「もちろんです。ことを有利に運ぶために、川上がそれを使わないはずがないですよ。出向いた調査員に、両社の資本関係をさんざん強調したそうですから」

きのう会った川上の印象からは、さもありなんというところだ。葛木は訊いた。

「その効果はあったのかね」

「いまのところさほど気にしていないようです。実際に調査に当たるのは下請けの調査会社ですから、派遣された調査員にすればとくに興味もない話でしょう。いまのところその件を特別扱いはしてはおらず、一通りの調査結果が出た時点で、担当役員の決裁を仰ぐことになるそうです」

「怪しいとみている根拠は？」

「いちばん大きいのは、盗まれたと推定される日に駐車場に車があったという目撃証言が得られなかったことです」

「保険調査員は、そういうところまで聞き込んで回るのか」

意外な思いで問いかけた。仕事柄そのあたりにも詳しいらしく、当然だという調子で水谷は言う。

「彼らは出来高払いで飯を食っていますから、どれだけ支払い額を減殺できるかが腕の見せどころなんです。仕事は盗難だけじゃない。一般の事故でも、警察の視点とは別に、運転者に過失がなかったか、飲酒はしていなかったか、本人だけじゃなく、友人や近親者にまで訊いて回ることがあるそうです。言ってみれば一種の私立探偵ですね」

「防犯カメラのない駐車場に置いてあったというだけで、支払い拒否の理由になるんじゃないのか」

「大人しい契約者ならそれで引っ込むと思うんですが、担当した調査員がそこを指摘すると、場合によっては訴訟に打って出ると川上は脅しをかけてきたそうですよ」

「弁護士資格を持っている話は教えてやったのか」

「そこは意外だったようです。隠し球に使うつもりだったのか、調査員には言わなかったそうです」

「彰夫の事件との絡みについては？」

葛木は確認した。そこがいちばん気になる点だった。

「もちろんそれには興味津々でしたよ。応対したのは調査部門の課長クラスで、直接現場にタッチする立場じゃないんですが、川上の件については、念入りに調査すると約束しました」

「その結果については、こちらに教えてくれるのか」

「基本的に社外秘扱いの情報なので、随時というわけにはいかないそうですが、必要と認められれば、提供するにやぶさかではないと言ってはいます」

「なんだか歯切れが悪いじゃないか」

不安を覚えて問いかけると、水谷は物わかりがよさそうに説明する。

「いろいろ複雑な事情があるんでしょう。川上が彰夫の犯罪隠蔽の片棒を担いだとなれば、ローレルの信用が大きく損なわれる。かといって、それを見過ごして保険金を支払ったとなれば、事実が明らかになったとき、これまで支払いを拒否してきた契約者から集中砲火を浴びるかもしれない」

「まさしく利益相反のジレンマに陥るわけだな」

「いまは事実関係の把握に努めるしかないんでしょう。ここで慌てて支払い拒否をしても、警察が彰夫の犯行を立証できなかったら、会社としては逆に面目丸潰れですから」

「なんにせよ、向こうも怪しいとは見ていたわけだ」

「もちろんそこは彼らもプロですから。そうそう、調査員が近隣で聞き込んだ話では、例の車は、いつもその駐車場に駐めてあるというのではなく、むしろ自宅のカーポートで見かけることが多いんだそうです。そっちのほうは、川上が自分で防犯カメラを設置しています」

「じゃあ盗難されたと主張している日は、わざわざカメラのない駐車場に移動していたわけか」

「調査員はそこを突っ込んだんですが、兄の家から戻ってきたら、いつもは外の駐車場を使っている妻が自分の車をカーポートに入れていたので、やむなくそこに駐めたと川上は答えたそうです。妻にも確認したら、口裏を合わせたのかもしれませんが、そのとおりだと答えたとのことでした」

「そこは思い切り怪しいな。というより、池田が深谷の実家の父親から聞いた話に間違いがないとしたら、まさに真っ赤な嘘ということになる」

その件はすでに電話で伝えてあった。水谷は期待を滲ませた。

「それはスーパーの駐車場で確認できるんでしょう」

「ああ、いまそっちに出向いて調べてもらっているところだ。もうじき結果が聞けると思うんだが、そこで化けの皮が剝がれたとき、川上がどう出てくるかだな」

「そのときは詐欺未遂の容疑で一気に逮捕といきたいところですけど、うちの管轄で起きた事件じゃないんで、そこがやりにくい点ですよ」

「その場合のことも考えてあるんだよ。じつは――」

俊史が提案した、詐欺の容疑が浮上した場合、捜査二課扱いにしたらどうかというアイデアを披露すると、水谷は勢い込んだ。

「いいじゃないですか。二課には我々にはないノウハウがあるでしょうし、本庁が直々に乗り出すぶんには、所轄がどこだという話も関係ないですから」

「犯罪事実だけならわざわざ二課が乗り出すような事案じゃないから、即刻逮捕とまではいかないとは思うが、任意の事情聴取でもたっぷり揺さぶりをかけられる」

「彰夫の犯行を隠蔽するための偽装工作を認めたら、保険金詐欺のほうは見逃してやると話をもちかけるわけですね。私が川上なら乗りますよ。彰夫と義理の兄弟の関係なら犯人隠避の罪には問われない。しかし詐欺となれば、たとえ未遂でも罪に問われる。執行猶予がついたとしても、弁護士資格は失うし、会社役員として居座ることも無理でしょう」

「そこに期待しているんだよ。そういう手管が二課は得意らしい。選挙違反や贈収賄の場合、物証がほとんどないから、脅したり賺《すか》したりしてたれ込みや仲間割れを誘発する。やくざみたいなやり方だがね」

「相手はやくざより可愛げのない連中ですから、そのくらいやって当然でしょう」

水谷はいかにも皮肉な口振りだ。葛木は慎重に応じた。

「といっても、川上も辣腕で鳴らす弁護士らしいから、油断は出来ないな」

「そこは二課の実力に期待するしかありませんよ。これまでも、悪徳弁護士による詐欺や横領事件をいくつも手がけているじゃないですか」

「ああ。弁護士だろうが政治家だろうが、犯罪に荷担しているような連中にすれば、そのこと自体が弱みだからね。そこを見逃さず突いていくのがおれたち刑事の甲斐性だ」

自らに気合いを入れるように葛木は言った。

2

そのあとすぐに、池田から電話が入った。ほくほくした声で池田は言った。

「スーパーの駐車場の防犯カメラにしっかり映っていましたよ。川上と年配の女性です。たぶん母親でしょう」

「駐めていたのは、間違いなく例の車だったのか」

「それが、カメラからずいぶん遠い場所だったもんで、車種までは特定できなかったんですよ」

池田はいかにも悔しげだが、その声がどこかわざとらしい。葛木は訊いた。

「話はそれだけじゃないんだろう」

「当たりです。予想どおり、ここの駐車場には、いま流行のナンバー読み取りシステムが設置されていましてね。問題の車のナンバーは記録されてませんでしたよ」

「撮り漏らしとかはないんだろうな」

「Nシステムとほとんど同じ技術を使ってるようですから、それはないでしょう。入口で記録された車は、出るときはカメラがそのナンバーを認識して、自動的にゲートが開くんだそうです。導入して一年以上経ってますが、出口のゲートが開かないトラブルはまだ一度もないと言ってましたよ」

「だったら動かぬ証拠と言っていいな」

「父親の話だと、それとは別の車で行ったことになってるんで、念には念を入れて、川上が所有しているすべての車のナンバーを調べて、もう一度当たってもらいますよ。そのどれかのナンバーが映っていれば、もう完璧です。その話を捜査二課に聞かせてやれば、川上なんて軽く落とせるんじゃないですか」

池田のほくそ笑む顔が目に浮かぶ。意を強くして葛木は言った。

「その話を梃子《てこ》に使えば、損保会社のほうも動かせそうだ。水谷君がさっき出向いてきたんだが、先方にはやはり厄介な事情があってな——」

先ほどの水谷の話を聞かせると、池田は楽しげに言う。

「そっちも、ずいぶん面白いネタを拾ってきたじゃないですか。損保の調査員というのも馬鹿にしたもんじゃないですよ」

「会社としてはしばらく様子見を決め込むつもりのようだが、ローレルに気を遣って保険金を支払ったりしないようにしっかり牽制しておかないと。そこでお墨付きが出たことを、こっちの疑惑を否認する材料にしてくるかもしれないからな」

「なに、心配は要りませんよ。それだけの材料を揃えて二課が事情聴取に乗り出せば、どんなに口が達者でも言い逃れはできないでしょう。そもそも川上という男、橋村に義理立てをして自分の人生を棒に振るほど人がいいはずがないですよ」

「ああ。ここで一気に敵陣営を切り崩さないとな。彰夫の逮捕にしてもむろんだが、いちばん痛手を受けるのは橋村のはずだよ。身内の犯行を隠すのが目的だから犯罪としては摘発できないが、そのために義理の息子を教唆して、偽装盗難を企てさせたという話がニュースで流れたら、政治家の不祥事としては致命的だ」

「少なくとも国家公安委員長というポジションはあり得ないでしょうね。それじゃ、犯罪の隠蔽が警察の本業だと世間に宣伝することになっちゃいますから」

「警察官が政治に口を出すわけにはいかないが、そもそもそういう人間は政治家として生き延びて欲しくないな。息子の彰夫にしても同様だ。被害者の気持ちになれば、そんな男が将来国会議員になるなんて堪ったもんじゃないだろう」

警察官だって仕事を終えれば一国民で、そういうことを許せない気持ちは葛木だって人後に落ちない。池田は期待を寄せる。

「勝沼さんの人事にしたって、風向きが変わってくるでしょう。官邸は、いわば勝沼さん外しの刺客として送り込むつもりなんでしょうが、例の収賄事件に関して潔白で、しかも豪腕の振るえる与党の有力政治家となると、橋村以外に思い浮かびませんよ」

「上の役所だって、本音を言えば、勝沼さんに対する降って湧いたような人事案件は不快なはずだ。いい意味でも悪い意味でも、庁内トップクラスの人事は、事実上長官官房の専権事項で、国家公安委員会は、そこから上がってくる人事案をだまって承認するのが習しだ。それを手放すことになれば、今後、自分たちの人事まで官邸に牛耳られる。相手が橋村じゃなかったら、あの手この手で抵抗するはずだよ」

「そう期待したいですね。我々にできるのは、とにかく彼を大臣の椅子に座らせないことで、そのあとは庁内政治レベルの話になるでしょう。しかし国民目線で見れば、勝沼さんは警察側の人間として、政治の腐敗に初めて本気でメスを入れたヒーローです。それを政界の意向で島流しにしたりすれば、自分たちに対する世論の風当たりも強くなる」

ある種のオタクといったところだが、警察内部の人事や政治力学に妙に造詣《ぞうけい》の深い大原の影響か、池田もひとかどの評論家ふうの口を利く。

「じゃあ、川上が所有しているほかの車のナンバーはこっちで調べておくよ。陸運局に問い合わせればわかるはずだ」

「そのどれかが映っていれば、川上の嘘はバレバレですね。我々はいったん帰ります。スーパーの警備担当者には話をつけてありますから、あすにでも電話で問い合わせればはっきりするでしょう」

もう答えはわかりきっているというように応じて、池田は通話を終えた。

水谷と池田からの報告を伝えると、大原は満足げに言う。

「そこまでの材料が出れば、川上も逃げおおすのは難しいだろう。あとは二課のお手並み拝見だな」

「ただ、父親のところに聞き込みに出向いたことで、警戒して保険金の請求を取り下げるかもしれませんよ」

葛木はそこに不安を覚えていたが、大原は意に介さない。

「一度保険金を請求した事実だけで詐欺の未遂罪は成立するよ。どうせそれで送検しようなんて気はこっちにはないんだから、まず事情聴取、必要なら逮捕というところまで踏み込んでも問題はない」

「そこまでいけば憲和も、自らの会社を疑惑の渦中に巻き込んでまで彰夫をかばおうとはしないでしょう。因果を含めて川上の首を切るかもしれない」

「もともと彰夫と仲がいいわけじゃないと聞いているからな。偽装盗難による隠蔽工作自体が、そもそも憲和の指示だったかどうかもわからない」

「橋村にも川上にも裏社会との繋がりがある。そういう絡みで、じつは憲和の頭越しに川上を動かしたと見られなくもないな」

「川上を雇用し、常務にまで抜擢したのは、必ずしも憲和の意思によるものじゃないのかもしれませんしね」

「そうなんだよ。おれも川上と橋村は直結していると睨んでいる。それから例の板金屋の藤村だよ。この偽装工作は、あいつと示し合わせてのものだとしか考えられない」

「そのすべてをとり仕切ったのが橋村だとしたら、それだけで政界を揺るがす一大スキャンダルになりますよ。川上の口からそのあたりの話が聞けたら、この先、面白い流れになりますね」

そう応じると、大原は身を乗り出す。

「その情報は俊史君にも伝えるんだろう。時間があるようなら、今夜あたり、お忍びでこっちに来てもらえないか。近所の店で軽く飲《や》りながら、今後の仕事の進め方を相談したらどうだ。本庁の理事官殿にわざわざ足を運ばせるのは心苦しいが、それなら向こうではしにくい話も安心してできる」

もちろん異存はない。葛木は大きく頷いた。

「たぶん飛んでくると思いますよ。このチャンスを逃さず、一気に橋村に迫りたい気持ちは向こうも同様でしょうから」

3

午後八時過ぎに、俊史はやってきた。落ち合ったのは亀戸駅前の個室形式の居酒屋で、密談にはもってこいな上に、肴《さかな》は美味《うま》く値段も手頃だ。

水谷と池田からの話は伝えてある。とりあえずのビールで乾杯し、俊史はさっそく切り出した。

「城東署のみなさんのお陰で、なんとかここまで漕ぎ着けたね。本来の捜査目的はもちろん彰夫の轢き逃げ、もしくは殺人未遂事件の解決だけど、そこから波及する効果は絶大だよ。官邸はあの贈収賄事件のリベンジを仕掛けようとしているんだろうけど、ことがうまく運べば逆に返り討ちだからね」

「そうは言っても、この事案だけで、まさか官邸へまでは切り込めないだろう」

勢い込む俊史に軽く水を差すと、大原が横から口を挟む。

「刑事事案としては無理だろうけど、橋村のやったことが表に出れば、マスコミも与党も、もちろん世論も矛先をそこに向けるよ。いまは一人勝ちの現政権を揺さぶるには絶好のネタだからね。官邸が警察に対して政治的影響力を行使するのが一概に悪いわけじゃない。警察だって叩けば埃《ほこり》の出るところはいくらでもあるし、警察のトップが公共の利益に反して警察権を行使するようなことがあれば、それを阻止するのは政治の役目でもある。しかしこの件は逆だよ」

「政治が自分たちの暗部を突かれないように、意のままにならない勝沼さんのような人を切って捨てようとする。警察を自分たちの政治的利権を守るための用心棒だと勘違いしているのは間違いないですからね」

俊史は大きく頷いてビールを呷《あお》る。そこだというように大原が続ける。歳は若くても相手は本庁の理事官だから、人のいるところでは敬語を使うが、こういう場所では砕けた調子だ。

「政治を変えていくのはけっきょく国民の力だけど、警察だってその怒りに火をつけるくらいはできる。そういうことは、本来おれたち下っ端警官の本務じゃない。でもここまで来たら乗りかかった船だよ。ほかに人がいないんなら、おれたちが出来るだけのことはやらないとね」

「そのためには、まずきっちりと彰夫の犯行を明らかにする必要がある。その過程でこれまで以上の隠蔽工作や捜査妨害があったら、こっちも遠慮なく受けて立つ。そういうことですね」

二人に煽られるような気分で葛木は頷いた。一つ間違えれば首が飛びかねないポジションにいる大原と、ここまでなんとか順調にやってきたキャリア人生を棒に振りかねない俊史にそう言われると、無難な位置にいる中間管理職の自分の腰が退けているのが恥ずかしくなる。

「なあに、敵にはおれたちにはない弱みがある。それは失うものがたっぷりあることだよ。ちょっとした躓《つまず》きで転んでも、ビルの屋上から転落するくらいの大打撃になる。人生をかけて築いてきた名声と権力が粉々に打ち砕かれる。だから連中から見たら虫けらのような存在のおれたちの捜査も、いまの橋村にとっては命を狙う刺客の刃《やいば》のように感じられるはずなんだよ」

そういう人生を歩んだことなど一度もないはずの大原だが、そう言われるとなにやら説得力がある。俊史もそのあたりは腹を括った口振りだ。

「おれだって失うものはなにもないよ。キャリアだなんだといっても、たまたま選んだ就職先に過ぎない。まだいくらでも転職できる歳だし、節を曲げてまで恋々とする職業だとも思っていない。だからといって、橋村のような薄汚れた政治家の圧力で組織から弾《はじ》き出されるのは堪らない。勝沼さんだって同じような心境のはずだよ」

「あれからなにか話したのか」

葛木は訊いた。神楽坂の小料理屋で一献傾けたとき、勝沼はまだファイティングポーズを崩していなかった。もちろんだというように俊史は頷く。

「夕方、親父から聞いた話は伝えておいたよ。二課が乗り出す件については、ぜひやれと発破をかけられた。もちろん二課長の承認もとった。刑事部長の周辺から妨害が入るようなら、警察庁刑事局長としてできる限り影響力を行使してくれるそうだよ」

「勝沼さんは、橋村の過去の行状について、いろいろ情報を握っているような話もしていたな」

「あのあと、警備局の公安関係者から、それとなく裏をとったそうだ。噂はどれも信憑性が高かったらしい」

「公安関係者とはそりが合わないんじゃないのか」

「そこは呉越同舟でね。公安の幹部連中だって、政治家の都合で左遷されたり首を切られたりするのは困る。彼らにとっても警察庁内部の人事は絶対に手放したくない既得権で、それを維持するためのいわば保険として、そういう情報を収集しているんだから」

「それを提供してくれるということは、彼らも勝沼さんの件にかなりの危機意識をもっているわけだ。政治の側にすれば、思いもかけない伏兵だな」

「与党の政治家は、彼らを子飼いのように思っているところがあるからね。蓋を開けたら、飼い犬に手を噛まれたようなことになっているかもしれないよ」

俊史はいかにも楽しげに言う。ついこのあいだまでは青臭いだけが取り柄の駆け出しキャリアだったが、近ごろは庁内政治の波間を泳ぎ渡る勘どころをだいぶ身につけてきたようだ。

そういう庁内政治に明け暮れる警察上層部を、葛木は快く思ったことが一度もない。日々汗を流し足を棒にして捜査や警邏《けいら》の任務を遂行する。そんな現場があってこその警察組織だということをどこでどう器用に忘れられるのか。そこが長い警察官人生で抱き続けた不満だった。

なんの因果か、息子がその警察キャリアの仲間入りをしてしまい、以来キャリアの悪口を言うにも口幅ったいものを感じるようになった。しかしそうした悪弊に対する義憤を俊史もまた口にする。

そんな変わり者のキャリアが警察組織の頂点に新風を吹き込んでくれるはずだと、なんとかここまで自分を納得させてはきた。水に慣れるのはけっこうだが、ミイラ取りがミイラになっても困る。

図らずも政治家と役人の利害の泥沼に足を踏み込んでしまった以上、その泥にまみれずに済ませろというのは無理な注文だが、それならそれで葛木の気分は複雑だ。

「そのあたりはおれたちが踏み込める領域じゃないが、おそらく海千山千同士が角突き合わす熾烈《しれつ》な戦場だ。甘い考えでいると足をすくわれるぞ」

「もちろん気をつけるよ。とくにそういう人たちの病気がうつらないようにね。庁内の政治力学は利用しても、それが目的になったらお終いだから」

葛木の危惧は先刻承知だというように、生真面目《きまじめ》な顔で俊史は応じる。心強いものを感じながら葛木は言った。

「この先は微妙なさじ加減が必要だな。おれたちも場合によっては一線を越えることになる。川上に橋村の教唆による偽装盗難を白状させるのは一種の司法取引で、警察の捜査では本来認められないものだから」

「そのことで、じつは相談があるんだよ。もちろん川上の件は捜査二課の扱いにするんだけど、その微妙なさじ加減というのが、二課の刑事だけじゃ難しい。詐欺容疑のほうは我々がプロだからそれでとことん追い詰められると思うけど、それを彰夫の事件と結びつけるところでは、親父たちのこれまでの捜査結果が重要だ。それで二課のチームに親父たちも加わってもらって、共同捜査のかたちを取れないかと思ってね」

「所轄のおれたちが、本庁に出張ることになるのか」

思いがけない申し出に、葛木は戸惑って問いかけた。ほとんどの殺人事件では、特捜本部が所轄に設置され、本庁捜査一課の殺人班がそこに出張るが、それとは逆に、所轄の刑事が本庁に出張るというのは葛木も初耳だ。

「課長の了解もとってある。これから担当してもらう班の管理官からの提案でね。勝沼さんの先行きにも関わってくる捜査だと知っているから、現場も慎重なんだよ」

「そちらの課内では、そういう話もしているのか」

「おれや課長が煽ったわけじゃないけどね。噂は耳に入るから。うちの捜査員はほとんど全員が勝沼さんのファンなんだ。政治がらみの捜査では、つねに地検特捜の後塵《こうじん》を拝する――。そんな境遇に慣れっこになって、ある種の負け犬根性が蔓延《まんえん》していたんだけど、あの贈収賄事件で、第一線で政治家相手に捜査をする醍醐味を味わわせてもらった。そのことを、いまも全員が感謝しているんだよ」

「それは嬉しい話だが、おれなんかがでかい顔して本庁に出張ったら、彼らが気を悪くしないか」

「そんなことはないよ。あの事件で二課が大きな成果を上げられたのは、親父たちの殺人の捜査があったからで、そのことにはみんな恩義を感じているんだよ」

俊史は大きく首を横に振る。それでもどこか怪訝な思いで葛木は訊いた。

「そうだとすればおれも嬉しいが、そもそもそんなに大袈裟な布陣でいく必要があるのか」

「それが課長の考えでね。自分でも川上のことをいろいろ調べたらしい。どうも一筋縄ではいかない男のようで、事情聴取だけで埒があくとは思えない。こっちの作戦どおりことを進めるには、行動確認をしたり、取引先関係での評判を聞き込んだりと、周到に動いたほうがいいと言うんだよ」

「そういう捜査は、おれたちはあまり得意じゃないんだが」

「そこはうちに任せてくれればいい。親父たちには、これまでの彰夫の挙動や橋村の動きについての情報を提供して欲しいんだよ。おれを経由してみんなだいたいのことは聞いているんだけど、やはり現場同士がじかにやりとりしたほうが、微妙なところが伝わるはずだから」

「事情聴取は、そっちがやるんだろう」

「いや、そこがむしろ肝心なところで、うちの主任クラスの刑事と親父でやって欲しいんだよ。もし必要なら、交通課の水谷さんにも加わってもらっていい」

これも意外な提案だ。驚きを隠さず葛木は言った。

「ずいぶん変則的な陣容だな」

「課長は気合いが入っている。ここで縄張りにこだわって獲物を逃したんじゃ元も子もないからね」

「その獲物というのは、彰夫のことだけじゃなさそうだな」

「もちろん親父たちの捜査のターゲットが彰夫だということは十分承知しているけど、これはそれだけで終えていい事案じゃない。政権に都合の悪い人間を追い出し、警察から牙を抜こうとする政治との闘いだよ。とりあえずやらなきゃいけないのは、橋村氏の国家公安委員長就任を阻止することだ。もちろんそれはおれたち警察官の本業じゃない。でもだれかがやらなきゃいけないことなんだ」

「政治がまともなら、おれたちがしゃしゃり出る必要はないんだがな」

切ない気分で葛木は言った。一国民としてなら政治に対して批判的な見解をもつことは多々あるが、それは本来、選挙などを通じた民主的な方法で表現すべきもので、警察官としての職務をその手段として用いることは禁忌だという常識が身についている。

「だからといって、見て見ぬふりをしていれば警察は政治家の飼い犬に成り下がる。官僚である以上、彼らの指揮命令に服する義務はあるけど、だからといっておれたちは彼らの私欲を満たすための下僕じゃないからね」

俊史は意気軒昂《けんこう》に言い放つ。一息にビールを呷って、大原も身を乗り出す。

「政治家の腐敗なんて、いまに始まったことじゃない。それを不可侵の領域にしちまったら、警察もその片棒を担ぐことになる。現にそういうキャリアもいなくはなかったんだろうが、そういうずぶずぶな関係に勝沼さんが楔を打ち込んだ。いま起きようとしていることを黙って見過ごせば、すべてが振り出しに戻ってしまう。たとえ一線を越えることになっても、やるべきことはやらなきゃいかん」

「官僚が搦《から》め手から政治家を牛耳るというのも考えものだけど、その逆だって決してあってはいけないことだ。それに、そもそもおれたちがやろうしているのは、殺人未遂事件と詐欺未遂事件の捜査で、そのこと自体は警察官の職務だ。その先はすべて結果として起きるもので、咎め立てされるような話じゃないと思うよ」

俊史の理屈は合っている。そういう意味ではだれからも非難される筋合いはない。詐欺未遂を見逃す代わりに犯人隠避の容疑を認めさせるという取り引きにしても、大きな声では言えないが。それに類することは、捜査の現場では珍しくもない。

そのアイデアを最初に思いついたのは葛木だし、それも本来の目的は彰夫の殺人未遂容疑を追及するためで、それが橋村の出処進退に波及するとしたら、そもそも当人が蒔《ま》いた種なのだ。葛木は頷いた。

「わかった。彰夫の事件を解明する上でも、川上は最後の糸口になるかもしれない。せっかく二課の協力も得られるんだから、ここは全力で突破しよう」

「そうこなくちゃ。それで、とりあえずどう仕掛けようか」

俊史が張り切って問いかけると、大原も気合いの入った声で応じる。

「例の深谷の駐車場だな。きょうは陸運局が店じまいしていたから、池田があす問い合わせる。川上の保有車両をすべて調べて、そのナンバーをスーパーの駐車場のナンバー読み取りシステムと照合すれば、川上の嘘がばれる。その時点で、まずは小手調べに任意の事情聴取を求めたらどうだね」

「相手は弁護士ですから、そう簡単には応じないと思いますがね。二課はそのあたり、ノウハウがあるんじゃないのか」

問いかけると、任せておけというように俊史は胸を張る。

「二課はそれで商売をしているようなもんだからね。弁護士やら政治家やら、相手はいわゆる知能犯ばかりだから、扱い方はよくわかっているよ。川上はお喋りだそうだから、そういうタイプは、意外に落としやすいという話だよ」

「もともと無口な人間に黙秘されると、お地蔵さんと会話してるみたいになっちゃうからね。そうなるともう根比べだよ。それを考えたらちょろい相手だとおれも思うよ」

現役の刑事に戻ったような調子で大原が応じる。腹を固めて葛木は言った。

「状況証拠は揃っている。いくら川上でも、舌先三寸で逃げられるとは思えない。なんとか出口が見えてきたな」

4

そのとき俊史の携帯が鳴った。それを耳に当て、弾んだ調子で俊史が応じる。

「いま、城東署の近くで、親父や大原さんと今後の捜査の進め方について打ち合わせしながら一献傾けているところです。課長もお誘いすればよかったんですが、お留守だったものですから」

まさか本庁の課長を亀戸の居酒屋に呼び出すわけにはいかないから、そこは社交辞令だろう。そのあと、ときおり相槌《あいづち》を打ちながら俊史は相手の話に耳を傾ける。かなり長めの話を聞いて、礼を言って通話を終えると、俊史は葛木たちを振り向いた。その表情に喜色が浮かんでいる。

「課長がいろいろ調べたら、面白い事実が飛び出したよ。橋村代議士と川上のなれ初《そ》めについてだ」

「やはり、二人は直接繋がっていたのか」

「いまから十一年前のことだけど、橋村は名古屋の暴力団と諍いを起こしたことがあってね」

「名古屋というと、橋村の選挙区がそっちのほうだったな」

「愛知の第五区で、そこには名古屋市の一部が含まれるようだね。橋村は地元の支援者へのサービスのつもりで、古い商業ビルの地上げの口利きをしたそうなんだよ。ところがその一帯を縄張りにしていた暴力団に因縁をつけられてね」

だいぶきな臭い話になってきた。葛木は問いかけた。

「そういう筋の話なら、橋村だって素人じゃないだろう」

「橋村も東京に因縁浅からぬ仲の暴力団がいるにはいたけど、そっちは大規模な抗争に発展するのを惧れて動いてくれない」

「命でも狙われそうになったのか」

「やくざはそれほど馬鹿じゃなくてね。やったことをマスコミにばらすと脅された。政治家が選挙区の地上げに便宜を図ったとなれば大スキャンダルで、橋村にすれば命を失うに等しい。しかし当時の橋村には、まだそれをもみ消せるほどの豪腕はなかった。そこで登場したのが川上だったんだよ」

「橋村が仕事を依頼したのか」

「そうらしい。川上はそのころすでに、凄腕の弁護士として闇社会からも一目置かれる存在だった。東京の暴力団は、自分たちは手を出さない代わりに、いわば秘蔵っ子を紹介したんだね」

「その問題を、川上は解決したのか」

「そうらしいね。彼は当時、ヤミ金業界を得意先にしていて、その分野の情報通だった。そこで聞き込んだネタをもって、単身名古屋へ乗り込んで、あっという間に話をつけてしまったらしい」

「いったいどういうネタを？」

「相手の暴力団もヤミ金をシノギの柱にしていて、かなり羽振りがよかったそうなんだ。ところが業界筋では、その稼ぎを本部に過少申告して上納金を誤魔化しているという噂が広まっていた——」

ビールを一呷りして俊史は続ける。

「川上はその情報の裏をとった。もともとまともに納税なんかしない業界だから、どうやって数字を把握したのかはわからないけど、少なくとも本部に発覚したら指を詰める程度じゃ済まないところまで証拠を集めたらしい。それをもって単身名古屋へ飛んで、うまく話を納めてしまったそうなんだ」

「橋村はその腕に惚れ込んだわけだ」

「腕もあるけど、むしろその度胸らしいよ。一つ間違えば死体が名古屋港に浮かんでも不思議じゃないくらいのことは橋村にはわかっていた。川上がどういうマジックを使ったのかはわからないけど、かつては名古屋の極道の端くれだった橋村は、たぶんそのあたりに惚れたんだろうね」

複雑な口振りで俊史は言う。大原が問いかける。

「しかし二課長は、いったいどこからそんな話を仕入れたんだね。マル暴関係は畑違いだと思うが」

「悪徳金融は二課の領分ですから――。じつは愛知県警の捜査二課長が同期だそうで、橋村の選挙区でなにかネタが転がっていないか訊いてみたそうなんです。向こうの二課長はそんな話を小耳に挟んでいて、より突っ込んだところを組織犯罪対策局の捜査四課長に訊いてくれたようです」

「だったらマル暴の専門家だ。信憑性は高い。しかしいささか厄介な情報ではあるね」

大原は唸る。たしかに、橋村と川上の浅からぬ因縁に関しては意味の大きい情報だが、一方で、川上が侮りがたい強敵らしいこともわかった。

「川上が橋村一族のいちばんのウィークポイントだと思っていたが、どうやらその逆のようだな」

ため息を一つ吐《つ》いて葛木は言った。怖《お》じ気《け》づいているわけではないが、だとすればよほど気を引き締める必要がありそうだ。しかし大原は意気が上がる。

「ひょっとするとその話、板金屋の藤村とも繋がりそうだね。やくざではないにせよ、橋村も川上も人間のタイプとしては似たもの同士だ。ついでに藤村の正体も明らかになれば、橋村先生、そもそも政界にすらいられなくなるぞ」

「そうですよ。うちの課長も気合いが入ってます。捜査二課だってマル暴と無縁じゃない。悪事を働く会社というのは大半がフロント企業で、一皮剝《む》けばその手の人間ばかりです。川上のようなのは決して苦手なタイプじゃないですから。というより、あの贈収賄事件で付き合った政治家の皆さんと比べれば、やくざのほうがまだ可愛げがあるくらいですよ」

俊史も強気の台詞《せりふ》を吐く。どちらも実際に川上と当たるわけではないから、ここではとことん楽観的だ。しかしここまでの捜査でも、追い詰めたと思ったとたんに事件の真相は遠ざかった。逃げ水を追うような捜査はこれまで何度も経験してきたが、殺人未遂の容疑があるとはいえ、たかが轢き逃げ事件の捜査に、ここまで翻弄されるとは思ってもみなかった。

5

「想像どおりでしたよ、係長。深谷のスーパーのナンバー読み取り機に映っていたのは、川上の五台ある車の一台で、車種はベンツ。もちろん彰夫の車とはタイプが別物です。親父さんが言っていたことは間違いじゃなかったようです」

池田が意気揚々と報告する。きょうの朝いちばんで陸運局に問い合わせ、川上の車のナンバーをすべて調べ上げ、スーパーの駐車場管理者に問い合わせていた。その返事がいま来たようだった。

「やったじゃないですか。これでもう逮捕状が取れますよ」

山井が自分の手柄のように声を弾ませる。池田が舌打ちをして水を差す。

「焦っちゃいけないよ。逮捕してゲロさせられなかったら、逆に免罪符を与えてしまう。深谷に行った車の件ではボロを出してくれたが、それだってあいう男にしては間抜けすぎる。なにか言い逃れを用意しているかもしれないぞ」

きのう二課長から連絡があった川上と橋村のなれ初めの話は、池田たちにもすでに伝えてある。半端な相手ではないと、池田もみているようだ。

「でも、上手くいったら、川上、橋村、彰夫、藤村と、全員串刺しに出来ますよ。彰夫と橋村はもちろんのこと、藤村を中心とする大規模車両窃盗グループの摘発にも成功するかもしれません」

若宮も欲の深いことを言い出した。軽く聞き流して葛木は立ち上がった。

「じゃあ、行ってくるよ。これから母屋の面々と顔合わせだ」

肩から下げたダッフルバッグには、きょうまでに積み上がった捜査資料が詰め込んである。場合によっては向こうに泊まり込みになるかもしれないと、着替えの下着や洗面道具も用意した。

けさ電話を入れると、水谷も同行することにすぐに同意した。池田たちはいまは城東署で待機するが、必要に応じて川上の行動確認や周辺での聞き込みなどの助っ人に出ることになっている。

「殺人の帳場が立って、本庁から捜査一課がただ飯食いに出張ってくるよりずっとましですよ。せいぜいかき回して、所轄のパワーを見せつけてくださいよ」

池田はなんとも楽しげだ。本人は、万年所轄のデカ長であることをむしろ勲章だと公言しているが、そこに複雑な思いがないことはないだろう。

かつてどこかの所轄の帳場で、本庁から来た権柄ずくな刑事を殴り倒し、以来、本庁からは一切お呼びがかからなくなった。そんな悲哀は一切見せないが、鼻を明かしてやりたいという思いは常にあるようで、葛木も捜査一課から城東署に異動してきた当初は、ことあるごとに楯突かれて、正直困惑したものだった。

その都度腹を割って話をするうちに、こんどはなぜか意気投合した。自ら望んで捜査一課の椅子を捨てた葛木に、自分の思いを重ねたようなところもあるのだろう。

「二課長にもよろしくな。もっとも向こうはお偉いさんだから、口を利く機会があるかどうかもわからんが」

大原が言う。捜査二課長の田中《たなか》とは葛木も面識がないが、俊史の話では、彼も勝沼の薫陶を受けてか、警察機構の不透明性に不満を抱く発言をたびたびしており、俊史とも馬が合うらしい。

「立ち話くらいはしてくれるでしょう。本人としてはあまり喜べない地方本部への栄転という話が出ているわけで、この事案についてはなにかと気になっているはずですから」

葛木は鷹揚《おうよう》に応じた。二課長のことは俊史経由でしか聞いていないが、今後の捜査の進め方を考える上で、その思惑については自分の耳で確かめておくべきだろう。

水谷とは一階のロビーで落ち合い、桜田門までは電車で行くことにする。担当する班のメンバーとまずは昼飯を食おうという話なので、これから出ればちょうどいい時間に着くだろう。

西大島から都営新宿線、東京メトロ有楽町線と乗り継ぎ、桜田門に着いたのが昼少し前だった。警視庁本庁舎のロビーから携帯で連絡すると、俊史自ら迎えに降りてきた。

「会議室でみんな待ってるよ。田中二課長も出席するそうだ」

「二課長もか。特捜本部級だな」

驚きを隠さず葛木は言った。付き合ってもせいぜい俊史と管理官クラスかと思っていたが、どうもこちらは相当気合いを入れているようだ。

案内された五階の大きめの会議室には二十名近い人々がすでに待機していた。テーブルには人数分の仕出し弁当が並べられている。会議兼用のパワーランチと張り込んだところらしい。

人数が多いから名刺交換に手間どって、数少ない名刺は品切れになりかけた。葛木と水谷のために横に長いテーブルの中央付近が空けてあり、その向かいには捜査二課長の田中啓吾《けいご》、その隣には俊史が控え、さらに管理官の石川敬一《いしかわけいいち》、特別捜査第二係長の大沢哲生《おおさわてつお》、さらにその配下の捜査員たちがテーブルを囲んで居並ぶ。特別捜査第二係は、詐欺、背任、横領等のエキスパートだと聞いている。

さっそく各自弁当に箸をつけながらの会議が始まった。まず口を開いたのが二課長の田中だった。

「そちらの事案を横取りするようなかたちになって心苦しいんだが、所轄違いで川上の件に手が出せないと聞いてね。だったら一肌脱ごうということになったんだよ。きょうこにいる面々は詐欺や横領の専門家だが、あの贈収賄の捜査には彼らも加わっていた。最後の詰めが甘かったと我々はいまも悔やんでいるんだよ」

「今回の件には、そのリベンジという意味もありますね」

葛木は率直に言った。ゆうべの俊史や大原との話で、すでに思いは定まっていた。そのとおりだと言いたげに一同は頷き、それを代弁するように田中が続ける。

「そちらの標的はとりあえず橋村彰夫の殺人未遂事件なんだろうが、我々の関心はもっと先でね。できれば橋村代議士の暗部にまでメスを入れたい。そのさらに先には言うまでもない標的が控えている。刑事捜査に馴染む事案じゃないかもしれないが、その気になれば政治家だって我々の捜査の対象外じゃないことを、もう一度わからせようと思ってね」

「橋村氏のバックグラウンドを探っていけば、それが官邸にまで繋がるとみておられるんですか」

「なにか普通では考えられないような地下トンネルが延びている気がするんだよ。橋村氏はゆくゆくは総理の座を目指すと公言している。首相もそれに不快感を示さない。政治家としての実績はほとんどないのに、すでに党三役を経験し、こんどの組閣では大臣の椅子が待っている。それが国家公安委員長と来れば、向こうは向こうで我々に対するリベンジを企てているとしか考えようがない」

「それに反転攻勢をかけるには絶好の材料かもしれませんね」

葛木も大胆な言葉で応じた。同意するように管理官の石川が口を開く。

「場合によっては捜査三課や組対部四課の力も借りることになるだろうが、この捜査で、君たちが犯行に使われた車の偽装に関わったと睨んでいる藤村という板金塗装業者のところまで行き着けば、大規模な車両窃盗グループの摘発に成功し、さらにはそこに関与している暴力団にも捜査の手が及ぶ。そのラインと橋村氏が繋がっていたということになれば、前代未聞の不祥事だ」

「橋村氏自身をなんらかの罪で摘発するのは難しいかもしれませんが、そうなれば、政治生命はほぼ断たれるかもしれませんね」

「こちらは、あくまで犯罪捜査として彼の息子の彰夫や川上、そして藤村を粛々《しゅくしゅく》と追及するだけだ。その結果についてはいろいろ想像できるが、まあ、そこは我々が関与できる話じゃないからね」

石川は含みのある言い回しで本音を覗かせる。真剣な顔で田中が言葉を繋ぐ。

「暴力団と政治の癒着はいまに始まったことじゃない。暴対法が施行され、ほとんどの自治体で暴力団排除条例が施行されても、そんな実情はあまり変わらない。警察がいくら取り締まりを強化しても暴力団撲滅に至らないのは、その癒着関係に警察が切り込めないからだと組対部四課の課長がよく嘆いているよ。そこは本来我々の仕事で、そう言われれば捜査二課としても忸怩たるものがある」

なにやら想像していた以上にスケールの大きな話になってきた。葛木は言った。

「そこまでの話になると、たしかに我々の手には余ります。かといって、息子の彰夫一人を挙げて捜査をたたんでしまうのはもったいない。おっしゃるような方向に捜査を進められるとしたら、我々所轄の人間としても本望です」

「ああ。前回の捜査は、君たちの尽力のおかげでなんとかあそこまで漕ぎ着けた。俊史君から話を聞いて、こんどはぜひ我々が力添えをしたいと思ってね。というより、今回も我々の本来の標的をとらえる上で、君たちの力を借りたいと言うべきかもしれない」

「そこまで踏み込んで、上から圧力がかかるようなことはないんですか」

「いまのところは勝沼刑事局長が壁になってくれているようだね。我々もそのあいだにこの事案をきっちり仕上げたい。その結果、勝沼さんの異動話が消えてくれれば願ったり叶《かな》ったりなんだが」

田中はかすかに焦燥を滲ませる。ある意味で、これは時間との闘いでもあるだろう。それは省益、庁益といった官僚社会の利権構造とはまったく別の話で、ここで勝沼を失うことは、葛木が思い描くあるべき警察の姿に明らかに逆行する。

「やりましょう。我々もこの事案に全力を尽くします。勝沼さんが目指すものこそ、法の番人としての本来の警察です。それは現場で汗を流す所轄の警察官のほとんどが抱いている思いなんです」

思いのたけを吐き出すように葛木は言った。

6

各自が食事を終え、田中が退出したあと、管理官の石川が場を取り仕切って本格的な捜査会議が始まった。

俊史も居残って会議の推移を注視しているが、この先は現場に任せることに決めているというように、オブザーバーに徹してとくに口は挟まない。現場と課長を繋ぐのが本庁の理事官の役目で、そこは十分わかっているらしいが、内心はおそらく現場に首を突っ込みたい気持ちでいっぱいだろう。

まず水谷が轢き逃げ事件として捜査を開始した経緯を説明し、次いで葛木が彰夫の被害者に対するストーカー行為から殺人未遂の疑いが浮上した経緯を語った。

話の核心は車の偽装工作に関わる部分で、けっきょく本庁の鑑識も科捜研もそれを見破れず、完全に捜査が行き詰まったところで新たに浮上した、川上が所有する同一モデルの車の盗難事件がいまは唯一の突破口だと説明すると、石川は嘆息して言った。

「あんたたちの推理がたぶん正しいな。しかし、深谷の父親の話やスーパーの駐車場の記録の件も、川上はなにか言い訳を持ち出してしらばくれるだろう。偽装を証明するには、けっきょく川上を締め上げてゲロさせるしかない。そこを突破したら、令状をとって彰夫の車を押収し、再鑑識することになる。外装パーツをすべて外してみれば、答えは出るわけだね」

石川の問いに、水谷は自信のある口振りで応じる。

「ボルトを外してパーツを取り外したり取り付けたりした場合、どんなに丁寧に作業しても外側からはわからない痕跡が必ずつきます。任意提出ではそこまでの調べはできず、外装の非破壊的な検査だけで、板金塗装で補修した形跡はまったくありませんでした。しかし状況証拠から、犯人が彰夫なのは疑いようがない。それを証明するにはほかに方法がないんです」

「そしてそのための令状をとるには、川上に偽装工作の事実を自供させるしかない。まさにそこが唯一の突破口だな」

腕組みをして石川は唸る。葛木は言った。

「きのう田中二課長から伺った話だと、川上はただ辣腕なだけじゃなく、闇社会ともパイプのある海千山千の弁護士のようです。一筋縄ではいかないかもしれません」

「その口をどう開かせるかだが、詐欺未遂罪で禁錮以上の有罪判決を受ければ、執行猶予付きでも弁護士資格は剝奪される。保護観察期間を過ぎれば資格の復活は可能だが。そういう人物は弁護士会がまず入会を認めない。つまり弁護士としての営業はできないと聞いている。それに彼が役員をしているローレル・フーズ・ホールディングスは一部上場企業で、そういう人物が役員でいることを株主が認めないだろう」

係長の大沢が自信ありげに頷く。

「そこを突いてやったら、たぶん簡単にゲロしますよ。弁護士なら、どっちが損か得か判断するくらいの脳みそはついているはずですから。義理の兄なんだから、犯人隠避の罪は成立しませんしね」

慎重な調子で葛木は言った。

「理屈としてはたしかにそうなんですが、だからこその不安があります。きのう田中二課長から頂いた情報からすると、川上本人はもちろん、橋村氏自身も暴力団とはずぶずぶの関係にあるとみていいでしょう。藤村のようなフロント企業の人間も絡んでいる点が気になるんです」

「まさか、川上が消されるとみてるんじゃないだろうね」

それは杞憂《きゆう》だと言いたげに石川は首をかしげるが、大沢はいくらか深刻に受け止めたようだ。

「たしかにその点は目配りはしたほうがよさそうだね。自白しても川上にとっては痛くも痒くもない話かもしれない。しかしそれが発覚すれば、橋村氏にとっては決定的な痛手になる。藤村にしたって、裏仕事の車両窃盗ビジネスが摘発されれば、親元の暴力団が大打撃を受けることになる。それを防ごうと画策したら、必ずしもあり得ないことじゃない」

「なるほどな。橋村氏の周囲にはそういう仕事に慣れた人間が大勢いる。その気になれば十分やれるかもしれないな」

石川も納得したように頷く。大沢が続ける。

「だとしたら、こちらも早い動きをしたほうがいいでしょう。事情聴取はあす、あさってにでもやったほうがいい。さらに帰宅後はしっかり行動確認する必要もある。即刻逮捕したほうが安全確保という意味では有効ですが、警察での勾留は四十八時間しか認められていません。それで送検してしまうことになれば、こちらが目論《もくろ》んでいるような取り引きができなくなりますから」

「そういう意味でも時間との闘いかもしれないな。連中が川上を消すのなら、おそらく偽装工作を自供するまえだろう」

「そうですよ。自供されてしまえば殺しても意味がない。橋村にも藤村にも、無駄に罪状を重ねないくらいの頭はあるでしょう」

「藤村の動きは、所轄のほうで監視しているのかね」

石川が訊いてくる。葛木は率直に実情を伝えた。

「うちのほうはそこまで手が回りませんが、葛飾署の刑事・組織犯罪対策課が、車両盗難グループの元締めとみて捜査員を張りつけています。いまのところ不審な動きはないよう帯も電子メールもある時代ですから、そちらにも目配りはしているはずです。ただ、いまは携帯も電子メールもある時代ですから」

「なんにしても、川上の身辺には再度人を張り付けるしかないでしょう。しかしその不安は逆に、川上に圧力をかける材料にもなりますね。早くゲロしてしまったほうが身の安全のためだと――」

大沢が楽観的に言う。なんでも自白を導く材料にしてしまう。そのあたりは物証や証言重視の殺人捜査とは肌合いが違う。自供中心主義の弊害はよく指摘されるが、二課の商売ではそれに頼らざるを得ない部分がどうしてもあるはずだ。

そのとき、傍らにいる水谷が慌ててポケットから携帯を取り出した。マナーモードにしていたようで、かすかにバイブレーションの音がする。黙って一礼をし、部屋の片隅に移動して、水谷は携帯を耳に当てる。その表情がわずかに緊張を帯びる。ひとしきり話し終えて席に戻り、水谷は報告する。

「損保会社の担当者からです。ついさっき川上から連絡があって、保険金の請求を取り下げると言ってきたそうです」

「理由は？」

大沢が訊く。水谷は困惑気味に首を左右に振る。

「言わないそうです。とにかくなかったことにしてくれと」

「まずいな。一度保険金請求をした以上、詐欺未遂罪は適用できても、有罪に持ち込むのは難しい。そのあたりを川上は計算の上だろう」

石川が頭を抱える。困惑を隠さず大沢も応じる。

「所轄に盗難届を提出していますから、虚偽告訴罪がぎりぎり適用できるかもしれませんが、実際に罪を着せられた人物が存在しないので判断が難しい。車両盗難が偽装だと証明されれば業務妨害罪もしくは軽犯罪法違反の虚偽申告罪には当たるでしょうが、どちらも刑は軽い。弁護士資格停止の条件となる禁錮以上の刑はまず望めない」

そこまで黙って話を聞いていた俊史が、腹を括ったように声を上げた。

「だからといって、ここは強引にやるしかないでしょう。詐欺未遂でも虚偽告訴や虚偽申告でも事件として扱うことは可能です。逮捕だってできないことはない。かつては悪徳弁護士でも、いまの川上はれっきとした一部上場企業の常務で、そういう罪に問われるだけで信用は大いに棄損される。取り引きの材料には十分なるはずです」

第八章

1

「どういう思惑があって、私が捜査二課から事情聴取されなきゃいけないんだ。これは、為にする捜査じゃないのか」

川上は居丈高に言って、目の前に居並ぶ面々を睨《ね》め回す。

「まあまあ落ち着いて。きょうはお互い腹を割って話したいんです。あなたも弁護士ですから、いま起きていることの背景になにがあるかは十分お察しだと思うんですが」

捜査二課特別捜査第二係の西岡俊男《にしおかとしお》主任が宥めるように言う。場所は二課のフロアーにある小ぶりの会議室だ。たとえ任意の事情聴取でも、対象が被疑者であれば普通は取調室を使う。しかし今回は異例で、聴取に当たるのが、西岡と二課の若い刑事、そこに葛木と水谷も加わった四名だから、狭い取調室では入りきれない。

通常の事情聴取や取り調べなら主任クラスの刑事に書記係の格下の刑事のコンビであるが、今回はただの事情聴取とは目的が違う。シナリオどおりの取り引きに誘導するにはこちらも雁首を揃えて威圧する必要がある。それに車両盗難を装った狂言疑惑で川上を追い込む材料の大半は、ここでは葛木と水谷が握っている。

俊史の話では、西岡は特別捜査第二係で落としのエースという定評のある切れ者で、狡《こう》知《ち》に長《た》けた知能犯を自供させる手腕にかけては二課でも群を抜く存在らしい。いま四十代半ばで、刑事としてはいちばん脂の乗った時期でもある。

この日の午前七時。特別捜査第二係のほぼ総勢に葛木と水谷も加わった陣容で川上宅を包囲してから、西岡がチャイムを鳴らし、事情聴取のための出頭を要請した。

むろん川上が素直に応じるはずもなく、しばらく押し問答が続いたが、西岡は他聞を憚る様子もなく、詐欺未遂やら虚偽告訴やら犯罪への関与を想起させる単語を大声で並べ立てる。

二階の窓から妻らしい女性が外を見て、慌てて階段を駆け下りる音がした。西岡と夫とのやりとりから、自宅を包囲しているのが私服の警官だとすぐにわかったのだろう。隣近所の目があるから言うことを聞けという悲鳴のような声が聞こえ、まもなく川上から出頭に応じるという応答があった。

川上にしても自宅を警察に包囲され、聞こえの悪い罪名を連呼されたのでは堪らない。

だったら場所を変えてやり合うほうが得策だと観念したようだった。

「なにかをほのめかしたつもりだろうが、あいにく、うしろ暗いことなどなにもないよ」

川上は吐き捨てるように言う。西岡はさらりと聞き流して問いかける。

「盗難された車について、保険金の請求をしてますね」

「それが偽装だとでも言いたいのかね」

「こちらで調べたところ、いろいろと辻褄の合わない部分が出てきましてね」

「そもそも、盗難の現場は池上署の管轄だろう」

「これは捜査二課として着手した事案でしてね。池上署は関係ありません」

「近ごろの警察はそうやって容疑を捏造する。予断をもって捜査すれば、どんなふうにでも勘ぐれる。そもそもこの事情聴取そのものが人権侵害もいいところだ」

「あくまで任意です。あなたが応じたんだから、法には抵触していませんよ」

「私にも社会的な立場がある。逮捕状を執行するように家を包囲して、隣近所に聞こえるようにありもしない容疑をわめき散らして。いまどきはヤクザだってあそこまでたちの悪いことはしない」

「だったらお帰りいただいて結構ですよ。そのときは、逮捕状を持参してもう一度伺いますから。自宅がお嫌なら会社に出向いてもいいです」

西岡はシナリオ通り、はったりを利かせて押してゆく。

「詐欺未遂だとか虚偽告訴だとか言っていたが、池上署は私の証言に基づいて盗難届を受理した。どうしていまになってそういう言いがかりをつけてくるんだ」

「池上署で対応したのは交通課で、詐欺事案は営業外ですから」

西岡はしれっと応じる。川上は鼻で笑った。

「君たちはなにか思惑があって私を陥れようとしているようだが、そもそも私は保険金の請求をしていない。だから詐欺未遂罪は成立しない」

「きのうになって請求をとり下げたと聞いています。しかし一度請求したのは事実で、それだけで未遂罪は成立するんですよ。あなたも弁護士なら十分承知のはずです。むしろ伺いたいのは、わざわざとり下げた理由なんですよ」

西岡は余裕綽々で押していく。とはいっても内心はぎりぎりの綱渡りのはずで、詐欺未遂罪での訴追が、微妙というより無理筋なことは百も承知だ。こちらにすればそれ自体はブラフに過ぎないが、それを見透かされてはその先の作戦が危うくなる。

「どうも保険会社がゴネそうな気がしたんでね。たかが一千万円弱の保険金の請求で、貴重な時間を費やしたくはないと思い直したんだよ」

川上の顔色にさしたる変化はない。案の定という表情で西岡が舌打ちする。ここは自分の出番だと、葛木は身を乗りだした。

「盗難に気づかれる前々日、その車で深谷市のお兄さんのところに出かけたというお話でしたが、じつはベンツはベンツでも別の車だったようですね」

「先日お目にかかったね。わざわざ城東署から来たというからなにか裏があるとは思っていたが、どういう狙いで私の周辺を嗅ぎ回っているんだね」

葛木の質問には答えず、川上は逆に訊いてくる。深谷の実家に池田たちが出向いたことを、父もしくは兄の口からすでに聞いているのだろう。葛木もそれを無視してさらに問い詰める。

「別の車なのに、警察には盗まれた車だと嘘を吐いた。その理由をお聞かせ願いたいんです」

「嘘じゃない。単なる勘違いだよ。なにしろうちには五台も車がある上に、会社では社用の車を使う。どれに乗ったかまではいちいち正確に覚えていない」

「だとすると、車がなくなったのはそれよりだいぶ前、江東区での轢き逃げ事件と時期的に重なるかもしれませんね」

「なるほど。私をその犯人に仕立てようというわけだ」

川上は大袈裟《おおげさ》に警戒してみせる。しかしそれ自体が煙幕だ。犯人が彰夫だということは知っているはずで、おそらく彼自身にははっきりしたアリバイがあるのだろう。そんな腹の内を読みとって、さりげない調子で葛木は応じた。

「ご心配なく。所轄の刑事もそこまで間抜けじゃないんです。知りたいのは、盗まれたことになっている車が、いまどうなっているかなんですよ」

「どういう意味だね」

川上は理解しかねるというように首を傾げる。もちろんその意味をいちばんよく知っているのは当人だろう。水谷が代わって踏み込んだ。

「その一部が、どこかの違法ヤードにあるんじゃないかと思いましてね」

「そりゃ当然そうだろう。密輸目的で盗んだ連中なら、そういう場所で解体処理するはずだよ」

「ただしそれは車の全体じゃなく一部のはずなんですよ。エンジンとかシャーシとかトランスミッションとか――。ああ、たぶん内装のパーツも残っていると思いますが」

川上のこめかみがぴくりと動いたが、表情はほとんど変わらない。

「要するになにが言いたいんだ。そういうパーツがどこかのヤードで発見されたとでもいうのかね」

「残念ながらまだ見つかっていません。ただ橋村彰夫君の友人に藤村という板金塗装業者がいましてね。店舗が新小岩にあるものですから、葛飾署の監視対象になっているんですよ。地元の暴力団のフロント企業のようなんです」

「それがどうした」

川上は苛ついた調子で訊いてくる。痛いところに触れたらしい。気持ちの高ぶりを抑え、その先を葛木が続けた。

「どうもそこが盗難車を違法ヤードに搬入する中継点の役割をしているようなんです。要するに、裏で故買屋をやっている可能性が高いとみています」

「だからどうしたというんだ」

「その藤村を、川上さんはご存じじゃないかと思いまして」

「冗談じゃない。一部上場企業の常務という立場で、そういう怪しげな人間と付き合いがあるわけがない。そもそもうちの会社はコンプライアンスの遵守を重要な企業目標に掲げていて、その点については株主からも高い評価を得ている」

「ただ、彰夫君とは親しい仲らしい。あなたも彼とはよく一緒に遊んでいるようなことをおっしゃっていた。共通の友人として、面識くらいはあるかと思いましてね」

「そんなものないよ。彼が誰と友達であろうと、私は彰夫君とは義理の兄という関係に過ぎない。あくまでその範囲内の付き合いをしているだけだ」

川上は素っ気《そけ》なく答えるが、かすかに始まった貧乏揺すりから内心の動揺が窺える。黙って聞いていた西岡がとぼけた調子で切り出した。

「じつはこんなシナリオを考えてみたんですよ。ぜひ川上さんのご感想を伺いたいんですがね――」

彰夫が任意提出した車を科捜研で鑑定したが、事故の痕跡がまったく発見できなかったことから、一方であらゆる状況証拠が彰夫の犯行を指し示していることまでを丹念に説明した上で、彰夫の車との外装パーツ総取り替えのトリックに言及すると、川上は小馬鹿にしたような顔で応じる。

「私が彰夫君を庇《かば》うために一芝居打ったというわけか。警視庁捜査二課が妄想で人に濡れ衣を着せるとは思ってもいなかったよ。証明できるんならしてみせて欲しいね」

「それが難しそうでしてね。我々としては詐欺未遂罪で立件するほうがはるかにハードルが低い。深谷のご実家には別の車で行ったのに、うっかり勘違いしたという話はまず公判では通用しないでしょう。盗まれたと想定される日に、わざわざ防犯カメラのない月極駐車場に車を駐めたというのも分が悪い材料です。その件で警察が動いているのを察知して、保険金の請求を取り下げたとしたら、それも疑惑を上塗りすることになる」

「私も法律については素人じゃない。そんな憶測としかいえない状況証拠だけで公判が維持できるはずがない。気の利いた弁護士にかかればあっという間に無罪だよ。そもそも送検したって、検察が容疑不十分で不起訴にすると思うがね」

「しかし逮捕・送検までならいつでも可能です。一部上場企業の常務さんが警視庁の留置場に入ったというだけで、マスコミは好奇の目で見るんじゃないですか。それも自動車保険の保険金詐欺などという、言っちゃなんですがけち臭い犯罪では、かえって笑いものですよ」

足下を見透かすように西岡は迫る。川上の顔色が変わった。

「私を恫喝しているつもりか」

「そんなことはないですよ。法に則って粛々と捜査を進めればそうなるとご説明しているだけでね。ただご参考までに申し上げれば、彰夫君の事件を隠蔽するために盗難を装って車体を提供したとしたら、そのこと自体は罪に問えない。あなたと彼は親族の関係ですから、犯人蔵匿及び証拠隠滅の罪の適用除外にあたりますので。釈迦に説法かもしれませんが」

「取り引きしようというつもりかね。そんな話には乗れないよ。城東署が追っている事件の犯人が彰夫君なのかどうか私は知らない。しかし君たちの誘いに乗れば、彼の罪を認めることになる。君たちはそんな理不尽なことを私に強いるのかね」

「義理の弟を庇う気持ちはわかりますがね。しかしあなたはそれで、せっかく築き上げた社会的地位を失いかねない。捜査二課の実力を舐めておられるようだが、詐欺未遂容疑なら、執行猶予付きの有期刑に持ち込むくらいのことは出来ますよ。そうなると法曹資格は停止されて、弁護士としての仕事も失うでしょう」

「そういうありもしない罪を捏造するのが捜査二課のやり方だとはよく聞く話だが、こんなところで我が身に降りかかるとは思いもよらなかったよ」

川上は皮肉で切り返すが、西岡は動じる気配もない。

「法曹家の言葉とも思えませんね。今回の保険金請求の件で詐欺未遂罪が成立するのは法理的にも明らかです。それがわかっているから慌てて請求を取り下げた。それもいまさら遅いわけですが」

「だったら受けて立とうじゃないか」

「いいんですか。彰夫君を守ることが、あなたにとって人生を棒に振るに値するほどの重大事だとは思えませんがね」

「そっちの件とは無関係だと言っているだろうが。あんたたちが信じようが信じまいが、車が盗まれたのは事実だ。立証責任が被害者にあるというんなら、警察なんてただの税金泥棒だ」

「じつは気がかりなことがほかにもあるんですよ。彰夫君の父親の橋村代議士とは、いまの会社に入る以前からのお付き合いだそうですね」

「そういうところまで調べているわけか。まさに思惑捜査だな」

川上は不快感を滲ませるが、西岡は遠慮なく先を続ける。

「代議士がかつて闇社会と深い関係を持っていたというのは我々の世界ではつとに有名で、あなたとあの方との最初の付き合いは、そういう世界でのいざこざの処理だったと聞き及んでいますが」

「だからどうだと言うんだ。弁護士は、相手がだれであろうと、仕事を頼まれれば選り好みはしない。相手が気に入らないからって仕事を断っていたら、司法の秩序が成り立たなくなる」

「ごもっともです。ただ言いたいのはそのことじゃない。あなたもご存じでしょうが、橋村代議士は、政敵を倒すために、これまでもそういう闇社会の力を活用してきたというもっぱらの噂がある」

「意味がわからないな」

「彰夫君の件は代議士の罪ではないとはいえ、発覚すれば彼の政治生命に致命的な打撃を及ぼしかねません。それも単なる轢き逃げじゃなくて、殺人未遂だったとしたら――」

「殺人未遂？」

川上は言葉を失った。そのことを葛木たちはまだ表に出していない。当事者の彰夫はもちろん、橋村がそれを知らないはずがないが、川上の当惑は演技ではなさそうだ。

この先は任せたというように西岡が視線を向ける。葛木は彰夫が起こしたストーカー事件と轢き逃げ事件の偶然とは考えられない繋がりについて、ここまでに得た数々の証言を織り交ぜて説明した。

「どれも憶測以上のものじゃないかね。轢き逃げの犯人が彰夫君だとまだ立証できていないじゃないか。あまりにも強引な辻褄合わせだ。この国の警察がそこまで劣化しているとは知らなかったよ」

川上はせせら笑うが、額や首筋にかすかに汗が滲んでいる。葛木はさらに隠し球を取りだした。

「先ほど名前を出した藤村という人物ですが、轢き逃げ事件のあった当日、あなたと携帯電話で連絡を取り合っていますね」

川上の顔が青ざめた。その通話記録をとったのは葛飾署の刑事・組織犯罪対策課で、藤村の裏稼業の実態を調べるために、定期的に過去三十日の通話記録を取得していたらしい。通話記録には相手先の電話番号までしか出ていないため、その名前や身元までは、マル暴関係者と思しい相手以外はとくにチェックをしていなかった。

葛飾署の刑事からそんな話を聞いていたので、ひょっとしてと思い、そのなかに川上の番号が含まれていないか調べてもらった。川上の携帯番号は、必要な際の連絡先として保険会社が把握していた。きのうの夕刻にはその結果が出て、大原から葛木に連絡があった。

「轢き逃げ事故があった日の午前中なんですが、短時間のあいだに藤村氏からあなたに二度、あなたから藤村氏に三度、電話をかけた記録が残っています。面識がないというのは嘘ですね」

「そ、それはその、彼とは彰夫君の紹介で知り合って、何度かゴルフをしたことがあるんだよ。そのときもそんな類いの話だった。べつに隠す必要はなかったのかもしれないが、君たちが彰夫君の犯行を疑っている以上、彼にとって不利な情報をあえて出す必要はないだろう」

川上は明らかにうろたえている。

葛飾署はついでに、そのなかに似たような時間帯の彰夫との交信がなかったかも調べてくれた。

携帯電話会社が提供する通話記録にはGPSの位置情報も含まれる。GPS機能をオフにしたり、あるいはそれが仕様上、携帯電話会社や警察に位置情報を通報する機能をもたない場合でも、どこの基地局が通話を中継したかはわかる。

GPSほどの精度ではないにしても、大まかな位置はそれで把握できるが、その場所が館山ではなく葛飾区内なら、それだけでさらに彰夫を追い込めたはずだった。しかし通話記録のなかに彼の名義の携帯番号はなかったらしい。

ストーカー事件の際、彼は複数の携帯電話を所持していたと聞いている。友人の玉井豊の話では、いわゆる飛ばしの携帯は使っていないとのことだったが、彼の証言も必ずしも確実とは言えず、もし計画性があってのことならそういうものを用意していたとも考えられ、それだけで彰夫のアリバイが成立したとは見なせない。

その報告を受けてさっそく二課も動き、藤村の通話記録にある番号をことごとく当たってみたが、そこに橋村代議士本人、もしくは政治事務所の関係者との通話の記録もなく、そちらからの教唆の事実は証明できなかった。したがって、ここで川上を切り崩せなければばこちらも苦しくなる。腹を括って葛木は攻めに出た。

「我々はこれから橋村彰夫氏の犯罪事実の立証に全力を傾けます。隠蔽工作への関与が明らかになれば、橋村氏が今後、いまの権勢を維持していくのは難しい。同じ泥船に乗って沈むか、きょうまでの順風満帆の出世コースを歩み続けるか――。ここは賢明に判断されたらどうですか、川上さん」

西岡も真面目くさった顔で押してゆく。

「橋村代議士に恩義を感じているのかもしれませんが、その縁で現在の会社に入ったとはいえ、オーナーの橋村憲和氏は彰夫君とは犬猿の仲だと聞いている。彼のために会社が共倒れになるような事態はできれば避けたいでしょう」

「そう言われても、君たちが指摘するような偽装工作はしていない。身に覚えのないことを認めるわけにはいかない」

川上も言い返しはするが、その声に力がない。頭のなかは、いまや損得の計算でさぞや多忙を極めていることだろう。

「しらばくれなくてもいいですよ、川上さん。法曹資格を持っているにしては判断が甘かったようですね。彰夫君の車が無傷なように偽装するために、事件の直後にあなたの車を提供した。普通なら単なる轢き逃げで、そこまで手の込んだ偽装をしなきゃいけない理由はない。政治家としての評判に関わるといったって、橋村代議士ならその程度は楽々切り抜ける豪腕をもっているはずですよ――」

西岡の表情に凄みが加わった。いよいよ落としのエースの本領発揮らしい。

「しかし殺人未遂となるとそうはいかない。あなた、そのことを本当に知らなかったんですか」

「知るわけがない。そもそも事故があったこと自体、先日、この人たちが来て私の車の盗難と関連づけるような話をしたからわかっただけだ」

「そんなはずはないでしょう。いまのところ我々は藤村の通話記録しかチェックしていないが、これからあなたのも調べてみようと思うんですよ。そこで彰夫君や橋村代議士との通話が何度もあるようなら、結託した動きがあったと解釈するしかないものですから」

「それを認めれば、詐欺未遂のほうは不問に付すというのか」

川上の声にすがるような調子が混じる。西岡は大きく頷いた。

「やっと腹を固めたんですね。やっぱりこちらの読み通りでしたか」

「まだ認めちゃいない。君たちの考えを確認しただけだ」

川上はなおも渋るが、それでも落ちるのはもはや目前だろう。葛木は背中を押すように声をかけた。

「悩むことはないじゃないですか。詐欺未遂のほうは見逃すんだから、あなたが困ることはなにもない。車の狂言にしても、こちらは彰夫君を自供に追い込むための材料として使うだけで、それが世間におおっぴらになることはない」

それはあくまで公訴手続きのなかでという意味で、川上の狂言を教唆したのが橋村だという事実が明らかになれば、それは別の経路で派手に世間に広まるだろう。しかしそのとき川上は脇役に過ぎず、世論の関心のほとんどは橋村に向かうはずで、またそうならなければこちらも困る。西岡が言う。

「さっき言いかけたんですが、橋村代議士にとって、いまいちばん邪魔な存在があなたなんじゃないですか。我々はそこを心配してるんですよ。彼の周辺には、邪魔な人間を黙らせることを飯の種にしている連中もいそうですから」

返答に困ったように川上は押し黙る。思い当たる節がなくもないらしい。西岡はさらに押していく。

「黙っていると、逆に危険だとは思いませんか。いつ喋るかわからないから向こうは不安に駆られる。しかし言ってしまえばもう手遅れで、わざわざ危ないことを仕掛ける理由はなくなる。橋村代議士本人はヤクザじゃないから、意趣返しであなたに危害を加えるような無駄なことはしない。そもそものとき彼は、我が身を守るだけで手いっぱいのはずですからね」

「そんな荒唐無稽《こうとうむけい》な話をだれが信じる。橋村先生は——、義父は国政を預かる誠実な政治家だ。それを暴力団の親玉みたいに扱うつもりか」

「そのあたりの実態は、あなたがいちばんよく知ってるんじゃないですか。あなた自身、かつてはそっちの世界とずぶずぶの関係だったと聞いています。あっちの業界もいまは干上がっているはずだから、それなりの見返りを提示すれば、鉄砲玉の一人や二人、いつでも調達できると思いますがね」

西岡はいまやマル暴刑事ばりの口の利きようだ。川上に思い当たる節がないわけではなさそうで、そのことには触れたくないように話題を変えた。

「そのストーカーの話、嘘じゃないんだな」

葛木は大きく頷いた。

「もちろんです。なんなら、うちの署長名で送付した警告書の写しをお見せしてもいいですよ」

「それは初めて聞いた話でね。そういうことなら、私も思うところがある。少し時間をくれないか」

「なにを考えなきゃいけないんですか。答えはもう出てるんじゃないですか」

西岡はここぞと押してゆくが、川上はなお思い悩む様子だ。強い手応えを覚えながら葛木は言った。

「被害者の女性は、腰椎骨折で半身不随になるかもしれない。ある意味でそれは殺人に匹敵するくらい惨《むご》い話です。しかし我々が犯人を突き止めなければ損害賠償の請求もできない。まだ将来のある若い女性でしてね。彼女を救えるかどうかも、あなたの証言一つにかかっているんですよ」

川上は押し黙る。さらに攻めてもおそらく埒はあかない。川上はいまぎりぎりのところに追い詰められている。それで自殺でもされれば元も子もない。そんな不安もあるのだろう。手綱《たづな》を緩めるように西岡が言う。

「でしたら、あすもう一度お越し願えませんか。それまでには決断も出来るでしょう。そもそもそれほど考え込むようなことじゃないと思いますがね。あなたが損をすることは決してない話ですから」

こんどは遣り手セールスマンのような口振りだ。思いを込めて葛木は言った。

「川上さん。彰夫君を思う気持ちがあるんなら、ここで罪を償わせてやってください」

2

川上はあすの午前十時に警視庁にやってくることを約束して帰っていった。西岡は自宅もしくは会社まで送ると申し出たが、川上はそれを断り、タクシーで立ち去った。もちろん西岡は抜かりなく尾行をつけた。

「もう答えは出たようなもんじゃない。あとは供述調書をとるだけだよ」

報告を受けて俊史は勢い込んだ。あすやってくると約束した以上、川上の気持ちもほぼ固まるとみて間違いはないだろう。

「思っていたよりあっさり落ちて拍子抜けしましたよ。もっともそれで逮捕もされず訴追もされないとわかれば、普通の頭の持ち主ならだれでもそう判断するでしょうけどね。すべて葛木さんたちのお手柄ですよ。押さえるべきところをしっかり押さえてくれていたからこその成果です」

理事官の父親だということもあるかもしれないが、西岡は謙虚に葛木を立ててくれる。しかし彼の手並みも水際立っていた。

「いやいや、さすがは捜査二課だよ。知能犯の扱い方をよく心得ている。しかし正式に供述を取るまでは安心できない。いつ気が変わるかわからんし、万一ということもあるからね」

葛木は気持ちを引き締めた。やはり気になるのは、聴取中に川上に圧力をかける意味でも言及した、彼の命が狙われることで、川上は荒唐無稽だと一笑に付したが、その表情にかすかな不安の色がよぎったのを葛木は見逃さなかった。尾行はもとより、会社にも自宅にも人を張り付ける必要があるとの認識で葛木たちは一致した。

ほどなく尾行した捜査員から連絡があった。川上は自宅には帰らず、そのまま会社に出たという。捜査員はオフィスのあるビルの付近で引き続き張り込んでいるが、社内で起きていることまでは監視できないのが多少心配ではある。

「問題は、きょうのことが代議士の耳に入るかですね。川上はわざわざ報告するほど間抜けじゃないとは思いますが、オーナーの憲和には相談するかもしれません」

西岡も不安を覗かせる。ここまでのところ、川上の身辺に捜査の手が伸びていることを橋村が把握していたとは考えにくいが、藤村は自分が捜査対象になっていることにすでに気づいている。川上が偽装工作について証言すれば、それが自分の裏稼業にも飛び火しかねない。それはそれで死活にかかわる一大事だ。川上の口を封じる動機は、橋村とは別の意味で彼にもある。

「でも、最初から保険金の請求をしなかったら、今回の詐欺未遂の話も出なかったわけで、その点はけっこう間抜けだったような気もするんだけど」

俊史が首を傾げる。葛木は言った。

「間抜けというより、むしろ慎重を期しすぎたんじゃないかな。決して安くはない車の盗難届を出しておいて、保険金を請求しないんじゃかえっておかしいとみられると思ったんだろう。買ってさほど経っていない車を、事故を起こしてもいないのに廃車にするのも不自然だし」

「むしろ上手の手から水が漏れたということか。藤村にしてもバックの高浜一家にしても、いまのところ不審な動きはないいんだね」

「どっちも葛飾署が張り込んでいるが、いまのところ目立った動きはないそうだ。しかし高浜一家の場合、チェックできるのは幹部クラスくらいで、下っ端の動向までは把握できない」

「もしなにか仕掛けるとしても、実際に動くのはそのあたりだ。ちょっと心配ではあるね」

「会社があるのは虎ノ門の大きなオフィスビルで、セキュリティは厳重なはずだから、そこに押しかけてズドンというのはまずあり得ない。むしろ心配なのは自宅だな」

「そっちも帰宅前から張り込みをさせます。鉄砲玉が近辺に身を潜めている惧れもありますから」

西岡が自信を覗かせる。被疑者の扱いでリスキーなのが事情聴取の段階なのは刑事捜査では常識だ。多いのは帰宅したときに自殺されるケースだが、今回のように背後に暴力団が絡んでいれば、殺害されるケースもあり得る。だから逮捕・勾留には、じつは被疑者の生命保護の意味もある。

「だったら万全の備えといってよさそうだね。とりあえず、課長に報告してくるよ」

俊史は張り切って席を立った。もちろんそのあと勝沼にも報告するつもりだろう。そこから先は彼らの領分で、あす川上から供述調書がとれれば、二課との共同作戦もとりあえず終了だ。短期間だったが、その成果は大きかった。

このあと警察庁の奥の院を舞台に勝沼がどう動くのか。秘策を持っているような話は俊史から聞いているが、そこは葛木たちが関われる領域ではない。そんな考えを漏らすと、含みのある口振りで西岡は言った。

「我々の仕事には、まだこの先があるんですよ。この事案をとっかかりに、橋村代議士の背後の闇に切り込みます。その向こうに、我々にとっての最終標的が見えてくるかもしれません。お手伝いいただくことはまだまだ出てくるでしょう。これからもぜひよろしくお願いします」

「最終標的？」

「だれを指すか、言うまでもないでしょう」

西岡は不敵な笑みを浮かべた。

3

「やったじゃないか。いよいよ勝負のときだな」

事情聴取の状況を報告すると、してやったりという調子で大原は言った。葛木は問いかけた。

「葛飾署からは、新しい情報は入っていませんか」

「藤村のほうにも高浜一家のほうにも目立った動きはないようだが、やはり気にはなるな。このあと電話を入れて状況を聞いてみよう。川上については、二課のほうで目配りはしているんだろう」

「会社と自宅と両方に人を張り付けるようです」

「手が足りないようなら池田たちを加勢に出そうか。力を持て余しているようだから」

「それなら向こうも助かるでしょう。自宅には夜っぴて張り付くことになるでしょうから。これから二課のほうと調整しますよ」

「ああ、それより耳寄りな情報がある。彰夫が、早くもこの春、参院選に立候補するらしいな」

大原は声を落とす。驚きを隠せず葛木は問い返した。

「初耳ですね。どこで聞いたんですか」

「きょう発売された週刊誌に出ていたよ。四月に参議院の統一補選がある。そのときに山梨の選挙区から立候補する話が、もう決まっているというんだが」

べつに大原の特ダネではなかったらしい。デスクに座っているのが仕事の大原ほどには、こちらは週刊誌を読んでいない。

「山梨となにか地縁があるんですか」

「ないだろうな。親父と同じ落下傘候補だよ。記事を読む限り、根回しはずいぶん前に済んでいたらしい。去年の暮れに亡くなった与党の参議院議員の地盤をそっくり引き継ぐという話だ。その議員には後継者がいないうえに、橋村と派閥が一緒だ。表向きは禅譲というかたちらしいが、豪腕による簒奪《さんだつ》という表現のほうが合っているというのが記事を書いた記者の感想だ」

「党本部もそれを認めたんですか」

「公認はすでに確定で、選挙対策委員長は統一補選の最重要選挙区になると意気込んでいるらしい。来月か再来月に解散総選挙があるかもしれないという時期に、ずいぶん気の早い話だが」

「山梨なら彰夫の悪い評判も知られていないでしょうからね。案外、いい作戦なんじゃないですか」

ため息とともに葛木は言った。父親の橋村自身が、評判が芳しくない地元の選挙区は避けて、愛知の選挙区から出馬して政界進出を果たしている。持ち前の財力をフルに生かしてか、新人ながら圧倒的な勝利だったようで、いまもそこでの地盤は盤石らしい。その例にならえば、彰夫も善戦する可能性は十分ありそうだ。

「こうなると、それを知らしめるのがおれたちの使命だな。親父もそうだが、それに輪をかけたろくでなしの穀潰しに国会の赤絨毯《あかじゅうたん》を踏ませるわけにはいかん」

大原の憤りの熱が通話口から伝わってくる。葛木は言った。

「今回の彰夫の事件の隠蔽は、代議士本人の問題だけじゃなかった。それが発覚すれば彰夫の将来もおじゃんになる。いまの時点でそこまで固まっているとすれば、事件の前から、すでに話は進んでいたんでしょうね」

「それを知っていてああいう事件を起こしたとすると、彰夫というのは度しがたい馬鹿だな」

「そういう出来の息子だくらい、党の関係者も知っていたでしょうに」

「ああ。どうも橋村という男、政界の中枢とよほど懇《ねんご》ろな関係にあるようだな。現総理とは派閥が違うのに、親子揃って特別扱いされているようだ」

「二課のほうも、橋村氏と官邸は、なにか特別なパイプで繋がっているとみているようです」

「先日の話でも、俊史君はそんな雰囲気を匂わせていたな」

「彼らなりになにかを握っているんでしょう。勝沼さんから入ってきた情報かもしれません。どうも今回のこちらの事案を、彼らは橋村氏の背後の闇に切り込む突破口にしたいような気配です」

「その西岡という刑事、どうも一癖ありそうだな」

興味深げに大原が訊いてくる。葛木もそこは同感だ。

「それも悪い意味でじゃありません。弁護士を相手に、法に抵触する可能性の高い取り引きを迫った度胸はなかなかのものでしたよ。川上もたじたじの様子でした。しかし彰夫の参院選出馬の話に関しては、俊史たちも把握していなかったようです。その情報、もし本当なら、だれがどういう意図でリークしたかですよ」

「記事の内容からすると、与党の選対本部あたりのようなんだ。選挙対策委員会は総裁直属で、そのトップの選対本部長は総裁が兼任している。いまこの時期にそういうことをする目的はよくわからないが、橋村の入閣とセットなのは間違いないだろう」

「ということは、やはり官邸が関与している可能性が高いですね」

「問題は、慌ててそれをリークしたのが、今回の彰夫の事件となにか関係あるのかどうかだよ」

「ないとも言えないんじゃないですか。彰夫の無実に間接的にお墨付きを与えようという狙いかもしれない。無職のパラサイトじゃ世間の目にはいかにもやりそうに映るでしょうけど、与党公認の参議院議員候補となると、見る目が違ってくる」

「もし当選でもしちまったら、こちらは簡単に手が出せない。国会の会期中は不逮捕特権があるし、そのとき親父は国家公安委員長、バックには首相官邸が控えているとなれば、彰夫自身が警察にとって厄介な存在になってしまう」

「その前に決着をつけないとまずいですね。まあ、川上の証言さえとれれば、向こうは逃げようがないと思いますが」

努めて楽観的に葛木は言ったが、大原はその先に関心を示す。

「もしそうした動きがワンセットだとすると、橋村と官邸が特別なパイプで繋がっているという二課の読みにも信憑性が出てくるな。勝沼さんは、まだそれ絡みの情報は手に入れていないのか」

「私は聞いていません。おそらく今回のリークは二課にとっても寝耳に水でしょう。だからといって、彰夫が犯した殺人未遂というウィークポイントが消えてなくなるわけじゃない。むしろ彰夫の犯行が立証されれば、橋村氏にとって以上に、与党中枢や官邸にとって大打撃になるんじゃないですか」

「そこまでいけば二課の思惑どおりだな。橋村の入閣はすっ飛ぶし、勝沼さんにも官邸は手を出しにくくなる」

「二課が、というより勝沼さんが狙っているのはその先ですよ。西岡刑事も、最終標的うんぬんという意味深な言葉を口にしていましたから」

「勝沼さんもそんなことを言っていたらしいな。人生を擲《なげう》ってでもやり遂げたい最終標的があると」

「そのあと本人と会ったときも同じような意味のことを口にしていました。なんの見通しもなしにそういうことを言う人じゃないと思います」

「まあ、そっちはおれたちの領分じゃない。まずは彰夫の件をきっちり仕上げることだ。

その先はお任せということになるが、勝沼さんにだって意地がある。今度こそは本命を逃がさないと思うがな」

大原は期待を隠さない。その思いはむろん葛木も同じだ。

4

一時間ほどで二課長への報告を終え、きのうから引き続き捜査本部代わりに使っている会議室に俊史は戻ってきた。大原がファックスで送ってきた週刊誌の記事を読ませると、俊史は唸った。

「この記事、本当だとしたら、橋村氏と政権中枢の関係はじつに根が深そうだね。そこまで先走っての事実上の公認は、なにかの見返りじゃないかという気がするよ」

「勝沼さんは、そのあたりは把握していないのか」

「これを読んでいればともかく、とくに大きな見出しの記事でもないし、まだ気がついていないと思うよ。とくに警察行政に関わる話でもないし」

「しかし、頭に入れておいてもらうほうがいいだろう」

「ああ。いま電話を入れるよ。しかし彰夫のようなどうしようもない男を政界に送り込もうという発想そのものが、政治の私物化以外のなにものでもない。官邸を中心とする政権与党までもがそういう考えだとしたら、まさに世も末だね」
俊史は嘆かわしげに言いながら携帯を耳に当てる。勝沼の応答を待つが、出ないような
ので留守録にメッセージを入れて、葛木と西岡に振り向いた。
「話しにくい場所にいるんじゃないの。そのうち向こうから寄越すはずだよ」
二課の捜査員のほとんどは、川上の監視兼警護で会社と自宅での張り込みに入っている。
西岡はいわば管制塔の役割で本庁に居残り、葛木と水谷も、状況によって随時上層部との
鳩首《きゅうしゅ》会議に入れるように本庁に居残るように要請された。
客人への気遣いということもありそうだが、当面のターゲットの彰夫絡みの情報に関し
ては、現在も所轄レベルで捜査を進めており、今後、重要な判断が求められる場合は迅速
な情報の共有が求められる。そんな考えもあってのことだと西岡からは説明を受けた。城
東署から池田たちを助っ人に出す話は、当面人員のシフトは確立しているから心配無用だ
と謝絶された。
「世間じゃ箸にも棒にもかからないクズが議員バッジを付けて赤絨毯を闊歩しているのは、
いつに変わらぬ国会の日常風景ですよ。それがもう一人増えるくらいなんでもないという
のが、この国の政界の普通の感覚なんじゃないんですか」
西岡も嘆く。葛木は問いかけた。
「橋村氏の背後に最終的な標的があると、あなたは先ほど言っていた。そのこととこれは

関係あるだろうか」

「大ありでしょう。根回しはだいぶ前から進めていたにしても、普通に考えれば情報をリークするにはまだ早すぎる。目的が葛木さんたちの捜査への牽制なのは間違いない。所轄の刑事課や交通課が政治家に弱いと舐めてかかってるんですよ。いや、葛木さんたちがそうだと言ってるわけじゃないんですが、我々捜査二課も含めて、一般に政治家の犯罪に対して警察は腰が退けているもんですから」

西岡の遠慮のない言いぐさに反論する気は毛頭ない。それは勝沼と食事をしたときにも出た話で、葛木もそれには忸怩たるものを感じている。

「政権与党がうしろ盾になっていることをひけらかせば、我々が手を引くと見くびっていると？」

「彼らの頭なんて、大方そんなところでしょうよ。なに、恐れるに足らずです。気になるのは、なぜ首相周辺がそこまで橋村氏に気を遣うかです」

「勝沼さんを島流しにするには、彼がうってつけと踏んでだと思うんだが」

「それもあるんでしょうが、むしろ牛耳られているのは官邸じゃないかという気がしてきたんですよ。どら息子を政治家にするのは親父にすれば悲願なんでしょうが、普通に考えて、官邸が彼にそこまで媚びる必要はない。なにか理由があるはずですよ」

「橋村氏はそれほど大した政治家ではないとみているんだね」

「当選五期目で党や国政の重要な役職を歴任し、今回は初入閣が取り沙汰されている。政治家として取り立てて実績があるわけでもなく、国民レベルでの人気があるわけでもない。逆に悪辣《あくらつ》な手口で政敵の足を引っ張り、金の力で先輩の政治家に取り入る。憎まれっ子世に憚るを地で行く政治スタイルでのし上がっただけなのに、マスコミはそれを辣腕、豪腕と勘違いして大物政治家扱いする。ただ並の政治家と違うのは、唸るほど金があるという点です」

「そういう話は聞いているが、国会議員の資産公開で出てくる数字はそれほどでもないようだね」

そのあたりは大原が調べ上げていた。少ない額ではないものの、ランキングで言えばトップグループには入っていない。

「金の出どころは息子の会社だと思いますがね、そっちの名義でいくらでも政治献金ができるし、いくつもある関連会社を使えば、政治資金規正法を逃れた迂回《うかい》献金がいくらでもできる。いうなれば政界そのものを金で買っているわけですよ。そういう政治家は過去、あまりいなかった。与党の上層部にとっては、可愛がれば金が出てくるATMのような存在なんじゃないですか」

「じゃあ、橋村はそういう連中に利用されているだけなのか」

「そこまで馬鹿じゃないでしょう。たぶんその見返りはしっかり要求すると思いますよ」

「その見返りとは？」

「最後に目指すのは総理の座ですよ。彼は国の最高権力を金で買おうとしてるんです」

勝沼にせよ二課長の田中にせよ、むろん俊史にせよ、さすがにそこまで踏み込んだ見方はしていなかった。むしろ橋村を、官邸の意を汲《く》んで動く使い走り程度に見ていた。なにか裏付けがあって言っているわけでもなさそうだが、一政治家の馬鹿息子の犯罪の隠蔽にあえて官邸までもが乗り出しているとしたら、西岡が言うような裏舞台があるとしても頷ける。

「ローレル・フーズ・ホールディングスは、一部上場企業といっても、基準をクリアするぎりぎりのところまで株式を親族が保有している実質的な同族企業だ。橋村氏個人は株の大半を手放し、現在すべての役職から退いているけど、それでも妻や親族が役員や大株主なのは間違いない。そのうえ代表権をもっているのが長男の憲和だから、西岡さんの読みは外れていないような気がするよ」

俊史が言う。ローレルについても、二課はいろいろ調べ上げているようだ。葛木は問いかけた。

「政治家というのは、そもそもいくらくらいで買えるものなんだ」

「ロッキード事件で田中被告が受けとったとされる賄賂が五億円。東京佐川急便事件での金丸信の五億円の裏献金とともに、個人で受け取った額としてはそのあたりが筆頭だね。

あとは数千万、数百万、なかには数十万で逮捕された例もある」

「意外に安いもんだな。バックにローレルという大企業が控えていれば、必ずしも高嶺の花ではなさそうだ」

「だとしたら前代未聞だよ。ただ、これまでそういうことが本当になかったのかどうかはわからない。政治資金規正法なんて抜け道だらけだから、やろうと思えば簡単じゃないの」

「与党のキングメーカーといわれるような大物を何人か買収したって、たかが数十億でしょう。ローレルのような大企業なら、そのくらいの裏金を捻出するのはわけもないでしょうからね」

西岡は想像を逞しくする。かつてないほど野党が低迷しているいま、選挙で政権が交代することはまず考えにくい。だとしたらあり得ない話ではない。いますぐにではないにせよ、政界進出以来、橋村が着々とその準備をしてきたとすれば、近い将来、まさに金で買われた政権がこの国に誕生するかもしれない。そもそも彰夫の参院選出馬にしても、その裏で金が動いたと考えれば不思議なことはなにもない。

「橋村氏が総理総裁を目指す器じゃないのは間違いないにしても、そもそもその器であるような総理大臣が、この国にこれまで何人いたかですよ」

西岡の皮肉は痛烈だ。葛木もその点は頷かざるを得ない。例えば金脈問題で田中角栄が退陣したのち、三木、福田、大平、竹下といった歴代内閣の成立の背後で暗躍し、政界のドンの異名をとった金丸信──。東京佐川急便からの五億円のヤミ献金が発覚して議員辞職し、さらにその後、数十億円の不正蓄財が発覚し、東京地検により逮捕・訴追された。家宅捜索の結果、自宅には当時は無記名で購入できたワリシン（割引金融債）の束や金塊が山積みになっていたという。そのこと自体、政権交代の背後で巨額の金が動いてきた事実を如実に物語っているとも言える。

「しかしそうだとしたら、企業から賄賂を受けとるのが政治家だというおれたちの常識がひっくり返るね。政治家が政治家を買収するという新手法だ。その場合、金の出どころがローレルだとしても、ローレルに対してなんらかの利益供与が行われるわけじゃないから、賄賂罪の対象にはならない」

俊史は心配げだが、西岡は気にするふうでもない。

「そうだとしても、それなりのまとまった金が動いているはずですから、当然、なんらかのかたちでの裏献金、迂回献金ですよ。億単位の金が動くとすれば、政治資金規正法がいくらザルでも、引っかからないということはあり得ないでしょう」

そのとき俊史の携帯が鳴り出した。慌てて耳に当て応答する。その話しぶりからすると勝沼からのようだ。話の概略を説明し、その記事をファックスすると言って俊史はいったん通話を終えた。

「勝沼さんはまだ知らなかったようで、非常に興味を持っていたよ。まずは記事を読んでから、背後関係を調べてみるそうだ」

「調べる方法があるのか」

訊くと俊史は自信ありげに頷く。

「公安のほうで、そのあたりの情報は収集しているはずだと言うんだよ。あす川上の供述が得られればそんな画策は吹っ飛んでしまうから、とくに心配することはないとみているようだけど、橋村氏がどういう裏工作をしたのか、今後のために勝沼さんも知っておきたいようだ」

「例の呉越同舟路線だな」

「こういうときのために、公安は与野党の政治家の裏情報をせっせと収集しているわけだからね。それ自体、税金の無駄遣いだけど、いまこの状況では背に腹は代えられない」

俊史は苦笑いする。こんどは葛木の携帯が鳴った。大原からだ。また新聞か雑誌からなにか新ネタを仕入れたのかと、さして期待もせずに応答すると、大原は、どこか深刻な調子で切り出した。

「きのう、藤村が怪しい男と接触していたそうだ。店に車で来て、小一時間してまた車で帰っていった。張り込んでいた葛飾署の捜査員は、最初、客かと思ったらしいんだが、その一人がそいつの顔をどこかで見たような気がしてね。ずっと考えていて、ついさっき思い出したそうなんだ」

「だれなんですか、いったい？」

なにやら剣呑な気配を感じて、葛木は問いかけた。大原は声を落とす。

「高浜一家の上部団体にあたる山七組の中堅で、高田一也《たかだかずや》。その捜査員は、以前、練馬署刑事・組織犯罪対策課のマル暴担当だったらしい。そっちにも高浜組みたいな下部組織があって、そこの連中とつるんでいるのをたまに見かけたそうなんだ」

「中堅といっても、高浜の上の団体だとするとそれなりの力はあるんでしょう。山七組の本拠は、たしか名古屋じゃなかったですか」

「そうなんだよ。橋村先生の選挙区もそっちのほうだし、川上と先生が懇ろになったきっかけも、そっちのほうでの揉めごとの処理だったらしいな」

「なにやら因縁めいた話ではありますが、川上の事情聴取はきょうですから、きのうはまだこちらの動きを藤村は知らなかったはずですが」

「ああ。今回の事情聴取とは関係ないと思うんだが、それとは別の意味で、藤村自身に川上の口を封じたい動機がなくはないわけで、警戒した方がいいんじゃないかと葛飾署は言っている」

「川上の証言は、葛飾署にとっても、藤村の裏稼業を摘発する突破口になるかもしれない。その点では確かに気になるでしょうね」

それは葛木も不安を感じていた点だった。むろん川上の身に万一のことがあることも想定して、二課は万全の警戒態勢をとっている。

「そいつの顔写真は入手したよ。だいぶ以前、恐喝でパクられたことがあって、そのときの写真が犯歴データベースにあったから。あんたの携帯にこれから送るよ。張り込んでいる二課の連中にも渡しておいた方がいいかもしれない」

「そうしましょう。じゃあ、メールをお願いします」

「すぐにというわけにはいかん。いま山井も若宮も出払っていてな。もうじき帰ってくるから」

　画像データをメールに添付して送るという芸当は大原には無理らしい。それではしばらく待つと応じて、その話を俊史たちに伝えた。

「嫌な動きではありますね。ただ、狙うとしたら自宅にいるときでしょうから、そっちは万全の態勢で固めています。いまのところ家の周囲で不審な人間は見かけないそうです。会社のほうはセキュリティが厳重なオフィスビルですから、たぶん心配ないでしょう」

　西岡は楽観的だが、水谷は不安げに言う。

「我々にとってはいまや川上の証言が命綱で、その答えさえ出れば、彰夫の事案のみならず、藤村が関与している可能性の高い大規模な車両窃盗の摘発にも繋がる。しかし藤村もそのことをよく知っているでしょう。川上の口が封じられたら我々は完全にギブアップですから。どっちにとっても、ここは重大な局面かもしれませんよ」

水谷にとっても、彰夫の事案の向こうには、いまや大規模車両窃盗グループという新たな標的が見え隠れしているのだろう。

こんどは俊史の携帯が鳴り出した。勝沼からのようだ。葛木が大原と話しているあいだに、すでにファックスを送信していたらしい。深刻な顔でひとしきり話し終え、俊史は葛木たちを振り向いた。

「これから裏をとるそうだけど、記事を読んだだけでも、ほぼ間違いないと勝沼さんもみているね」

「裏をとるというと、やはり公安か」

「そっちもあるし、山梨県警の捜査二課だってそれなりの情報は持っているはずだよ。地盤を譲った元参議院議員にもそれなりの金が渡っているだろうし、そうじゃないとしたら、党本部からよほどえげつない圧力でもかけられたんじゃないかと言っている」

「そのからくりを明らかにすれば、あとの攻めがやり易《やす》くなるかもしれませんね」

西岡は自分の読みにお墨付きが与えられたとでも言いたげだ。葛木は訊いた。

「藤村の怪しげな動きについても伝えたんだな」

「ああ。しっかり人員を張りつけているからと説明したら、そこは安心していたよ。これから、その話を含めて二課長に報告してくるよ。おれたちもこれから忙しくなりそうだ」

俊史は張り切って席を立った。

5

そのとき西岡の携帯が鳴った。川上の張り込みをしている捜査員からのようだ。鷹揚な調子で応答した西岡の表情が強ばった。

「どういうことだ。居眠りでもしていたのか。捜査二課の大恥さらしだ。なんのためにおまえたちを張り付けていたかわかってるのか」

西岡の怒声が会議室に響く。なにやらまずいことが起きたらしい。葛木は水谷と顔を見合わせた。いまにもテーブルを蹴り上げそうに身震いしながら相手の話を聞き、いますぐ飛んでいくと言って通話を終え、西岡は葛木と水谷を促して立ち上がる。

「済みません。うちのドジです。やられました。これから現場へ向かいます」

「やられたって、まさか川上が？」

西岡の後を追って会議室から駆け出しながら葛木は問いかけた。苦り切った口ぶりで西岡は答える。

「川上がビルの外に出てきたところへ、タイミングを見計らっていたように、それまで離れたところにいた乗用車が近寄ってきて目の前に停車した。直後に運転席から飛び出した男が刃物を腰に構えて体当たりしたんだそうです。川上は腹部を刺されて大量出血し、いま病院に搬送中です」

「まだ生きてるんだね」

「救急車が来たときは意識があったようですが、そのあとのことはわかりません。太い動脈をやられたんでしょう。現場は血の海だそうです」

「犯人は？」

「現行犯逮捕しました。名前は君島庄司《きみしましょうじ》。練馬区在住で、年齢は二十八歳。そこまでは運転免許証で確認しました。あとはすべて黙秘しています」

「きのう、藤村のところへ立ち寄った男じゃないんだな」

エレベーターに飛び乗って、パトカーのヤードのある地階のボタンを押しながら西岡は答える。

「別人ですが、無関係ではないでしょう。刃物を構えて体当たりするというやり方は、ヤクザの鉄砲玉特有のスタイルです」

「そのとき川上が外に出るのを知っていたとしか思えないな。誰かに呼び出されたのかもしれない」

「ええ。計画的な犯行だと思います。してやられました」

悔しげに言う西岡の歯ぎしりが聞こえてくるようだった。

第九章

1

葛木たちが到着した現場はブルーシートで覆われ、警視庁の鑑識課員が鑑識作業に当たっていた。

周囲には蛍光テープが張られ、現場が繁華な場所のため、その外側には大勢の野次馬が押し寄せている。川上の身辺を張り込んでいた二課の捜査員二人が、西岡の姿を認めて慌てて駆け寄ってきた。

「すみません。相手に感づかれないように、だいぶ離れた位置に車を駐めていたものですから」

若い巡査長の北村《きたむら》が言う。宥めるように西岡は応じた。

「まあ、しようがない。お前たちがいなかったら犯人を取り逃がしていたわけだから、不幸中の幸いだったと思うしかないな」

電話を受けたときはえらい剣幕だったが、ここへ来るまでにだいぶ頭が冷えたらしい。いちばん気がかりなことを葛木は訊いた。

「川上は生きてるのかね」

「ついさきほど病院へ搬送されたところです。いまのところ命は取りとめていますが、救急隊員の話では、かなり危険な状態だそうです」

北村の報告に、西岡は舌打ちする。

「いま死んでもらっちゃマジで困る。そこは川上の悪運に期待するしかない。犯人はどこにいる？」

「あっちです。うちの商売の範囲じゃありませんので、とりあえず身柄は所轄に預けてあります」

北村は近くの路肩に駐まっている愛宕《あたご》警察署のワゴン車を指さした。そこで初動の事情聴取をしているらしい。せっかく現場にいるのだから、鑑識が済んだところですぐ実況見分を行おうという算段だろう。いったん署へ連れていって、また検分のために戻るのは二度手間だから、現行犯逮捕の場合は珍しいやり方ではない。

「行きましょうか。ぐずぐずしていると、鳶に油揚げをさらわれちまいますから」

迷わず西岡は葛木を促した。ここは自分たちの出る幕だと頭から決めてかかっている口振りだ。

ワゴン車の車内では、捜査一課時代からの顔見知りの宮川《みやかわ》という愛宕署の強行犯捜査係主任が、若い刑事とともに取り調べの最中だった。犯人と思しい男は下を向いて黙りこくっている。

周囲にいる所轄の捜査員に断りもせず、西岡は遠慮なしにスライドドアを開けた。宮川は訝し気に顔を上げ、葛木の顔を見て驚いたように言う。

「あれ、どうしたんだよ、葛木さん。いつ本庁に舞い戻ったんだ」

「いや、そういうわけじゃなく、二課と共同で捜査を進めている事案があってね。被害者がじつはその関係者なんだよ。それで二課の捜査員が張り込んでいたわけだ」

「なんだかややこしい事情がありそうだが、取り押さえてもらえて手間が省けたよ」

宮川は鷹揚に応じるが、西岡は愛想のかけらもなく犯人のほうに顎を向ける。

「ということはつまり、その男は本来うちの客人なんですよ。ややこしい事件で事情を説明している暇はないんだが、いますぐ身柄を引き渡してもらえませんか」

「なんだよ、傷害事件は二課の営業範囲じゃないだろう。それにここはうちの管轄だ。誰の承認を得て、でかい顔して割り込んでくるんだよ」

宮川は西岡とも知らない仲ではないらしい。たしかに傷害致傷、それも今後の推移によっては致死に切り替わるような事案だ。それを捜査二課が扱うこと自体、常識的に見れば異例だが、葛木もこの場合は西岡の言うことに与《くみ》したい。警視庁内の縄張り争いで担当部署が複数に跨がれば、捜査効率はがた落ちだ。それで初動が遅れた経験はたびたびあるし、さらに他の県警本部と跨がるようなケースでは、致命的な出遅れに繋がることもある。しれっとした顔で西岡は応じる。

「誰の承認も要りませんよ。現行犯逮捕したうちがしょっ引くのが当然の話じゃないですか」

「あんたたちに傷害や傷害致死の捜査のノウハウがあるのか。餅は餅屋って言葉を知らないのか」

「そいつはたぶん練馬の暴力団の鉄砲玉ですよ。普通の傷害事件とは違います」

「だったら組対部四課が扱うのが筋じゃないのか。電卓片手に帳簿を眺めるのが本業のあんたたちの手に負えるようなホシじゃないと思うが」

宮川の精いっぱいの嫌みを、西岡は歯牙にもかけず受け流す。

「ところがその裏には、おれたちが捜査を進めている政治がらみのでかい事案があるんですよ。それを一課だ四課だといって細切れにされたんじゃ捜査の体をなさなくなる。二課が傷害や殺しを扱っちゃいけないって決まりがあるわけじゃない。それに今回の捜査には、強行犯捜査のプロの葛木さんという助っ人がいる」

「政治がらみのでかい事案て、いったいなんだよ」

宮川が興味深げに問いかける。西岡は素っ気なく答える。

「いまは言えません。捜査上の重要機密でしてね」

「だったらだめだな。どうしてもというんなら、一課長と話をつけてくれよ。そんな話に応じるはずはないけどな」

宮川はけんもほろろだ。葛木はおもむろに割って入った。

「だったらそうするよ。ここは任せてくれないか」

「任せろって、あんたになにができるというんだ」

宮川は小馬鹿にした顔で問いかける。それには答えず、葛木は俊史の携帯をコールした。

「ああ、親父。どうなってるんだ、現場の状況は？」

事件発生の一報はこちらに向かうパトカーのなかから入れておいた。

「じつは困ったことになっていて――」

手短に事情を説明すると、打てば響くように俊史は応じた。

「だったら勝沼さんの出番だよ。一課長と話をつけてもらうしかないね。いま連絡を入れてみるよ」

「頼む。なるべく早いほうがいい」

「そうするよ。事情を知らない愛宕署に身柄をとられて、ただの傷害致傷事件で送検されたら、こちらの捜査が行き詰まる。逆にここで背後関係をしっかり探れれば、その線から本命の橋村に一気に捜査の手が届くかもしれないからね」

俊史は勢い込む。葛木は言った。

「ああ。愛宕署の人たちに込み入った事情を説明している時間がない。速攻で話をつけて欲しい」


「わかった。待っててくれ」

張り切ってそう応じて、俊史は通話を切った。

「なにを画策してるのか知らないけど、こっちだって、黙って身柄を引き渡せば母屋から雷が落ちてくる。とりあえずいまはうちの客人なんだから、おれたちが話を聞くことにする。あんたたちにそこにいられちゃまずいんだよ」

犬か猫を追い払うように宮川は両手を振る。やむなく車から離れ、二課の捜査員たちのところに戻った。

「どうなんだ。やはりマル暴の鉄砲玉か」

西岡が訊くと、北村は頷いた。

「手口から見てもそうなんですが、取り押さえたとき、シャツのなかに倶利伽羅紋紋《くりからもんもん》が彫ってあるのが見えましたから、たぶん間違いないでしょう」

「いまのところ完全黙秘なんだな」

「そのようです。口は堅いと思いますよ。ムショ入りは覚悟の上で、それに対する見返りがあっての話でしょうから」

「なんとかこちらで引きとらないとね。うまく口を開かせれば、でかい魚に化けるかもしれない」

期待を込めて葛木は言った。西岡も頷く。

「川上が死ぬようなことがあったら、あいつが命綱になりますからね」

「ここは組対部四課に任せたほうがいいんじゃないですか」

北村が言うと、西岡はあっさり首を横に振る。

「この場合、いちばん任せちゃいけないのが四課だよ。連中がやるのは捜査というより取り引きだ。鉄砲玉でも代理出頭でも、とにかく首一つとれば一件落着で、動機や背後関係には頓着しない。暴力団も阿吽の呼吸で、しばらく臭い飯を食ってくれれば、娑婆《しゃば》に出てから幹部に取り立てると言い含め、どうでもいい下っ端の身柄を差し出してくる」

そこは葛木も同感だ。

「近ごろは連中の業界も左前で、見返りが空手形に終わることが多いと聞くが、この件に関してはそうも言ってられないな。別のスポンサーがいそうだからね」

橋村ならいまどきのやくざにとっては感涙物の金銭的見返りを与えるくらい痛くも痒くもない。もちろん絶対に口を割らないという条件で——。そんな話をしていると、愛宕署の捜査員が小走りにやってきた。

「すいません。ちょっと来てもらえますか。主任がお話があるそうです」

なにがあったのかと急いで向かうと、宮川が窓から身を乗り出して手招きする。歩み寄ると、渋い表情で宮川が言う。

「どういう手品を使ったんだよ。いまうちの課長から連絡があって、君島をそっちに引き渡せって言うんだよ」

たしかに葛木も、ここまで早いとは思わなかった。俊史の連絡を受けて勝沼がさっそく動いたものと思われるが、手品というよりその思い入れの強さが表れた結果とみるべきだろう。いずれにしても、レームダック化していると思いきや、まだまだ威光に陰りはないようだ。葛木は言った。

「それはありがたい。そのうちあんたにも事情がわかるよ。ただしいまはまだ知らないほうがいい。下手をすると地雷を踏みかねない話だから」

「おいおい、穏やかじゃないな。しかしそう言われると、かえって興味が湧くぞ。おれだけ蚊帳の外に置くつもりか」

宮川は不満げだが、人の口に戸は立てられない。

「そういうわけじゃないんだが――」

葛木が口籠《くちごも》ると、代わって西岡が応じる。

「たまたまの流れで葛木さんと組んでるけど、おれたち二課は嫌でも政治絡みの事案から逃げられない。しかしおたくたちはそういうのを扱い慣れていないから、老婆心で忠告したまでですよ」

「ああ、警察にとってはたしかに鬼門だな。うっかり政治家をとっ捕まえて、冷や飯を食わされた刑事をおれは何人も知ってるよ」

怖気《おぞけ》を震うように宮川は言った。

2

君島の身柄は預かったものの、なにを訊いても口を開かない。黙秘する、弁護士を呼べの一点張りだ。その弁護士の名前も挙げていることから、事前にだれかに言い含められているのは明らかだ。

そういう状態だから素直に実況見分に応じるはずもなく、けっきょく本庁まで護送して、本格的な取り調べを開始することにした。

警視庁に向かうパトカーのなかから状況を報告すると、俊史は嬉しそうに言う。

「まさに電光石火だね。刑事部長を経由してたらこうはいかないから、一課長に直接電話を入れたんだと思うよ」

勝沼は一課長の渋井《しぶい》とは階級を超えた盟友で、本来なら一揉め二揉めあっていいケースでも、阿吽の呼吸で付き合える仲なのだ。心強いものを感じながら葛木は言った。

「勝沼さんの実力は、まだまだ健在のようだな」

「この件に関しては大人しくはしていられないようでね。場合によっては警察官人生の総仕上げになるわけだから」

「意気込みはわかるが、これで終わりにされちゃ困るな」

「橋村や官邸の思いどおりにされるという意味じゃないよ。言うなれば人生最大のヤマという意味じゃないかな。それだけ気合いが入っているということだよ」

俊史の言葉にも、この事案が自らの警察官人生の岐路になるものだと言いたげな響きがある。

「だったらおれもできる限りのことをしなくちゃな。一介の所轄刑事にとっては大きすぎるヤマになりそうだが」

「そうだね。結果がどう出ようと、おれも警察官になってよかったと思える仕事にしたいよ」

「この先はなかなか手ごわいと思うがな。しかしこれだけのことを仕掛けてくるとなると、敵もかなり追い詰められているということだ。あながち悲観するような状況じゃないかもしれん」

「おれもそんな気がするよ。川上が一命をとり留めてくれるのがいちばん望ましいけど、その君島という男だって、橋村に繋がる太い糸になりそうだから」

「ああ。そこはおそらく間違いない。簡単に吐くかどうかはわからないが」

「期待しているよ。この件なら親父の専門分野だ。ちょうどいいときに助っ人に来てくれて、その点でもおれたちにツキが回っていると言えそうだね」

弾んだ調子で俊史は応じ、今後の対応を二課長と相談すると言っていったん通話を終えた。

本庁に到着し、君島の勾留手続きを済ませたところで、西岡から相談を受けた。

「いま係長と話をしたんですがね。君島の取り調べは葛木さんにお任せしたいんですよ。二課には殺しの捜査のノウハウがないもんですから。いや、川上はまだ生きてるんですけどね」

あの場で宮川に威勢よく談判したから、それなりの自信があってのことかと思っていたら、どうやらそうでもないらしい。勢いで突っ走るところがあるようで、そのあたり池田に通じるところもある。

もちろん受けるにやぶさかではないが、こちらにばかりかまけて城東署のほうが手薄になるのも困る。こうなると彰夫や藤村の動向にも、これまで以上に目配りする必要が出てくるだろう。

そのあたりのことを相談するために、まずは大原に電話を入れてざっと状況を説明した。

「おかしな巡り合わせです。本庁で凶悪犯の取り調べをする羽目になるとは思いませんでしたよ」

当惑を隠さずに言うと、いかにも楽しげに大原は応じる。

「所轄が母屋を乗っ取る恰好だな。けっこうな話じゃないか。こっちは窃盗やマル暴の担当も動員できるし、交通課も協力してくれてるから、頭数については心配ない。なんならこれから池田をそっちに行かせてもいいぞ。取り調べも、あいつとのコンビなら息が合うだろう」

「そうしてもらえるとありがたいです。彼もそろそろ檜《ひの》舞《き》台を踏みたいところでしょうから」

「ああ。それじゃ、いますぐ飛んで行かせるよ」

大原は張り切って応じた。

3

警視庁の留置場に隣接する取調室で、葛木は君島と向き合った。傍らには城東署から車を飛ばしてきた池田がいる。

捜査一課時代は取り調べも帳場の立った所轄でやるのが当たりまえで、本庁の取調室に入るのはじつは初めての経験だ。ここにはマジックミラーが設置されていて、西岡たち二課の捜査員がその向こうで固唾《かたず》を呑んで見守っている。本来の目的は強引な訊問による冤罪を防ぐためだが、取り調べの状況をリアルタイムで共有できる点は悪いことではない。

　君島は背負った倶利伽羅紋紋とは裏腹に、いかにも気の弱そうな男だった。しかしそういうのに限って落とすのが難しい。人から教唆されての犯行の場合、そちらに気を遣って、自分に不利な状況でも供述を拒んだり、負う必要のない罪を引き受けてしまうようなことがある。とくにやくざの場合、言ってみればそれが職業倫理のようなものなのだ。

「君島庄司。練馬区内を縄張りとする箕輪《みのわ》組の組員だな。こちらで調べたところ前科はないようだし、まだ若い。どうしてあんなことをやらかしたんだ」

　葛木は穏やかに問いかけた。搬送されていた病院に詰めている捜査員からついさきほど連絡があり、川上はなんとか一命をとりとめているという話だった。

　だとすれば君島の罪状はいまのところ傷害罪。川上が死亡すれば傷害致死になるが、取り調べの過程で殺害を企図したものと認められれば殺人未遂、死亡の場合は殺人罪に切り替わる。

　君島の素性は、組対部四課に問い合わせるとすぐに判明した。組の序列ではまだまだ下っ端で、このご時世だから大したシノギもない。そういう状況を突破するために、一打逆転をかけて鉄砲玉を志願したのは間違いないという。

「被害者の川上隆氏とは面識がないんだろう。ということは個人的な恨みもないはずだ。いったい誰に頼まれてやったんだ」

「黙秘すると言ってるだろう。弁護士を呼んでくれよ。名前はさっき言ったとおりだ。電話番号はそっちで調べられるだろう」

君島は不貞腐《ふてくさ》れた態度で応じるが、怯《おび》えているように声は小さい。二十八歳とまだ歳は若いが、極道稼業に足を踏み入れてそこそこの年月は経っているはずだ。それで前科がないということは、真面目というのは語弊があるが、法を大きく踏み外す危ない橋は渡らずにきょうまでやってきたわけだろう。前科の数が勲章ともいえる業界で、それではなかなか食っていけない。

川上も闇社会とは強い繋がりのあった人物で、かつてはそちらの人間から恨みを買うこともあったかもしれないが、いまは一部上場企業の役員に収まって、いくらなんでもその世界とは一線を引いているはずだ。やくざも商売だから、わざわざ昔の恨みを蒸し返して、危ない橋を渡るような算盤《そろばん》に合わないことはしない。

「その弁護士、だれに紹介されたんだ。逮捕されたらすぐに連絡をとるように言われてたんだろう」

「馬鹿にすんなよ。おれにだって弁護士の知り合いくらいいるよ」

「だったら、わざわざこちらに調べさせなくたって、電話番号くらい知ってるんじゃないのか」

「だったら、携帯を返してくれよ。いまどき人の電話番号を暗記している人間なんていないよ」

「まあ、そのうち連絡をとってやるから、しばらくおれたちに付き合えよ。おまえの場合、現行犯逮捕で、犯行現場を警視庁の刑事が目撃しているんだから、弁護士にできることなんてなにもない」

葛木は素っ気なく応じた。いま一課が組対部四課の協力を得てその弁護士の素性を洗っている。箕輪組か上部組織の山七組と繋がっている可能性が高いとみているが、もしそちらとの繋がりがないとしたら、逆に橋村との関係が浮上する。黙っていた池田が身を乗り出す。

「どっちみちムショに入るのは決まってるんだから、問題はその長さだろ。だれに頼まれてやったのか言っちまえよ。いまさらそいつに義理立てしたって、出所したあといい目が待っているとは限らない。鉄砲玉の哀れな末路を、おれはいろいろ聞いてるぞ。それよりなるべく早く娑婆に戻って、堅気になったほうが利口だよ。ヤクザなんていまどき割に合う商売じゃない」

嵐の前の静けさと言うべきか、池田は気味悪いほど優しい口振りだ。

「言ってるだろう。まず弁護士の先生と相談してからだよ。弁護士を雇うのは法で認められた権利なんだろう」

「あのなあ。弁護士ってのはけっこう金がかかるんだ。おまえ、それを工面できるのか。おれたちに任せときゃ国選弁護人がつく。その場合の費用は国が持つから、おまえは一銭も出さなくて済む。どう考えたってそのほうが得だぞ」

「要らないよ、そんなの。おれだってそのくらいの金はあるんだよ。早くその人を呼んでくれよ」

哀願する君島に、葛木は素っ気なく問いかけた。

「その弁護士は室谷《むろや》とか言ったな。犯行前にすでに依頼する話が済んでいたわけか。そうだとしたら計画的な犯行ということになるな」

「昔から付き合いのある弁護士で、なにかあったらよろしくって話はいつもしてたんだよ。商売が商売だから、いつなんどき必要になるかわからないだろう」

「まあ、なんにせよ犯行の事実は隠しようがない。おまえ、被害者となにか因縁でもあったのか」

「黙秘するって言ってるだろう」

君島は不貞腐れた顔でそっぽを向くが、もちろん池田は容赦しない。

「ふざけるなよ。黙秘なんてしゃれた言葉をどこで覚えたのか知らないが、おまえみたいなチンピラが、一部上場企業の取締役を個人的な動機でぶっ刺すはずがない。親分に命令

された のか」

「だから、そういうことは言えないんだって。まず弁護士と相談しないと」

「まったく。暴力団に弁護士が付けられるなんて暴対法の大きな穴だよな。そこは是非とも法改正する必要がある」

池田は無茶苦茶なことを言う。そのとき葛木の携帯が鳴った。応答すると流れてきたのは西岡の声だった。

「ちょっと話があるんですが、外に出てもらえませんか」

君島には聞かせたくない話らしい。

「わかった。すぐ行くよ」

そう応じていったん廊下に出ると、西岡が少し離れたベンチに座って手招きする。隣に腰を下ろすと一枚の紙を手渡した。室谷という弁護士の過去の刑事関係の仕事をリストアップしたものだった。

「大したタマですよ。お得意さんは大半がマル暴関係です」

目を落とすと、たしかに並んでいるのは恐喝や傷害といった、その関係を想起させる事件がほとんどだ。西岡は続ける。

「被告の名前はすべて組対部四課で確認しましたが、半分以上が暴力団関係者で、残りの連中もどこかの組のフロントだろうという話でした」

「その点は、被害者の川上とよく似たタイプだな」

「ええ。なかなか腕がいいようで、三割くらいは無罪か減軽を勝ちとってます。刑事裁判の打率としてはかなり高いです」

「腕はいいわけだ。しかし今回の事案は犯行事実が明白だから、せいぜい情状酌量を狙うくらいで、ほかにやれることは限られると思うんだが」

「ところが、もう一つ気になることがあるんです。これですよ」

西岡が指さした名前に目が釘付けになった。藤村浩三とある。十年ほど前に恐喝で起訴されたが、一審も二審も無罪を勝ちとっている。

「そういえば、うちのほうで洗っても藤村に前科はなかった。地場の暴力団の中堅幹部にしては、妙に経歴がきれいだとは思っていたよ」

「そこが偶然だとはとても考えにくい。高浜一家や箕輪組との繋がりより、橋村との直接の関係のほうが強いような気がしませんか」

「たしかにね。さっき話を聞いた感触では、君島がその弁護士を指名したことと、今回の事件の発生は、やはり連動しているような気がするな」

「目的は刑の減軽なんかじゃない。橋村に教唆の疑惑が及ばないように君島をコントロールするのが、本来の役目なんじゃないですか」

「しかし、どう言い逃れさせるつもりなんだ。箕輪組の幹部や組長に指示されたと言えば、その連中に教唆の罪が及ぶ。そいつらだって、他人の罪を背負って刑務所暮らしするのは割が合わないと思うんだが」

「そこをどう切り抜けるかですね。接見させたら、いろいろ知恵をつけるんじゃないかと思いますよ。いまはなんとかしらばくれて、時間稼ぎをしたほうがいいでしょう」

西岡は心配げな表情だ。取り調べの状況は隣の部屋でしっかり見ているはずで、口を割らせるのに苦労している事情はわかっているだろう。かといって弁護士の接見が法で認められた権利である以上、そういつまでも無視はできない。

「なんにせよ、早めに口を割らせないと、いいようにやられそうだね。とくにバックに橋村がついているとなると」

「刑事事件の弁護報酬なんてたかがしれてます。しかし橋村が裏で別枠の報酬を支払うとなれば、さぞかし気合いも入るでしょうからね」

西岡は猜疑を滲ませる。葛木は頷いて応じた。

「頑張ってみるよ。事件そのものは単純きわまりない。送検するだけならいますぐにでもできるが、重要なのは背後関係だからね」

取調室に戻って西岡から聞いた話を耳打ちすると、池田はさっそくアクセルを踏み込んだ。

「なあ、君島。これで被害者が死ぬようなことがあれば間違いなく十年以上は食らう。動機もはっきりしない殺人となれば、情状酌量の余地もない。だれかに頼まれてやったのは間違いない。上手いこと現場から逃走すればなんとかなるくらいに甘く考えたんだろうが、すぐ近くに刑事がいたのが運の尽きだった。諦めて吐いたらどうだ。そうすりゃ主犯はそいつのほうだから、おまえはいくらか刑が軽くなるぞ」

「そんな話に乗せられるほど馬鹿じゃないよ。おれたちの商売じゃムショ暮らしは勲章だ。腹は括ってるんだから、あんたたちに心配してもらわなくていいんだよ」

君島は相変わらず不貞腐れた口を利く。しかし瞳の動きが忙しない。言っていることにさほど自信がなくなっているらしい。

「べつに心配なんかしちゃいないよ。ただこのケースだと、傷害致死になるか殺人になるかは、おれたちのさじ加減一つだからな」

「さっきは、まだ生きているという話だったぞ」

「生きてるよ。ただし予断は許さない。それとも死んでもらわないとまずい事情でもあるわけか」

「そんなことないよ」

「嘘をつけ。殺すように頼まれたくせに。死ななかったら仕事をしくじったことになって、約束されてた見返りも入ってこない。それじゃおまえも困るんだろう」

「そんな約束、だれともしてねえよ」

黙秘すると言っているわりには君島はよく喋る。こんどは葛木が問いかけた。

「高田一也という男は知ってるか」

「し、知らねえよ。だれなんだよ、そいつは？」

君島はうろたえる。知っているのは間違いない。

「おまえの組の上部団体の山七組の中堅幹部だよ。練馬のほうにはよく遊びに行くそうだ。いくらチンピラでも知らないってことはないだろう」

「だとしたら、おれなんかが口を利ける相手じゃないよ」

「そいつに頼まれたんだろう」

「だから、話をしたこともねえって言ってるだろう」

「だったら藤村浩三って男は知ってるか。新小岩で板金屋をやってるんだが」

「なんで練馬に住んでいるおれが、新小岩の板金屋を知らなくちゃいけないんだよ」

君島は素っ気なく鼻を鳴らす。あながちとぼけているようにも思えない。こちらのほうはどうやら本当に知らないようだ。葛木は言った。

「そいつは葛飾を縄張りにしている高浜一家のフロントでね。その高田というのと仲がいいらしいんだよ。きのうも会っていたそうなんだが」

「それがどうしたというんだよ」

「おまえが刺した川上氏とは知り合いのようでね。その藤村と高田がきのう会って、きょうおまえが犯行に及んだ。妙にタイミングが合ってるんだよ」

「要するに、どういう意味だよ」

「じつは藤村には川上の口を利けなくしたい理由があってね。おまえが高田にそそのかされたと考えると、いろいろ理屈が合うんだよ」

「はっきり言えよ、なにが問題なんだよ」

「つまり、おまえも気をつけたほうがいいということだ。背後で動いているのは、要らなくなった人間は平気で切って捨てる連中だ。おまえが刺した川上も、じつはその連中のお仲間だったんだよ」

「そいつらがおれを殺すというのか」

「当分、娑婆へ出ることはないだろうからその心配は要らないが、殺すのに失敗した以上、約束した見返りは期待しないほうがいい。そういう連中に忠義を尽くしたっていいことなんかなにもない」

「まだ失敗したかどうかわからない」

「ということは、殺せと頼まれたと認めるわけだな」

すかさず葛木は突っ込んだ。君島は慌てて首を横に振る。

「揚げ足をとるなよ。黙秘するって言ってるだろう」

黙秘という言葉の意味をどの程度理解しているのか知らないが、目の前に人がいれば喋らずにいられないタイプのようだ。人ではなく犬や猫でも似たようなものかもしれない。

池田が猫なで声で言う。

「なあ。だれが吹き込んだのか知らないが、黙秘して得なことなんてなにもないぞ。とくに今回のように犯行事実が隠しようもない場合はな。そんな弁護士を当てにしたって、やれることはほとんどない。刑を軽くして欲しかったら、おれたちの捜査に協力することだよ」

「それは本当なのか」

「本当も本当。実際、おまえの罪なんておまけみたいなもんで、おれたちの捜査の真の目的はそっちなんだよ」

「言えば、おれは無実になるのか」

君島は鼻で笑ってみせる。ただの馬鹿ではないようだ。池田は声を落として凄みを利かせる。

「おまえ、まだ刑務所に入ったことないんだろう。最近はいくらか飯が美味くなったと聞いてるが、酒も飲めなきゃ煙草も吸えない。もちろん女も抱けない。そんなところからは一日でも早く出たいのが人情だ。おれたちの送検書類の書き方一つで、五年かそこらは長くも短くもなる。そんな芸当は弁護士にはできないぞ」

そういう話を餌にするのは刑事訴訟法ではご法度だが、ここぞというときに使わない刑事はいない。そんな事情は検事もわかるから、より大きな標的の検挙に繋がる供述をすれば、求刑に手心を加えるくらいの融通は利かせてくれる。

そのときまた外からドアを叩く音がする。廊下に出ると、困惑顔の西岡が声を落として言う。

「室谷って弁護士が来ましたよ。君島に接見させろって言ってます」

「こっちから連絡したわけじゃないのに、手回しがいいな」

「やることなすこと見え見えですよ。犯行前から話がついていたとしか思えない。といって弁護士を取り調べるわけにはいかないし」

「しょうがないね。せっかくいいところまで持ってきたのに」

「ええ。隣で聞いてましたよ。落とせないほど口が堅くはないようですが、そいつが知恵を付けると難しくなるかもしれません」

「というより、その弁護士の経歴からすると、露骨に口止めする可能性だってある。知恵を付けにきたというより、恫喝しにきたのかもしれない」

警戒感を隠さず葛木は言った。西岡も大きく頷いた。

「弁護士の接見の場合は警察官が同室できない。どうせろくでもない連中の意向を受けて乗り出してきたんでしょうから、油断はできません」

4

「いまどきのチンピラやくざに金があるはずがない。国選ならただなんだから、普通ならそっちにすると思うんだがね。犯行自体は明々白々で、弁護士の腕で無罪が勝ちとれるケースじゃないのに」

葛木はぼやいた。君島が接見室で室谷と会っているあいだ、こちらは取調室の隣の観察室に集まった。

弁護士の接見は二十四時間いつでも可能で時間も無制限だ。一方、警察が被疑者を留置しておけるのは四十八時間で、それまでに送検できなければ嫌疑不十分で釈放せざるを得なくなる。このケースでそれはあり得ないから、嫌でも送検せざるを得ない。

「頻繁に接見を要求してわざと長話をして、取り調べを妨害する気かもしれませんよ。それをされたら、時間切れで、いちばん解明したい事件の背後関係を洗い出せずに終わるかもしれない」

苦い口調で池田が言う。西岡は苛立ちを隠さない。

「うちで身柄を預かったのは、まさにそのためだったからね。それができないんだったら、手間暇かけずに愛宕署に任せておけばよかったんだよ」

それを嫌みと受けとったのか、反発するように池田が応じる。

「なあに、戻ってきたらぎちぎち締め上げてやりますよ。そんなに頭のいいやつじゃないし、腹が据わっているわけでもなさそうですから」

状況が気になるのか、俊史もやってきて話に加わる。

「その弁護士、もう少し洗ってみる必要があるんじゃないの。川上のケースみたいに、どこかで橋村と繋がっているかもしれない。そっちのルートから、橋村の関与が暴ける可能性もあると思うんだ」

「たしかにそうです。裁判記録でわかることなんて、弁護士の商売じゃ氷山の一角に過ぎませんから。たしか川上も、橋村との最初の付き合いは名古屋の暴力団との揉めごとの処理でしたね」

西岡は興味深げに身を乗り出すが、葛木は首を傾げた。

「しかしどうやってそこを調べるかだよ。刑事の裁判なら記録を見ればわかるが、示談のような裁判所が関与しない仕事は調べようがない。川上の件は、たまたま橋村の選挙区で起きたことで、愛知県警の二課がそんな情報をもっていたからわかったことじゃないのか」

「そうは言うけど、どこの県警でも二課は普段からいろいろ情報を集めていてね。そういう札付き弁護士についてなら、事件化しないレベルのいざこざも、耳に入る範囲でファイルしているはずなんだ。橋村と室谷の繋がりなら、そのあたりからほじくり出せそうな気がするんだけど」

俊史は積極的だ。西岡も自信を覗かせる。

「うちの人間を総動員して、全国の県警本部から情報を集めますよ。藤村との関係がすでに出てきているんだから、なにもないということはあり得ない。一見遠回りのようですが、案外一気に橋村に繋がるラインかもしれませんよ」

「だからって、まず君島を落とさないと、あくまであいつが本筋ですから」

そんな流れに反発するように池田は鼻息を荒くする。　張り合うように西岡が応じる。

「いや、殺しが専門だったらもっと突っ込みどころを知ってるかと思ったんだけど、ずいぶん攻めあぐねているようだから」

「これから勝負だというところへ、その弁護士がしゃしゃり出てきたからじゃないですか。おれたちの普段の捜査じゃ、送検までの四十八時間、接見が入るなんてことあり得ないですよ」

むきになって池田が反論する。西岡は不快げに応じる。

「おれたちにしたって、こんなに早く弁護士が出てくるケースは滅多にないよ。こっちから連絡したわけじゃないんだから、はなからそう話が決まっていたわけだろう」

黙って話を聞いていた特別捜査第二係長の大沢が口を挟む。

「ただしこういう動きは、相手が政治家のときはなくもない。選挙違反の摘発で政治秘書や後援会長を逮捕すると、即刻弁護士が駆けつける。政治家の先生は当然身に覚えがあるから、その際は頼むと事前に周到に打ち合わせしてるんだよ」

俊史が興味深そうに言う。

「だとしたら今回のケースもそれとよく似ているね。そういう場合の政治家の目的は、逮捕者の無実を勝ちとるというより、自分に累が及ばないように口止めすることだとよく聞くよ」

「その手を使われると、我々も攻めあぐねるんですよ。選挙違反なんて、秘書や後援会長や下っ端の運動員が勝手な判断でやるはずがない。政治家の指示があっての話だと普通の市民だってわかっているのに、政治と法の壁を突破できない」

大沢が嘆く。そのとき西岡の携帯が鳴った。短いやりとりで通話を終え、西岡は顔を上げた。

「川上は死亡したそうです。容疑はとりあえず傷害から傷害致死に切り替えます。今後の供述によっては殺人に切り替わるかもしれませんが」

部屋にいる全員の口から落胆のため息が漏れるが、池田はここぞというように張り切り出す。

「だったら、これからその線で締め上げますよ。いまや君島が唯一の糸口ですから、手加滅はしていられない。とりあえず、こじ開けなきゃいけないのはあいつの口ですよ」

「おれたちものんびりしちゃいられない。室谷という弁護士の素性をとことん洗う必要がある。手が空いている者は、全員情報収集に当たってくれ」

大沢も負けずに号令をかける。俊史が身を乗り出す。

「おれもべつのルートで動いてみるよ。そのあたりに関しては、情報の宝庫がもう一つあるから」

「公安か？」

葛木が訊くと、俊史は大きく頷いた。

「ああ。勝沼さんに動いてもらうことになるけどね。政界絡みの情報はしっかりため込んでいる。それも国政レベルの政治家だ。橋村と室谷を繋ぐ情報が出てくる可能性がなくもない」

「だったらよろしく頼むよ。とりあえずおれたちは君島に口を割らせることに全力を注ぐ。川上の死亡で局面が変わった。殺しの捜査となれば、おれたちの本業だ」

焦燥を押し隠して葛木は言った。

5

室谷となにを喋っていたのか、君島はようやく一時間後に戻ってきた。その顔にはなにやらふてぶてしいものが漂っている。

「長話だったな。いったいなにを吹き込まれた？」

皮肉な調子で葛木は訊いた。にんまり笑って君島は応じる。

「べつになにも。ブタ箱暮らしで体を壊さないように、いろいろ注意を受けただけだよ」

「川上が死んだよ。これで容疑は殺人と決まった。この先は手加減しないから覚悟しろよ」

池田が凄むと、君島は慌てて問い返す。

「ち、ちょっと待ってよ。さっきまでは傷害だって言ってたじゃないか」

「現場を見ていた捜査員の証言で、そう見るのはとても無理だという話になった。刃物を腰に構えて体当たりというのは、やくざが命を取りに行くときの基本だろう。殺意があったのは間違いない」

葛木はきっぱりと言った。こざかしい顔つきで君島は応じる。

「そんなの、おれの心のなかの問題だろう。あんたたち、人の心が覗けるのかよ」

どういう知恵をつけられたのか、君島はしゃれた口を利く。連発していた黙秘という言葉はどこかへ消えてしまったようだ。池田はさっそく揚げ足をとる。

「その代わり、おれたちがそう判断したらおまえは反証できない。心のなかを覗かせてもらえない限りはな」

「殺意はなかったんだよ。そこはおれが保証するよ」

君島は慌ててトーンダウンする。池田は手綱を緩めない。

「おまえに保証されたって話にならない。殺意がないんなら、どうしてあんなことをしたんだよ」

「ちょっと痛い目に遭わせようと思っただけだよ」

「どういう目的で？」

「気に入らない野郎だったからだよ」

「付き合いがあったのか」

「べつにないけど、あいつの会社がやってる店で無礼なことをされたんだよ」

「無礼なこと？」

「スパとかいう都内でも温泉に入れるところがあるだろう。たまには高級なところで一風呂浴びようと出かけたら、入れ墨のある客はお断りだと追い出された」

「そんなの、普通の銭湯だって同じことだろう」

「そういうところは特別だろうと思ったんだよ。高い料金を取るんだから。そこを経営してるのがあいつの会社だったんだよ」

ローレル・フーズ・ホールディングスは飲食店のグループだと思い込んでいて、最近流行のそういう高級入浴施設も経営しているとは知らなかった。そこはあとで確認する必要がある。

「なんだか、とってつけたような話だな。どうして被害者が、そこの役員だとわかったんだよ」

「そんなの調べるのは簡単だよ。いまはインターネットってのがあるからな」

君島はいっぱしのIT使いのような口を利く。葛木は首をかしげた。

「あのビルにはほかにもいろいろな会社が入っているだろう。どうして彼の顔がわかったんだ」

「ホームページに役員の写真が出ている。それを覚えていたんだよ」

嘘八百という気配がありありだ。葛木もそれは見ているが、役員は十人前後いて、その顔をすべて頭に入れていたとしたら驚くべき記憶力だ。

「いつの話だ」

「きのうの夕方、五時頃だよ」

池田が舌打ちする。

「よくできたストーリーだな。室谷とかいう弁護士の入れ知恵か」

「本当だよ。信用できないんならその店に確認したらいいだろう。池袋西口のローレル・スパっていう店だよ」

君島は自信ありげだ。葛木は西岡の携帯を呼び出して事情を説明した。すぐに確認してみると応じて、西岡は言った。

「事前にそういう芝居を打っていたとしたら、明らかに計画的な犯行じゃないですか。川上を事情聴取でしょっ引いたのはけさの話ですから、それを予期しての動きなのは間違いない。こいつは手強いかもしれませんよ」

そこはまさしく同感だ。よろしく頼むと応じて通話を終え、余裕を覗かせて君島に向き直った。

「話ができすぎていると、かえって信憑性を感じないもんでな。そもそもどうしてその話を最初にしなかった」

「有利になるか不利になるかわからなかったからだよ。だから弁護士の先生と相談したんだよ。殺意はなかったんだから、殺人罪は適用されないって先生が言うから、いま話すことにしたんだよ」

しらっと応じる君島に、脅しつけるように池田が言う。

「そうはいかない。殺す気で刺したのは間違いない。そのうえ顔まで調べて待ち伏せしたとなりゃ計画性も高い。絶対に殺人罪で送検してやる。そもそもいくら馬鹿だって、高級銭湯で入浴を断られたくらいで死刑になるようなことをするはずがない。いったいだれに頼まれたんだ」

「一人殺しただけで、死刑になるのか」

「問題は人数じゃない。動機が悪質なら極刑もあり得る。おまえの話が本当なら悪質な報復殺人だ。情状酌量の余地はない。ムショ帰りで箔《はく》をつけるどころか、生きて娑婆へ戻れなくしてやるぞ」

「そんなこと、警察が決めることじゃないだろう。裁判になれば腕のいい弁護士の先生がつくんだし」

「信用してるのか、その弁護士を？」

「もちろんだよ。あんたたちよりずっと信用できる」

「そうか。おれたちの読みだと、その先生も、おまえが死ぬまでムショにいることを願っているような気がするんだがな」

「どうしてそんなことが言えるんだよ」

問いかける君島の声が震えている。動揺はしているようだ。葛木はずばりと言ってやった。

「それが、今度のことを裏で仕掛けた黒幕の思惑だからだよ」

「黒幕って、だれのことだ」

「おまえから見たら雲の上の人間だ。直接教唆したのは山七組の高田かおまえのところの組長あたりだろうが、裏から動かしているのはやくざなんて目じゃない恐ろしい人間だ。金もあれば権力もある。おまえみたいなけち臭いチンピラなんて蚊や蠅くらいにしか思っていない。どんな美味いことを約束されているのか知らないが、そんなもの反故《ほご》にするどころか、向こうが望んでいるのは、おまえをこの世から消すことかもしれないぞ」

池田は遠慮なしに脅しにかかる。刑事捜査の手法としてやり過ぎだとは思うが、まさしくここは正念場だ。川上が死んだいま、下手に手加減すれば、本命の大魚を逃がすことになる。

「脅したってだめだよ。どうせこれから長いムショ暮らしになるのはわかってる。このまま娑婆でやくざをやってたって、ホームレスに毛の生えたくらいの暮らししかできないし、生活保護も受けられない。三食付きで雨露のしのげる暮らしも別段悪いとは思っちゃいない」

開き直ったように君島は言う。近ごろこういうタイプの被疑者が増えて困るとマル暴担当の刑事からよく聞かされる。

「おまえ、家族はいないのか」

葛木が訊くと、君島はどこか切なげに肩を落とす。

「女房と五歳の息子がいるよ」

「おまえがいなくなったらどうなるんだ」

「心配ないよ。面倒を見てくれる人がいるから」

「ひょっとして、おまえに犯行を教唆した誰かが、それを約束したんじゃないだろうな」

「そんなことないよ。おれにも女房にも、親戚とかいろいろいるから」

君島はむきになって言い返す。普通なら感じるはずの不安を抱いている気配がない。すでに仕事の謝礼として、そこそこの額の金が妻の手に渡っている可能性もある。

そのとき葛木の携帯が鳴った。応答すると俊史からだった。

「室谷という弁護士、やはりただ者じゃなかったよ」

「ちょっと待て。こちらからかけ直す」

君島に聞かれては具合の悪そうな話なので、いったん通話を切って廊下に出た。かけ直すと、声を落として俊史は言う。

「勝沼さんが公安から仕入れた情報によれば、室谷のお得意さんは大物政治家のオンパレードらしいよ。そこには浅井《あさい》現官房長官も含まれる」

「しかし刑事関係の裁判記録には、そういう名前は出てこなかったぞ」

「刑事じゃなくて民事のほうだよ。室谷は公安にとってはお馴染みの顔でね。議員会館や与野党の大物の政治家事務所にしょっちゅう出入りしているらしい」

「どういう仕事を引き受けているんだ」

「政治家というのは意外に訴訟沙汰が多くて、大体が金の貸し借りらしいんだけど、弁護士には守秘義務があるから、公安もその内容までは踏み込めない。ただし官房長官との繋がりについては、やや信頼度の高い情報がある」

「というと？」

「五年ほど前に起きた女性問題だよ」

俊史はさらに声を落とす。葛木は思い当たった。

「そんなことがあったな。週刊誌に不倫疑惑を報道されて、野党はよってたかって叩きに走った」

「ところが一週間もしないうちに騙《だま》されて捨てられたと主張していた女性はマスコミの前から姿を消して、報道はあっというまに下火になった」

「金で手を打ったという噂だったな」

「そのとき、動き回ったのが室谷らしい」

それは耳寄りな情報だが、どう考えてもワイドショーのレベルだ。

「公安はそんなことまで調べているのか」

「彼らは政治家の下半身の話が大好きだからね。ところがそのあたりはまだ序の口で――」

「もっとやばいことがあるのか」

「その前年、息子が強制わいせつ容疑で逮捕されている」

「本当なのか。とくにニュースにもならなかったな。室谷が担当した刑事事件のリストにも出ていなかった」

「不起訴で終わったから記録には残っていない。事件が起きたのは浅井氏の地元で、そこの所轄が気を遣って公表しなかった。そのあいだに電光石火で告訴を取り下げさせてしまったらしい。いまは法改正で強制わいせつは非親告罪だけど、当時は親告罪だったから、告訴が取り下げられれば自動的に不起訴になる」

「やはり金で始末を付けたのか」

「それもあるかもしれないけど、かなり強引なやり方をしたんじゃないの。被害者の女性は、その半年後に自殺未遂事件を起こしているそうだから」

穏やかではない話だ。だとしたら、この件に関しても室谷はうってつけと言えそうだが、それは君島にとってという意味ではない。葛木は唸った。

「いい意味でも悪い意味でも腕は確かなようだな。そのあたりは川上の評判とよく似ている」

「気がかりなのはそこなんだよ。いま扱っている事案全体とどう関わるかはわからないけど、じつは室谷と川上は、以前はパートナーだった」

「以前というと？」

「十年くらい前までだそうだ。川上・室谷法律事務所というのをやっていたらしい。川上がローレルの法務部門に就職したのがたしかその頃だったね」

「そのあとの川上との仲は？」

「わからない。公安も彼らをターゲットにしていたわけじゃないから。室谷の事務所のホームページにそう書いてある。おれのほうでもいま確認したから間違いない」

「自分の元パートナーを殺害した犯人の弁護を引き受けたこと自体は、弁護士という職業柄とくに問題はないが、君島の話からすると、川上が襲われる前から弁護を行う話がついていたようにとれる点が気になるんだよ」

「そのようだね。いま西岡主任が池袋のスパに電話を入れて確認したよ。確かにきのうの午後五時前後に、派手な入れ墨をした客がやって来て、従業員が入店を断ったという話だった。君島の顔写真をファックスして確認してもらったら、たしかにその人物だという返事だった」

「そこで一悶着あったんだな」

「いや、話をすると、因縁を付けて暴れることもなく、素直に納得して帰っていったそうだよ」

「だとしたら、そのときの恨みで犯行に及んだという話は辻褄が合わない。そもそも、そういう施設では倶利伽羅紋紋を背負った人間の入店が断られるくらい、いまどきのやくざなら常識だろう。わざわざ出かけたとしたら、因縁を付けて金でも脅し取ろうという魂胆のはずで、大人しく退散したというのが腑《ふ》に落ちないな」

葛木は疑心をあらわにした。同感だというように俊史も応じる。

「すべて仕組まれた話としか思えないね」

「おそらくな。君島には妻と息子がいるようだが、自分が刑務所にいるあいだ、誰かが面倒を見てくれる保証があるような気配だった。本人も刑務所暮らしを嫌がらないどころか、衣食住付きの福祉施設くらいの感覚でいるようだ」

「いまどきのやくざは、ずいぶん生活が苦しいらしいからね」

「そういう弱みにつけ込んで、金のあるやつが気軽に鉄砲玉を雇えるようになってるとしたら、世の中お終いだよ」

葛木はため息を吐いた。川上の事件がこちらの見立てどおりなら、すでにその種の受託殺人がサービス業として成立していることになる。馬鹿息子の犯罪を隠蔽するためにそんなサービスを利用するような人間が、これから国家公安委員長の椅子に座ることだけは願い下げだ。

「それで、二課長といま相談したんだけど——」

俊史はおもむろに切り出した。

「別の班を使って、室谷という弁護士の身辺をとことん洗ってみようと思うんだ」

「なにか出てきそうか」

「むしろ一気に本丸に攻め入れるんじゃないの。その手の弁護士は、法廷で仕事をするより汚れ仕事で荒稼ぎするほうが好きだから、政界との深い繋がりが出てくる可能性は高いと思うんだよ」

「しかし、背後にどんな経緯があるにせよ、かつてのパートナーだった川上の殺害に関与しているとしたら、想像を絶するろくでなしだな」

「彰夫といい橋村といい川上といい、今回の事案はろくでなしの出番にこと欠かないね。この先、もっと大物のろくでなしが出てきそうな気がするよ」

俊史はあきれるというより、むしろ期待するような口振りだ。

「たぶん、それが本命の大魚だな」

葛木も腹を固めた。そこまでの話となると、所轄の一刑事の仕事を超えていると尻込みしているところがあった。心のなかに自分でつくっていたそんな敷居が、知らないうちに取り払われているのに葛木は気付いた。

第十章

1

室谷は見え見えの作戦に出てきた。

二、三時間ごとに接見にやってきて、なにを話しているのか、そのたびに一時間前後の時間を費やす。もちろんそんなことをすれば取り調べをする側の心証は悪くなり、公判の際に不利な扱いを受けるのはわかっているから、普通の弁護士はそこまではしない。あえてそれをやっているとしたら、室谷にやはり本気で君島の弁護をしようという気はなく、本音ではより長い刑期を望んでいるとさえ考えたくなる。

一方でその作戦は、葛木たちにとって極めて不利だ。警察が被疑者を留置できるのは逮捕から送検までの四十八時間と定められている。さらに取り調べができるのは一日八時間という制限がある。

現行犯逮捕である以上、傷害致死ないし殺人で送検するだけならいますぐにでもできるが、葛木たちが明らかにしたいのはその背後関係だ。その供述を得ずに送検すれば、検察はそれだけで一丁上がりと判断するだろう。悲しいかな、こちらが期待している教唆の事実の解明にまで、検察が乗り出してくれそうな材料がいまはない。

逮捕後、すでに八時間を過ぎていて、いまは午後十時を回っている。室谷の接見で取り調べはどうしても細切れになる。そのうえ君島は、接見を重ねるたびに口が堅くなる。

いまも室谷が接見にきている。どのみちきょうは持ち時間をすでに使い切り、これ以上の取り調べはできない。葛木たちは二課の会議室に戻り、今後の対応を相談しているところだった。

「室谷は公判では、たぶん傷害致死を主張してくるでしょうね。それだと量刑の相場は長くて八年前後。殺人なら十五年前後でしょう。その点に関しては、こちらはとりあえず殺人罪で送検して、あとは公判の結果待ちですが、とにかく困るのは、君島の口が徹底して堅いことですよ」

西岡が嘆く。犯行の動機が何者かによる教唆だと認めれば、君島が主張する個人的な遺恨という主張が覆る。その場合は、傷害致死も成立しない。量刑で不利になるのは君島もわかっているはずだから、その点から考えても自供を得るのは困難だろう。

「いちばんの問題は、あいつがムショ入りを嫌がっていないことですよ。あんなのが増えると、刑務所が矯正施設じゃなくて、食いっぱぐれのチンピラの福祉施設になっちまう。娑婆には自殺したり餓死したりする生活困窮者もいるというのに」

苦々しい口振りで池田が言う。刑務所も近ごろは待遇が改善されている。三食寝床つきで、役務は週休二日。エアコンつきの房を備えるところも増えている。住めば都で、出所するとすぐに罪を犯して、公判ではなるべく長い刑期を希望するようなのもいるらしい。

「教唆罪の場合、黒幕が誰かを吐けば刑期を減軽してやると取り引きを持ちかける手がある。選挙違反や収賄でおれたちも積極的に使うんだが、君島の場合、おそらく刑期の長短は無視できるくらい美味《おい》しい餌を与えられているんだろうね。どうせ空手形に終わる可能性のほうが高いが、いまはそれを信じ込んでいるようだし」

ため息混じりに大沢が言う。君島の堅い口をこじ開ける妙案は彼にもないようだ。池田は苛立ちを隠さない。

「いちばんの壁は室谷ですよ。いますぐあいつをしょっ引けるネタが見つかればいいんですが」

「うちの班の人間が、全国の警察本部に問い合わせて情報を集めているんだがね。まだお誂え向きの話が入ってこないんだよ。あすまた電話をかけまくるつもりだよ」

渋い表情で西岡が応じる。俊史も力なく口を開く。

「勝沼さんも、公安がなにかネタを握っていないか探りを入れてくれてるんだけど、めぼしい材料はまだ出ていないようだね。公安全体が勝沼さんに協力的なわけじゃない。気心の知れた数少ない仲間に頼っての情報収集だから、向こうが抱えている情報をそっくりもらえるわけじゃないんでね」

「そう簡単に材料が揃うんなら、そもそも橋村本人に関して、臭い話がもっと出てきてもいいはずだからな」

葛木は無念さを滲ませた。川上を失い、さらに君島まで塀の向こうに逃げられたら、そこで捜査が行き詰まりかねない。

そのとき携帯の着信音が鳴った。俊史が慌てて耳に当てる。相槌を打ちながら五分ほど話をし、俊史は通話を終えて葛木たちを振り向いた。

「課長からだよ。いま勝沼さんから連絡があって――」

俊史が語ったのは、喉《のど》から手が出るほど欲しかった室谷についての情報だった。成年後見制度を悪用した業務上横領の疑いがあるらしい。

被害を受けた被後見人は、五年前に引退した木川田《きかわだ》和之《かずゆき》という与党の代議士で、そのときすでに認知症の兆候が出ていたため、それがさらに進んだときに備えて、任意後見人として室谷を指名した。彼には孝典《たかのり》という息子がいたが、昔から仲が悪く、代議士の地盤は引退時に、信頼していた河合《かわい》という秘書に譲っていた。後援会もそれを歓迎し、翌年の補選で河合は当選。木川田が築いた地盤はこれで安定したと喜んでいた。

ところが孝典が最近、次の衆議院選挙で同じ選挙区に出馬すると表明した。自身は東京で小さな広告代理店をやっていたが、放漫経営でかなりな額の負債を抱えているという噂で、強固な地盤をもつ河合に太刀打ちできるはずがないというのが地元での下馬評だった。しかし東京の党本部ではなぜか孝典を買う声が高く、次の総選挙ではそちらを公認する方向で話が進んでいるらしい。

もちろん地元の県連は反発し、あくまで河合を擁立する方針で、与党の分裂選挙になる様相だが、そんななか、河合の後援会の役員が不審な噂を聞きつけた。引退した木川田が所有していたはずの広大な山林が東京のある大手企業の工場用地として売却されているという。

法務局で調べてみると、売却したのは孝典で、その土地は数ヵ月前にいったん室谷の名義に書き換えられ、翌月にさらに孝典の名義に書き換えられていた。その売却益が選挙資金に充てられるのは明らかで、勝負にならないと高を括っていた孝典が、現代議士にとっては予想外の強敵として浮上した。

しかしそのときすでに木川田は認知症が進行していて、土地の譲渡などという高度な判断はできないはずだった。さらにそうなる以前に、その土地を孝典に譲る意思を後見人の室谷に伝えていた可能性は、その役員が知る限りまずあり得ないことだった。

不審に思った役員は地元警察に相談したが、それはあくまで民事の領域で、警察が関与する分野ではないと相手にされない。しかしここ最近、成年後見人の弁護士が被後見人の財産を横領する事件が多発しているというニュースをその役員は耳にしていた。最終的には室谷が着服したわけではないが、被後見人の意に反して名義の書き換えを行ったとしたら、職権を利用した横領に当たるのではないかと裁判所に申し立てたが、任意後見の場合でも、裁判所が指名した任意後見監督人がチェックをしており、不正があったという報告は受けていないと、こちらも相手にしてくれない。

しかしそうした裁判所のチェックが杜撰《ずさん》だからこそ、数々の横領事件が発生しているわけで、河合の陣営は室谷への疑惑を強めているらしい。

「公安がそんな情報を把握していたのか」

葛木の問いに、皮肉な調子で俊史は答える。

「彼らのお得意さんは共産党や右翼やカルト宗教だけじゃない。それだけじゃいま抱え込んでいる大所帯を持て余すからね。それは彼らの既得権益だから」

「与党も野党も、要は政界全体が彼らの商売の対象なわけだ」

「しかし不正を見つけてもすぐに摘発に乗り出すわけじゃない。ただ公安の予算は国の丸抱えで、大半が地方自治体の予算で賄われる刑事などと比べれば、圧倒的に国との結びつきが強い。警察はよく親方日の丸と言われるけど、それが正確に当てはまるのは公安だけだからね」

「そういう情報をため込んでおくことで、政界への影響力を担保するというような話を、このあいだおまえから聞いたな」

「今回の勝沼さんに対する人事上の圧力は、部門の垣根を越えて公安にとっても見逃せない事態だと、一部の公安官僚は認識しているようなんだ。このまえ彼らがくれた室谷についての情報にしても、現在情報収集を進めてくれている橋村彰夫の参院選出馬の件にしても、搦め手からの応援と見なしていいんじゃないのかな」

「呉越同舟路線が機能しているというわけだ。その代議士の地元はどこなんだ」

「茨城の五区だね」

「だったら警視庁の管轄じゃないな」

落胆を隠せない葛木に、俊史は言う。

「そうなんだけど、勝沼さんの力があるいまなら、茨城県警の二課を動かして、即刻逮捕に踏み切れるはずだと言うんだよ。容疑は詐欺罪でも横領罪でもなんとでもなる。とりあえず逮捕して仕事ができなくしてもらえばいい。そのあいだにこちらは君島をぎっちり締め上げるという作戦だ」

「勝沼さんは動いてくれそうか」

「自分の処遇が絡んだ事案だからと二の足を踏んでいるようだけど、ことは勝沼さん一人の問題じゃないからね。法の番人であるべき警察が、政治家の傀儡《かいらい》に成り下がるかどうかの重要な岐路だから。課長はこれから説得にかかるそうだ」

「そうか。だったら早いほうがいいな。こっちが時間切れになったんじゃなんの意味もない。後援会の役員が警察に相談しているんなら、すでにそこで告発がなされていると解釈すればいい」

「ああ。裁判所は二十四時間三百六十五日営業しているから、これから逮捕状を取得すれば、あすの朝いちばんで身柄を拘束できるんじゃないか」

「ただし、裁判所が簡単にフダ（逮捕状）を出してくれるかどうかだよ」

「そこは課長は心配していないよ。裁判所は成年後見制度のいわば監督官庁で、それを悪用した犯罪を見逃せば共犯と見なされてしまうから」

俊史は楽観的だ。その読みが正しければ、いくらか先は見えてくる。室谷の動きさえ封じられれば、君島は意外に簡単に落とせそうにみえる。汚いやり方なのは承知の上だが、ここであっさり君島を刑務所送りにしてしまえば、その背後で蠢《うごめ》く巨悪も闇の向こうに消えてしまう。

2

茨城県警は要請に応えてくれた。現在の本部長は勝沼の後輩で、一貫して刑事畑を歩んできた。警察庁内では数少ない勝沼の人脈に属する一人でもあるらしい。

県警の捜査二課は、早朝の七時に、業務上横領の容疑で室谷を逮捕した。

室谷が名義の書き換えにワンクッション置いたのは、これから国政に打って出ようという孝典に横領の容疑がかからないようにするための配慮だったと思われた。直系血族のあいだの横領や窃盗は刑罰が科されない。しかし横領の事実は残り、それは政治家としての道を進む上で大きな疵になる。

もちろん後見人の室谷が依頼人の土地を自らの名義に書き換えれば、それも横領罪に問われるが、成年後見人による横領はいまや社会問題になるほどで、おそらくそれ自体が氷山の一角と思われる。言い換えれば制度の運用管理がそれほど杜撰で、室谷のような札付き弁護士なら、いったん自分の名義にしたとしても、発覚する惧れはないと高を括ったのではないかと県警は見ている。

それ以上に、勝沼が耳に入れた室谷のよからぬ評判から、県警の捜査二課はさらに余罪もあるとみて、これから本腰を入れて追及するという。

「とりあえず、これで室谷の捜査妨害は封じられたが、のんびりはしていられない。残り時間はあと三十時間強だ」

俊史の報告を受けて葛木は言った。とはいえ一日八時間という取り調べ時間の制約があり、すでにきのうの分は使ってしまった。もちろん詰めの段階ではそんな悠長なことはしていられない。室谷の邪魔が入らない以上、多少の時間オーバーは辞さないが、切羽詰まっている状況に変わりはない。

取り調べは午前九時に始まった。君島はのっけから訊いてきた。

「弁護士の先生は？　きょうも朝いちばんで接見に来ると言ってたんだけど」

「さあ、どうなんだかな。けさのテレビのニュースだと、業務上横領の容疑で茨城県警に逮捕されたそうなんだが」

池田がとぼけて答えると、君島の顔色が変わった。

「嘘だろ」

「嘘じゃないよ。当人が留置場にぶち込まれてるんじゃ、こっちに接見に来られるはずもないよな」

「警察ってのは汚いことをするって聞いてたけど、あんたたちが嵌《は》めたのか」

「逮捕したのは、うちじゃなくて茨城県警だと言ってるだろう。本人の素行がよほど悪かったんじゃないのか。弁護士にもろくでもないのがいるから、おまえもうっかり信用しないほうがいいぞ」

「じゃあ、おれの弁護は誰がしてくれるんだよ」

「不起訴なら引き続き弁護活動に戻れると思うけど、起訴されたらしばらく娑婆へは出られないからな。そうなると辞任せざるを得ない。おまえのほうで別の弁護士を探すか、裁判所に国選弁護人を選任してもらうしかないだろうな。もっともそれには多少時間がかかるから、もうしばらく弁護人なしでおれたちと付き合ってもらうことになる」

「ちょっと待ってくれよ。そういうのは基本的人権の侵害ってやつじゃないのか」

君島は気の利いたことを言う。しかし池田はそんな話には耳を貸さない。

「弁護士の先生に教えてもらったのか。しかしヤクザにはそんなの適用されないって、おれは幼稚園で習ったけどな」

「幼稚園でそんなの教えるかよ。とにかく早く弁護士をつけてくれよ」

「国選がつくのは、送検されてからと決まってるんだよ。おれたちは法令に反することはやっていない。それに言っちゃなんだけど、国選なんて引き受けても儲からないから、適当に裁判を引き延ばして日当稼ぎするような弁護士が多いと聞くぞ」

「真面目にやってくれなきゃ困るよ。室谷さんは、傷害致死なら五、六年で出してやるって言ってたのに」

「その代わり、背後関係は喋るなって言われてるんだな。おまえ、いいように騙されてるぞ。ヤクザが刃物で相手の腹を刺して、殺意がなかったなんて話、誰が信じるんだよ。容疑は当然殺人で、死刑や無期とまでは行かなくても、最低十五年は食らうことになるぞ。いまさら話が違うと言ったって、もう遅いからな」

「でも、室谷さんは任せておけって――」

「いろいろ悪い噂のある弁護士のようだな。そんなやつの言うことより、おれの言うことを信じろよ。誰に頼まれたか吐けば、検事も裁判官も人の子だから、多少の加減はしてくれる。そもそもあの室谷という弁護士、誰に紹介されたんだ」

「昔からの知り合いだよ」

「昔って、いつ頃だよ」

「昔は昔だよ。誰に弁護を頼もうとおれの勝手だろ」

「ただで弁護してもらえるほど親しい仲なのか」

「馬鹿にするなよ。おれにだって多少の蓄えはあるよ」

「娑婆で食い詰めているより、ムショにいるほうがましだと、きのうは言ってたじゃないか」

池田は足下を見透かすような口振りだ。葛木は諭すように言った。

「奥さんと子供のこともあるだろう。強がりは言わずに、早く娑婆へ帰ることを考えろよ。おまえが実行犯だとしても、おれたちは本ボシだとは思っちゃいない。おまえが素直に自供してくれて、そっちが摘発できるんなら、送検の書類に手心を加えてもいいんだぞ」

「警察はそういう美味い話を持ち出すから騙されるなと、先生は言ってたよ」

「その先生が留置場に入ってるんじゃ世話はないだろう。少し頭を働かせれば、騙されているのが自分だくらい気がつくはずだ。先生としては、おまえをとにかく刑務所にぶち込んで一件落着。おまえにその仕事を頼んだ大物も枕を高くして眠れるわけだ」

「誰なんだよ、その大物って？」

「知らないのか」

「あ、ああ。いや、べつに誰にも頼まれちゃいないんだけど——」

君島はしどろもどろだ。葛木はそこを突いた。

「依頼主が誰かも知らずに、おまえは自分の人生をどぶに捨てるような仕事を引き受けたのか」

「答えられねえよ。黙秘する」

「人に頼まれたのは認めるわけだ」

「それも含めて黙秘するって言ってるんじゃねえかよ」

「そう答えるように、先生に指導されているわけだ」

「本当に、先生は接見に来られないのか」

君島は心細そうに問い返す。希望の糸を断ち切るように葛木は言った。

「今回の容疑以外にもいろいろ余罪がありそうだから、無罪放免ということはないだろう。そのうちどこかの刑務所で再会できるかもしれないな」

脅しつけるように池田が続ける。

「そういうペテン師みたいな弁護士の言うことを聞いたってろくなことはないぞ。いいように利用されて、あとは放り出されるくらいわからないのか。少しは自分の頭で考えろよ」

「そんなこと言われたって――」

君島の声が小さくなる。そのとき葛木の携帯が鳴った。西岡からだった。

「面白い話が出てきましたよ。茨城県警の二課からなんですが――」

西岡が語ったのは、面白いどころか、君島の堅い口をこじ開けるバールにでもなりそうな情報だった。その内容を池田に小声で耳打ちしてから、葛木は君島に問いかけた。

「おまえの奥さんの名前、たしか君島妙子《たえこ》だったな」

二課はきのうのうちに君島の住民票を取得して、戸籍所在地や家族構成を把握している。茨城県警にはその情報を渡してあり、もし室谷と君島が繋がるような材料が出てきたら、知らせて欲しいと依頼していた。茨城県警も、横領の件だけではなく、余罪についても追及を進める方針だから、さっそく彼の銀行口座を洗ったらしい。

そこにきのう、「キミシマタエコ」名義の口座に二百万円を振り込んだ記録があった。それは金額や振り込みの時期から見て、君島に仕事を依頼した際の謝礼の一部だろうと西岡は見ている。

いまは暴力団員とわかれば銀行に口座はつくれない。もっともそのあたりは抜け道がいろいろあるらしく、銀行口座はおろかクレジットカードまで持っている暴力団員はいくらでもいると聞いている。

妻の口座に振り込んだのは、それも理由として考えられなくはないが、むしろ君島本人の口座への振り込みではなにかの際に足がつく。それを室谷が惧れたためだとみるのが妥当だろう。

室谷は業務用の口座のほかにも、私生活用の口座をいくつか持っているようで、茨城県警はいまそちらの入出金記録も取り寄せているところだという。

県警がいちばん欲しがっているのは木川田元代議士の息子との金銭のやりとりの記録だが、こちらが欲しいのは橋村代議士本人、もしくは彼と繋がる個人や団体からの入金の記録で、それが見つかれば川上殺害を教唆した黒幕として橋村が一気に浮上する。そこは大いに期待がかかるが、室谷から君島の妻への振り込み記録は、とりあえず願ってもない収穫だった。

「なにが言いたいんだよ。女房は関係ないだろう」

君島はつっけんどんに言い返すが、その目に動揺の色が読みとれる。葛木は言った。

「おまえ、いい弁護士を見つけたな。弁護料を請求するどころか、金を払ってくれる弁護士なんて初めて聞くぞ」

「金なんかもらってないよ」

君島はぶるぶる左右に首を振る。池田が身を乗り出す。

「室谷弁護士から、奥さんの口座に二百万円振り込まれているのを知らないわけじゃないだろう」

君島の顔が強ばった。

「どうしてそんなことを？」

「室谷はいま横領の被疑者なんだよ。警察は銀行口座でもなんでも調べられる。これからもっとやばい話が出てくるかもしれないな。おまえの自供を待たなくても、こっちの欲しい答えが出るかもしれないから、そうなるとおまえの供述なんてなんの価値もなくなるぞ。送検の際の書類に、しっかりお仕置きしてやってくださいとひとこと書き込むことになりそうだな」

「そんなつれないこと言わないでくれよ。殺さなくてもいいから、ちょっと痛い目に遭わせてやってくれと頼まれたんだよ」

君島は青ざめた顔で言う。池田は鋭く突いていく。

「しかし被害者は死んだ。手際も大したものだった。殺せと言われてなきゃ、あそこまで根性を入れた仕事はできないんじゃないのか」

「弾みでああなっちゃったんだよ。本当に殺す気はなかったんだよ」

傷害致死と殺人の量刑の違いは、室谷に教えられてよくわかっているらしい。とどめを刺すように葛木は訊いた。

「つまり、人から頼まれての犯行だということは認めるんだな」

「でも、それが誰かは言えねえよ」

「どうして？」

「女房と子供の暮らし向きのこともある。それよりも怖いのは――」

「報復か」

「ああ。娑婆に残す家族に危害を加えるようなことをされたら困るんだよ」

「そもそもいくらで頼まれたんだ。まさか、たった二百万であれだけ大それたことを引き受けたわけじゃないだろう」

「それは一時金だよ。あとはおれがムショに入っているあいだ、毎年三百万、女房の口座に振り込んでくれる約束だった」

「そんなことを信じたのか」

呆れた調子で応じると、君島はどこか切なげに肩を落とす。

「信じるしかなかったんだよ。ヤクザには生活保護もない。三度の食事代にもこと欠く有様なのに、組への上納金は容赦なく取り立てられる」

「抜ければよかったのに」

「そんなことしたら、たっぷりヤキを入れられて、へたすりゃ殺されかねないよ。足抜けすれば警察が保護してくれるなんて嘘っぱちで、いまも行方不明になってる同業者を、おれは何人も知ってるよ」

　君島は滅相もないという口振りだ。池田が凄みを利かせる。

「だったら、誰に頼まれたか言っちまったほうがいいぞ。ムショに入れば命を狙われる心配もない。まさか弁護士からじかに頼まれたんじゃないだろうな」

「あの人はあいだに入っただけだよ。うちの組長が会って話を聞けと言うから」

「室谷弁護士から？」

「そうじゃなくて、あの人の事務所へ行ったら、政治家の秘書だという男がいて、その人と別室で差しで話をしたんだよ」

「なんていう政治家なんだ」

「名前は言わなかった。与党の大物だとだけ言っていた」

「その秘書の名前は？」

「それも言わない」

「そんな怪しげな男の話を信じたのか」

「おれたちの世界では、福沢諭吉の絵が入った名刺がいちばん信用できるんだよ。そのときそんなのが百枚入った封筒を渡された。それが前金で、そのあと女房の口座に二百万円振り込まれたから――」

「取り込み詐欺がよくやる手口だな。最初は金払いのいいところを見せておいて、大量発注してからとんずらする。おまえだって、けっきょくそうやって騙される」

「信じるしかなかったんだよ。女房と一家心中でもしようかと相談をしているところだったんだ」

君島はぽろりと涙をこぼした。葛木は穏やかに言った。

「やってしまったことは、もう取り返しがつかない。むしろこれを人生をやり直すいい機会だと考えて、しっかりお務めを果たすことだな」

「ああ、できればなにか協力して、少しでも刑期を短縮して欲しいんだけど」

君島は哀願するような調子で言う。壁は崩れたようだ。

「それ以上のことは知らないんだな」

「こうなるとわかっていれば、もっといろいろ探りを入れたんだけど、手付けの百万で舞い上がっちまったんだよ」

「顔は覚えているか」

「ああ、しっかりね。なんだかあくの強い顔だったから」

「そうか。だったら協力してくれないか」

意を強くして葛木は言った。

3

「橋村の自宅兼事務所の近隣の人に訊いて回ったんだが、見かけない顔だと言うんだよ。秘書らしい人間はよく出入りしているというんだが」

電話の向こうで大原は唸る。橋村は議員会館の事務所をメインの活動場所にしているが、愛知の選挙区には自らが代表を務める政党支部があり、さらに自宅にも事務所を持っている。

議員会館には二課の捜査員が張り込んで出入りする人間のチェックをしているが、そちらは入館証を持っていないとなかには入れないため、該当する人物を割り出すには時間がかかりそうだ。

愛知の政党支部については、県警の二課に確認してもらっている。やはり事務所の近隣の住民に話を聞いてもらっているが、該当する人物は見かけないということだった。

あのあと葛木は鑑識課に電話を入れて、旧知の鑑識課員に似顔絵の作成を依頼した。犯罪捜査というとモンタージュ写真が有効とされるが、じつは最近はほとんど使われない。機械的に作成された画像にはどうしても不自然さが残り、それによる検挙率が極めて低いためだ。

一方、腕のいい鑑識課員や捜査員による似顔絵は、対象の人物の特徴をとらえ、かつ人の顔として自然に見えるせいか、そちらでの検挙率はモンタージュを遥《はる》かに上回る。

葛木がかつて何度か付き合ってもらったその鑑識課員の腕はいまも冴えていて、君島の話を聞きながら仕上げた似顔絵は、実物を知る君島も太鼓判を押す出来だった。

さっそくそれをコピーし、まず捜査員を国会図書館に走らせた。大きな政党は国会議員秘書名鑑というのを発行していて、そこには顔写真もある。ただし、そこに掲載されるのは公費で賄われる政策担当秘書と公設第一、第二秘書の三名までで、橋村のような有力議員はそれ以外にも私設秘書を何人も抱えている。案の定、橋村の秘書のページに該当する人物の顔はなかった。

西岡たちは、さらに二課の捜査員にその似顔絵を持たせて議員会館を張り込ませるとともに、城東署と愛知県警の二課にもメールで画像を送付して、面割りを試みていたわけだった。

「議員会館も地元の政党支部もしっかりチェックはしていますから、そのうち該当する人物が現れるんじゃないですか。似顔絵を描いた鑑識課員は、検挙率の高さで定評がある人ですから」

葛木は楽観的な調子で言った。茨城県警にもその似顔絵を送り、室谷に見せて確認はしたが、もちろん知らぬ存ぜぬで、その人物が事務所で君島に会ったことも否定した。

君島の妻の口座に二百万円を送金したことについては、君島の弁護を依頼した人物からの要請で妻子の当座の生活費として用立てたものであり、緊急だったためとりあえず自分が立て替えた。その人物が誰かについては、弁護士法の秘密保持義務があるため明かせないとの一点張りらしい。

今回の逮捕事由とは別件のため、茨城県警としてはそれ以上の追及ができない。今後、本筋の容疑を固める過程で、新しい材料が出れば知らせるとのことだった。

「橋村と彰夫はどうしてますか」

葛木は訊いた。大原は言う。

「とくに慌ただしい動きはないようだな。まだきのうのきょうで、司法解剖もやったんだろうから、お通夜や葬式はこれからなんだろう。しかし、身内の人間が殺されたにしちゃのんびりしたもんだ」

「マスコミはまだ、取材に押しかけてはいないんですか」

「川上と橋村の関係までは把握していないようだな。橋村はいつものように、朝から議員会館の事務所に出かけていったし、彰夫は例の車でドライブに出かけた。交通課の捜査員が覆面パトカーで尾行しているそうなんだが、いま中央自動車道を甲府方面に向かっているらしい。参院補選に出馬する地元選挙区の視察にでも出かけたんじゃないのか」

「余裕綽々じゃないですか。川上が死んで、これで完全に隠蔽に成功したと思ってるんですかね」

「そこが不思議といえば不思議なんだよ。その川上を刺した君島は現行犯逮捕されて、いま本庁で取り調べを受けている。さらにその弁護をしていた室谷が茨城県警に逮捕された。もっと切羽詰まっていてもいいはずなんだが」

「まさか今回の事件に、橋村が関与していないということはないでしょうね」

「それはないと思うがな。川上に死んでもらっていちばん助かるのは橋村で、現にそれに先立つ藤村の不審な動きもある。いまじたばたすればかえって足がつくと思って寝たふりをしているだけで、内心じゃ生きた心地がしないんじゃないのか」

「ただ気になるのは、橋村がそこまで危ない橋を渡るかどうかですよ。川上の車を使った偽装工作は、発覚したとしても親族だから罪には問われない。せいぜい政治家としての資質に疑問符がつくだけで、金の力で復活するくらいの見通しはあったでしょう」

「しかし殺人教唆となると話が違う。橋村の歳じゃ、刑務所から出てくるころには政治家としての賞味期限は過ぎているし、いくらなんでも殺人の前科のある人間が政界に復帰できるはずもない」

大原もそこは考え込む様子だ。葛木は言った。

「君島が会ったという男、政治家の秘書だという話自体がそもそも君島に信用させるための嘘だったのかもしれない。どこかの筋者だったりしたら、そこで捜査の糸は断ち切られかねませんから」

「そいつに指図したやつ、さらにその上の人間と、順に手繰っていくのは大変だな。その連鎖の途中に遮断器役の人間が介在していて、その先、にっちもさっちもいかなくなることはよくあるよ」

「こちらの見込みと違うとしたら、あの似顔絵を使って公開捜査するしかない。しかしいまそれをすると、背後の黒幕に手の内をさらすことになります」

「ああ。しかしその黒幕として思い当たるのは橋村しかいないからな。まあ、うちのほうも、もうしばらく自宅を監視してみるよ」

焦燥を滲ませて大原は言った。

4

「茨城県警は、室谷弁護士の銀行口座をすべてチェックし終えたよ。橋村代議士とも、木川田元代議士の息子とも、金銭のやりとりは発見できなかったようだ」

県警二課の理事官との電話を終え、俊史が残念そうに言う。

君島の取り調べはいったん休憩を入れて、葛木たちは二課の会議室に戻っていた。こちらが望んでいた教唆犯についての供述はとりあえず得られた。これ以上の材料は君島からはたぶん引き出せないと判断し、いまは葛木と西岡が送検に向けた調書の作成に取りかかっている。

被疑事実を殺人から傷害致死に負けてやるとなるといくらなんでも無理はあるが、生活苦に関する部分をやや厚めに膨らまし、さらに教唆犯に関して有力な供述があった点を強調して、情状酌量の余地を残してやることにした。

捜査一課時代にも、共犯者についての供述を引き出すために、ちょっとした取り引きをすることはよくあって、送検書類の書き方一つで、そのあたりの事情は検察官にも察しがつく。より大きな悪党を摘発するためにある程度の取り引きが必要なことは検察も承知しているし、経験的にも、そこは阿吽の呼吸で伝わるものなのだ。

「金銭のやりとりがないとは思えませんよ。危ない金のやりとりは現金でというのが政治家のやり口で、我々も政治家の収賄事件では、そこで証拠が摑めないからいつも苦労させられるんです」

うんざりしたように西岡が言う。葛木は頷いて言った。

「君島の妻への送金に関しては、油断があったんだろうね。相手は一般人だし、会って現金を渡している時間もなかっただろうから。その点は我々にとって幸運だったよ」

「しかし、あの似顔絵、でたらめと言うことはないでしょうね。君島がいい加減なことを言って、存在しない人間の顔になっているとか」

池田が猜疑を滲ませるが、自信を持って葛木は応じた。

「あの鑑識課員はその道のベテランで、そういう嘘はすぐに見抜くよ。存在しない者の人相を聞いたとおりに描いていくと、どこかで破綻を来すものらしい。納得がいかず、二度、三度と確認すると、そのたびに違った答えが返ってきて、けっきょく似顔絵が完成しない。その点、機械式のモンタージュは、どんないい加減な証言でもとりあえず合成ができてしまうから、犯人を捕まえてみると、似ても似つかないことがよくあるそうだ」

「それでも該当するやつが見つからないとなると、それが橋村の秘書だという我々の見込みが外れているのかもしれませんよ。そもそも政治家の秘書だという話が嘘なのかもしれないし」

池田が首を傾げる。葛木は言った。

「おれも、さっき大原課長と話をしていて、ふとそう思ったんだよ。このまま埒があかないようなら、あの似顔絵で公開捜査に踏み切るしかないかもしれない」

俊史が慌てて首を横に振る。

「それはいまは避けたいな。まだここで橋村を刺激したくない。今回の川上殺害だけでも、危なく大事な糸口を失うところだった。さらに厄介な隠蔽工作を講じられたら、こちらは打つ手がなくなってしまう」

「だったら、なにかいい手はないか。秘書かどうかは別としても、橋村と繋がりのある男なのは間違いない」

苛立ちを隠さず問いかけると、俊史は思案げに応じる。

「こういうことは、同業者に訊くのがいちばんいいかもしれないね」

「同業者というと？」

「政治家ないし政治家の秘書だね。国会や議員会館に出入りする人間なら、どこかで見かけていると思うけど」

「なるほど。しかし二課には、そういう知り合いがいるのか」

「選挙違反や汚職事件で付き合いのあった政治家の秘書がいないことはないけど、そういう連中はみんな警察に恨みを持っているから、素直に協力してくれるとは思えない。それに、そんなことが橋村の耳に漏れることだってあるからね。政界なんて田舎の小さな村みたいなものだから」

「だったら誰に訊く？」

「なんでも勝沼さん頼りになっちゃうけど、誰か信用できる国会議員の知り合いがいないか訊いてみるよ。そういうルートなら、情報が漏れる心配はないと思うから」

「当てはありそうか」

「政界に人脈を持っているような話はとくに聞いたことがないけど、大学の同窓生とかで、国政に進出している友達くらいはいるんじゃないのかな」

「そりゃいいね。内緒で情報を探るにはそういう伝手がいちばんいいんですよ。公安に探りを入れる手もあるけど、あそこは必ずしも勝沼さんの味方ばかりじゃないし、そういうネタにはもともと興味津々だから、余計な動きをされるとかえってまずい」

大沢が力強く頷く。それに気をよくしたように俊史は立ち上がった。

「じゃあ、とりあえず課長に状況を報告して、それから勝沼さんに連絡を入れるよ」

5

その日の午後、葛木と池田は本庁から城東署に戻ってきた。水谷はきのうすでに帰っていて、彼も交えて、ここまでの状況の報告と今後の捜査の進め方を話し合った。こちらの報告が済んだところで、水谷が切り出す。

「うちの捜査員が彰夫を尾行したところ、想像どおり、向かったのはやはり山梨方面でした。まず出向いたのは、甲府市内の小さな商業ビルで、そこの二階には『橋村彰夫政治事務所』の真新しい突き出し看板がありました。すでに来るべき参院補選に備えて、地元には事務所を構えているようです」

「スタッフは常駐しているのかね」

「なかには入っていけませんので様子はわかりませんが、それから三十分ほどで彰夫が帰るとき、スーツ姿の若い男が見送りに出てきたそうです」

「例の似顔絵の男とは別人だね」

葛木は気になる点を確認した。水谷は即座に否定する。

「だと思います。あちらはどう見ても五十絡みですから」

「いずれにせよ、すでに地元での動きは始まっているわけだ」

「それどころじゃなさそうです。そのあと出向いたのが県庁だそうでして」

「県庁？」

「ええ。入っていったときは一人でしたが、それから十分ほどして、お付きの人間を従えた恰幅《かっぷく》のいい男と出てきて、県の公用車に乗り換えて次の場所へ向かったそうです」

「相手はいったい誰なんだ」

大原が興味深げに身を乗り出す。水谷は思わせぶりに声を落とす。

「場所が場所ですからひょっとしてと思って、スマホで県の公式ホームページを開いてみたんだそうです。どうも県議会議長だったようです」

「県議会議長と？　なにやら手回しよく動いているようだな。向かった先は？」

「郊外の工業団地なんですが、そこの造成済みの土地に、気になる看板が掲げてあったそうなんです」

「どういう看板が？」

「『ローレル・フーズ・プロセッシング　工場建設予定地』というものです。おそらくローレル・フーズ・ホールディングスの子会社でしょう」

「兄の憲和と彰夫は犬猿の仲だと聞いていたが、最近の動きに関しては、なにやら怪しい風向きだな」

「そうなんです。川上が彰夫の犯行の隠蔽に手を貸したあたりまでなら、憲和は部外者とみてよさそうだったんですが、こうなるとちょっと事情が変わってきますね」

　水谷は首を傾げる。葛木は唸った。

「彰夫が前参議院議員の地盤を引き継いだ。その裏では憲和が率いるローレル・フーズ・ホールディングスが一肌脱いでいた可能性があるな」

「けっきょく、いまもファミリーを仕切っているのは橋村ということなんだろう。総帥の鶴の一声で、憲和も動かざるを得なかったんじゃないのか」

　渋い表情で大原が言う。憲和と彰夫の相性の悪さが、橋村一族のウィークポイントになるかもしれないと葛木も期待するところがあったが、こうなるとその絆《きずな》は想像以上に強固だと言えそうだ。葛木は言った。

「地方経済は、いまも景気回復にはほど遠い状況です。ローレルのような企業が進出してくれるのは、雇用の面でも税収の面でも、地元にとっては願ってもないプレゼントかもしれませんね」

「県議会議長がわざわざお出ましということには、そういう意味がなくもなさそうだな。地元の票を間接的に金で買ったとも言えるんじゃないのか」

大原は苦々しげに言う。憲和に譲ったローレル・フーズ・ホールディングスが、じつは橋村の財布で、そこから出てくる合法、非合法の献金で政界での地位を買い漁り、橋村はここまでのし上がってきたという。その噂が嘘ではないとすれば、その工場進出も、政治を金で買うやり口の一環とみるしかない。

「なにより気に食わないのは、義理の兄で気の合う友人でもあった川上が殺害されたというのに、平気でそんなことをしていられる彰夫の性格ですよ」

黙って聞いていた山井が吐き捨てるように言う。若宮も傍らで拳《こぶし》を握る。

「もうこれで逃げ切れたと思ってるんじゃないんですか。でもそんなこと、絶対に許せませんよ。人殺しが政界を牛耳るようになったら、日本はお終いじゃないですか」

「まずはその似顔絵の男を捜し出すことだな。橋村の秘書かどうかは別として、その周辺の人間なのは間違いない。しっかり張っていればそのうち顔を出すだろう。あるいは勝沼さんのほうからなにか情報が出てくるかもしれんし」

大原が言う。期待を込めて葛木は応じた。

「そこさえ突破できれば、そのさきの道筋は自ずと見えてきますよ。犯罪の隠蔽というのは、あがけばあがくほど、逆に痕跡が太く濃くなるものです」

「そのとおりだよ。そのうえ橋村に関しては、これまでは単に犯人隠蔽の罪に過ぎず、親族だから罰することもできなかった。しかし殺人となれば話が別だ。間違いなく刑務所にぶち込める。もちろん政治家としての命脈は確実に絶てる」

楽観的な口振りで大原は言う。そのとき水谷の携帯が鳴った。水谷は応答し、しばらくやりとりをして、葛木たちに向き直った。

「例の男が現れました」

「例の男？」

葛木は問いかけた。勢い込んで水谷は答える。

「似顔絵の男ですよ。うちの捜査員たち全員に同報メールで送っておいたんです。まさか甲府のほうでヒットするとは思ってもみなかったんですが」

「いったいどこに現れたんだ」

驚きを露わに大原が訊く。してやったりという表情で水谷は続ける。

「工業団地の視察を終えてから、市内のレストランに向かったんですよ。二人が店内に入ってすぐ、その男がタクシーでやってきて、あとを追うように店に入ったんです」

「そこで彰夫たちと会ったのは間違いないんだな」

「それから一時間ほどして三人揃って店から出てきて、親しげに挨拶を交わしてから、男は一人でタクシーに乗ったそうなんですが」

「どこへ行ったか、わかったのかね」

ただならぬ期待とともに葛木は問いかけた。水谷は残念そうに言う。

「向かったのはJRの甲府駅でした。捜査員も慌ててあとを追ったんですが、車を駐めるのに手間どってしまって、改札を入ったときは構内の群衆に紛れて、姿を見つけられませんでした」

「だとしても、そのあと東京方面に向かったのはたぶん間違いないだろう。似顔絵との一致の程度は？」

「非常によく似ているそうです。太い眉で、頰がこけていて、やや鷲鼻《わしばな》で唇が薄い。似顔絵ではそういう特徴がやや誇張されていますが、むしろそのせいで直感的に判別がついたそうです。捜査員はデジカメで顔写真も撮ったそうなので、それと併せれば完璧じゃないですか」

いくらかは面目が保てたというように水谷が言う。池田が意を強くしたように身を乗り出す。

「これで、川上の殺害を仕掛けたのが橋村だという線は確定ですよ。そいつが誰だか判明すれば、殺人教唆の容疑ですぐにでも逮捕できる」

「それが橋村の秘書だったら、もう完璧ですね。敵もずいぶんドジなことをしてくれましたよ」

若宮が声を弾ませる。たしかにドジは踏んでくれたが、果たしてそこまで簡単に決着がつくものか、むしろ葛木は不安を覚えた。こちらが室谷の逮捕という奇手に出るとは彼らも想像はしていなかっただろうが、それにしては、室谷にしてもその男にしても間抜けすぎるところがある。

「まだこの先に、なにか厄介な事情がありそうな気がするんだが――」

そんな考えを口にすると、同感だというように大原が唸る。

「たしかにな。いくら橋村が人でなしでも、これまで可愛がってきた娘婿の川上をこうもあっさり殺害するというのは、どう考えても普通じゃない。まだおれたちが思いもよらない裏事情があるような気がしてきたよ」

「たとえば、どういうことですか」

怪訝な表情で池田が問いかける。言いがたい慄《おのの》きを覚えながら葛木は言った。

「殺人くらい簡単に握り潰せる、強大な権力を持つ人間の存在だよ。あのロッキード事件に関連して何人も不審死を遂げた人間が出た。世間では殺されたんじゃないかという噂が盛んに囁《ささや》かれたが、けっきょくどれも立件もされずに終わった。全員が事件解明の鍵を握る人物だった」

「じつは川上が、そこまで重要な存在だったということですか」

「彰夫と兄の憲和が仲が悪いという噂に惑わされて、ローレル・フーズ・ホールディングスそのものを、我々はずっと捜査の視野の外に置いてきた。ところがきょう彰夫が出かけた工業団地にその子会社が進出しようとしている。それが彰夫の参院補選立候補の話と繋がっていないはずがない」

「たしかに偶然のはずがないですね。憲和は橋村ファミリーのなかで、我々が想定していた以上に大きな役割を果たしていたのかもしれない」

「橋村が政界を牛耳るための財布としてローレルを使っているという噂はおそらく間違いない。橋村は政界に進出した時点でローレルの経営から退いている。一民間企業の活動に対しては、それほど司法の目が光るわけじゃない」

「今回のように、籠絡《ろうらく》したい政治家の地元に投資をすれば、地元でのその政治家の株は上がり、政治基盤は盤石になる。それ自体は企業としての正当な投資活動だから、贈収賄の容疑に問われることはありませんね」

「もちろんそれだけじゃないだろうがね。一企業としてなら政治献金は自由にできるし、政治資金規正法の抜け道を使った裏献金だって、子会社や取引先を介していくらでもできるだろうから」

「実際のところ、ローレルは橋村が立ち上げた会社で、憲和は引き継いだだけだからね。一部上場企業といっても、上場基準ぎりぎりまで親族が株を持っているんだろう。橋村個人は株を手放していても、けっきょく同族企業なのは間違いない。彰夫を気に入ろうが気に入るまいが、総帥の橋村の意向には従わざるを得ないんじゃないのか」

苦り切った調子で大原が言う。葛木は頷いた。

「そう考えると、殺された川上は、ローレルと政界を繋ぐパイプの役割を果たしていたのかもしれません。ところが、そのあたりのからくりをすべて知っている川上が邪魔になってきた――」

「川上に迂闊なことを喋られては困る連中が、橋村以外にもいたということだな。おれたちの事情聴取に、こちらの想像以上にそいつらはびびったんじゃないのか」

「してやったりと言いたいところですが、逆に考えれば、より強力な敵を引っ張り出したことにもなりかねない。心してかからないと、こちらがしてやられることだってあるかもしれない」

落ち着きの悪いものを覚えながら葛木は応じた。

6

そんな情報を電話で伝えると、俊史は驚きを隠さなかった。

「その男、意外なところで姿を見せたね。これまでは橋村にいいようにあしらわれていた感じだったけど、いまは風向きがこちらに有利に変わってきているようじゃない」

「しかしこうなると、この先、おれたち所轄の出る幕はなさそうだな」

「そんなことはないよ。現に甲府での一件は親父たちのクリーンヒットだし、似顔絵の件にしても、親父たちならではのノウハウだ。これからもいろいろお世話になるんじゃないかな」

「君島は、もう送検したのか」

「ああ、ついさっきね。いまは地検で取り調べを受けているよ。それが終われば、またこっちの留置場に戻ってくるけどね」

送検後の勾留は、本来なら拘置所に移送して行われるが、日本では警察の留置場に引き続き留め置かれることがほとんどだ。いわゆる代用刑事施設、かつては代用監獄と呼ばれたもので、外国からは批判されることが多いが、被疑者にとっては、じつは拘置所より留置場のほうが居心地がいいという。

警察の建物内にある留置場はエアコン完備だが、拘置所のほとんどはそれがなく、夏の暑さと冬の寒さは刑務所と変わらない厳しさだ。食事も留置場の場合、警察が用意するのは貧弱だが、自弁といって、自分で金を出して好みの弁当を注文したり、コーヒーやジュースを購入することもできる。

なにより規則でがんじがらめの拘置所よりなにかと融通が利き、留置担当者の扱いも拘置所より人間的だと言われ、逮捕経験の豊富な被疑者は、拘置所に移送すると言うと、頼むから留置場に置いてくれと泣きついてきたりするらしい。

「このさき、その男の件で新しい事実が出てきたら、起訴事実とは別件で事情聴取もできるな」

「ああ。君島はすこぶる協力的でね。そのあたりについては、検察も求刑に加味してくれそうだよ」

「政治絡みの事案だということは伝えてあるのか」

「さりげなくね。検察も親方日の丸の役所には違いないけど、警察ほどは政治の方面に甘くない。うちが送検した関係で、川上と彰夫の絡みについては説明しないわけにはいかなくて、当然、橋村代議士との関わりについても軽く触れてはおいたよ。ところが検察は、本題よりそっちのほうに興味を示したらしくてね。向こうは取り調べの時間がたっぷりあるから、逆にそちらの事実の洗い出しに力を入れるつもりのようだ」

「となるとこの先は、検察も巻き込んでの捜査になるかもしれないな」

「とは言っても、現状では、君島からこれ以上新しい材料が出るとも思えないけどね」

「勝沼さんからは、まだ情報は入ってこないのか」

葛木は問いかけた。いずれにしても、いま期待できる突破口はとりあえずそこしかない。

「いま、あちこち当たってくれているんだけど、まだめぼしい情報は入っていないんだよ。与野党含めて、何人か国会議員の知り合いはいるようなんだけど、議員会館でも国会でも見かけていないそうなんだ。もっとも、議員会館といっても衆議院の第一と第二、参議院の三つがあるから、もうしばらく待ってみると言っている。議員本人はともかく、秘書同士ならなにかと付き合いはあるかもしれないし」

「橋村代議士はどこにいるんだ」

「衆議院の第一議員会館だね。ただ、君島は単に与党の大物の秘書と聞いただけだから、橋村とは別の議員の秘書かもしれないし、あるいは秘書だという話が、そもそも嘘かもしれないし」

俊史の口振りもだんだん弱気になってくる。しかし甲府市内で地元県議会議長を交えて彰夫と会ったということからすれば、政界、それも国政の関係者である可能性は極めて高い。

「愛知の事務所のほうからも、とくに情報はないのか」

「そちらの二課が地元の政界関係者に当たってくれているんだけど、見覚えがあるという人は出てきていないらしい」

「いまは待つしかないか。なんとか、いい情報が出てくれると有り難いんだが」

「あ、ちょっと待って。いま勝沼さんから電話が入った。あとでかけ直すよ」

キャッチホンで受けたのだろう。俊史は声を弾ませて通話を切った。そこまでの話の内容を大原たちに説明し終えるまもなく、俊史から電話が入った。

「わかったよ、あの似顔絵の男がいったい誰なのか」

「勝沼さんに、なにか情報が入ったのか」

「ああ。大学時代からの友人で、いま野党の衆議院議員をやっている人がいてね。その人は長野の第四区から選出されているんだけど、いわゆる落下傘候補なもんだから、地元政界の人脈にはやや疎い。とりあえず国会や議員会館で見た顔ではないという返事だったけど、念のために地元の事務所にも、あの似顔絵を送って確認してもらったそうなんだよ。そしたら、なんと――」

俊史は気を持たせるように一息入れた。苛立ちを隠さず葛木は問いかけた。

「いったい誰だったんだ」

「浅井富之《とみゆき》官房長官の地元事務所を仕切っている大物私設秘書で、村中誠《むらなかまこと》という男らしいんだよ」

「浅井官房長官――」

思わず言葉を呑んだ。事実上の内閣ナンバー2が、まさかこの局面で登場するとは――。葛木もさすがにそこまでは想定していなかった。

第十一章

1

　橋村彰夫を尾行した交通課の捜査員が撮影した、似顔絵の男とみられる人物の写真は、俊史を経由して勝沼に転送された。

　勝沼もすぐにそれを友人の国会議員に送り、さらに地元の後援会事務所に転送してくれた。地元からの返事は、その男が、浅井富之官房長官の大物私設秘書、村中誠で間違いないというものだった。

　その写真を見せると、本人とじかに会っている君島も、その男で間違いないと断言したらしい。かといって相手が大物過ぎて、どう捜査の手を伸ばしていいか思い悩む。

　そこは俊史たちも同様で、村中が犯行を教唆したというのは、いまのところ君島の証言でしか明らかにされていない。取り調べを担当した葛木の心証としては、そこに嘘があるとは思えないが、君島はそのときの会話を録音していたわけではない。

茨城県警に問い合わせると、室谷の銀行口座はすべて洗ったが、村中名義、もしくは浅井官房長官の後援会名義の入出金記録は見当たらないという。

ただし官房長官の政治事務所名義の振り込みは定期的にあり、室谷に訊くと、それは顧問契約料で、特定の事案に関わるものではないとのことだった。

勝沼が公安から仕入れた情報だと、浅井官房長官も室谷の得意先の一つだから、それ自体はとくに不審な話だとは言えない。

もちろん、表に出したくない金のやりとりは足のつかない現金でというのが政治の世界の常套手段だ。当然、金融機関を使うことはないとみて、そこは当初から期待していなかった。

室谷は予想どおり、村中との関係は否定した。自分の事務所で二人を会わせた話も否定した。そもそものこと自体、茨城県警の逮捕事由とは別件なので、それ以上の追及は難しい。

君島の証言が事実なら、室谷と村中がなんらかの方法で連絡を取り合っていたのは間違いない。村中の固定電話や携帯電話の番号とメールアドレスは、勝沼の友人の地元後援会長が名刺を交換していたのでなんとか把握できた。

しかし茨城県警が電話会社から取得したここ一ヵ月ほどの室谷の通話記録にその番号は

なく、逮捕と同時に押収した事務所のパソコンにもそのアドレスのメールはなかった。いま流行の無料通話アプリを使っていたとしたら、携帯電話のなかに履歴が残っている可能性はあるが、その場合、電話会社の記録には現れない。室谷が所持していたスマホにはパスコードロックがかかっていて、なかは覗けない。

できればこちらで室谷の事情聴取なり逮捕なりをしたいところだが、君島の取り調べに対する様々な妨害に関しては、弁護士としての職権をフルに行使しただけで、そこに法を逸脱する行為があったとは認めがたい。

ここは一か八か、村中に事情聴取を試みる手しかないだろうというのが葛木の考えで、俊史の話だと、捜査二課のほうでも西岡がそれを主張しているようだ。

しかし二課長が慎重で、事情聴取はあくまで任意だから、拒否されれば打つ手がなくなる。浅井官房長官が背後にいるのは間違いなく、そこで虎の尾を踏むことになれば、警察の捜査に力ずくの政治介入が行われ、勝沼の首はもちろんのこと、その上の警察庁長官だって先行きが怪しくなるとみているらしい。浅井官房長官が、その豪腕で各省庁のトップ人事を実質的に掌握し、それを梃子に官邸への恭順を求める傾向が強いという話はよく聞く。

むろん表だっての任免権はない。とくに例の贈収賄事件の際は官房長官自身にも疑惑が及んだ。だから勝沼の島流しにしても、贈収賄事件ではシロだった橋村を前面に立てることで、それに対する報復人事だという印象を薄める狙いがあるのだろう。

しかし自らに殺人教唆の疑惑が及ぶとなれば、そんな悠長なことはしていられない。力に任せた横槍を入れてくる可能性があり、そのときはいまやっている捜査そのものが潰される——。二課長の危惧はそのあたりにあるようで、そこまで想定しているとなれば、あながち腰が退けていると非難するわけには行かなくなる。

だからといって、ここまで重要な事実を把握して、ただ指を咥《くわ》えてはいられない。室谷のケースと同様に、村中を逮捕できる別件が見つかればいちばんいいのだが、そう都合よくことが運ぶはずがないし、本人が長野在住では、警視庁の扱いにするのは困難だ。そのうえ官房長官の地元となれば、茨城県警とは事情が違い、長野県警もおいそれと動いてはくれないだろう。

時刻は午後十時を過ぎていたが、大原をはじめ、池田や山井、若宮もまだ刑事部屋に居残っている。

「勝沼さんはどう考えているんだ」

大原が訊く。それについては、つい先ほど、俊史との電話で話したところだった。

「やはり、いま一気に動けば藪蛇《やぶへび》になりかねないという考えのようです。ただし、敵に気付かれずに捜査の手を伸ばすことはできるかもしれないと言っているそうです」

「どういうことなんだ」

「村中についての情報を提供してくれたのが、野党の衆議院議員だというのがポイントです。当然、その人にとって、浅井氏は政権与党の重鎮であるうえに、同じ選挙区のライバルでもあります。過去の選挙では小選挙区で負けて比例で復活というパターンが続いていて、なんとかここで一矢報いたいという思いが強いようなんです」

「だとしたら、こちらが押さえたネタは、その代議士にとって最終兵器と言ってもいいくらいの値打ち物かもしれないな」

「ええ。ただし、勝沼さんは殺人教唆の容疑については、まだ彼に話していません。あくまで捜査上の機密ということで」

「そんなことを教えて、うっかり国会で質問でもされたらまずいからな」

「それで、これから勝沼さんがその代議士と会って、じっくり事情を説明するそうです。もちろんこちらの捜査の目処がつくまで政局にはしないという約束を取り付けた上で——」

「ああいう世界の連中は、そんな約束、いつでも反故にしかねないぞ」

「そこは信じるしかないと言っています。いまの段階では、国会でそんな質問をしたところで鼻であしらわれてお終いでしょう。むしろしっかり証拠を押さえて、逮捕・訴追に持ち込む。そこまで行けば、教唆の疑惑は当然官房長官にまで及ぶし、当然、首相には任命責任が問われますから」

葛木が慎重に言うと、池田が勢い込んで口を挟む。

「任命責任どころじゃないかもしれませんよ。内閣官房長官といえば首相の最側近ですから、その行動が首相の意思に反したものであるはずがない。教唆の容疑は首相まで及ぶはずですよ」

「しかし、今回の事件の発端は橋村代議士の馬鹿息子の殺人未遂容疑で、わざわざ官房長官が首を突っ込んでくるような事情でもないと思いますが」

思い悩むように言う若宮に、訳知り顔で山井が答える。

「そっちはそっちで、川上の口を封じる必要があったんじゃないのか。ローレル・フーズ・ホールディングスが橋村の財布で、そこから政界にばらまかれる金が首相官邸まで汚染していて、それがばれると政権がひっくり返るようなスキャンダルになる——」

「その金脈を管理していたキーマンが、川上だったと言うんですか」

「そう考えると、すべて辻褄が合ってくるだろう。ローレルの金で、じつは橋村が党本部や官邸を買っていた。ところが捜査の手がその仲介役の川上に向かったもんだから、官邸サイドも一肌脱がざるを得なくなった」

聞いていた池田が大きく頷く。

「いい読みだな、山井。なかなか成長したじゃないか」

「だとしたら、うまく捜査を進めれば、あの贈収賄事件では突き破れなかった官邸の壁に風穴を開けられるかもしれませんよ」

若宮は声を弾ませる。大きく頷いて葛木は言った。

「勝沼さんも、当然そこまで射程に入れているはずだよ。ただし一筋縄ではいかないだろう。川上が死んでしまった以上、ローレルからの贈賄を証言できる人間はいまのところいないし、収賄側を摘発する材料もまだこちらにはない」

「だったら、川上殺しの教唆者とその動機を解明するしかないですね。そこが明らかになれば、ローレルにガサ入れできるでしょうから、そこで贈賄の事実が明らかになるかもしれない」

若宮は張り切るが、問題はまさしくそこなのだ。

「いずれにしても、獲物がそこまで大きくなると、我々だってやり甲斐が出てくるじゃないですか」

池田が言う。我々といっても、川上殺しに関しては二課の事案で、向こうから、またお呼びがかかるかどうかはわからない。

「とりあえず、勝沼さんの動きに期待するしかないな。少なくとも、村中という男の素性くらいはわかるだろう。ろくでもないやつなのは間違いないから、こちらの事案に関しても、とっかかりになるようなネタが出てくるかもしれん」

大原が期待を込める。大きく頷いて葛木は言った。

「うちのほうも、彰夫や橋村代議士の身辺には目を光らせる必要があるでしょう。また村中と接触するかもしれませんから」

そのとき、俊史から電話が入った。忙しない気分で葛木は問いかけた。

「なにか、新しい事実が出てきたのか」

「じつはいま勝沼さんから連絡があってね――」

あれからすぐ、勝沼は、村中の情報を提供してくれた人物と会ったらしい。大学時代からの旧友で、いまは野党の衆議院議員の滝田雅弘《たきたまさひろ》だ。

俊史の話によると、滝田は財務省のキャリアから政治家に転身し、現在三期目の中堅で、これまで金銭や不品行に関わるスキャンダルは一つもなく、手堅い政治家として評価されているらしい。しかしその反面、派手に自分を売り出すのが苦手で、政界で脚光を浴びるような実績に乏しく、この辺で強いイメージを打ち出さないと、次の選挙での当選が難しいというのが地元での下馬評なのだという。

勝沼としてはそのあたりがやや不安で、ここまでの捜査状況を聞かせれば、功を焦って与党糾弾の材料に使われないかという惧れがなくもなかったが、学生時代から約束したことは必ず守る律儀な性格でとおっていたので、そこを信じて、村中についての容疑の詳細を説明した。

話が複雑になるので、彰夫の殺人未遂の件については言わずにおいたが、事件の重大さはそれだけで十分伝わり、情報収集に最大限協力すると約束したという。

もちろん、先走って国会で追及するようなことはしない。滝田にとっても、警察が徹底的に事実を解明し、いまは同じ選挙区で圧倒的な強さを誇る浅井官房長官の評判を失墜させ、場合によっては失脚させられるかもしれないと、むしろこちらの捜査への期待が大きいようだった。

ただ滝田自身は落下傘候補のため、地元の情報には疎い。そのため、もし必要なら、自分の政党支部のある長野の岡谷市に出向いてくれれば、地元の後援会の人間から、村中の素性や評判を聞き出せるだろうと申し出たらしい。

それはこちらも望むところで、早急に準備をするからよろしく頼むと勝沼は応じたという。そんな連絡を受け、二課長は大いに乗り気で、さっそく長野に飛ぶ捜査員の人選をしているとのことだった。俊史が思いがけない提案をする。

「せっかく出かけるんだから、浅井氏の事務所や村中の自宅周辺で聞き込みをしたいと課長が言うんだよ。それで、親父たちのほうからも人を出してくれないかと思ってね。殺人教唆の捜査となると、二課はやはり畑が違うから、そちらの視点も必要じゃないかと思ってね」

「だったら、うちの課長に相談してみるが、池田をはじめ、みんな手ぐすね引いているところだから、十分協力できると思うよ」

「こちらも西岡主任を中心に何人か派遣することになると思うんだ。そのときは邪魔かもしれないけど、おれも同行するから」

俊史は楽しげに言う。理事官になっても、現場好きの習性は変わらないようだ。

「出かけるとしたらいつになる？」

「早いほうがいいね。そちらの都合が合えば、こちらはあすにでもと思ってる」

「わかった。これから課長と相談して、折り返し連絡するよ」

そう応じて通話を終え、事情を伝えると、大原は一も二もなく賛同した。

「そもそもこの事案の端緒を摑んだのはうちなわけだからな。このままそっくり持ってかれたんじゃ立場がないと内心では思っていたんだよ。その辺まで気を遣ってくれてるんなら、本庁の二課もなかなか捨てたもんじゃないな」

「橋村代議士や彰夫の行動確認は、こちらの窃盗班や刑事・組織犯罪対策班にやってもらえばいい。普段は連中の仕事の手伝いばかりやらされてるんですから、今回は多少お返ししてもらいましょうよ」

池田は鼻息を荒くする。葛木は意を強くして頷いた。

「交通課のほうもまだ彰夫の逮捕には執念を燃やしているから、十分協力し合えるはずだ。川上に関しては、管轄は違ってもずばり殺人事件で、彰夫の事案とも太いラインで繋がっている。おれたちはそっちに全力を注ぐほうがいい」

「だったら、僕らも行けるんですね」

若宮が嬉々《きき》として問いかける。山井も張り切って手を挙げる。

「僕も行きますよ。いや、久しぶりの出張になるな」

「勘違いするなよ。物見遊山《ゆさん》じゃないんだから。おれがしっかりこき使ってやるから覚悟しとけよ」

そう凄みを利かす池田もどこか嬉しそうだ。殺人事件の捜査が楽しいなどという話は被害者の遺族にはとても聞かせられないが、それを商売にしている刑事にとっては、モチベーションの一つと割り切るしかない。

2

翌朝早く葛木たちは、俊史たちと新宿駅で落ち合い、中央本線特急あずさで岡谷に向かった。

城東署のチームは葛木に池田、山井、若宮の四名、捜査二課からは俊史と係長の大沢、西岡に、その手勢の捜査員三名という大部隊だ。

二課のほうは、本来なら管理官が出張るところで、格上の理事官が自ら動くような話ではない。しかし捜査のターゲットに大物政治家が含まれる異例な事情を考えると、勝沼と息の合う俊史が現場に出るほうが情報のやりとりが早いというのが二課長の判断のようだった。

東京もいまは寒さの盛りだが、長野となれば、その点では全国都道府県のなかのトップクラスだ。しかし岡谷のあたりは寒さの割に積雪が少なく、日陰にいくらか雪の小山が残っているだけで、雪国という印象からはほど遠い。それでも諏訪湖はすでに全面氷結して、西には中央アルプス、東に八ヶ岳の連峰が、青空の下、雪を頂いて悠然と連なる。殺しの捜査という殺伐とした用事ではなかったら、さぞいい気分転換になったことだろう。

全員がダウンジャケットや厚手のコートで着膨れして出てきたが、たまたまこの日はぽかぽか陽気で、日中は大きな荷物を抱えて歩くことになりそうだ。

滝田議員の事務所では、後援会長をはじめ地元の主だったスタッフが待ちかねていた。彼らも、宿敵の浅井官房長官に打撃を与える願ってもないチャンスと見ているようだった。

警察の捜査が政争の具にされることに疑問を感じないわけではないが、敵はこの国の政治を牛耳る大物中の大物だ。その結果によって政局が大きく動くとしても、それは彼らの世界の話であって、葛木たちは粛々と犯罪捜査を行うだけ。その行く手にどんな魔界が待ち構えていようと、臆すれば権力を笠に着た凶悪かつ卑劣な犯罪に免罪符を与えることになる。

それこそがまさに警察の敗北で、そのとき政界は警察にとって法の埒外の別天地になってしまう。さらにいま浮上している勝沼の島流しの話のように、政治が意のままに司法に介入し、司法がその意向を忖度するようになれば、民主警察とは名ばかりの傀儡に成り下がる。そんな重大局面に立たされているいま、そこになんらかの政治力学が働こうと、それを利用することに気が引けるようなところは微塵もない。

「捜査上の機密ということで、詳しいところは代議士からは聞いていないんですが、なにやら殺人事件に関係することだそうですね」

名刺を交換し、通り一遍の挨拶を終えたところで、岸本《きしもと》という五十絡みの後援会長が興味深げに訊いてくる。冷静な口振りで俊史が答える。

「浅井官房長官の私設秘書の村中という人物が、それに関与している疑いがあるんです。もちろんまだ立証できる段階ではありませんので、あくまで内密にお願いしたいんです。いまの段階で我々の動きが表沙汰になってしまうと、官邸の圧力でこの捜査自体が潰されかねませんので」

「もちろんこの件については、代議士本人から徹底した箝口令が出ています。人が殺された事件を有り難がるのが不謹慎なのは重々承知であえて言えば、滝田にとってこれは千載一遇のチャンスです。うっかり口を滑らせてそれをふいにするような馬鹿なことができるわけないですよ」

岸本は生真面目な口振りだが、本音を隠す気もとくにないらしい。そのあたりは俊史も勝沼から言い含められていた。村中に対する疑惑が濃厚になればなるほど、彼らにとっては好都合なわけで、その方向に証言が揺らぐ可能性は否定できない。だから話は眉につばを付けて聞くようにと――。

俊史は持参した村中の似顔絵と顔写真をテーブルの上に置いた。

「この人物なんですが。村中秘書で間違いないですね」

岸本はきっぱりと頷いた。

「私らの世界じゃよく知られた顔ですから、間違いようがありません」

「どういう人物なんですか」

俊史は問いかける。いかにも苦々しげに岸本は応じる。

「遣り手なのは間違いないんですがね。なんと言いますか、その手口がえげつないんですよ」

「と言いますと？」

「彼が浅井さんの私設秘書になってから総選挙は三度ほどになるんですが、それまで浅井さんの地盤は決して盤石じゃなかった。滝田が初めて立候補したとき、あちらのリードはわずか数百票で、もう一息で滝田が小選挙区で勝てるところだったんです。地元では、浅井さんは次は危ないと噂されたくらいでしてね」

「その後、官房長官になって、勢いを盛り返したんじゃないんですか」

「それもないとは言えませんが、官房長官という地位は、地元への利益誘導にはそれほど結びつかないんですよ。むしろあの人は中央政界での出世に熱心で、地元の面倒はあまり見なかった。官房長官になっていまは二期目に入りますが、地元での人気はもうひとつなんです」

そのあたりの評判は、滝田の後援会長としての身贔屓《みびいき》もあるだろうから値札どおりに受けとるわけにはいかない。そこは俊史もわかっているようで、怪訝な表情を覗かせて問いかける。

「それでも、選挙にはきわめて強いと聞いていますが」

「ところが強くなったのは、五年前、村中が秘書になってからなんですよ」

呼び捨てにしているところをみると、岸本が村中を好ましからざる人物とみているのは間違いない。俊史はさらに問いかける。

「なにか理由があるんですか」

「じつは、地元の政界関係者のあいだで、自殺する者が相次いだんです。もちろん因果関係は明らかではないんですが。ただその過程で、浅井氏の支持団体の引き締めが強まりましてね」

岸本はいかにも思わせぶりに声を落とした。俊史が身を乗り出す。

「自殺したのは、どういう人たちだったんですか」

「すべて、浅井氏の陣営と目されていた人たちです。県議が一人、市議が一人。あとは地元実業界の有力者です。じつは全員が浅井離れを噂されていた人たちでしてね。彼の時代はもう終わった。そろそろ次代を担う若手を擁立すべきだという考えを大っぴらに口にしていたんです。うちの滝田が予想に反して選挙区で善戦した。それを見ての焦りもあったんだろうと思います」

「それに関連して、村中氏がなにかやったという証拠があるんですか」

俊史は鋭く問いかける。ここで得た情報は、今後の捜査の成り行きを大きく左右する。その信憑性についてはきちっと担保しておかないと、のちのち捜査が迷走する要因になりかねない。

「怪文書が流れたんです。もちろん誰が流したか、証拠は摑めていません。怪文書と言っても、いまはSNSというのがありますので、広がるスピードも範囲もかつてと比べれば桁違いですから」

「自殺はそれが原因だと？」

「その内容が、地元政界に詳しい者からみれば、火のないところに煙は立たないと言える程度に当たっていましてね。ある人の遺書には、彼を名指しして恨み言を綴《つづ》った言葉もあったと聞いています」

「村中氏はどういう経歴の人なんですか」

「秘書になるまえは、大阪で小さな私立探偵事務所をやっていたそうです」

「私立探偵ですか」

俊史はいかにも考え込む様子だ。そこだというように岸本は続ける。

「じつは滝田の後援会にも、地元で私立探偵事務所を経営している人がいるんですよ。村中がかつて自分の同業者だったと知って、いろいろ情報を集めたそうなんです。ああいう業界は案外狭い世界で、とくに評判の悪い業者の噂は広まりやすいんだそうです」

「問題のある業者だったんですね」

「脅迫の容疑で何度か書類送検されたことがあるそうです。いわゆる離婚屋という商売が中心ですが、企業相手の恐喝に近い仕事も請け負っていたようです」

「離婚屋――」

「夫婦のどちらかから頼まれて、離婚せざるを得ないように仕向ける商売ですよ。基本的には、相手の浮気を見つけて脅すような手口らしいですがね――」

苦々しい口振りで岸本は続ける。

「やり方が巧妙で、すべて嫌疑不十分で不起訴になった。ただし業界団体からは除名されたようです。もっとも、私立探偵は国や自治体の認可が必要な商売じゃないんで、仕事を続ける上で問題はないはずなんですが、それでもなにかとやりにくくなったようで、六年前に会社はたたんで、行方もわからなくなっていたそうなんです」

「それが五年前に長野にやってきて、浅井氏の秘書になった。どんな結びつきがあったんでしょうね」

「そこは我々もわからない。ただ、秘書になってから彼がやってきたのは、おそらく探偵稼業のときと似たような仕事ですよ。相手の弱みを見つけ出して、それを材料に脅しをかける。自殺に至った人は氷山の一角で、そこまでは行かなくても、黙って白旗を上げた人は大勢いるんじゃないですか」

どこまで真に受けていいかわからないところがあるが、地元での噂というのは大体その程度のもので、だからといって軽く扱うと、重大な事実を見逃すことがある。こんどは葛木が問いかけた。

「岸本さんは、村中氏と面識がおありなんですか」

「そりゃもちろん。選挙が始まれば、演説場所がバッティングしないように、スケジュールをすり合わせたりといったこともしますから。もっともそのあたりはこちらの田口《たぐち》君の仕事で、彼がいちばん付き合いが多いはずです」

岸本は傍らの若い男に視線を向ける。そちらが滝田の地元秘書だ。やっと出番が回ってきたとばかりに、田口は勢い込んで口を開いた。

「はっきり言って、彼は本来の地元秘書の仕事をほとんどしていません。そもそも地元に地縁はもちろん、なんの人脈もない。滝田もいわゆる落下傘候補ですが、それは県連がそのキャリアや人柄をみて推挙したからです。普通、地元の秘書というのはそれだけじゃ済まない。後援組織を固め、一般の支持者を増やすためには、地元の事情をどれだけ熟知しているかが勝負の分かれ目になるんです」

「そういう仕事は、だれが担当しているんですか」

「公設第一秘書です。その人は地元の岡谷出身なものですから」

「だったら、村中氏の仕事は？」

「表向きは、地元での案件について、公設第一秘書に取り次ぐだけの仕事のようです。公設第一秘書は月の半分近くこちらに張りついて、本来、地元秘書がやるべき仕事を取り仕切っているんです」

「表向きは、というと、なにか裏の仕事が別にあるように聞こえますが」

誘い水を向けるように問い返すと、田口は勢い込む。

「そこなんですよ。与野党問わず、地元の政界関係者の多くが彼の尾行を受けているようなんです。じつは私もそうでしてね」

「尾行ですか。穏やかじゃないですね」

俊史が眉をひそめる。田口は続ける。

「それだけじゃないんです。そのうち行きつけの飲み屋とかレストランを調べ上げて、店主や従業員に小遣いを渡して情報収集するという話がもっぱらです。私も最初は都市伝説の類いだろうと思っていたんですが、懇意にしている店の親爺が教えてくれたんですよ。私のその店での行状を、なんでもいいから報告してくれと村中から頼まれたようでした。もちろん断ったそうですが」

「あなたに対しても、怪文書やネット上での中傷があったんですか」

「ありました。ただ、それ自体は根も葉もない話で、実害を被るほどは拡散しなかったんです。そうは言っても、そこには、私の行動をなんらかのかたちで監視していないとわからないはずの事実がいくつか含まれていたんです」

「そういう裏工作の担当者だと、地元では見られているわけですね」

「自殺した県会議員は、県が発注した大規模な土木事業に関連して収賄の噂を流されました。市会議員は不倫問題です。いずれも政治家にとっては致命的な疵になる。真実だとしたらですがね」

「遺書で、村中氏を名指しして非難したのはどなたですか」

「県内でも有力な土建業者でした。巨額の粉飾決算の噂をばらまかれたんです」

「真相は？」

「わかりません。こちらの警察が動いたという噂も聞きません。自殺までしたということは、根も葉もない話ではなかったのかもしれませんが、本人が死んでしまって、すべては闇の中です」

田口はうんざりしたような口振りだ。岸本が口を挟む。

「田口君にもたまたま流れ弾が飛んできたわけですが、基本的に村中の標的になるのは彼らの陣営に属する人間で、ほとんどが、いわば造反者に対する粛清ですから」

「それじゃ、地元では憎まれ役じゃないんですか」

「嫌われてはいますが、逆らうとなにをされるかわからないから、みんなびくついているんですよ。浅井氏もまだ当分現役でいる気のようだし、党中央での実力は絶大ですからね。そこをこれでもかと教え込むのが、おそらく村中の仕事なんですよ」

「浅井氏とは、そもそもどういう縁があったんでしょうかね」

西岡が問いかけると、岸本は首を傾げる。

「そこがよくわからないんですよ。村中の過去については、私立探偵をやっていたということがわかっているだけで、それ以前になにをやっていたのか、どこでどう浅井さんと繋がりを持ったのか皆目わからない」

「向こうの後援会関係者にそれとなく訊いても、はっきりした答えが返ってこない。どうも隠しているわけではなく、彼らもよく知らないようなんです。というより、詮索するのが憚られる雰囲気が陣営内部にあるんじゃないんですか」

田口も、いかにも不審だと言いたげに眉をひそめた。

3

「来ましたよ。あいつですよ」

耳元で池田が囁く。岡谷市の中心部からやや離れた諏訪湖を望む真新しいマンション。岸本から聞いた村中の自宅がそこにある。葛木たち城東署のチームと俊史を含む捜査二課のチームは、先ほどからそのマンションのエントランスが望める近くの路地に身を隠し、村中が現れるのを待っていた。

村中が浅井の事務所にいるのは、すでに確認していた。山井と若宮が事務所に張りついていたが、ついいましがた、村中が事務所を出たとの連絡があった。一人で自家用車を運転しているから、どこかで誰かと飲み食いする様子はない。向かった方向も市内中心部ではなく自宅のある方向で、きょうは早めに帰宅するつもりのようだという報告だったが、どうやらその読みは当たったようだった。

驚くべき情報が飛び込んだのは、滝田の事務所を辞して、昼飯がてら、そのあとの現地捜査の段取りを打ち合わせしていたときだった。

連絡を受けたのは俊史だった。二言三言やりとりするうちに、その顔色が青ざめた。いったいなにが起きたのかと、一同は顔を見合わせた。五分ほどやりとりをしてから、俊史は振り向いた。

「やられたよ。敵はまたしても先手を打ってきた」

「いったいなにが起きたんだ」

ただならぬものを感じて、葛木は問いかけた。苦々しげな口振りで俊史は言った。

「二課長からだよ。勝沼さんに辞令が出たそうだ」

「辞令というと、まさか警察大学校への島流しの？」

「ああ。親父たちの捜査もおれたちの捜査も、眼目はそれを阻止することだったのに」

「橋村を首切り役人にして、自分たちには飛び火しないように画策しているもんだとばかり思い込んでいたんだが」

葛木は深々と嘆息した。満面に悔しさを滲ませて俊史は言った。

「そこはあながち外れていなかったと思うよ。山室の逮捕がじつは意外に効いていて、向こうはそれまで待ちきれなくなったんじゃないのかな」

「だとしても、予想を裏切る動きだな。異動するのはいつなんだ」

「なんと一週間後なんだよ。常識的に考えれば、勝沼さんの役職なら引き継ぎ事項も膨大で、その作業だけで最低でも一ヵ月はかかる。いくらなんでも強引すぎる」

「勝沼さんクラスの人事は、案外マスコミも注目する。春の人事異動が間近に控えているのに、いまそれをやるというのは逆に目立つ。藪蛇になるのがわかっていて、それでも敢えてやるとしたら、このまま捜査が進むとよほど困る事情が官邸筋にあるとしか考えられないな」

慎重な口振りで葛木は言った。そうだとすれば、こちらの捜査が敵の痛いところを突いているのは間違いない。

「しかし一週間じゃ、こちらも時間が足りませんよ。辞令が出たのはいまのところ勝沼さんだけなんでしょうけど、うちの課長だってすでに異動の噂は出ていたわけで、そっちだってどんな動きになるかわからない」

焦燥を露わに西岡が言う。ここで手を拱《こまね》いてはいられない。意を決して葛木は言った。

「向こうがなりふり構わず攻めに出てきた以上、こちらも当たって砕けろで、いよいよやってみるしかないんじゃないのか」

「やってみるって、いったいなにを？」

俊史が当惑ぎみに問いかける。

「多少強引かもしれないが、君島がすでに供述している以上、殺人教唆で村中の逮捕状をとることはできるはずだよ。官邸筋を刺激するリスクがあったから、当面そこまではと手控えていたが、こうなるとそんな悠長なことは言っていられない」

不退転の思いで葛木は言った。池田が勢い込んだ。

「そうですね。さっきの後援会長や地元秘書の話で、村中がそういう汚れ仕事を得意とする人間だということははっきりしました。もちろん否認するのはわかっていますが、村中を逮捕すれば、浅井氏側は焦ってさらになにか仕掛けてくるかもしれない。かえってかいぼろを出すんじゃないですか」

大いに乗り気な様子で、俊史も身を乗り出した。

「ほかに手はないかもしれないね。勝沼さんがいなくなったら、僕らだってうしろ盾がなくなる。うかうかしていたら、うちの課長の首だってすげ替えられる。官邸の意向を忖度するような人物が後任になったら、この事案は完全に潰されるかもしれない。また出直すのは面倒だから、ここで逮捕したほうが話が早そうだね」

係長の大沢も異議なしというように頷いた。西岡が二課の捜査員に問いかける。

「ワッパ（手錠）は持ってきたか」

「いえ、まさか逮捕までいくとは思いませんでしたから」

全員が一様に首を振る。池田がにんまり笑って、これ見よがしにポケットから手錠を取りだした。

「本庁のみなさんと違って、我々所轄の刑事は、緊急逮捕や現行犯逮捕に備えて、いつもこいつを携行していますから」

そうしたケースは所轄の現場ではよくあることで、所轄刑事にとって手錠は名刺代わりと言ってもいいほどだ。

「だったら課長に相談してみるよ。君島の供述調書があるから、そこから必要な部分をピックアップすれば、請求書面はいつでもできる。とれたら、どこかのコンビニにファックスしてもらえばいい」

逮捕状の執行は原本で行うのが原則だが、写しを提示して逮捕状が発付されている事実を通告すれば、緊急執行という扱いになり、逮捕手続き自体は法的に有効だ。俊史はさっそく警視庁に電話を入れて、二課長にその考えを説明した。

二課長は一も二もなく賛同したようで、さっそく逮捕状請求の手続きを取ったうえで、勝沼にも報告しておくという。それを聞いて、こんどは西岡が張り切った。

「だったら東京から護送車両を呼んでおかないと。三時間もあれば着くでしょう」

「それがいいね。電車で護送というんじゃ目立ちすぎる。できれば逮捕の事実も、向こうの陣営にはしばらく知られないようにしたいから」

気合いの入った調子で俊史は応じた。

そのあと当初の予定どおり、手分けして浅井の事務所と村中の自宅周辺で聞き込みを行った。

村中は政治に関係していない人々にはやはり馴染みがないらしく、どちらの周辺でも、写真を見せればよく見かける顔だという答えが返るが、どういう人間なのか、知っている人間はほとんどいない。

浅井事務所の秘書について訊ねると、ほとんどの人が公設第一秘書の名を挙げた。そちらは地元でもなかなかの顔のようだった。

自宅の周辺では、村中の影はさらに薄く、付き合いがあるという人間はもちろん、顔を知っている者もごく近所の人々に限られた。

こちらに来たのが比較的最近だということもあるかもしれないが、こうした地方都市では、街全体が隣近所と言っていいくらい人と人との距離が近いものだ。そういう点を考えても、村中には常人とどこか異なる印象が否めない。

そんなことからも、ここでの村中逮捕は起死回生の一打になるかもしれないが、容易く口を割らせることのできる相手かどうかはまだ読めない。普通なら政治家の秘書は二課の刑事たちにとっては馴染みのお客さんのはずだが、西岡たちにしても、どうも計算の立たない相手だという印象が拭《ぬぐ》えないようだった。

4

「じゃあ、行きましょうか」

西岡が促す。逮捕状のファックスはつい先ほど、近くのコンビニで受け取った。その請求には田中が自ら動いたようで、出るかどうか微妙なところを、捜査二課長の顔で押し切ったようだった。

　護送用のワンボックスカーはすでに到着して、近くのパーキングに駐めてある。覆面仕様だから人目につくことはない。

　村中はマンションの駐車場に車を駐めて、まっすぐエントランスに向かってくる。自分に手が回っているとは思ってもいないのだろう。警戒しているような様子はまるでない。顔はあの似顔絵そのもので、君島の記憶力もさることながら、それを描いた鑑識職員の技量にも驚かされる。

　葛木と池田がさりげないふうを装って背後に回る。二課の捜査員二人が素早く左右に立つ。西岡と俊史は正面から歩み寄る。ファックスで送られてきた逮捕状の写しを示しながら、西岡が有無を言わさぬ調子で声をかける。

「村中誠だな。川上隆氏殺害に関わる教唆の容疑で逮捕状が出ている」

　村中は当惑を露わに目を見張り、さらに周囲を見回した。逃げ場がないことを悟ったように、いかにも落ち着いたふうを装って問い返す。

「なにか勘違いしていないか。私がなにをしたと言うんだ。どうして逮捕されなきゃいけないんだ」

「君島庄司という男に、金銭的な便宜を図って川上氏を殺害させた。君島が供述したんだよ。詳しい罪状はここに書いてある。これは写しだからあんたにくれてやるよ。護送車のなかでじっくり読んだらいい」

「写しで逮捕ができるのか。まず原本を見せろよ」

「ところが刑事訴訟法では緊急執行という手続きが認められていて、逮捕状が出てさえいれば、いつでも逮捕は可能なんだよ。どうしてもと言うんならあとで好きなだけ見せてやる。ただし警視庁の取調室でな」

引導を渡すように西岡が言う。池田が素早く手錠をかける。二課の捜査員が携帯で連絡を入れると、すぐに護送車が到着し、村中は車内に押し込まれた。

たまたま周囲に人影はなく、逮捕劇そのものはだれにも目撃されていない。逮捕の事実を関係者に知らせる義務は警察にはない。こちらが黙っていれば、周囲からは失踪としか見えないだろう。

送検され、検察が勾留請求した時点で裁判所から連絡が行く場合があるが、少なくともそれまでは、村中が逮捕された事実は葛木たち捜査チーム以外のだれも知らない。マスコミに気づかれれば報道で知ることになるだろうが、そもそもここでの逮捕自体、葛木たちも当初は考えていなかったことで、察知される心配はまずないといえる。

警察が留置できる四十八時間、送検後、検察が勾留請求するまでの二十四時間がこちらにとってのアドバンテージだ。たかだか三日間でも、この切羽詰まった状況では貴重な時間で、それをフルに生かすことでしか突破口は見いだせない。

西岡が気を利かせてマイクロバスタイプの護送車を手配したので、後援会事務所を張っていた山井や若宮たちも拾い、護送車は全員を乗せて一路東京へ向かった。

5

護送車に乗っているあいだも、警視庁に到着して取調室に入ってからも、村中は完全黙秘を貫いて、弁護士を呼べの一点張りだった。

しかし村中は特定の弁護士の名前を挙げようとしない。村中自身が付き合いのある弁護士は、たぶん室谷くらいのものだったのだろう。しかしその室谷は茨城県警に逮捕されており、その事実は当然知っているはずだ。

当番弁護士制度というのがあり、誰にするかの指名はできないが、弁護士会に連絡すれば、一回だけ無料で接見にきてくれる。しかしこちらは室谷のときで懲《こ》りている。たとえ当番弁護士でも、一度接見させれば、そこから浅井の事務所に連絡が行く。君島の取り調べでは室谷の妨害に手こずった。浅井クラスの政治家なら、室谷以外にも遣り手弁護士の在庫にこと欠かないだろうし、自分に容疑が及ぶとみれば、さらに新たな妨害工作に走る惧れがある。

たとえ起訴前でも、弁護士を呼ぶのは法で認められた権利だが、一方、刑事訴訟法には例外があって、たとえ弁護士であろうと、捜査上で支障があるときは接見を制限できることになっている。

それが憲法に抵触し、冤罪の元にもなるとの批判があり、公判の際に不利に働くこともあるから警察側も運用には慎重だが、ここではそういうきれいごとを言ってはいられない。どんなかたちであれ、弁護士との接見は極力遅らせて、水面下での取り調べに徹するというのが、二課長や勝沼とも相談した上での今回の作戦だった。

山井と若宮は城東署に帰り、警視庁には葛木と池田が居残った。時刻は夜十時を過ぎていた。夜間の取り調べは原則禁止だが、あくまで原則であって、急を要する捜査では、それを気にしてはいられない。少し大きめの取調室が空いていたので、今回の取り調べには西岡も加わった。

「あんたが室谷弁護士の事務所で君島というチンピラに会って、川上隆氏の殺害を委嘱した——。そこはきっちり証言がとれているんだよ。言い逃れはできないぞ」

西岡が脅しつけるように言う。しかし村中は頑なな態度を崩さない。

「黙秘する。弁護士を呼んでくれ」

「素人は馬鹿の一つ覚えみたいに黙秘、黙秘と言うけどな。黙秘権の行使は犯行の否認には結びつかない。おれたちの側から言えば、隠したいことがあるから黙秘するとしか考えられない。黙秘したからって犯行の事実が消えるわけじゃない。心証は悪くなる一方で、それが公判で有利に働くことなんてまずないんだからな」

「黙秘する。憲法で保障された権利だ。弁護士を呼べ」

村中は怯む気配もなく、さらに居丈高に繰り返す。君島よりはるかに手強そうな気配だが、いまのところ、その証言以外にこちらにも決め手と言えるものがない。

「君島は、室谷の事務所で会ったのは、間違いなくあんただと言っているんだがな」

警視庁に着いて、留置手続きのためにいったん村中を房にいれた。同房の者が四人いて、そのとき別の房にいた君島を呼び出して面通しを試みた。

複数名のなかに、ある人物がいるかどうかを証言させれば、一人だけで確認させた場合より証拠能力が高い。君島は迷うことなく村中を指さした。村中は素知らぬ顔をしていたが、その表情に動揺の色が浮かんだのは間違いなかった。

「だったら、好きなだけ黙《だん》りを決め込めばいい。こちらは君島の証言だけで十分送検は可能だし、検察だってなんの疑問もなく訴追するだろう、もし濡れ衣だと言うんなら、そこをはっきりさせないと罪状を否認したことにはならないからね」

葛木はゆとりを覗かせて穏やかに言った。しかし内心は、大いに焦りを感じている。室谷と連絡をとった証拠が出てくれれば、それで村中は逃れようがなくなるが、室谷の固定電話や携帯電話の通信記録に村中とのやりとりはなかった。電子メールや無料通話アプリでやりとりしていた可能性はあるが、村中から押収したスマートフォンもロックがかかっていて中身は覗けない。

村中の自宅や浅井の事務所のパソコンを押収できれば、そこからなんらかの痕跡がでてくるかもしれないが、そちらに関してはいまの段階で、できればガサ入れのような荒療治はしたくない。

「おれたちは、あんたもボスの浅井官房長官の命を受けて動いたとみてるんだよ。あんたと浅井氏は、どういう縁で繋がってるんだ」

西岡は方向を変えて探りを入れる。村中は黙りこくる。西岡はさらに踏み込んだ。

「あんたと付き合いのある室谷という弁護士は、政界にお得意さんが大勢いるそうだが、その関係で知り合ったんじゃないのか」

村中は答えない。こんどは葛木が訊いてやる。

「ひょっとすると、あんたを浅井氏に紹介したのは室谷弁護士だったんじゃないのか。汚れ仕事担当の秘書としてうってつけなようだから」

「何度言ったらわかるんだ。さっきから黙秘すると言ってるだろう。いますぐ弁護士を呼んでくれ」

「弁護士会に問い合わせたら、いま当番弁護士はみんな出払っててね」

西岡は平気で嘘を言う、村中は焦《じ》れたように哀願する。

「だったら、家族か事務所に電話を入れてくれよ。このままじゃ私が逮捕されていることを誰も知らない。事故にでも遭ったんじゃないかと心配しているはずだ」

「あいにく、その義務は警察にはないんだよ。そんなことをして、証拠の隠滅に走られたら困るからね」

「それじゃ、拉致監禁と同じじゃないか」

「逮捕状をとってやってることだから、厳正な法の執行で、咎め立てされることはなにもない」

木で鼻を括ったように西岡は応じる。容疑そのものについての黙秘はやめてはいないが、村中もただ黙っていることには不安を感じだしたのだろう。なんであれ、会話が成立した点は一歩前進だ。諭すような調子で葛木は言った。

「こちらが指摘している罪状は逮捕状に記載されているとおりだ。車のなかで読んで聞かせたから、しっかり頭に入っているだろう。原本はここにあるから、もう一度読んでやってもいいが、要するに容疑は殺人の教唆だ。教唆犯というのは実行犯と同罪というのが通り相場で、むしろ刑が重くなることも珍しくない。黙っていても容疑は晴れない。我々だっていたずらに冤罪をつくりたいとは思っちゃいない。無実だと言うんなら、それを主張してくれないと、こちらだって困るんだよ」

「だったら訴追したらいいじゃないか。どうせ証拠なんてないんだろう。君島なんて男の話は嘘に決まってる。自分の罪を軽くしようとして、私に濡れ衣を着せようとしているに違いない。法廷で白黒つけてやる」

「そうは言っても、君島と会ったのは事実なんだろう。さっきの面通しでも、迷わずあんたを指さした。知らない人間にできることじゃない」

「他人の空似じゃないと、どうして言えるんだよ」

村中は痛いところを突いてくる。滝田代議士の事務所で聞いた村中についての話から、室谷が政治家絡みの汚れ仕事を得意とする弁護士であることまで、すべてを総合すれば、直感的にはクロとしか思えないが、公判を維持するには、やはり別の方向からの証拠や証言がぜひ欲しい。

それに村中本人に川上を殺害する動機があるとは思えず、彼もまた上にいる人間の教唆で動いたのは間違いない。だから君島の取り調べと同様に、村中から自供を引き出すのみならず、そちらにまで捜査の手を伸ばす必要がある。

それができなければ、こちらとしては敗北だ。それは単なる捜査上の敗北に止《とど》まらない。司法機関としての警察が、政治家の飼い犬に成り下がることなのだ。

6

取り調べは午前三時まで続いた。さすがにそれでは行き過ぎだと留置管理課からストップがかかり、村中は留置場に戻された。

葛木はもちろん、西岡も池田も、隣室でマジックミラー越しに取り調べの様子を見ていた俊史や管理官の石川、係長の大沢も焦燥の色を隠せない。

村中は黙秘作戦からこんどは否認の一点張りに作戦を変更し、君島とは会ったこともないと白々しい嘘で押し通す。普通の状況なら君島の供述だけで十分送検は可能で、送検後の捜査で証拠の補充をすればこと足りるが、ここではそれはあまりに危険な選択だ。送検すれば逮捕の事実が浅井陣営の知るところとなる。すでに勝沼の島流しは確定した。敵はなりふり構わず攻めてきた。勝沼の後任が誰になるのかは知らないが、官邸の意を汲む人物になるのは間違いないだろう。

そのとき、いま進めている捜査にブレーキをかけてくるのはまず間違いない。それどころか、勝沼の腹心の二課長や、さらには俊史にまで累が及ばないとも限らない。

さすがに全員が疲労困憊《こんぱい》していたので、とりあえず庁内の仮眠室で一眠りし、翌朝九時に、全員が二課の会議室に集まった。ほどなく捜査二課長の田中啓吾も姿を見せた。

「ついさっきも、勝沼さんと話をしたんだが――」

田中は渋い口調で切り出した。

「あと一週間、自分が防波堤になって、この捜査には指一本触れさせないと言っていたよ。自らレームダックになる気はさらさらないようだ。そのあとは辞表を書くつもりで、後継の局長が誰に決まろうと、異動前の引き継ぎは一切拒絶すると言っている」

その場の全員からため息が漏れた。今後、どんなかたちで捜査が進もうと、勝沼にとってそれが警察官として最後の仕事になる。その一週間のあいだに葛木たちになにができるか。勝沼が意図したことではないにせよ、葛木たちは極めて大きな宿題を背負わされたことになる。

「課長のほうはどうなんですか」

俊史が不安げに問いかける。複雑な表情で田中は言う。

「いまのところとくに動きはないんだが、勝沼さんの場合、予想もしていないタイミングだったからな。おれだってこれからどうなるかわからんよ」

勝沼に仕掛けてきた以上、それは大いにあり得ることだ。すでに田中には、地方の県警本部の刑事部長にという栄転話が持ち上がっているという。田中はそれを栄転とは見ず、むしろ体のいい島流しと受けとっている。邪魔な人間を排除するためによく用いられるやり方らしい。不安げな口振りで田中は続ける。

「君だってわからんぞ。向こうも腹を括ったようだから、勝沼さんの息のかかった人間は、そのうち一掃するつもりだろう」

憤りを滲ませて俊史は言う。

「政治家に気に入られないと飛ばされるような組織なら、こちらから御免被ります。でもそのまえに倒さなきゃいけない敵がいます。僕らにどれだけのことができるかわかりませんが、今回の勝沼さんの件に関しては、むしろ向こうが馬脚を露したと言っていいでしょう。橋村氏の国家公安委員長就任を待たずに伝家の宝刀を抜いてしまった。それはこちらの捜査が、よほど痛いところを突いているからだと言えるんじゃないですか」

「そのとおりだと思います。こうなったら、こっちも刺し違える覚悟ですよ。もっとも私のほうは、向こうが飛ばしたいと思うほど立派な首は持ちあわせていませんけど」

不敵に笑って西岡が言う。張り合うように池田も身を乗り出す。

「そもそもの端緒は、うちの管轄で起きた政治家の馬鹿息子の事件で、そこから芋《いも》づる式にろくでもないのが次々登場してきた。こうなったら最後の大物まで引きずり出さなきゃ。所轄刑事の意地に懸けても、このヤマ、とことん解明しますよ」

「そのとおりだな。被害者の女性は体に大きなハンデを抱えて、これから長い人生を送ることになる。そういう庶民のために汗をかくのが政治家のはずなのに、馬鹿息子の罪を隠蔽するどころか、そんなのを国会議員の椅子に座らせようとしている。さらにはその親馬鹿政治家の金力に靡《なび》いて総理官邸までしゃしゃり出てきた。そういう連中の道具にされるのだけはまっぴらだ」

深い決意を込めて葛木は言った。そこまで大きな敵に真っ向勝負を挑めるなら、きょうまでの刑事人生に悔いはない。

そのとき葛木の携帯が鳴った。大原からだった。こちらの状況については朝いちばんで報告しておいた。それに関連して、なにかいい情報でも入ったのか——。とりあえず会議の成り行きを説明しようとすると、それを遮って、大原は声を弾ませる。

「朗報だ。見つかったんだよ、例の車が」

「例の車というと?」

「川上の車だよ。といってもたぶん中身だけで、外装はあのお坊ちゃんのだろうけど」

「いったいどこで?」

「千葉港の輸出中古車用の埠頭だよ。見つけたのは税関だ」

「輸出されようとしていたんですか」

「ああ。近ごろは税関も盗難車両の不正輸出摘発に力を入れているらしい。そのための検査で引っかかったそうなんだよ——」

大原は水谷からの又聞きだと断って、そのあたりの事情を説明する。

中古車の輸出には運輸局が発行する輸出抹消登録証明書というのを税関に提出する。ところがその書類が精巧な偽造で、危うく見逃すところだったが、職員が不審に思って現物の車をチェックした。すると、車台番号が証明書と食い違っていて、警察庁の盗難車情報と照合したところ、川上が盗まれたと届け出ていた車のものと一致した。

「それで、警察に連絡が来たんですね」

「盗難届が出された池上署にまず報告があり、そちらから水谷君に連絡が入った。交通課は、これから池上署と話し合って、共同で捜査に乗り出すと言っている。輸出しようとした業者に関する捜査は池上署の仕事になるが、こちらにとって重要なのはその車自体だよ」

「押収して、徹底的に調べ上げられますね」

「ボディは別の色に再塗装されているようだが、こちらの推測どおり外装部品が彰夫の車のものなら、人を撥ねた痕跡は必ず残っているはずだ。それで隠蔽のトリックが立証されれば、殺人未遂容疑で彰夫を逮捕できる」

「それを仕組んだのが橋村代議士だとしたら、証拠隠滅については免責になるにしても、事情聴取には応じざるを得ないでしょう」

「ああ。そこから川上殺害の件まで、なんとか繋げたいもんだ。そっちはそっちで大きな獲物を挙げたんだから、これから一気に捜査が進展するかもしれないぞ」

期待を露わに大原は言った。

第十二章

1

「室谷弁護士とあんたは、ずいぶん親しかったようだね」

仏頂面《ぶっちょうづら》で席に着いた村中に、葛木は切り出した。きのうの夕方からきょうの午前三時までの取り調べのあと、留置管理課からいったんストップが入り、この日の午前十時から仕切り直しの取り調べが始まった。村中は、一貫して否認の態度を崩さないが、葛木のその言葉に動揺の色は隠せない。

「想像でものを言わないでくれよ。どこでそんな話を？」

「六年前まで、あんたは大阪で私立探偵事務所をやっていたそうだね。たしか『ことぶき探偵社』と言ったそうだが」

離婚屋だったくせに「ことぶき」とは人を食った話だが、村中の頬は引き攣《つ》った。

「それがどうした？」

「室谷弁護士の銀行口座を洗ったら、その当時、『ことぶき探偵社』宛ての振り込みが何度もあった。付き合いもない相手の口座に金を振り込む馬鹿はいないと思うんだが」

強い手応えを覚えながら葛木は言った。茨城県警は、銀行から取得した室谷の口座の取り引き記録をファックスで送ってくれた。二課の捜査員がそれを精査したところ、見つかったのが『ことぶき探偵社』との頻繁な取り引きだった。

村中の過去の商売が私立探偵だという話から、あるいはと思って岡谷の後援会長に訊いてみると、同業者の後援会員に問い合わせて、それが村中の会社だったことを確認してくれた。

大原から連絡があった盗難車両の件については、いまのところ村中と結びつける目星はついていないが、直後に飛び出したその新事実は、捜査陣にとってそれに劣らない吉報だった。

盗難車両の件は、大原と水谷が上手く立ち回った。車両はとりあえず城東署が押収し、本庁の交通鑑識に預けて徹底的な鑑識を行うことになった。

川上が車両の盗難を届け出た池上署も、それが首都圏を中心に活動する大規模窃盗団の摘発にも繋がると期待しており、さっそく輸出を申請した業者に対する逮捕状を請求するとのことだった。

こちらの読みが当たっていれば、その業者は板金屋の藤村と繋がっているはずで、その先をたどれば間違いなく彰夫や橋村に行き着く。こちらにとって重要なのは、橋村がその隠蔽工作にどう絡み、それがどう川上の殺害に繋がったのか、その背後関係を探ることだ。

そのあたりの解明が進み、一方でこちらが村中を落とせば、敵の陣営は強烈な合わせ技を食らうことになるだろう。

「昔の話だよ。私立探偵には、弁護士からの依頼がけっこう来るもんでね。借金を踏み倒して夜逃げしたやつの捜索とか、民事訴訟の相手の素行調査だとか――」

「知らない仲じゃないのは間違いないな」

西岡が代わって問いかける。村中は余裕たっぷりに首を横に振る。

「いまはまったく付き合いはないんだよ。そもそも、その日に私が室谷さんの事務所にでかけたということを、あんたたちはどうやって証明するんだ」

「だったらその件で事務所を家宅捜索してもいいんだぞ。ドアのノブやテーブルにあんたの指紋が残っているかもしれない」

言ってはみたが、すでに茨城県警がガサ入れしており、そのときは村中の素性もわからなかったから、書類やパソコンの類いを押収しただけで指紋までは採取していない。ガサ入れの際に捜査員があちこち手を触れたはずだし、事務所には女性の事務員もいるようで、日常の清掃はしているだろうから、そこはあくまで腹を探るためのブラフだ。

けさから二課の捜査員がやっているのは室谷の事務所周辺での聞き込みで、君島と会った時刻にだれかが村中を見かけていないか、同じビルのテナントや近隣の店舗を訊いて回っている。もちろん室谷の事務所の女性事務員は、そんな人物は見ていないとしらばくれているらしい。

「だったらやってみればいい」

村中は素っ気なく言う。自信があるようでもあり、覚悟を決めたようでもある。こんどは葛木が問いかけた。

「ところで、橋村彰夫とはどういう関係なんだね」

ここまではまだ出していなかった質問に、村中は意表を突かれたようだった。

「誰なんだ、それは？」

とぼけては見せるが、額にかすかに汗が滲む。

「橋村幸司衆議院議員のご子息で、この四月に行われる参院補選で山梨の選挙区から出馬する予定だそうだ。つい先日、甲府市内で彼と会食したそうだが」

「警視庁は、そんなところまで私をつけ回していたのか」

「あんたをつけ回していたんじゃなくて、対象は橋村彰夫だったんだよ。そこへたまたまあんたが現れた。いったいどういう関係があるんだね」

「うちの先生に頼まれたんだよ。将来性のある政治家の卵だから、選挙のいろはを教えてやれと」

「しかし橋村代議士は与党の重鎮で、衆院選後の初入閣はほぼ決定的だと聞いている。それだけの政治家を父に持っていれば、わざわざ浅井氏の私設秘書のあんたから指導を受ける必要はないだろう」

「橋村先生はたしかに選挙巧者だが、山梨の地元については詳しくない。県は隣でも、その点に関してはこちらに一日の長がある。おこがましいが、指南できることはいろいろあるんだよ」

虚勢を張るように村中は言う。足下を見透かすように池田が口を挟む。

「しかしあんた、地元の岡谷でも、選挙のことはすべて公設第一秘書にお任せで、やってるのはなにやら怪しい仕事だと聞いてるぞ。脅迫まがいの怪文書を流して、先生が気に入らないことを言う後援者を何人も自殺に追い込んだそうだな」

「警察は、そういうくだらない噂で人を犯罪者に仕立て上げるのか」

「探偵をやっていたころも似たようなことをしていたらしいが、その腕を買われて、浅井代議士の秘書に抜擢されたわけか」

「それこそ、敵の陣営が流した怪文書に出てくる話だよ。それをまともに信じるようなのが刑事をやってたんじゃ世も末だ」

「ということは、地元にそういう噂があるのは認めるわけだ。火のないところに煙は立たないと言うからな」

「私を小者だと思って舐めてかかっているんだろうが、あんたたちのような雑魚《ざこ》刑事がうちの先生に楯突くような真似をして、無事で済むと思っているのか」

「おたくの先生に楯突いちゃいないよ。それとも川上氏の殺害は、先生の指示だと認めるわけか」

池田は鋭く突いていく。村中は慌てて首を横に振る。

「そういうのを下衆《げす》の勘ぐりと言うんだよ。その川上という男とうちの先生と、どういう関わりがあるというんだ」

ここからは自分の領分だと言いたげに、こんどは西岡が問いかける。

「殺された川上氏も昔は弁護士で、室谷と共同で弁護士事務所を経営していたことがある。そのうえ橋村代議士とは義理の親子の関係だ。橋村氏の長男が社長をやっているローレル・フーズ・ホールディングスの取締役にまでのし上がったのは、彼が弁護士時代に、橋村氏の選挙区でヤクザとの揉めごとを解決したのがきっかけで、その凄腕を見込んでファミリーに取り込んだらしいな」

「それがどうしたというんだよ」

「室谷は浅井氏と顧問契約を結んでいる。彼はいま業務上横領の容疑で茨城県警に逮捕されている。それも地元の政治家が絡んだ話で、ほかにも永田町のみなさんとは深い繋がりがあるようだ。川上氏は、かつては裏社会に強い弁護士として名を馳せていたらしい」

「そんなことを言われたって、私はその男のことはなにも知らない」

「そうも思えないけどな。あんたが甲府で橋村彰夫と会った日、彰夫のほうは県議会議長と一緒に市内の工業団地に出かけた。そこに進出する予定の会社が、ローレル・フーズ・ホールディングスの子会社だった。それはもちろん知ってるんだろう」

「そんな話題も出たがね。それとこの件とどういう繋がりがあるんだよ」

「彰夫の立候補の裏には、引退した参議院議員の地盤をローレルの金で買ったという噂がある。工場進出もその一環なんだろう」

「そんなこと、私は知らない」

「橋村氏は山梨の事情に疎いから、いろいろ指南することがあるとかいう話だったじゃないか。県議会議長が案内を買って出るくらいの地元のプロジェクトも知らないで、指南もなにもないもんだな」

「先生から面倒を見てやってくれと言われて、とりあえずの挨拶をしただけだよ。県は違っても同じ与党で、協力できることがあればそうするのが筋だ」

「山梨にも県連がある。そっちを差し置いて出しゃばれば、地元の面子を潰すことになるだろう。それとも官房長官の威光でつべこべ言わせないつもりなのか」

「政治の世界にはいろいろ事情があるんだよ。そんなこと、部外者に差し出がましく言われる筋合いはない」

まだ逃げおおせると思っているのか、村中は居丈高に応じる。

2

そのとき西岡の携帯が鳴った。慌てて耳に当て、何度か相槌を打って通話を終え、ほくほくした顔で西岡は村中に向き直った。

「あんた、ラーメンが好きなのか」

「なにが言いたい？」

「室谷弁護士の事務所のすぐ近くに、有名な博多ラーメンのチェーン店があるんだが、その店員があんたを見かけたと言うんだよ。君島があんたと会ったという時刻のすぐあとだ。連れが一人いたそうだが、そっちは店員がたまに見かける顔だと言うから、たぶん室谷じゃないのか」

「また想像を逞しくする。だいたいそういう店は混《こ》んでいて、客一人一人の顔なんか店員が覚えているわけがないだろう」

「ところがそのときは昼飯時をだいぶ過ぎていて、客が少なかったそうなんだよ。写真と似顔絵を見せたらすぐにピンときてね」

「そんな適当な話を証拠として持ち出されるのは、えらい迷惑だな」

木で鼻を括ったように村中は言うが、取り調べ用の小テーブルがかすかに震えている。

とどめを刺すように西岡は言った。

「几帳面《きちょうめん》というかなんというか、あんた、ちゃんと領収書をもらったそうだね。控えが残っていて、宛先がおたくの先生の政党支部になってるんだよ。あんたとよく似た人間が、たまたま室谷弁護士の事務所の近くでラーメンを食って、その領収書の宛先があんたの勤め先だったなんて偶然が起きる確率は一億分の一もないと思うんだがね」

青ざめた顔で村中はうなだれた。西岡は引導を渡すように言う。

「室谷の事務所で君島と会ったことを認めるんだな」

「会ったよ。しかし殺人の依頼なんかしていない」

「名刺代わりに、まとまった金を渡したのはたしかだろう」

「それは、その——」

村中は口ごもる。こんどは池田が突いていく。

「これ以上しらばくれようったって無駄だよ。室谷の事務所で君島と会って、川上隆殺害を依頼した。その場で君島に現金百万円を渡し、そのあと室谷弁護士の名義で君島の妻の口座に二百万円振り込んだ。それで間違いないな」

「川上なんて男のことを私は知らない。知らない人間を殺してくれと、どうして依頼ができるんだ」

村中は往生際が悪い。西岡は余裕綽々で追い詰める。

「君島からはちゃんと供述をとってある。室谷と川上氏はしっかり繋がっている。あんたも室谷とは浅からぬ縁がある。しかしあんたと川上氏には直接の接点がない。となるとカットアウト（遮断器）として、いちばん使いやすい立場だな」

「どういう意味だ」

「あんたに殺人教唆の罪を背負わせて、のうのうと逃げおおせようとしている人間からすれば、いちばん疑惑の対象になりにくく、逆に万一の際には切って捨てても惜しくない人間だという意味だよ」

「だれが私に罪を背負わせようとしているというんだ」

「普通に考えたら、あんたがお仕えしている先生ということになるんじゃないのか」

「浅井先生が、どうして川上とかいう男を殺そうとするんだよ」

「それなりの理由があるとおれたちは見ているんだがな。そうじゃなかったら、あんたに川上氏に死んでもらいたい動機があったことになる。となると実行犯は君島でも、あんたは同罪ということになる。死刑や無期はないにせよ、最低でも十五年以上は食らうだろうな。それでも浅井氏への義理を通すのか」

「先生に頼まれたわけじゃない」

「だったら、あんたを川上氏殺害の主犯として訴追するしかなくなるぞ。おれたちはべつにそれでもいいんだが、もし単なる使い走りだったとしたら、それじゃ割が合わないと思うんだが」

西岡は同情するような口振りだ。

「川上という男を殺す動機が私にはない。それでも主犯と見なされるのか」

村中は不安げに問いかける。そこを揺さぶるように葛木は言った。

「そりゃそうだよ。あくまで先生から教唆されたんじゃないとあんたが主張すれば、おれたちはそれ以上捜査を進める理由がなくなる。そんなはずがないというのがおれたちの見立てなんだがね。あんたがどうしてもカットアウト役を果たしたいと言うんなら、おれたちは手出しのしようがない」

「君島とかいう男が言った話は出まかせだ」

「しかし、会ったのは事実だな」

村中は言葉に詰まる。葛木は穏やかな調子で続けた。

「君島の供述には信憑性がある。状況証拠も揃っている。公判の場で言い逃れるのはまず無理だし、君島だってそれによって量刑が変わるから、供述を覆すことはないと思うがね」

「君島に川上殺害の動機がなかったとどうして言えるんだ。そこはきっちり調べたのか」

すがるような調子で村中は問いかける。君島が当初主張したローレル・フーズ・ホールディングスへの遺恨という話を意識してだろう。それで逃げられるかもしれないと、かすかな期待を抱いているような口振りだ。その期待をもぎとるように葛木は言った。

「最初は個人的な遺恨だと主張したがね。そこはこちらの捜査によって崩された。川上氏もしくは彼の会社とのあいだに殺人を企てるような事実関係はなかった。そう言うように君島に知恵を付けたのもあんたなんだろう。もちろん室谷弁護士とも示し合わせてね」

「室谷さんはこの件についてなんと言っている？」

「いま逮捕されているのが別の容疑なんでね。まだそこは突っ込んで取り調べてはない。ただし向こうが送検された段階で、こんどは我々が再逮捕するつもりだよ」

「なんの容疑で？」

「殺人の幇助だろうな。あんたが君島に川上氏の殺害を依頼する場所を提供したり、その謝礼を妻の口座に振り込んだわけだから。彼は洗いざらい喋るんじゃないのか。幇助なら教唆より罪は軽い。けっきょく、あんた一人が貧乏くじを引くことになりそうだな」

思案げに視線をそらす村中に、西岡がしんみりした口調で問いかける。

「おたくの先生に、そこまで忠誠を尽くす理由はなんなんだ。それほどの恩義を受けたとも思えない。いつでも切って捨てられる汚れ役だ。ヤクザの世界でいえば鉄砲玉みたいなもんだろう。君島を上手いこと騙して先生のご意向に応えたところだろうが、このままゃ君島と同じ成れの果てじゃないか。少しは利口に振舞ったらどうだ」

「あんたたちは政治の世界の恐ろしさを知らないから、そんなことが言えるんだよ」

怖気を震うように村中は言う。葛木は身を乗り出した。

「川上氏も、そういう力によって殺害されたわけだな」

「あんたたちだって、この件にはこれ以上触らないほうが身のためだぞ。向こうは木《こ》っ端《ぱ》刑事の首の一つや二つ、いつでもすっ飛ばせるからな」

「そんな連中の言いなりになる警察ならこっちから辞表を書いてやるよ。ただしそのまえに、そういう腐った政治の世界にでかい風穴を開けてやるのがおれたちの願いなんでね」

「ここで私がなにか喋ったとしても、あんたたちの捜査そのものが潰されたら、そこですべては終わりだよ。そのときは私だって、無事で生きていられるかどうかわからない」

「殺されるよりは、刑務所で生きながらえるほうがましだというわけか」

冗談めかした西岡の問いに、村中は深刻な顔で応じる。

「生きていられるんなら、臭い飯を食うくらいなんともないよ」

「あんたも、どうしてそんな厄介な袋小路に迷い込んじまったもんだかな」

「私立探偵なんてのは潰しの利かない商売でね。ちょっとまずいことをやって業界団体から排除されたら、仕事が激減しちまって。ほかの事務所でも雇ってもらえない。生活保護でも申請しようかと思っていたところへ、いまの仕事の話が舞い込んだんだよ。やるのはやばい汚れ役ばかりだったが、並みの政治秘書より実入りはよかった」

「それで図に乗って、今度のような話に首を突っ込んじまったんだな」

「仕事を失うのが怖くてね」

「先生からじかに指示が出たんだな」

西岡が食らいつくように問いかけると、村中はあっさり首を横に振る。

「秘書と言ったって、ほかに付ける肩書きがないからそうしているだけで、やっていたことは公設第一秘書の使い走りでね。雇われて以来、まだ代議士とは一度も口を利いたことはないよ」

「公設秘書からの指示だったのか」

「八木《やぎ》という男だよ。室谷弁護士とは大学が一緒で、付き合いは長いようだ」

「殺せと、はっきり指示されたんだな」

村中は観念したように頷いた。

「会話を録音でもしておけばよかったんだが、そのときはそこまで気が回らなかった」

3

村中はそろそろ昼飯の時間だということで、いったん留置場へ戻っていった。こちらも会議室に戻り、事前に注文しておいた仕出し弁当でパワーランチということにした。隣室で取り調べの様子をモニターしていた俊史や係長の大沢も戻ってきた。

「問題は解決したようで、むしろややこしくなったな。村中の言うとおりなら、彼自身には殺害の動機も意思もなく、単にそれを伝達しただけということになる。となると教唆が成立するかどうか微妙なところで、おそらく幇助という扱いになる」

葛木が口火を切ると、俊史も頷いて応じる。

「村中の言うとおりだとしても、こんどは八木という秘書を取り調べしないと裏がとれない。その八木が口を割らないと、浅井官房長官までは捜査の手が伸ばせない。八木と浅井氏のあいだにも仲介者がいたりしたら、きりがないことになるね」

「村中が嘘を言っているとは思えません。どう考えても、やつには川上を殺す動機がない。しかし八木の場合は、浅井氏とより近い関係にあり、室谷とも大学の同期らしい。やはり室谷を再逮捕して締め上げるしかないでしょう」

西岡が言う。大沢はうんざりした顔で応じる。

「しかしまだるっこしい話だな。黒幕は手の届くところにいるというのに」

「まずは標的を捉えただけでもよしとすべきでしょう。村中と君島の供述が揃えば、八木と室谷の逮捕状は十分とれます。そのうえ室谷は浅井事務所の顧問弁護士もやっている。殺された川上がローレル・フーズ・ホールディングスと政界とのパイプ役だったという我々の読みが当たりなら、ローレルそのものにガサ入れが出来るし、社長の橋村憲和から事情聴取もできる。案外道程は近いんじゃないですか」

西岡は楽観的だが、大沢はまだ不安げだ。

「しかし村中は、敵の陣営じゃ小者のようだ。このあといろいろ供述させるにしても、大先生に深手を負わせられるほどの話は出てこないような気がする。そんなことをしているうちに向こうがこちらの動きに気づいたら、鶴の一声でおれたちの捜査なんか一気に潰されかねないぞ」

池田がしたり顔で口を挟む。

「材料はもう一つありますよ。例の車のトリックが解明されれば、彰夫を逮捕できるし、その隠蔽工作の容疑で、橋村代議士から事情聴取できるでしょう」

「しかし国会議員には不逮捕特権がある。もうじき国会が始まる。事情聴取に応じるどころか、そのあいだは逮捕だって出来ないぞ」

「その院の了解が得られた場合は逮捕できますよ。あるいは逮捕は出来なくても訴追は可能です。もっとも橋村氏の場合、いまはまだ川上殺しに関与している材料は出ていない。せいぜい犯人隠匿の罪くらいで、それも肉親なら罪に問われない。しかし彰夫の犯行が立証されれば、事情聴取は拒否できないと思いますよ。世間がそれを許さないでしょうから」

「だからといって、彰夫を逮捕しても、けっきょくそこで捜査は行き止まりだ。ついでに橋村代議士を失脚させるくらいのことはできても、いまおれたちが追及しようとしている巨悪にまでは手が届かない」

大沢はなお悲観を口にする。勢いづけるように葛木は言った。

「しかし川上の殺害に官房長官が関与しているとなれば、川上がローレル・フーズ・ホールディングスを介して橋村氏と官邸を結ぶパイプの役割を果たしていたのはおそらく事実ですよ。当然橋村代議士にとっても、川上の死には単なる馬鹿息子の犯行だけじゃない、もっと不都合な事実を隠蔽する意図があったはずです。義理の息子が殺されても、代議士も彰夫もえらく冷静だったじゃないですか。まるですべてがシナリオどおり運んだとでもいうように」

「そっちの線からも、官邸に迫ることはできるとみてるんだな」

大沢はわずかに期待を覗かせる。俊史が身を乗り出す。

「こうなると彰夫だって、ただの馬鹿息子というわけでもないだろうね。そのあたりの政治の裏事情はかなりの程度知っているはずだよ。ただしある意味で、そこが敵のいちばん弱い部分とも言えそうだね」

「俄仕込みで政治の裏舞台を教えられたって、しょせんは素人に毛の生えた程度でしょうからね。ぎちぎち締め上げれば、知ってることはなんでも喋りそうな気がしますよ」

池田も勢い込む。そのとき葛木の携帯が鳴った。大原からだった。

「大当たりだよ。千葉港の埠頭にあった車、さっそく本庁の交通鑑識が出向いて調べたそうだ。補修もちゃんとやった上に、きれいに再塗装してあったが、その道のプロの目は誤魔化せない。ボンネットとフロントフェンダーに明らかに人を撥ねた痕跡があったようだ。これから本庁に運んで本格的な鑑識を行うが、水谷君の話では、もうほとんど答えは出たようなものらしい」

「その外装パーツが彰夫の車のものだという証明はできますか」

「そこが微妙なんだがな。いま池上署が密輸業者から事情聴取している。公文書偽造の事実は明らかだから、このあとすぐに逮捕手続きをとるそうだ」

「そこから藤村に繋がる糸口が出てくれば、はっきり答えが出るじゃないですか」

「これだけ状況証拠が揃って、それでも容疑不十分だという検察官や判事がいるとは思えない。もしいたら、そいつらも政治家の御用聞きに成り下がっているということだ」

「こっちのほうも、村中がほぼ落ちそうな状況ですよ――」

午前中の取り調べの状況をかいつまんで説明すると、意を強くしたように大原は言った。

「だったらあとは二課に任せて帰ってきていいんじゃないのか。こっちも鑑識の結果によってはきょうのうちに彰夫を逮捕することになる。山井と若宮じゃ、取り調べさせるにはまだ荷が重い」

「そうですね。うちはうちで重要な局面ですから、二課のみなさんも理解してくれるでしょう」

意を強くして葛木は応じた。

4

葛木と池田は午後一時半ころ城東署に戻った。そこへ交通捜査課の水谷がきて現状を説明した。

押収した車は本庁の交通鑑識課に搬送されており、これから外装部品をすべて取り外し、それが別の車から外して川上の車の車体に再装着したものかどうかを確認するという。そういう作業が行われた場合、どんなに丁寧に仕事をしても、ボルトやナットに疵がついたり内側の下地塗装に擦れたり引っ掻いたりの疵はつくものらしい。

さらに盗品の改造といっても、外から見えない部分にまで神経を使う者は少ない。そこに指紋が残っている可能性もあり、それが今後の窃盗グループの摘発に繋がるかもしれないと本庁の交通捜査課は期待しているという。

葛木たちにしても、そこを糸口に藤村の身辺を洗っていけば、面白い話がごっそり出てくる可能性がある。室谷は政治家だけではなく暴力団関係にも得意先が多いようで、藤村もその一人だった。

橋村代議士も裏社会との繋がりがなにかと取り沙汰される人物だ。そして川上と室谷は、かつて共同で事務所を経営していた仲だった。

そう考えると、この事案では意外に重要な存在が室谷で、川上とは別の意味で、政界と危ない世界を繋ぐパイプの役割を果たしていた可能性がある。

「ひょっとするとその車、我々にとっては宝の山になるかもしれませんね」

池田がほくそ笑む。大原も気合いの入った顔で頷く。

「なんだか政界から極道界から、すべてごった煮の闇鍋みたいになってきたな。おれにとっては警察官人生の掉尾《ちょうび》を飾る大ヤマになりそうな気がしてきたよ」

「私もそれほど先は長くないんで、最後の檜舞台のつもりでやりますよ。どうせこのヤマを解決したからって、警察勲功章や警察功労章をもらえるわけじゃない。それどころか山奥の駐在所にでも飛ばされかねないわけで、辞表はいつでも出す用意がありますから」

腹を括って葛木は言った。池田が大原に問いかける。

「彰夫は、いま家にいるんですか」

「山井と若宮がけさから張り込んでいるが、いまのところ外出した様子はないようだ。鑑識から結果が届いたら、即刻逮捕状を請求して身柄を押さえるつもりだ」

「村中みたいにこっそり逮捕という手が使えないから、そうなると橋村や官邸が焦って動き出すでしょうね」

「その惧れは多分にあるが、連中にできるのは警察上層部を動かして人事やら処分やらで圧力を加えるくらいだ。きょうあすのうちにやれることじゃない。少なくとも勝沼さんが刑事局長でいるあいだは防波堤になってもらえる」

大原は楽観的だが、そうだとしてもあと一週間足らずだ。室谷はすでに逮捕しているうえに、こんどは彰夫となると、いまは行方がわからない村中も、すでに逮捕されていると浅井陣営だって察しはつくだろう。

「いずれにしても、ここからはスピード勝負になりますよ。答えはもう見えている。あとは手順を踏んでそれを立証するだけですが、このまえの取り調べでも、彰夫は意外に手強かった」

「また怪しげな弁護士を雇って知恵を付けさせて、黙秘権で時間稼ぎをしてくるんじゃないですか」

池田が言う。その読みは当たっていそうだ。しかし大原は意に介さない。

「なに、車から決定的な証拠が出れば、それだけで十分送検できる。その時点でマスコミに公表しちまえば橋村にとっては大打撃だ。それで事情聴取を拒否したら、こんどは国会で野党が槍玉に挙げるだろう」

「勝沼さんのお友達の野党議員もいますからね。いろいろネタを渡してやれば、張り切るんじゃないですか」

「隠蔽工作に積極的に荷担した川上が殺害され、その繋がりで浅井官房長官の私設秘書の村中が逮捕されているとなれば、いま開催中の国会は大荒れになる。不逮捕特権のことはともかく、むしろ閉会中のほうが、向こうにとっては有り難かったくらいじゃないのか」

「そうなれば御の字ですよ。官邸に飛び火したところで、勝沼さんの島流しの話もリークしてやったらどうですか。週刊誌やワイドショーのネタとしては最高じゃないですか」

「いまさら上が撤回するとは思えないが、世間に知られれば具合が悪い。へたすりゃ国家公安委員会も叩かれる。普通なら片道切符だが、案外、早い時期に本庁へ戻さざるを得ないかもしれないな」

期待をあらわに大原は言う。出来すぎのシナリオのような気もするが、そうなって欲しい気持ちは同様だ。心強い思いで葛木は言った。

「浅井官房長官のラインは二課に任せておけばいいでしょう。政治家の扱いに関しては彼らが専門ですから。こちらは彰夫から藤村、さらに橋村ファミリーに繋がるラインを追及すれば、川上の殺害を接点として二つの捜査は繋がります。とりあえず我々は、彰夫の犯行の解明に全力を挙げるべきでしょう」

気合いの入った声で水谷も応じる。

「我々にとっては、殺人未遂の件のみならず、大規模車両窃盗グループの摘発にも繋がるわけで、その意味でも大捕物になりそうです。この先は池上署と葛飾署と共同で捜査を進められますから、人員の面でもパワーアップします。本庁の交通捜査課や捜査三課も引っ張り出せるかもしれません」

「そうなると特捜本部並みの陣容だな。川上の件は実行犯が現行犯逮捕されたから、いまはまだ捜査一課の扱いにはなっていないけど、教唆犯がいたという話になれば二課だけで捜査を進めるわけにはいかない。ただしいまは政界筋を刺激したくないから、そっとしておくしかないだろうがな」

大原は思案げに言う。葛木は問いかけた。

「捜査一課は、まだ川上の事案に関心は持っていないんですが」

「勝沼さんのほうから、うかつに動かないように手を回しているんじゃないのか。一課長の渋井さんも、勝沼さんとは気心が知れているから」

「たしかに。捜査一課が動き出せばマスコミがすぐに嗅ぎつけますからね」

「ああ。もうしばらく水面下で動くべきだろうな。動かぬ証拠を押さえたら捜査一課にも出張ってもらって、浅井官房長官にまで捜査の手を伸ばす。場合によっては、そのうえさらに偉い人まで後ろに手が回るかもしれないぞ」

「しかし、そこまで偉い人があえて殺しを指示したとなると、発覚するとよほど困る事情があるんでしょうね」

池田が首を捻る。おぞましいものを感じながら葛木は言った。

「ああ。あるんだろうな。単なる汚職事件じゃ済まないような」

「警察を舐めてかかってるんだよ。似たような事情で人が殺されて、指示した偉い人には捜査の手が及ばなかったようなことは、これまでいくらだってあったのかもしれないぞ」

大原は恐ろしげなことを言う。しかし当たっていないわけではない。たまたま君島の手際が悪くて現行犯逮捕されたからよかったものの、もしあのとき現場から逃走していたら、その筋の人間の手で始末されていたかもしれず、そうなれば偉い人たちは、さぞや枕を高くして眠れていたことだろう。過去の疑獄事件に絡んで、いまも暗殺の疑惑が語られる政界関係者の死は決して少なくない。

そのとき大原の携帯が鳴った。

「おお、山井。彰夫になにか動きがあったのか」

大原は勢いよく問いかける。そのまま相手の話に聞き入るうちに、表情がしだいに硬くなる。通話を終えて大原は葛木たちに向き直った。

「いま彰夫が家を出たそうだ。例の愛車じゃなく、タクシーでな」

「タクシーで？」

不審なものを感じて葛木は問い返した。池田と水谷も怪訝な表情で顔を見合わせる。大原は緊張を隠さない。

「とんずらしようとしているのかもしれないぞ。例の車が税関に摘発された情報が、藤村経由で耳に入ったんじゃないのか」

「だったらのんびりしてはいられませんよ。即刻逮捕状を請求して身柄を拘束しないと」

池田は血相を変えるが、大原は渋い顔だ。

「鑑識からまだ正式な報告書が届いていない。もうそろそろだと思うんだが」

「それがないと裁判所も逮捕状の発付には応じないでしょうからね。いま本庁の鑑識に問い合わせてみます」

水谷が手近なデスクの警察電話をとる。しばらくやりとりして、苦い表情で振り向いた。

「早くても夕方になるそうです。やる以上はとことん調べると張り切ってまして」

「しようがないな。山井たちはいまそのタクシーを尾行しているそうだ」

大原が言うと、池田は立ち上がる。

「だったら我々も合流しましょうよ。逮捕状のほうは課長に任せるとして、身柄を押さえるには人手がいるでしょうから」

「そうしてくれ。鑑識から報告があったら、すぐに請求書面を書いて、手の空いている者を裁判所に走らせる」

逮捕状の請求は地裁と簡裁のどちらかにすることになっており、城東署にいちばん近いのは東京簡易裁判所の墨田庁舎だ。車を飛ばせば十分もかからないが、だとしても発付されるまでには、最短でも一時間ほどはかかるだろう。

「どこにしけ込もうと逃がしはしませんよ。行き先がわかったら、うちの課の人間を総動員して周囲を固めればいいんです」

池田が力強く請け合うと、水谷も負けじと応じる。

「交通捜査係もすぐに動きます。ここで逃がして逮捕に手間どっていると、こちらの持ち時間がなくなりますから」

水谷たちにとっては、彰夫の犯行を立証し、そこから藤村が関与しているとみられる車両窃盗グループを摘発することが眼目で、彰夫を逮捕さえできれば問題はないはずだが、いまや本業のほう以上に、政界の大物の検挙に食指が動いているようだ。葛木も躊躇《ちゅうちょ》なく立ち上がった。

「じゃあ、行こうか。山井たちとは車のなかで連絡をとればいい」

5

覆面パトカーが走り出したところで、葛木は山井に電話を入れた。

「いまどっちへ向かっている？」

「明治通りから京葉道路に入り、錦糸町方面に向かっています。錦糸町インターから首都高小松川線に入るつもりじゃないですか。そこから千葉方面に向かうとしたら、例の畠山が経営する館山の釣り宿に向かっているのかもしれませんね」

山井は張り切って応じるが、葛木は言いしれぬ不安を覚えた。それなら彰夫はお気に入りの愛車を使うはずで、わざわざタクシーを使う理由が思い当たらない。

「わかった。行き先がわかったら随時報告してくれ」

そう応じて、別のパトカーで後続する水谷にも連絡し、葛木は池田に言った。

「ひょっとして高飛びを考えているんじゃないのか」

「だとすると、行き先は成田ですか――」

池田は舌打ちする。

「もしそうだとしたら逮捕状が間に合うかどうか。出国されちまったら、日本の司法警察権が及びませんから」

厳密に言えば、旅客機の機内ではその機体の登録国の法律が適用される。従って日本の航空会社の機体なら日本の司法管轄権が及ぶ理屈になるが、逮捕状を執行できるのは検察官、検察事務官または司法警察職員だけと定められている。機内で不法行為を働いた者の身柄拘束の権限は機長にも認められているが、あくまでそれは機内秩序維持を目的とする場合に限られ、逮捕権とは別物だ。

さらに外国の空港に着陸すると同時に、どこの国の飛行機であろうと機内では現地の法が適用されるから、もう日本の警察は手出しができない。さっそく電話を入れてそんな危惧を伝えると、大原も不安を隠さない。

「たしかに考えられるな。それじゃせっかく逮捕状がとれても、飛行機に乗られちまったらお終いだ。鑑識に催促してみるよ」

忙しない調子で言って大原は通話を切った。こんどは山井から電話が入る。

「思った通りです。彰夫は錦糸町の駅前で左折しました。このまままっすぐ行けば錦糸町出入口です」

「わかった。おれたちもすぐに追いつく。千葉方面に向かうとしたら成田の可能性が高いな」

「成田ですか。だったら、もちろん空港ですね」

山井は慌てて問い返す。いまこの状況で、彰夫が成田山にお参りにいくはずもない。

「高飛びされたらえらいことだ。空港に着いたら絶対に見失うなよ」

「わかりました。逮捕状はまだなんですか」

「いま課長が鑑識をせっついている。車の鑑識報告がないと、請求書面が書けないんだよ」

「じゃあ、間に合うかどうかわからないじゃないですか」

「搭乗されるまえに空港内で職質でもかけて、なんとか時間を稼ぐしかないな」

「彰夫がそこで一暴れしてくれれば、現行犯逮捕できますよ」

「そこまで馬鹿ならいいが、このあいだの事情聴取ではこっちもしてやられたわけだから、そうは舐めてかかれないぞ」

「いずれにしても、葛木さんたちが着くまでは、出国ゲートを通過させないようにします。中へ入られちゃうと厄介ですから」

「施設内ならゲートの向こうでも司法管轄権は及ぶが、逮捕状が出ていないと入管もおいそれと通してはくれないだろうからな。急いで追いつくようにするから、よろしくな」

そう応じて、こんどは水谷に電話を入れ、彰夫の動きを伝えてから、同様の考えを口にする。水谷もそれを心配していたようだった。

「私からも鑑識をせっついてみます。本格的な報告書じゃなくても、仮のでも出してもらえれば、裁判所も緊急性を考慮してくれると思いますので」

よろしく頼むと応じて通話を終えたところへ、こんどは山井から電話が入る。

「彰夫はいま錦糸町の入口から首都高に入りました。方向は下りです。やはり成田の可能性が高いですね」

「わかった。おれたちもまもなく高速に入る。すぐに追いつくよ」

葛木が応じると、池田はサイレンを鳴らしてアクセルを踏み込んだ。葛木はマグネット式の赤色灯を屋根に取り付けた。

彰夫はすでに首都高に入っているが、入口手前でサイレンを止めれば気づかれることはない。水谷の車も赤色灯を点《とも》しサイレンを鳴らして後続する。

周囲の車をごぼう抜きして錦糸町の入口に達したところで、サイレンを止め、赤色灯を外した。そこへ山井から連絡がきた。いま篠崎ＩＣから京葉道路に入ったところだという。成田に向かうとしたら宮野木ジャンクションまで一本道だ。途中で降りるようなことがなければ連絡は不要だと伝えて、こんどは大原に連絡を入れる。状況を知らせると、大原は焦燥を滲ませた。

「鑑識はもうすぐ結果をファックスすると言っているが、あくまで暫定的なもので、それで裁判所を納得させられるかどうか不安がっている。だからといってこれ以上待ってはいられない。国外逃亡される危険性があるから緊急性は十分すぎるほどある。そこを極力強調してなんとかねじ込んでみるよ。若いやつじゃ心許《こころもと》ないからおれが直接飛んでいく。請求書面はもう書き上げてあるから、そう時間はかからないだろう」

「よろしくお願いします。ここで逃したら、いつ身柄を拘束できるかわからない。ぐずぐずしていると勝沼さんがいなくなってしまいますから」

発破をかけるように葛木は言った。大原は慨嘆する。

「そうなったら、向こうは嵩《かさ》に懸かって捜査を潰しに来るだろうな。そのまえに白黒つけないと、おれたちの首だって風前の灯火《ともしび》だよ。本当の悪党をのうのうと生き長らえさせて、おれたちは討ち死にするんじゃ死んでも死にきれない」

6

予想どおり、彰夫を乗せたタクシーは宮野木ジャンクションで東関東自動車道に入った。山井たちの覆面パトカーはすでに視界に入っていて、後続する水谷たちの車も背後に見える。とりあえず状況を俊史に伝えておく必要がある。そう思って携帯を手にしたとたんに着信音が鳴った。俊史からだった。

こちらの状況を伝えると、俊史も不安を隠さない。

「逮捕状が間に合うかどうかだね。おれたちにできることはなにかある?」

「フダがないうちは、彰夫をとっ捕まえても職質くらいしかできない。空港内は千葉県警の縄張りだから、なにかと動きが制約される。出国審査のカウンターを通過されたら、おいそれとなかには入れてくれないだろうしな」

「それでも逮捕状が出ていれば、出発を遅らせてでも逮捕は出来るんじゃないの」

「理屈は確かにそうなんだがな。できれば勝沼さんが千葉県警に声をかけて、協力を要請してくれると有り難いんだが」

「ああ、その手があるね。一刻の猶予もない。いますぐ連絡をとってみるよ」

「よろしく頼む。それで村中の取り調べは進んでいるのか」

「腹を括ったのかよく喋ってくれたよ。室谷の事務所でのやりとりに関しては、君島の証言とほぼ一致した。村中に君島と会って川上の殺害を委嘱するように指示したのは、やはり公設第一秘書の八木で、君島と会う段どりは室谷がつけたようだ。これから供述調書を作成し、村中が署名捺印すれば一丁上がりだね」

俊史は声を弾ませる。意を強くして葛木も応じた。

「次は八木の逮捕と室谷の再逮捕だな。見通しはつきそうか」

「君島と村中の供述調書があれば、二人の逮捕状は間違いなくとれる。ただし問題はタイミングだね。あまりのんびりしていると、敵がいろいろ仕掛けてきて後手に回ることになりかねない。しかしいますぐ動くには、こちらも材料がまだ完全に揃ってはいない」

「彰夫を挙げて、その流れでローレル・フーズ・ホールディングスにガサ入れする。そこから橋村と官邸を繋ぐ糸口も出てくるだろう。ここまで来たら、ワンセットで動かしたいからな」

「そういうことだね。彰夫の身柄はなんとか押さえないとそのシナリオが崩れてしまう。君島と村中のラインだけじゃ、官房長官に捜査の手を伸ばすにはまだ弱い」

「いまは彼らの証言があるだけで、証拠と言えるようなものがほとんどないからな」

「二課長も、ぜひともローレルにガサ入れして、経理帳簿を一切合切押収したいと言ってるよ。迂回献金から贈賄から粉飾決算まで、不正経理の宝庫じゃないかと見ている」

「その突破口が彰夫の犯行とその隠蔽工作ということだな。返す刀で橋村にも深手を負わせることができる」

「勝沼さんの異動が決まったあとなのが悔しいけどね」

「背後に政界の画策があったことが明らかになれば、そっちの流れだって変わってくるかもしれんぞ。政治家の恣意《しい》で警察の人事が弄《いじ》り回されるのは、警察庁の上層部だって内心は不本意なはずだ」

「そう期待したいね。警察庁長官まで政治家の飼い犬に成り下がるようなら、国民に対する裏切りだし、その結果、政治の悪が野放しにされるんじゃ、それ自体が国家に対する不作為の犯罪だよ。さっそく勝沼さんに相談してみるよ」

俊史は張り切って通話を終えた。そんなやりとりを池田に伝えていると、こんどは水谷から電話が入った。

「いま本庁の鑑識から連絡が入りました」

「結果が出たのか」

「こちらの見立てどおりです。目視でもあらかた見当はついていたんですが、X線を使った精密な検査ではっきり答えが出ました。ボンネットとフロントフェンダーには、ごく最近大きな衝撃を受けた形跡があり、直後にそれを板金加工で補修したのは間違いないとのことでした。さらにその車の外装パーツには、いったん取り外され、また取り付けられた形跡がみられるとのことです。同タイプの別の車のものと交換した可能性は極めて高いとの見立てです」

「報告書はすぐに出るのかね」

「これから交通課にファックスするそうです。あくまで仮のものですが、届いたら大原さんに転送するようにうちの課長に頼んでおきました。ところが成果はそれだけじゃないんです」

「なにか別の材料が？」

「指紋が出たんですよ。取り付けられていたフロントフェンダーの内側に」

「誰の？」

弾かれるように問い返すと、高揚した調子で水谷は言う。

「エマニュエル・オビンナというナイジェリア人です。警察庁の指紋データベースで照合したところ、その人物の指紋と一致したんです。その国籍が引っかかって葛飾署の刑事・組織犯罪対策課に問い合わせたところ、藤村がやっている板金屋の工場長でした」

「前科があったのかね」

「三年前に地下銀行を使った不正送金の容疑で逮捕されて、そのとき指紋を採られ、それが登録されていたんです。単なる利用者に過ぎず額も少なかったため、略式起訴で済み、国外退去にはならなかったようです」

「近所の住民の話でも技術は高いと聞いていたが、その工場長が腕を振るったわけだ」

「藤村なのか別の誰かなのかはわかりませんが、欲をかいたお陰でボロを出したわけですよ。屑鉄にして売り払えば足がつくことはなかったのに」

「そうなると、おたくのほうもこれから忙しくなるな」

「課長はいま葛飾署と話をして、板金エースをガサ入れする準備を進めています。池上署も密輸業者の取り調べを進めていますが、あの車と藤村がしっかり繋がったわけで、窃盗グループの全容解明もまもなくでしょう」

水谷は意気込む。そんな通話を終えたところで、成田ジャンクションの案内板が見えてきた。山井から電話が入る。タクシーは予想どおり、そこから新空港自動車道に入ったという。二人の車は見えるからもう連絡は寄越さなくていい。それより彰夫の動きに集中するように指示をする。

新空港自動車道は日本でいちばん短い高速道路だ。五分も走ると空港第一ビル出発階の車寄せに着いた。

彰夫の乗ったタクシーはもちろん、山井たちの覆面パトカーもすでにいない。ここは駐車できる場所ではないから、山井が彰夫を尾行し、若宮は駐車場に車を回しているのだろう。こちらもまず葛木が車を降りて、池田は急いで駐車場に向かった。

出発ロビーに駆け込むと、保安検査場の前で山井が制服姿の二人の男となにやらやり合っている。空港の警備員らしい。なにか厄介ごとが起きているようだ。水谷も続いてやって来た。慌てて走り寄って声をかける。

「なにをやってるんだ？　彰夫はどうしたんだ？」

「説明してもわかってくれないんですよ。この人たち」

山井は警察手帳を男たちの顔のまえで振ってみせる。男の一人がさも胡散臭いと言いたげに葛木を振り向いた。

「あんたは連れですか」

葛木も警察手帳を提示した。

「こういう者です。いまは凶悪犯罪の捜査中なんです」

「ついこのあいだも空港内で迷惑行為を働いた警察官がいたもんですからね。あの人が被害を訴えたんです——。あれ、いなくなっちゃったな」

「あんたたちが因縁をつけるから、対象者を見失ったじゃないか」

山井は怒りを爆発させる。男は困惑した様子で問い返す。

「因縁をつけていたのはあんたでしょう。酔ってるんじゃないの」

「そうじゃない。警察手帳を提示して職務質問しようとしただけだよ。するとあいつが突然大声で騒ぎ出したんじゃないか」

「あんたが暴力を振るったんだろう」

「冗談じゃないよ。なんとか言ってやってくださいよ、葛木さん。あいつどさくさに紛れて列に割り込んで、もう検査場を通過しちゃいましたよ」

山井は悲痛な声を上げる。葛木は男たちに向き直った。

「いますぐ県警の空港警備隊を呼んでくれ。あんたたちがやったことは明らかな公務執行妨害だ。ここで現行犯逮捕してもいいが、いまはそんなことをしている暇がない」

「ちょ、ちょっと待ってください。いま呼びますから」

男は慌てて携帯を取り出し、要領を得ない様子で事情を説明する。そこへ若宮と池田もやってきた。状況を伝えていると、制服姿の警官が二人走ってきた。

「葛木警部補ですね。失礼しました。空港警備隊警備四課係長の長瀬《ながせ》です。県警本部から先ほど指令があって、重大な事件の捜査だから協力するようにと言われて連絡を待っていたんですが」

長瀬は三十代くらい。係長ということは葛木と同格の警部補だ。もう一人はもっと若い。すでに連絡が行っていたとなると、勝沼は迅速に動いてくれたらしい。レームダックどころか、警察庁刑事局長の威信はいまも健在のようだ。

「すでに出国エリアに入ってしまったようです。じつはいま逮捕状を請求しているところでして、発付されるのは間違いないんですが、そのまえに飛行機が出てしまうとまずい。なんとか身柄を確保したいんです」

そんな事情を説明すると、長瀬は委細承知という調子で頷いて、対象者の写真はないか、と訊いてくる。携行していた彰夫の写真を手渡すと、検査場の係員にそれを示し、なにごとか説明する。係員は手早く手元の端末を操作して、プリントアウトされた一枚の紙片を手渡した。

それを手にして長瀬は葛木たちを促し、出国審査のカウンターに向かう。警察手帳とは別のＩＤカードのようなものを提示してなにやら説明する。審査官は事情はわかったというように頷いた。葛木たちは警察手帳を見せただけでなんのクレームもなく通過できた。

「急ぎましょう。十三番ゲートです。シンガポール航空のペナン行きで、出発は十四時四十五分です」

長瀬が促す。時計を見ると、あと五分もない。大原からはまだ逮捕状取得の連絡が来ない。

彰夫が空港まで警察の手が伸びることを想定していたのかどうかは知らないが、ゲートに向かって走りながらの長瀬の説明では、彰夫はオンラインチェックインというシステムを使っていたらしい。事前にインターネットでチェックインを済ませておけば、チェックインカウンターを通らずに保安検査場に直接行ける。

さらに最近導入された自動化ゲートを使えば、出国審査のカウンターに並ぶ必要もない。事前に登録しておく必要はあるが、一度してしまえばパスポート有効期間のあいだは利用できるので、過去に海外に行ったときに登録を済ませていれば、指紋とパスポートをスキャンさせるだけで通過できる。それらを計算に入れてぎりぎりのタイミングで空港にやってきたのなら、彰夫はなかなかの知能犯だ。

一〇〇メートルほどのコンコースを全力で駆け抜ける。到着した十三番ゲートはすでに閉め切られていた。もちろん他の便の搭乗待ちの客のなかにも彰夫の姿はない。

やむなく大原に電話を入れる。大原はすぐに電話に出た。こちらの状況を説明すると、電話の向こうから大原の歯ぎしりが聞こえてくるようだった。

「担当した判事が血の巡りの悪いやつでな。鑑識からの報告が仮のもので、正式の書面が必要だと言いやがる。そのうえファックスも駄目だと難癖を付けやがるんだよ」

「このままじゃ海外に逃亡されますよ。それだって発付の重要な要件じゃないですか。政治筋からなんらかの圧力を受けている可能性はないですか」

「おれもそれを疑っているんだよ。三権分立と言ったって、裁判所も役所の一種で、政治との癒着がないとは言い切れないからな」

そのとき、窓の外を見ていた若宮が声を上げた。

「やばいですよ。もう終わりです。飛行機が動き出しました」

その声を聞いて全身から力が抜けた。事件隠蔽の容疑は、橋村、ローレル、官邸のあいだを繋ぐ黒い疑惑の結節点だが、それは彰夫の犯行が立証されてこそ意味を持つ。

彰夫が海外に逃亡したいまとなっては、当面、本人の自供は得られない。いずれは解明できるにせよ、少なくとも時間との勝負では負けたことになる。力ない声で大原が言う。

「聞こえたよ。厳しい状況になったな」

「これから急いで帰ります。藤村のほうはまだ脈があります。彰夫は不在でも、そちらの線から真相に迫れるかもしれない」

自らを慰めるように葛木は応じた。

「ああ。一気呵成《いっきかせい》にいけるかと思っていたら、ここでいったん仕切り直しだな」

大原は深いため息を吐いて通話を切った。

間を置かず、また携帯が鳴り出した。俊史からだった。彰夫を取り逃がしたことを報告するのは気が重いが、それを埋め合わせるような情報が村中の取り調べで出てきたのかと、つい期待してしまう。

「ああ。いまこちらから電話をしようと思っていたんだが――」

そう応じたとたんに、俊史の暗い声が流れてきた。

「二課は大変な失策をやらかしたよ。親父たちに合わせる顔がない」

「なにがあったんだ」

ただならぬものを感じて問いかけた。俊史は吐き捨てるように言った。

「村中が自殺したんだよ。留置場で首を吊って――」

第十三章

1

葛木たちが急遽《きゅうきょ》成田から城東署に戻ると、俊史と西岡が警視庁から飛んできていた。今後の方向について早急に打ち合わせする必要があると判断し、葛木たちが本庁に向かうよりそのほうが早いと車を飛ばしてきたらしい。

さっそく刑事・組織犯罪対策課の会議室で互いの状況を報告し合った。口火を切ったのは俊史だった。

村中は一通り供述を終えてから、西岡たちが調書を作成するあいだ、留置場に戻して休憩をとらせていたという。自殺したのはそのときで、着ていたワイシャツを首に巻き、袖をトイレの小窓の鉄格子にかけ、そのまま腰を落としていた。留置場や拘置所でよくある自殺スタイルで、成功率は高いらしい。

遺書が残っていたわけではないから自殺の動機はわからない。幇助の扱いなら量刑は正犯や教唆犯の半分程度だ。実刑を受けても十年未満で出所できるケースが多い。自らが関与した川上殺害のことを思えば、そのあと自分が同じ運命に遭うかもしれないと惧れたのかもしれない。

いずれにせよ取り調べ中の被疑者の心理は不安定で、自殺の防止は刑事捜査の基本だ。そのうえ署名押印するまえに自殺されては、その供述には証拠能力がなくなる。

葛木が彰夫を取り逃がした一部始終を説明すると、俊史も西岡もため息を漏らした。あのあとすぐに逮捕状が発付されたが、ときすでに遅しで、彰夫を乗せた飛行機は離陸していた。

「ペナンに飛んだからって、ずっと滞在するとは限らないからね。身を隠すつもりならそこは単なる経由地で、さらに別の場所に移動されたら、もう所在を把握するのは不可能だ。国際手配をしたところで、居場所がわからなければ実効性はほとんどないから」

俊史は肩を落とす。西岡が憂い顔で身を乗り出す。

「それより問題は村中の自殺ですよ。これで逮捕していた事実が表に出ちゃったわけで、浅井官房長官サイドが動き出すのは間違いないでしょう」

「かと言って、官邸の力で強引に捜査を潰すわけにはいかないと思うがね。それじゃ長官自ら黒幕だと自供するようなもんだから」

大原は意に介さない口振りだが、俊史は表情を曇らせる。

「表向きは静観するでしょうね。しかし政界でも寝業師として有名な人だ。自分の尻に火が点くと思ったら、裏からどういう手を打ってくるかわからない」

「上から圧力がかかってきているのか」

葛木が訊くと、重い口調で俊史は応じる。

「時間の問題じゃないかな。浅井氏の事務所には連絡が行っているはずだし、もうじきテレビのニュースでもやると思うよ」

「記者発表は、もうしたんだな」

「総務部の留置管理課長が管理不行き届きということで陳謝した。ただし被疑事実については、現在捜査中ということでお茶を濁しておいたよ」

「こうなったら、ガチンコ勝負を仕掛けるしかないんじゃないですか」

池田が言う。西岡が興味深げに問いかける。

「なにか、いい手があるのかね」

「村中の被疑事実は殺人教唆だったと、こっちから公表してやる。彰夫のほうもいますぐ指名手配をして、それをマスコミに公表する。浅井氏も橋村氏も、事件をどう捻り潰そうかといま悪知恵を働かせている最中でしょうから、その出鼻を挫《くじ》いてやるんですよ」

「大胆な作戦だな。それじゃ、橋村や官邸の恰好の餌食にならないか」

不安を隠さず葛木が言うと、腹を括ったように俊史が応じる。

「それしかないかもしれないね。逆に向こうは下手に動けなくなる。橋村氏だって浅井氏だって、うっかりちょっかいを出せば自分に飛び火するくらいはわかると思うよ」

「しかしどちらも海千山千の政治家で、一方は総理官邸という日本の最高権力府の長官の座にある。そのうえ警察庁というのが実質的に官邸直属の行政機関だ。舐めてかかると痛い目に遭うんじゃないのか」

なお慎重に葛木が言うと、きっぱりとした口調で俊史は応じた。

「それはお互いに言えることだよ。こっちだって、敵の尻尾はほとんど見えている。露骨な手を使えば、逆に馬脚を露すことになる。むしろ我々は怖いものなしで、失うものは向こうのほうが圧倒的に大きいわけだから」

2

俊史たちが帰ると、大原はさっそく本庁の広報に連絡を入れた。警視庁の記者クラブに情報を流すのが広報の仕事で、所轄が扱う微罪の事案でも、すべていったん広報に通報し、それを適宜記者クラブに提供する仕組みになっている。彰夫の容疑については、ここまで隠密捜査で進めていたから、記者クラブは把握していないはずだった。

反応は早かった。交通事故を装った殺人未遂という罪状以上に、マスコミは被疑者の父親に注目したようだ。ほどなく大原のもとに取材申し込みの電話が殺到し、三十分もしないうちに城東署の刑事部屋に記者の一団が押し寄せた。やむなく同じフロアーの会議室で即席の記者会見が始まった。

大原は、彰夫のストーカー疑惑と撥ねられた被害者との関係、盗難されたとされていた義兄の川上の車とのパーツ交換の事実が鑑識によって明らかにされたこと、その時点で逮捕状を請求していた矢先に、彰夫は海外へ出国してしまったことまでを淡々と説明した。

しかしさすがに警視庁詰めの記者は勘が鋭く、殺到したのは、川上の事件と本件のあいだにどんな関係があるのかという質問だった。

そちらは本庁捜査二課が扱っている事案だと大原はしらばくれ、共同で捜査を進めていることには触れなかった。しかし川上が殺害された件に関してはこちらも注目しており、車のパーツ交換による偽装が川上の協力なしには考えられなかったこと、彼が彰夫の義兄であり、実兄の憲和が経営するローレル・フーズ・ホールディングスの取締役だったという事実が、そのことと無関係だとは考えていないことをさりげなく示唆した。

そのうち記者たちのポケットで携帯が鳴り出した。彼らは次々それを受け、会場が次第にざわめき出す。記者から質問が飛んだ。

「いま警視庁捜査二課から、さきほど留置場で自殺した村中誠の被疑事実が川上隆氏の殺害幇助だったという発表があったようです。その情報は把握していなかったんですか」

二課の動きは電光石火と言うべきだった。大原は驚いたふうを装った。

「そこまでは知りませんでした。彼が浅井官房長官の私設秘書だという話は耳に入っていましたが、二課の扱いなので、汚職か脱税関係かと思っていたんですが」

記者はさらに核心を突いてくる。

「橋村彰夫の父親は橋村幸司衆議院議員ですね。彰夫の事件の隠蔽に川上氏が関わっていた。そしてその川上氏がすぐあとに殺害された——。二つの事件には政界を通じたなんらかの繋がりがあるのでは？」

「そこは二課の捜査を待つしかありません」

「しかし村中の被疑事実が教唆なら、そこにはさらに浅井官房長官の意向が働いていたと考えたくなる。課長のお考えは？」

「どちらも捜査中の事案ですので、憶測でものを言うのは差し控えます。我々が申し上げられるのはこのくらいです」

大原がそう応じて会見を締め括ると、記者たちは一斉に席を立った。二課は二課でこのあと記者会見を開くはずで、こんどはそちらに駆けつける算段だろう。記者たちが去った会議室で、大原はしてやったりという顔だ。

「夕刊は無理だとしても、あすの朝刊が楽しみだよ」

「近ごろはインターネットでもニュースは流れますからね。これから官邸も与党も火消しに大わらわじゃないですか」

池田もほくそ笑む。葛木は指摘した。

「しかし、もうじき通常国会が召集されますよ。そうなると会期中は逮捕状が執行できない。そのまえにいちばん上まで捜査の手を伸ばすには時間が足りない」

気にするふうでもなく、大原は応じる。

「どのみち、官邸の奥の院まで突っ込んで行くには時間がかかる。しかし勝沼さんの友達のような、浅井氏に遺恨を持っている議員は多い。橋村だって敵は決して少なくない。国会が召集されてそこで追及してもらえれば、むしろ捜査の追い風になるだろう」

「そっちの力も利用するわけですか」

「がっちり証拠を押さえてしまえば、国会もマスコミも黙ってはいない。国民だって容赦はしない。そこで政治家としての命運が尽き、議員辞職に追い込まれれば、逮捕も訴追も可能になる。たとえそれが一国の総理でもな」

大原は自信満々だが、果たしてそこまでうまくいくか。そのまえに捜査を潰されてしまえば、敵は不逮捕特権の壁の向こうで証拠隠滅にいそしむだろうし、警察組織に人事介入されれば、勝沼のような気概のある警察官僚はすべて排除され、警察は政治家に楯突かない忠犬のような組織に成り下がる。

3

一時間ほどして俊史から電話が入った。ちょうどいま、向こうも記者会見が終わったところだという。場を取り仕切ったのは捜査二課長の田中啓吾だ。現官房長官の私設秘書の殺人教唆という被疑事実は、こちら以上にマスコミの関心を呼んだようで、テレビ局も含め百名ほどの取材陣が押しかけたらしい。

「公表したのは村中が君島に川上殺害を教唆したところまでで、あとは捜査中だとはぐらかしたけど、さらにその上に村中に教唆した黒幕がいるんだろうとしつこく訊かれたよ」

俊史は興奮気味に報告する。葛木は訊いた。

「だれも村中の単独犯行だとは思っていないわけだな」

「マスコミにとってはそのほうが面白いからね。彰夫の事件との関連にも大いに興味を持ったようで、こちらもそこに強い関心があるという程度にはほのめかしておいた。あとは彼らがどういうストーリーに仕上げてくれるか、あすの報道が楽しみだよ」

葛木はこちらの状況を説明した。俊史は嬉しそうに応じる。

「マスコミのみなさんは、あすは大忙しだろうね。もう少し先まで情報を開示してもよかったんだけど、それでこちらのターゲットのところに押しかけられて、捜査の邪魔をされても困るから」

「かといってこの先、なんでもマスコミ任せにはできない。敵も大人しくはしていない。そっちも報復には気をつけたほうがいいぞ」

「でも勝沼さんにはもう辞令が出ちゃっているし、うちの課長は春の異動で地方に飛ばされるものと覚悟している。いまさら向こうにできることはそうはないよ」

「だったらいいんだが。勝沼さんがいるあいだにこちらの足場を固めたほうがいいのは間違いない。とりあえず牽制球は投げたから、向こうが怯んでいる隙にやるだけのことはやらないとな」

気合いを入れ直すように葛木が言うと、もちろんだというように俊史は応じる。

「新聞記事やマスコミの論評は事件の証拠にはならないからね。核心にメスを入れるのはおれたちの仕事だ。それから、彰夫の件で新しい手掛かりが出てきたよ。たしか行き先はペナンだったね」

「ああ。シンガポールで乗り継いでペナンに向かう便だった」

「そのペナン島に、ローレル・フーズ・ホールディングスの系列のリゾートホテルがあるんだよ」

「彰夫はそこに滞在しているのか」

「その可能性は高いよ。それが確認できれば、ＩＣＰＯ（国際刑事警察機構）を通じてマレーシア警察に逮捕を依頼できる。警察庁の国際課に頼んで国際手配の手続きをするよ」

俊史は張り切って応じた。

4

交通捜査課はその日のうちに令状を取得し、翌早朝、自宅にあった彰夫の車を押収した。これから警視庁の交通鑑識による検分が行われるという。

橋村はそのとき在宅していたが、令状が出ている以上、抵抗はできない。しかし、その場で隠蔽工作への関与について事情聴取を要請しても頑なに拒絶した。

新聞の扱いは彰夫の件がトップか村中の件がトップかの違いはあっても、どちらも一面で大きく扱われ、その両方に川上の名があることになんらかの意味があるのではと疑義を呈する内容だった。

彰夫の逃走と村中の自殺について警察の不手際を批判する論調も一部にはあったが、記事のなかでその比重はさほど大きくない。

その後のニュースでは、橋村の私邸や事務所前にマスコミの取材陣が押しかけている映像が流れたが、橋村は一切応じていない。

岡谷の浅井官房長官の政党支部や東京の政治事務所、私邸にも取材陣は殺到していたが、もちろんそちらも応じるはずもない。

官邸は沈黙している。今後、野党や世論からの批判が高まればなんらかの対応をせざるを得ないが、いま表だって騒ぎ立てれば、逆に疑惑を裏付けることになるとみているのだろう。


予想もしていないニュースが飛び込んだのはその日の昼だった。署内食堂に向かおうとしていたら、若宮が頓狂な声を上げた。

「ちょっと、係長。これ、見てくださいよ。とんでもないことになってますよ」

若宮が指さしたのは、マスコミや世論の動向に目配りしようと朝からつけっぱなしにしているテレビだった。慌てて目を向けると、幾つものマイクロフォンとカメラに囲まれた橋村の顔が映っていた。画面の下のテロップには「橋村幸司氏、議員辞職の意向」とある。

差し出されたマイクに向かって、橋村は沈痛な表情で語り出す。

「このたびは、大変お騒がせしました。息子の容疑については司直の手に委ねる所存でありますが、逮捕状が発付され、本人が行方をくらましている状況に関して、親として責任を感じざるを得ません。容疑が事実なら、被害者の女性に対して償いきれない罪を犯したことになり、まさに慚愧に堪えない思いであります。この事態を受け、今後も政界で活動することが一政治家として正しい道なのかと思い悩みました。私が犯した罪ではないとはいえ、結果において国民の信頼を裏切ることになったわけで、いまここでその責任をとることが、政治家としてのけじめだという結論に至った次第です」

これまで直接会ったことはなかったが、世間で言われる豪腕政治家の評判とは裏腹な、誠実そのものの表情の裏にどんな策謀が隠されているのか――。大原が呻《うめ》く。

「想定もしていなかったな。これからいろいろ悪あがきしてくれると期待してたのに」

「本気で言ってるんでしょうかね。このあと誰か偉い人が慰留して、やっぱり撤回しますなんて言い出すんじゃないですか」

若宮は疑心を露わにする。すでに辞職願は提出したのかという質問が記者から飛んだ。

「先ほど、議長に提出して受理されました」

橋村は神妙な顔で頷いた。大原が唸る。

「どうも、茶番じゃないようだな」

「だからといって、なんの魂胆もないとは考えられませんがね」

葛木は首を傾げた。画面が街頭インタビューに切り替わる。街の人々の反応は、出処進退が潔いと、おおむね好感を示すものだった。そこへ俊史から電話が入った。もちろん橋村のニュースについてだった。

「おかしな雲行きだね。してやられたような気がするよ」

「ああ。世論を追い風にするという目算が狂ったかもしれない。彰夫は切り捨てられた恰好だな」

「しかしこちらが彰夫を逮捕すれば、殺人未遂の件だけじゃなく、川上が仕切っていたはずのロ－レルの資金による政界工作の実態も解明されるかもしれない。少なくとも我々はその気だし、川上殺害の件にしても、彰夫がなにも知らないとは思えない」

「となると、そっちのほうが心配になってくるな。まさか目のなかに入れても痛くないほど可愛がっていた息子を、川上のようなやり方で口封じするとは思えないが」

葛木は首を傾げたが、確信するように俊史は言う。

「あり得なくはないよ。そこに官邸まで関わっていたとしたら」

「しかし議員辞職をしてしまえば、橋村にとって、巨額の資金を使って政界工作する意味はなくなるだろう」

「四月に行われる統一補選で、また立候補するつもりかもしれない。不祥事や自分の意思での辞職の場合、同じ選挙区の補選には立候補できないけど、選挙区が変われば問題ない。引退したり死亡したりした議員の地盤を金で買い取る手法は、彰夫の参院補選立候補の件でも使っているからね」

俊史の穿《うが》った見方に、葛木は思わず唸った。

「そんな手があったか。たしかにやりかねないな。だとしたら彰夫のことが心配になってくる。海外での殺人というのは、世間が知っている以上に多いと思うから」

「保険金目当ての殺人が発覚するケースは、氷山の一角のような気がするね。じつは発覚しにくいから、そういう事件があとを絶たないのかもしれない」

俊史は嘆息する。葛木は言った。

「まずは彰夫の居場所を確認しないと。ローレルのリゾートホテルにいれば、マレーシア警察に身柄を拘束してもらえる。少なくともそれで命の危険は回避できる」

「ああ。警察庁の国際課には、おれのほうから手配を依頼しておいた。さっそく動いてくれているはずだ」

焦燥を隠さず俊史は応じた。葛木はさらに注意を喚起した。

「八木の動きもチェックしたほうがいいぞ。川上殺害を村中に指示したのが八木だとすれば、今度も動くかもしれん」

5

葛木の危惧は外れていなかった。夕刻、俊史から連絡があって、二課の捜査員が議員会館で張り込んでいたところ、八木が一人でどこかへ出かけた。尾行すると、出向いたのは赤坂にある小さなコーヒーショップで、そこである男と会ったという。

捜査員はどこかで見た顔だと思い、スマホに保存してあった写真を確認すると、なんと山七組の高田一也だった。川上が殺害される前日、高田は藤村と会っていた。それが今回も登場してきたとなると、いよいよきな臭い匂いが立ちのぼる。俊史も不安を隠さない。

「彰夫がいまマレーシアにいるとしても、君島のような鉄砲玉を手配することはできるし、現地にはそういう仕事を請け負うマフィアみたいなのもいるだろうし」

「ICPOの手配はどんな具合だ」

「進めてはいるけど、あと数日はかかりそうだ。事務総局がフランスのリヨンにあって、そこでの手続きが必要だから。そのあいだに敵が動いてしまったらまずいね。もし彼らが口を封じようとしているなら、彰夫は今回の事案全体について、かなり深く真相を知っていることになる」

「そうなると、兄貴の憲和にとっても、彰夫は厄介な存在だな」

「巨額の裏金を政界にばらまいていたとなると、発覚すれば贈賄の罪は免れないし、実質的なオーナー経営者でも、一部上場企業である以上は経営責任を問われる。株主代表訴訟を起こされるかもしれない」

俊史は唸る。葛木は訊いた。

「室谷のほうはどうした？」

「午後三時に再逮捕して、警視庁に護送したよ。いま西岡警部補が取り調べをしているんだけど、やはりしぶとくてね。君島と村中の密会については、村中から場所を貸してくれと頼まれただけだと言い、奥さんの口座への振り込みも、浅井事務所からの依頼で立て替え払いをしただけで、広い意味での顧問業務の一環だと言い張っている」

「相手はその道のプロだからな。それもすこぶるたちの悪いタイプだ」

「こうなると、いちばん重要な鍵を握っているのは、やはり彰夫かもしれない」

「同時に彼らにとっていちばん弱い部分でもある。小悪党ではあっても、父親や官邸を牛耳る海千山千とはタイプが違う」

「自分が抹殺されようとしていると知ったら、むしろ洗いざらい喋るかもしれないね」

「だとしたらなおさら生かして拘束したいが、外国じゃおれたちはなにもできないしな」

葛木が嘆くと、俊史はなにか思いついたように訊いてくる。

「親父はパスポートを持っている？」

「あと二年ほど有効なのがあるが、それがどうした？」

「親父がペナンへ行くのが手っ取り早いよ。公用ビザをとるのは時間がかかるけど、短期の観光ならノービザで九十日滞在できる」

「しかし、司法管轄権がないから捜査活動はできないぞ」

「もちろん逮捕や取り調べまではね。しかし、所在を確認したり接触する程度なら問題はない。先乗りしてマークしていれば、ＩＣＰＯの手配が済んだところで現地の警察に彰夫の拘束を依頼できる」

思いもかけないアイデアだが、やってみる価値はある。予想どおり彰夫がペナンのリゾートホテルにいるとすれば、ＩＣＰＯの手配が済まないうちに、別の場所に移動されたり殺害されたりということは防げる。

「うちからは西岡警部補が行く。そっちも可能なら池田さんに加わってもらう。費用はうちの捜査費から捻出するよ。課長と相談しないといけないけど、まずＯＫすると思うよ」

切迫した調子で俊史は言った。

6

ペナン島はいまは乾期で晴れの日が多く、いわゆるハイシーズンのため目当てのホテルになかなか空きがない。キャンセル待ちをしたため、ペナン国際空港に到着したのは三日後の午後遅くだった。

ローレル・フーズ・ホールディングスが経営するリゾートホテルは、空港から車で二十分ほどのビーチにある。

ホテルに向かうタクシーの運転手が日本人かと訊いてくる。そうだと答えると、二時間ほどまえにも、日本人を乗せてそこに行ったという。彼の話によればペナン島には日本人客が多いが、ほとんどが団体ツアーで、タクシーを使うことは珍しいらしい。

ふと思い当たって携行してきた彰夫の写真を見せると、違うと首を横に振る。まさかと思いながらこんどは高田の写真を見せた。運転手は首を縦に振った。

西岡と池田が顔を見合わせる。彰夫がいるかどうかはまだわからないが、そこに高田が向かったのが偶然のはずがない。

一人だったのかと訊くと、連れが二人いたという。一人は日本人で、もう一人は中国系のマレーシア人。運転手に行き先を指示したのはマレーシア人で、残りの二人は日本語を話していた。意味は理解できないが、語感でそれが日本語だと運転手にはわかったらしい。

「やばいじゃないですか」

西岡は緊張を露わにする。俊史に連絡を入れると、意外に落ち着いた様子で応じた。

「親父たちが飛んでくれていてよかったよ。高田がそのホテルに向かったということは、そこに彰夫がいる可能性が高まったことになる。あすになればＩＣＰＯの手配書が発効する。それを待ってマレーシア警察に通報すれば、彰夫の身柄を拘束してもらえるから」

「いや、彰夫の姿を確認するまでは安心できない。すでに手遅れかもしれない」

不吉なものを覚えて葛木は言った。おそらく彰夫は高田とは面識がない。高田たちもそのホテルに投宿しているとすれば、この先、なにが起きるかわからない。

7

ホテルに到着し、チェックインを済ませる。そのすぐあとに団体客のグループがいくつかやってきて、フロントに列をつくった。なかなか盛況のようで、日系のホテルのせいかその大半が日本人だ。フロントの人の列にもラウンジにも彰夫はいないし高田もいない。

時刻は午後五時を過ぎたところ。メインダイニングは一階にある。オープンは五時半だ。そろそろ宿泊客が食事に出てくる時間だろう。各自いったん部屋に向かい、荷を解いてからラウンジに集まり、ドリンクを注文して人の動きに目をやった。

「これだけ日本人客が多いと、彰夫もそう簡単に姿は見せないでしょう。食事はルームサービスっていう手もありますからね」

西岡は苦い口振りだ。無事でいるならいずれ出てくるかもしれないが、そもそもここにいるという判断が賭けで、別の場所にいるとすれば、いまやっていることは時間の無駄になる。そのとき声を落として池田が言った。

「来ましたよ。高田ですよ」

横目で示したその方向をちらりと見やると、大柄で凄みの利いた印象の男が、エレベーターを降りてラウンジに向かってくる。たしかに高田だ。二人の連れも同行している。

「ここに泊まっていたわけだ。となると、彰夫もいる可能性が高いな」

意を強くして葛木は言った。三人は三卓ほど離れた席に腰を落ち着け、歩み寄ったウェイターになにか注文すると、顔を寄せ合い、なにやら密談している。ラウンジは七割程度埋まっていて、ロビーも人であふれている。ここでは乱暴なことはできないはずだし、彼らの頭もそこまで粗雑ではないだろう。

先に着いたとしてもせいぜい二時間ほどの違いで、彼らも彰夫とは接触していないとみていい。向こうに顔を知られていない点は有利だが、ヤクザは警察の尾行に慣れているから、迂闊に動けば怪しまれる。

そのとき葛木の携帯が鳴った。俊史からだ。慌てて耳に当て小声で応じると、俊史のほうも声を落とす。

「室谷が自供したよ。自分の事務所を村中と君島の密会のために貸したり、君島の妻の口座に金を振り込んだりしたのは、八木からの依頼だったと認めた」

「村中と君島の話の内容については？」

「知っていた。事件前すでに、逮捕されたら弁護に乗り出すように八木から依頼されていたそうだ」

「供述調書はとったんだな」

「こんどはちゃんとね。こちらも事情は村中と一緒で、否認し続ければ自分が教唆の罪に問われると観念したようだ。そこまでして八木を助ける理由は、彼にもないようだね」

「供述したのは八木のことまでなんだな」

「その上の人のことは言わない。八木を教唆犯として逮捕できても、そこで行き止まりになったらお終いだね」

「八木にも個人的な動機はないと思うが」

「ああいう世界のことだからね。忠実な秘書なら、先生の意思を忖度してということはあり得る。そうなると浅井氏に教唆の罪を適用できるかどうか難しくなってくる」

「人の心のなかまでは覗けないからな」

「政治家の世界じゃ、そういう指示だって阿吽の呼吸だよ。そっちはどうなんだ」

苦い調子で言い捨てて俊史は訊いてくる。視線を落としたまま葛木は言った。

「ラウンジにいるんだが、高田と連れがすぐ近くにいる。彰夫の姿はまだ見えない」

「八木の依頼で高田がそっちに向かったとしたら、八木にとって、あるいはその上の先生にとって、よほど具合の悪いことを彰夫が知っていることになる」

「ああ。ただ挨拶して帰るわけじゃないはずだ」

「とにかく、まず彰夫がそこにいるかどうか確認することだ。こっちに知らせてくれたら、ペナンの日本領事館を通じて、地元警察に身柄を確保してもらうから」

「ICPOの手配が完了するのは？」

「時差の関係で、きょうの午前一時か二時になる。動けるとしたらあすの朝からだね」

「わかった。見つけたら連絡する」

そう応じて通話を終え、池田と西岡に内容を説明していると、高田たちが席を立って、足早にロビーに向かう。エレベーターから彰夫が出てきた。すぐに動きたいところだが、それでは彰夫や高田に警戒される。目顔で示し合わせ、彰夫に顔を知られていない西岡が先回りするようにエントランスに向かう。

高田は親しげに彰夫に話しかける。彰夫は戸惑っている。といってとくに剣呑な気配もなく、周囲からは偶然出くわした知り合いに声をかけられているように見えるだろう。

そうはいっても三人は、彰夫の周りをしっかり固めている。おそらく高田は威圧的な行動に出ている。慇懃な物腰で脅しを利かせるのはヤクザの得意技だ。異変があったらすぐ飛び出せるように、葛木と池田も身構える。

四人は一団となってエントランスに向かう。彰夫は声を上げるでも駆け出すでもない。男の一人は妙にサイズの大きいサマージャケットを羽織り、懐に片手を突っ込んでいる。

「まずいですよ」

池田が立ち上がる。葛木も席を立ってロビーに向かった。

「彰夫君、ここでなにをしてるんだ」

四人の行く手に立ちふさがるようにして、葛木は声をかけた。高田が振り向いた。

「だれだ、おまえたち？」

「そっちこそ、物騒なものを懐に忍ばせて、なにをやらかすつもりだ。この国で銃を持っていれば犯罪だぞ」

懐に手を入れていた男は、慌ててその手を外に出す。ジャケットの脇のあたりは、それでもわずかに膨らんで見える。

その隙を突いて、彰夫が駆けだした。高田たちはあとを追うが、そのときまたツアー客の一団がやってきて、エントランスが人混みで埋まる。彰夫はいち早くその隙間をすり抜けて外に飛び出したが、中国人らしい団体客は傍若無人に広がって、エントランスは渋滞に陥った。人波をかき分けて外に出ると、彰夫はもういない。西岡の姿も見えない。

「どういうつもりだよ。おまえたち、いったいだれなんだ」

「こういうもんだ」

警察手帳を開いて見せると、高田は一瞬怯んだ。その隙に、車寄せにやってきたタクシーに飛び乗ってとりあえず走り出し、西岡の携帯を呼び出した。西岡が応じる。

「いま彰夫が乗ったタクシーを追っています。ジョージタウンへ向かっているようです」

ジョージタウンはペナン州の州都で、マレーシア第二の都市だ。そこへ紛れ込まれると、見つけるのは難しい。しかし彰夫にとって馴染みのある土地ではない。身を隠せる場所を知っているとは思えない。

「おれたちもタクシーのなかだ。とりあえずそっちへ向かうよ。行き先が変わったら教えてくれ」

そう言ってジョージタウン方面に向かうように運転手に告げる。背後を振り向くと、つかず離れず追ってくるタクシーが見える。

「高田たちですよ。向こうもすぐ後ろのタクシーを摑まえていましたから」

池田が声を弾ませる。成田のときに続いてのカーチェイスで気合いが入っているようだ。しかし高田たちが短銃を仕込んでいるのは間違いない。こちらは丸腰だ。いくらヤクザでも、外国でドンパチやるほど馬鹿ではないと信じたい。西岡から電話が入る。

「行き先はジョージタウンじゃないです。山に向かう脇道に入りました。その先にあるのは外国人向けの別荘地で、ここから三十分ほどのところです。パハール・ヒルと言えば、タクシーの運転手ならわかるそうです」

「別荘地か。ほかに行く場所はないんだな」

「そこが行き止まりです」

「わかった。尾行を続けて、どこの別荘に入ったか確認しておいてくれないか。こっちはお客さんがついてきてるんで、このままジョージタウンまで行って飯でも食ってホテルへ戻る。夜半を過ぎたころにはＩＣＰＯの手配書が発効するから、そのとき大使館を通じて地元警察に彰夫の身柄確保を要請すればいい」

「了解。行き先がわかったら知らせます」

西岡は張り切って応じる。池田に事情を説明し、運転手にはジョージタウンの中心街へ行ってくれと指示を出す。

「カーチェイスを楽しめないのは残念ですけど、市内で飯でも食って帰れば、あの三人組は無駄足ですね」

背後にいる高田たちのタクシーを見やって池田はほくそ笑んだ。

衝撃的な事実は、翌早朝判明した。

西岡が確認した彰夫の行き先は、別荘地の一角にある二階建ての瀟洒《しょうしゃ》な建物で、門柱にはN・HASHIMURAと書かれた表札があった。どうやら橋村憲和個人が所有する別荘のようだった。

きのうのうちに俊史が根回しをしておいたため、クアラルンプールの日本大使館は迅速に動いてくれた。ペナンの領事館を通じて地元警察に連絡し、ICPOの手配書の発効が確認されたのち、地元の警察署員がパハール・ヒルの別荘地へ向かった。

大使館の口利きもあって、葛木たちは身柄拘束の現場にオブザーバーとして立ち会うことを許可された。

インターフォンを鳴らしても彰夫は応答せず、玄関は施錠されていた。地元警察はドアを破壊して屋内に足を踏み入れた。

彰夫は死んでいた。寝室の換気口の枠にロープをかけ、首を通して、椅子から飛び降りたようだった。遺書は残されていなかった。

8

葛木たちが帰国したのは二日後で、その日、勝沼は最後の登庁を終えた。後釜はとりあえず春の人事異動までは局次長が務めるが、局次長というのは長官官房の審議官が兼務していることがほとんどで、勝沼のように刑事捜査の現場を熟知しているわけでも、その職務にプライドがあるわけでもないと俊史は言う。

ちょうどこの日、通常国会が召集された。会期中はすべての国会議員が不逮捕特権の壁に守られる。彰夫の死は、きょうまでの葛木たちの捜査の死とも言うべきものだった。

彰夫の車からはパーツ交換の痕跡は出たが指紋はなかった。事件の隠蔽で藤村を検挙するにはそれで十分だが、水谷にすれば、不本意なかたちで彰夫の事件が決着し、それを突破口として官邸の闇に切り込む希望が果たせなくなったことが無念なようだった。

彰夫の自殺は、捜査の糸が断たれたこと以上に、葛木たちにとって後味の悪いものだった。橋村の議員辞職を世論は思いのほか好意的に受け止め、その息子が自殺したことで、むしろ同情を買うほどだった。インターネット上の無責任なメディアには、彼の容疑がじつは冤罪で、警察の執拗な捜査で自殺に追い込まれたと勘ぐるような論調も見られた。

八木にはその後も二課が聴取を要請しているが、官房長官である浅井の公設第一秘書の実力がどれほどか教えてやるとでも言いたげに、木で鼻を括ったように拒絶している。

浅井は国会が始まり、各委員会の答弁では村中問題関連で追及の矢面に立たされているが、あくまで知らぬ存ぜぬで押し通し、八木の関与はあり得ないことだと否定する。

勝沼の友人の野党議員は、国会での質問で、川上と橋村、さらにその息子の憲和が経営するローレル・フーズ・ホールディングスとの関係にも言及し、浅井や首相も含めた与党議員へのローレルからの政治献金の多さも指摘したが、いずれも政治資金規正法の枠内にぎりぎり収まっている。そうした正規ルート以外の献金が存在することは想像に難くないが、二課もいまだその解明には至っていない――。

出張中の国内での状況をそこまで説明し、電話の向こうで俊史はため息を吐いた。

「勝沼さんも力を落としていたよ。もちろん親父たちの努力は高く評価しているし、相手が並みの存在じゃなかったこともよくわかっている。しかしこうなると、とても最終標的には手が届かない」

「ああ。悔しいが、警察の力なんて、しょせんはその程度のものだったわけだよ。橋村ファミリーも、この先、順風満帆といったところだろう。彰夫の遺体は戻ったのか」

「いろいろ手続きがややこしくて、日本へ搬送されるのはあすになる。別荘にあったものも押収したから、一緒に届くはずだよ」

「身元確認は？」

「こちらへ着いたら親族に確認してもらう」

「押収した品物は？」

「寝室にあったものを一通り」

「おれたちが立ち会ったときは、パスポートとかクレジットカードや現金の入った財布があったくらいだ。テーブルにノートパソコンが置いてあったが、それもたぶん彰夫の持ち物だろう」

「パスワードがかかっているんで、中を覗けるかどうかわからないけど、届いたらうちのほうで鑑識に預けてチェックするよ」

「個人所有のパソコンじゃ、重要機密が書き込まれている可能性はあまりなさそうだが」

「仕事をしていたわけじゃないから、使い道はネットサーフィンとかＳＮＳくらいだろうね」

　俊史も力なく応じる。葛木は問いかけた。

「勝沼さんは、あすから警察大学校だな。さぞかし退屈するだろうな」

「そのまえに辞表を書くかもしれないね」

「おれも同じ気分だよ。相手が政治家なら人を殺しても許される。そんな警察なら、ないほうがいい。ヤクザにでもアウトソーシングしたほうがまだましだ」

暗澹《あんたん》たる思いで葛木は言った。

9

翌日、彰夫の遺体は羽田に到着した。

警視庁の鑑識が受け取り、庁内の死体安置所で身元確認を行った。やってきたのは母親で、橋村も憲和も姿を見せなかったらしい。

検視の結果、他殺の可能性はなく、縊死《いし》による自殺とみて間違いないとのことだった。

国際捜査のかたちをとったため、彰夫の自殺は警視庁の所管となり、葛木たちの出る幕はとりあえずなくなった。といって捜査一課は彰夫の轢き逃げ事件にはノータッチだったため、田中二課長がうまく立ち回り、川上の殺害を接点とする一連の事件として捜査を進めることで刑事部長も了承した。

捜査が急展開したのはその日の午後早くだった。俊史が高揚した調子で電話を寄こした。

「やったよ、親父。鑑識が現場から押収したパソコンのパスワードをクリアしてくれた。覗いてみたら、宝の山だった」

「なにか重要な情報が出てきたのか」

狐に摘《つ》まれた気分で葛木は応じた。彰夫は今回の事案の糸口ではあっても、主要なファクターだとは思えない。俊史は声を弾ませた。

「官邸を中心とする国政の闇に切り込む、最強の武器になりそうだよ――」

こちらの想像を裏切って、そのパソコンは彰夫の所有物ではなく、憲和のものだったことが、メールクライアントに登録されていたアカウント情報からわかったという。

なぜ彰夫がそのパソコンのパスワードを知っていたのかは謎だが、兄弟ならわかる生年月日のようなものが使われていることは珍しくない。どうしてそれが彰夫が自殺した場所にあったのかも想像するしかないが、彰夫のスマホはそこにはなかった。ホテルを出たとき持ってくるのを忘れたのかもしれないし、逃走の途中で紛失したのかもしれない。

その想像を裏付けるように、憲和が使っていたメールクライアントを立ち上げてみると、彰夫が自殺した晩の午前一時ころ、そのクライアントを使用して一通のメールを送っていることがわかった。その控えが残っており、送った相手は憲和だった。

その内容は、自分を殺害しようと企てた父親と憲和への呪詛《じゅそ》であり、自殺を予告している点からすれば遺書でもあった。

文面は長文だがたどたどしく、誤字脱字も多い。これから国政に打って出ようとしていた人物のリテラシーとしては情けないレベルだが、切迫した思いに駆られてか、その内容には妙な説得力があった。

川上が殺されたとき、橋村に頼まれて、高田を通じて君島を紹介したという話を彰夫は藤村から聞いていた。これで完璧に口は塞《ふさ》げたから、事件の隠蔽は万全だと、安心させるつもりで口を滑らせたようだった。

今年の参院補選に立候補する話が出たとき、兄の会社を通じた政界への闇献金のことを、これから国政に打って出るなら知っておくべきだと、橋村が詳しく説明したことがあった。そしてそれが、橋村ファミリーのみならず、ある種の国家機密で、口外しようとすれば命がないと、冗談めかして脅された。その工作の中心的な役割を果たしていたのが川上だったこともそのとき知った。

その川上が警視庁に事情聴取され、その日に殺害された。藤村は彰夫の事件の隠蔽のためだと言っていたが、じつはそうではなく、事情聴取でそんな事実が明らかにされては困るからではないか。そもそも車の盗難事件の捜査に、わざわざ警視庁の捜査二課が乗り出していたのが不自然だった。

実の兄より気が合った川上が、その兄と父によって殺されたのかもしれないと彰夫は疑った。もちろん二人は否定した。

千葉港の埠頭で川上の車が押収されたニュースは新聞の片隅で小さく報道されただけだ

ったが、たまたま彰夫はそれを目にしていて、自分の犯行が発覚することを惧れた。兄の憲和もそれに気付いたようで、自分の会社が経営するホテルのあるペナン島への高飛びを勧めた。兄の意図を疑うべきだったとあとで彰夫は悔やんだが、そのときは逮捕されることがひたすら怖かった。

藤村と一緒に何度かゴルフをしたことがあって、彰夫は高田の顔を知っていた。滞在先のペナンで高田に声を掛けられたとき、彰夫はすべてを悟った。

さらにそこに葛木たちも現れた。殺されるのも嫌だったし、刑務所に送られるのも嫌だった。自分の人生はもう終わったと、彰夫は自殺を決意した――。

そのあとは父と憲和に対する怒りと呪いの言葉で埋められていた。内容のほとんどは伝聞と想像で、これを証拠に橋村や憲和、さらには官邸にまで切り込むのは難しい。しかし自殺を決意した彰夫がそこで出任せの話を書き散らす理由はなく、その内容もこちらが想定していたことを裏付けるものだった。

ところが残されていたのはそれだけではなかった。メールのほとんどは削除されていたが、彰夫が送信したメールのほかに、もう一通、未開封のメールが残っていて、それが届いたのは彰夫が別荘にいた時間だった。たぶん彰夫がパソコンを立ち上げていたとき自動受信したものだろう。

内容はある銀行からの取引記録の案内で、メール内のリンクをクリックして参照する仕組みだが、パスワードの入力が必要なので、その内容はわからない。問題はその銀行の所在地であるラブアン島だった。

マレーシアは一般にタックスヘイブンとはみなされていないが、その例外がラブアン島で、ボルネオ島北部の南シナ海に浮かぶマレーシア連邦直轄領。そこにペーパーカンパニーを設立し、ラブアン銀行と一般に呼ばれる現地の銀行に口座を開設すれば、法人税はからず秘匿性も極めて高い。

オフショアに会社を所有したり銀行口座をもつことが即犯罪とはみなせないが、脱税や裏金の隠匿といった犯罪性の高い資金の運用を目的に利用されるケースが極めて多いのもよく知られた事実だ。俊史は言う。

「うちのほうで、その口座の取り引き内容を調べてみるよ」

「そんなことができるのか」

訊くと俊史は立て板に水で説明する。

「いまはマネーロンダリングに対する規制が世界的に強化されていてね――」

警察庁にはＪＡＦＩＣ（犯罪収益移転防止対策室）という部署があって、これがＦＡＴＦ（金融活動作業部会）という国際機関を通じて世界のＦＩＵ（資金情報機関）と連携している。ＪＡＦＩＣもその一つで、マレーシアもＦＡＴＦに参加しているため、そちらの

ＦＩＵの協力を得れば、ラブアン島に設立されたペーパーカンパニーやオフショア銀行での資金運用の実態も把握できるという。俊史は意気込みを覗かせた。

「これからそのあたりの情報を収集するよ。そこにローレル・フーズ・ホールディングスが、政界工作のための裏金を秘匿している可能性は高いからね」

10

「政治資金収支報告書の記載に、なにか問題でもあるというのかね」

八木和人《かずと》は舐めた口調で訊いてくる。場所は警視庁捜査二課の取調室。動じる様子もなく西岡が応じる。

「そっちの件じゃなく、問題は別のルートの金の流れでね。浅井官房長官が名誉理事長を務めている二十一世紀人材開発財団という財団法人に毎年数十億円の入金がある。ところがそこの決算報告には、それが寄付としても事業収入としても記載されていない」

「いつそんな入金があったというんだよ。決算報告書にない以上、そういう金は受け取っていない。それは明々白々たる事実だ」

鼻で笑って八木は問い返す。西岡はきっぱりと言い切った。

「ところが、そこに大枚の金が振り込まれた証拠が、我々の手元にはあるんですよ」

川上殺害の件に関しての再三の事情聴取の要請には応じなかったが、今回は浅井の政治資金に関する事情聴取の要請で、八木としてはその後のこちらの捜査の動きに動揺し、やむなく受けて立つ腹を固めたようだった。

憲和のパソコンから得られた情報は決定的な意味を持った。一週間後、ＪＡＦＩＣは橋村憲和がラブアン島に個人名義で設立したペーパーカンパニーとその銀行口座の概要を調べ上げてくれた。

十数年前に設立されたその会社には、年間百億円前後の資金が入金されていて、その送金元はローレル・フーズ・ホールディングスの子会社のいくつかだった。

表面上は匿名化されているが、ＪＡＦＩＣはその法人や口座の真のオーナーが、つい最近までは川上隆で、それが現在は橋村憲和に代わっている事実を突き止めた。政界への裏献金工作の担当者が川上だったというこちらの読みは当たっていて、彼の死を受けて憲和が直接それを管理するようになった様子が窺える。西岡が口にした二十一世紀人材開発財団についての情報は、その調査の過程で浮上した新たな材料だった。

二課は国税当局との共同捜査でローレルを家宅捜索し、経理関係の帳簿を押収した。マルサ（国税局査察部）は巨額の使途不明金を含む裏帳簿を発見し、ラブアン島を中心とするオフショアのペーパーカンパニーを使った脱税があったと認定した。

葛木と池田はふたたび二課に合流した。事件はもはや所轄が首を突っ込むレベルではなくなったと静観を決め込んでいたら、最終的には川上の殺人教唆容疑がこの事案の眼目だという認識がやはり二課にはあったらしい。

その点では葛木たちに一日の長があるのは確かだが、警視庁には捜査一課殺人班というエキスパート集団がいる。しかしそちらに投げれば、ここまで総力を挙げて追及してきた事案が、川上の殺害という一点に矮小化《わいしょうか》されかねない。それを官邸の闇の解明にまで繋げるノウハウは二課にしかないという自負もあるようだった。

「どうしてもうちの先生に濡れ衣を着せたいようだが、誰かに頼まれているのか」

八木は葛木と西岡を威嚇《いかく》するように睨めつける。現役の官房長官の公設第一秘書ともなれば、警視庁の下っ端刑事など歯牙にもかけないと言いたげな勢いだ。

しかし事情聴取に応じたということは、自分が前面に出て火消しをしなければならないような疑惑の存在を暗に認めたことでもある。

「誰にも頼まれてはいませんよ。しかし人の命を奪ってまで口封じをしなきゃいけない事情があるとしたら、そこにどういう不都合な真実があるのか、とことん調べるのが我々の仕事でしてね」

葛木は穏やかに言った。八木は鼻を鳴らす。

「あんたたち、喧嘩を売っているのか。私がどういう人間か知っての話なんだろうな」

「我々の頭のつくりは単純でね。相手がどういう立場の人間でも、犯罪者かそうでないかの区別しかない。たとえそれが内閣官房長官でも、あるいはそのさらに上の人でもね」

「いい度胸だ。あとで吠え面をかくことにならなきゃいいんだが」

「それは脅しかね。となると、新たに脅迫の容疑も加わることになるんだが」

しれっと応じてやると、八木は気色《けしき》ばむ。

「きょうの話は川上の件じゃなかったはずだ。つまり引っかけたわけだ。そういうことなら帰らせてもらうぞ」

とりなすように西岡が応じる。

「まあ、そう言わずに。しかしその財団にそれだけ巨額の入金があるという事実は動かせない。浅井さんは国務大臣という立場があるからいまは無給の名誉理事長だけど、事務局長は八木さん、あなたが務めている。そのうえ役員には浅井氏の親族が名を連ねている」

「その入金の事実をどう証明するんだね」

「オフショアのある匿名口座に、橋村憲和氏が運用している口座から毎年それに相当する金額が振り込まれて、その口座の持ち主が二十一世紀人材開発財団だということが、JAFICの調査で明らかになってるんですよ」

二課はその後も捜査を進め、その事実をあぶりだしたのがきのうだった。代わって葛木が身を乗り出した。

「オフショアにそういう匿名口座を持っていた人がもう一人いてね。浅井氏の盟友で、おそらく日本でいちばん高名な政治家です」

「なにが言いたいんだ」

八木は身構えた。西岡がさらりと答える。

「そちらにも浅井氏のケースと同じ口座から巨額の振り込みがあるんですよ。どうも、ローレル・フーズ・ホールディングスの社内でそういうお金の流れをコントロールしていたのが殺された川上氏だったらしい」

「そんなことを言われたって――」

八木は口ごもる。葛木がすかさず指摘した。

「村中氏は、川上氏を殺害するように指示をしたのはあなただと言っていた。我々が橋村彰夫の捜査を進めた結果、川上氏の口からそうした事実が漏れることを惧れたんじゃないのかね。ご存知のようにローレル・フーズ・ホールディングスは彰夫の父の橋村元代議士が創業した会社で、現在も彼は陰の総帥として君臨している。政界進出以来のとんとん拍子の出世はローレルの資金を政界に注ぎ込んだ見返りで、いわば金で買った出世だと我々は見ているんですよ」

「今回噂になっていた初入閣の話もそうだけど、党内では剛腕という評判はあっても、政治家としての実績は皆無に近い。議員立法の発議は一度もやっていないし、委員会で質問に立つことも滅多にない。それなのに党内の重要な役職を歴任し、ついには大臣の椅子まで用意された。我々にすればそこが謎でね」

嫌味丸出しの西岡に、八木は鋭く反発する。

「雑魚刑事が口を挟む筋合いの話じゃない」

意に介さずに葛木は続けた。

「そんなとき、息子の彰夫が轢き逃げによる殺人未遂事件を起こした。その隠蔽に協力したのが川上氏でね。彼は事件隠蔽のための車両の偽装盗難容疑で事情聴取を受けていた。もう少しですべてを語ってくれるはずだったのに、不意を突かれて殺された。その背後の政治の闇を追及するつもりだった我々にとっては痛手でしたよ」

「だからって、どうして私が教唆したという馬鹿げた話が出てくるんだ」

「今回明らかになった裏金脈の存在が、我々の想定を裏付けたからですよ。それに村中も、あなたから指示されたと供述している」

「署名も押印もない供述書に、なんの意味がある」

「実行犯の君島の証言と、幇助の容疑で逮捕された室谷弁護士の供述には、彼の証言と一致する部分が極めて多い。こうなると、公判で証拠採用される可能性は高いと思うがね」

脅しつけるように葛木が言うと、八木は慌てて言い繕う。

「だったら、村中は私を陥れようとしたんだよ。彼は公設第一秘書の私を妬《ねた》み、あわよくば取って代わろうとしていた」

「そうだとしても、彼には川上氏を殺害する動機がない。彼個人は接点すらなかった」

「私には動機があるとでも？」

「さきほど説明した容疑はまさに政権の存続に関わるもので、官房長官のみならず首相にまで嫌疑が及ぶ。性格は違ってもロッキード事件に匹敵する大疑獄事件になりかねない」

「それで口を封じるために川上を殺害したと？　それこそ下衆の勘繰りというものだ」

強気で言い返すが、八木の額には汗の粒が浮かんでいる。西岡がさらに一押しする。

「もうしらばくれても無駄ですよ。我々の情報はＦＡＴＦという国際機関から入手したもので、公判になればほぼ絶対的な証拠能力を有する。このままだとあなたに殺人教唆の容疑がかかる。その場合の量刑は殺人と同じだ。ただし、それが上の人たちからの指示だとしたら、あなたは命令に従っただけで、幇助の罪は適用されても教唆にはならない。量刑はずいぶん軽くなる」

とどめを刺すように葛木は言った。

「すべてを背負い込んで、残りの人生の大半を刑務所で暮らすか、本当の黒幕が誰かを明らかにして、この国の政治の未来を首の皮一枚で繫げるか――。どっちを選ぶべきかは自ずとわかると思うんですがね」

「そんなことをしたら、次は私が殺される」

八木は切ない声を上げる。宥めるように葛木は言った。

「心配は要らない。これからしばらく娑婆とはお別れになるが、命は保障する。あなたが自殺しない限りはね」

11

八木は事件の核心を供述した。ローレル・フーズ・ホールディングスを介した橋村の贈賄の事実はほぼ認め、それを隠蔽する目的での川上隆殺害の指示が、浅井官房長官自身の口から告げられたことを明らかにした。

葛木たちはその日のうちに逮捕手続きをとった。今回は正当な供述調書がある。送検までには逮捕後四十八時間のタイムリミットがあるが、この先、敵も必死で捜査妨害に出てくるかもしれない。急いだほうがいいと徹夜で書類をまとめ、翌日午前中には送検した。

想像もしていない事態が起きたのはその直後だった。八木の送検でいよいよ本丸に攻め入る段階に入った。このあとどう捜査を進めようかと、俊史や係長の大沢を交えて西岡たちと相談していたところへ電話が入った。それを受けた俊史の顔が次第に強ばる。受話器を置いて俊史は言った。

「やられたよ。敵はなりふり構わず攻めてきた。課長がついさっきまで、警察庁の監察に呼び出されていたようだ」

「警察庁の監察？　どういうことですか」

　問い返す大沢の声が裏返る。警察組織内の不良行為や不祥事を取り締まるのが監察で、警視庁では警務部人事一課の監察係が担当するが、扱うのは地方公務員である警視までで、警視正である二課長は、国家公務員だから警察庁の扱いになる。怒り心頭に発する口振りで俊史が言う。

「今回の八木の逮捕に関して、権限を逸脱した不当捜査の疑いがあるという言いがかりを付けてきたらしい」

「いったいどこが不当捜査だと言うんですか。我々は粛々と犯罪捜査を行っていた。警察官として恥じることはなにもない」

　大沢はいきり立つ。俊史も不快感丸出しだ。

「表向きの理由は、本来捜査一課が扱うべき殺人捜査に二課が乗り出したことのようだけど、それは勝沼さんの了承を得て進めていた。しかし本音はその捜査の方向が官邸を向いていることだと、暗に仄《ほの》めかしたらしい」

「やはり官邸が動いたのか」

　葛木は問いかけた。苦い表情で俊史は頷く。

「そうだろうね。あっちの監察官室は、官邸の庭先みたいな長官官房にある。しかしそこまでえげつない手を使ってくるとは想像もしなかったよ」

「それで二課長はどうなるんだ」

「当面のあいだ自宅謹慎を申し渡されたそうだ。期限ははっきりしない。たぶん春の人事で、そのまま左遷されるんじゃないのか」

「地方の本部へ島流しというあの話か」

「それなら昇任してだったからまだましだよ。勝沼さんみたいに、追い出し部屋に近い部署に飛ばされるような気がするよ」

「じゃあ、ここまでの捜査は？」

「二課全体の指揮は参事官がとるそうだ」

大沢が問いかける。俊史は頷いた。西岡が葛木に耳打ちする。

「山内《やまうち》さんですか」

「長官官房の腰巾着《こしぎんちゃく》で有名な人ですよ。現場のことはなにもわからないけど、庁内政治の動きにはえらく敏感でしてね。風見鶏の異名をとってます」

「だったらこのチームは解散ですか」

大沢は肩を落とす。そのとき西岡の携帯が鳴った。ディスプレイを覗いて西岡が言う。

「さっき検察に問い合わせたんですよ。状況が見えたら教えて欲しいと」

そう言って愛想よく電話に出た西岡の頬が次第に紅潮する。何度か激しいやりとりをして、握り潰すように携帯をたたみ、吐き捨てるように西岡は言った。

「起訴猶予になりそうですよ。いま内部で討議しているところで、夕方には結論が出るそうです」

「起訴猶予？　またどうして？」

大沢が呆れたような声で問い返す。

「あっちにもなにか圧力がかかったんでしょう。起訴猶予は被疑事実の有無に限らず、検察の裁量で決められますから」

西岡はテーブルを叩く。池田も息を巻く。

「けっきょく警察も検察も、官邸の黒幕の防護壁だったわけですよ。勝沼さんはもういない。警視庁も警察庁も、さらには検察庁までも、政治家の皮を被った極悪人の保護団体に成り下がったってことですよ」

「いや、信頼できる人はまだいるよ。おれに任せてくれないか」

最後の希望にすがる思いで葛木は言った。

12

一週間後、葛木たちは城東署の刑事部屋で、テレビの画面を食い入るように見つめていた。

映っているのは衆議院予算委員会の国会中継。質問に立っているのは、勝沼の友人で野党の衆議院議員の滝田雅弘。浅井と同じ選挙区のライバルで、村中の身元特定に一役買ってくれた人物だ。

「ここは立法の府であり、司法の案件を取り扱う場ではありません。しかし国会議員には会期中の不逮捕特権があり、さらに国務大臣は、総理の同意なくして訴追を受けることもありません。総理大臣に至っては本人の同意なしには訴追されない。本人が自らの訴追に同意すること自体、極めて想定しがたいことであり、その意味で国政の世界は、司法の観点からいえば治外法権の領域なのです」

よく通る声でそこまで言ったとたん、与党席から激しい野次が飛ぶ。それを無視して滝田は続ける。

「いま国会の外では現政権の中枢を担う重職の国務大臣に対する疑惑が渦巻いています。国会議員および内閣に対して、三権分立の原則に基づき憲法がそうした権利を保障しているのは、司法権の乱用によって国政が左右されることを防ぐという理にかなった目的によるものだとは重々承知しておりますが、それならなおのこと、立法府である国会も行政府である内閣も、その期待を裏切らない自浄能力を持つべきではありませんか」

与党席からの野次はいよいよ喧《やかま》しく、それに応戦する野党側の野次も加わって、委員会室は騒然とする。委員長が静粛に、静粛にと何度も繰り返し、ようやく野次が静まったところで滝田は本題に入った。

「それでは浅井官房長官にお伺いします。いま世論を賑わせているあなたへの疑惑をどう受けとめていらっしゃいますか」

議長に名を呼ばれ、浅井はいかにも不快げに答弁席に立った。

「まったく身に覚えのないことであり、かつここでそういう質問をされること自体、国政に対する侮辱であると考えます」

素っ気なく言い捨てて浅井は席に戻る。彰夫の逃走と指名手配、村中の自殺の報道でいったん盛り上がったマスコミの報道は、橋村の政界引退で下火になったが、それに続くペナン島での彰夫の自殺、さらにローレル・フーズ・ホールディングスへの家宅捜索と八木の逮捕によってふたたび熱を帯び、その疑惑の中心にいる黒幕として浅井を名指しする論評もメディアに登場するに至った。

一方で田中二課長の謹慎処分という荒技によって、捜査二課のチームは手足をもがれた。代わって指揮を執る山内という参事官は、西岡の見立てどおり、官邸を捜査の標的にするなど国賊のすることだと言わんばかりで、特別捜査第二係は待機番を命じられ、俊史は必要もない書類仕事を山ほど押しつけられた。

もちろん所轄の城東署にまでは官邸の意向も届かず、葛木たちはとりあえずフリーハンドを維持していたが、敵は所轄の力だけで闘える相手ではない。

そこで葛木が最後の伝手としてすがったのが渋井和夫《かずお》捜査一課長だった。勝沼とも信頼関係のある渋井は、かつて何度か葛木とともに大きな事件を解決したことがあり、身分の壁を乗り越えていつでも直接話のできる間柄だった。

こちらの状況を説明すると渋井はすべてを了解してくれた。川上の事案に関しては、本来捜査一課が乗り出すべきだったが、その延長線上に官邸を巡る黒い疑惑があり、そこにメスを入れるには二課のノウハウが必要だという理由で、俊史たちに預けてくれるように勝沼から要請されていたらしい。

勝沼の処遇には当初から憤りを覚えていたようだが、葛木の口から二課長への不当な圧力や、八木の送検に対する地検の不審な対応を聞くに及んで、いよいよ自分の出番だと腹を固めてくれた。彼にしても宮仕えの身で、勝沼や田中と同様の目に遭う危険は避けられない。しかしそんな警察を叩き直せないなら、そこにいること自体が自分の不幸だと言い切った。

地検は翌日、起訴猶予の決定を下した。理由の説明はない。八木はいったんは釈放された。しかし捜査一課は直後に彼を再逮捕した。容疑は彰夫に対する脅迫の教唆だった。

彰夫が逃走してまもなく八木は高田一也に会っていた。そのとき依頼したのは彰夫の殺害ではなく、下手なことを喋るなと脅すことだったと八木は供述していた。それが真実なら殺人教唆と比べれば微罪だし、そもそもほぼ未遂に終わっていることを考えれば取るに足りないと葛木たちは不問に付していた。しかし同じ罪状での再逮捕は出来ないから、新たに逮捕状を請求するにはうってつけだった。

八木もそれを歓迎した。理由もなく起訴猶予になることに、彼はかえって不安を抱いた。こんどは自分が消される番ではないか——。それが杞憂だとは葛木たちも思えない。捜査一課は形式的な取り調べののち、ふたたび川上についての殺人教唆容疑で送検した。

受理したのは渋井と気心の通い合うベテラン検事で、政治筋からのおかしな圧力に屈することのない硬骨漢だと渋井は見込み、その期待通り、訴追に向けての勾留を請求し、八木はいまも警視庁の留置場にいる。

今後、浅井やその上の大物を訴追することになったとき、八木はその犯行を立証する切り札だ。再逮捕できずに釈放していれば、彼は川上と同じ運命をたどり、葛木たちはその切り札を失うことにもなりかねなかった。

滝田はノートパソコンをとりだして、そこにSDカードを差し込んで、スピーカーにマイクを近づけた。

「それでは、この音声を聞いてください」

タッチパッドを指でタップすると、いまし方聞いたばかりの声が、マイクを通して委員会室に流れた。

「頼みたいことがあってね。川上隆の口を塞いで欲しいんだよ。仕事は村中にやらせればいい。あいつなら切って捨てても惜しくない。鉄砲玉は室谷が用意してくれる――」

諏訪地方特有のかすかな訛《なま》りがある。閣僚席にいる浅井の顔が強ばった。委員会室にどよめきが広がる。別の声がそれに続いた。八木だった。

「彼は大事なキーマンですよ。なにもそこまでしなくても」

「ところがどうも処遇に不満があるようでね。そのうえ警視庁に狙われている。いま余計なことを喋られたら政権が瓦解しかねない」

「橋村先生が承知しないでしょう」

「彼の承諾は得ているよ。なに、心配はない。システムはうまく機能している。彼がいなくても問題はない――」

滝田はそこで再生を停め、静まりかえった委員会室を見渡した。

「いまのがどなたの声か、ここにいらっしゃる方々ならすぐわかる。おそらく国民の多くも、記者会見の報道でよく耳にされているはずです。官房長官、このやりとりにご記憶はありますか」

口をあんぐり開けていた委員長が慌てて浅井の名を呼んだ。浅井はよろけるような足どりで答弁席に向かった。その顔色は土気色《つちけいろ》に近く、額と首筋にかすかに汗が滲む。倒れ込むように一礼してからゆっくりと顔を上げ、かすれた声で浅井は言った。

「ございます」

その一言で委員会室の雰囲気が変わった。野党席から野次と怒号が乱れ飛ぶ。与党席からは誰も声を発しない。浅井が席に戻ると、隣の席にいた首相は浅井になにか耳打ちをしてそそくさと席を立った。

滝田が流した音声は、浅井の事務所のサーバーに記録されていたものだった。政治家の世界では言った言わないがしばしばトラブルの元になる。そのため八木は、事務所の電話の通話内容をすべて録音し、サーバーに保管するシステムを導入していた。浅井はその報告を受けてはいたが失念していた。

捜査一課は数日前に事務所を家宅捜索した。そのとき発見したのが、いま流れた通話記録だった。普通ならそれだけで十分浅井を逮捕できる。しかし不逮捕特権の壁に阻まれて、いまはそれができない。もちろん浅井は事情聴取にも応じない。その音声のコピーを滝田に渡すアイデアは俊史が閃《ひらめ》いたものだった。

13

滝田の質問を境に、国会は荒れに荒れた。渋井は浅井官房長官の逮捕状を取得した。もちろん議員の不逮捕特権があるから執行は出来ない。それは衆議院と内閣に対して揺さぶりをかけるためだった。国会議員に対する逮捕状を請求すれば、裁判所は発付する前に逮捕を許諾するか議長に問い合わせる。議長からの動議でその議院が許諾を可決すれば逮捕は可能になる。

もちろん国務大臣の場合、総理大臣の同意なしには訴追できないという別の規定があって、そちらの壁はさらに厚い。逮捕しても訴追できなければ意味がない。しかし逮捕許諾がとれれば外堀を埋めたことにはなる。

与党の一強が長らく続く衆議院で、それはまずあり得ないと当初は踏んでいたが、長期政権化した現政権に不満を持つ議員は与党にもかなり多く、議決の際には相当数の造反者が出て、逮捕許諾は可決された。

しかし逮捕しても訴追できないのなら意味がない。渋井は逮捕状の有効期間の七日間、状況の推移をみることにした。

国会は空転した。野党は内閣不信任決議案を提出したが、さすがにこれは否決された。しかし世論の反発は強く、高い水準で推移していた内閣支持率と与党支持率は、あっという間に数パーセントまで下落した。

野党は押せ押せムードで、与党は危機感を募らせた。野党は官房長官の解任を要求したが、そうなれば浅井は逮捕・訴追される。下手をすればその公判で、総理大臣自身にも教唆ないし共犯の容疑が降りかかる。野党は指揮権発動を警戒した。法務大臣は答弁で、それは絶対にあり得ないと確約させられた。

少数会派の乱立で足の引っ張り合いばかりしていた野党もこの件に関しては結束した。与党内部でも、このままでは政権が倒れるどころか党そのものの存続も危うくなると、中堅や若手議員から造反の狼煙《のろし》が上がった。

その危機感は現政権を支える旧世代の重鎮たちも共有せざるを得なくなり、やがて国会は首相退陣要求の大合唱で埋め尽くされた。

マスコミは川上殺害の件のみならず、それにまつわる裏金脈の疑惑を詳細に報じた。その情報のほとんどは俊史や西岡がリークしたものだった。記者たちは新たな情報を得ようと群がってくる。ちょっと立ち話をすれば翌日にはそれが記事になった。

辛うじて一ヵ月持ち堪《こた》えたところで、五年余り続いた長期政権は瓦解した。内閣は総辞職し、新たに首班指名を受けた与党の中堅議員はこの事案の徹底究明を国民に約束し、指揮権発動による司法への介入はあってはならないことだと断じた。

捜査一課は首班指名直後の散会のタイミングを逃さず浅井を逮捕した。録音された電話の音声は、声紋鑑定で浅井の声であると証明された。浅井は罪状を認めた。次の標的は元首相の安川秀尚《やすかわひでなお》だった。浅井は川上の殺害が彼の了解のもとに行われたと供述した。

もちろんそれだけでは共犯関係の立証は難しい。警察庁の上層部は政治情勢の激変を受け、田中捜査二課長の謹慎を解いた。俊史たちはさっそく動き出し、橋村憲和を脱税と外為法違反の容疑で逮捕した。すでに二課とマルサの捜査で裏帳簿の存在とオフショアを経由した違法献金の内実は解明されていた。

その裏献金のいちばん太い地下茎は元首相のオフショア口座に繋がっていた。憲和は被疑事実をすべて認めた。一課と二課は、浅井の供述と憲和の供述の合わせ技で元首相を共同正犯として訴追できると判断し、殺人教唆の容疑で逮捕に踏み切った。

一時は潔い身の処し方だと思いのほか評価の高まった橋村も、その後の報道で、官邸を巡る裏金脈の陰の胴元だった疑惑が浮上し、二課も今後さらに捜査を進め、贈賄側の黒幕として摘発することを視野に入れている。

藤村を中心とする大規模車両窃盗グループの実態は、城東署、葛飾署、池上署の共同作戦で解明され、藤村を筆頭に、都内の暴力団や半グレ集団が次々摘発された。千葉県内に点在していた数十ヵ所の違法ヤードも千葉県警との共同捜査でほぼ壊滅に追い込んだ。そちらは裏金脈の事案と直接の関係はないが、端緒は彰夫の轢き逃げ事件で、それがなければ達成できない成果だった。

彰夫の事件の被害者の女性は、その後リハビリの効果が出て、車椅子の生活は避けられそうだという。それでも障害が残るのは間違いなく、これから橋村を相手どって損害賠償の民事訴訟を起こすとのことだった。

通常の交通事故なら彰夫が加入していた自賠責保険以上のものは請求できないが、事件には明白な犯罪性があり、かつその隠蔽に橋村が関与したことが明らかである以上、橋村に民事上の責任をとらせることは法的に可能だと弁護士は言っているようだ。

たとえ犯人は死亡しても、それが特定できたことを被害者も家族も喜んでおり、事件を解決した城東署に、彼らは深い感謝を示しているという。

14

大半の被疑者を送検し終え、警視庁としての仕事が一段落したところで、俊史、大沢、西岡の二課の面々が城東署を訪れて、近くの居酒屋で軽く打ち上げをしようということになった。城東署からは、葛木のほか、大原、池田、山井、若宮の刑事・組織犯罪対策課強行犯捜査係の面々が参集した。

「元首相の逮捕はロッキード事件の田中角栄以来だね。捜査に乗り出したときは大口を叩いていたけど、まさかここまでの大成果をあげることになるとは思わなかったよ」

俊史はそう言っていかにも美味そうにビールを呷る。色味のいい刺身の盛り合わせに箸を伸ばしながら葛木は応じた。

「この先は検察に任せるしかないが、ロッキード事件の裁判はじつに長期に及んだ。田中は十七年後に病死して公訴棄却になっているし、児玉誉士夫も小佐野賢治も同じように公判中に病死した。検察にすれば、これから大変な仕事が待っているはずだよ」

「そうは言っても、今回は殺人という実体のある犯罪だからね。贈収賄絡みとはいえ、受託収賄のような政治犯罪の立証ほどは難しくないよ。最終ステージでは捜査一課も乗り出したんだし——。そう言えば本庁を出るとき渋井さんにロビーで会って、城東署に行って打ち上げをすると言ったら、なんで声をかけなかったんだってぼやかれたよ。だったらこれからどうですかって誘ったんだけど、別の用事を入れちゃったから、きょうは来られないという話だった」

「一課長が来るんなら、早めに言ってくれれば、こっちだってもっとましな店を見繕っとくよ。もちろんそのときは田中さんにも来てもらってね。しかし、最後は渋井さんのお世話になっちゃったね」

いかにも機嫌よく大原が言う。俊史は大きく頷いた。

「うちの課長が謹慎処分になったときは、どうなるかと思いましたよ。最初から一課を外しちゃってたから、気を悪くしているんじゃないかと心配してたんです。やはり勝沼さんが根回ししてくれてたんですね」

「あそこで調整がつかずヤマの奪い合いになっていたら、あれほどの大物はとても挙げられなかったと渋井さんも言ってたよ。ところで勝沼さんは元気か？」

葛木は俊史に訊いた。今回のことでは渋井にも世話になったが、舞台裏での勝沼の働きこそ大きな殊勲のはずだった。彼にとっての最後の大ヤマが落着したのは目出度いことだが、いまごろは警察大学校の校長室でさぞかし無聊《ぶりょう》をかこっているだろう。そこだというように俊史が身を乗り出す。

「きょう持ってきたいちばんいいニュースがその件でね。どうもこの春の人事異動で、勝沼さんはまた警察庁に戻りそうなんだ」

「それは本当なのか？」

覚えず声を上げた。大原たちもあっけにとられたように俊史に視線を向ける。大沢と西岡はすでに知っていたようで、にんまり顔を見合わせている。

「勝沼さんは、きのう辞表を出したらしい。このまま島流しで終わりじゃ残りの人生になんの希望もない。だったらここで一念発起して、人生の新天地を目指そうと腹を固めてね。ところがきょう、突然長官に呼び出されて慰留されたそうなんだよ。そのとき春の人事で警察庁に戻すという申し出があった。それも統括審議官のポストでね」

「それだと出世じゃないのか」

「ああ。階級は一緒でも役職では上位と見なされている。でも断ったそうなんだ」

「やはり辞めるのか」

落胆を隠さず葛木は言った。俊史は大きく首を横に振る。

「いや、刑事局長に返り咲けるんなら慰留に応じると条件をつけたらしいんだよ」

「やはり刑事の仕事に執着があったんだな」

さもありなんと葛木は頷いた。ただの出世の虫なら長官の椅子に少しでも近い場所に行くチャンスを逃しはしない。いかにも勝沼らしい選択だ。皮肉な調子で大沢が言う。

「新政権にしてみれば、不倒記録更新中の前政権に引導を渡してくれたのが勝沼さんだという思いがあるんだろうね。政権発足直後には、今回の事案について徹底捜査を検察に指示する、いわゆる逆指揮権発動のような動きもあったと聞いてるよ。長官もそんな風向きの変化を敏感に感じたんじゃないのかね」

「その新政権がそのうちまた先祖返りして、政界の旧弊に染まることのないようにぜひ願いたいもんですがね」

西岡はさらに皮肉な口振りだ。葛木は山井と若宮に目を向けた。

「いずれにしても、ここで負けたら警察は悪徳政治家の御用聞きに成り下がるところだった。これまでの警察はそこまで舐められていたわけだよ。おれのようなロートルはもうそろそろお役御免だが、これからは俊史やおまえたちのような若い者にしっかり睨みを利かせてもらわないとな」

若宮が張り切って応じる。

「任せてください。俊史さんが刑事局長になるころには、僕も捜査一課長くらいにはなってますから。巨悪も小悪も見逃しませんよ」

「だったら僕は刑事部長を目指します。若宮なんかに負けてはいられませんよ」

張り合うように山井が言う。横で聞いていた池田が鼻で笑う。

「冗談じゃないよ。おまえらみたいなぼんくらが捜査一課長や刑事部長になれるんなら、おれなんか警視総監にしてもらわなきゃ間尺に合わない」

しかし若宮も負けてはいない。

「池田さんのモットーは生涯一デカ長じゃないですか。ご心配なく。僕の部下になっても、池田さんみたいにパワハラはしませんから」

「なにがパワハラだ。おれの愛に満ちた指導の有り難みがまだわからないのか」

池田は忌々《いまいま》しげに言うが、自分に楯突くまでに逞しくなった部下の成長がどこか嬉しいようでもある。面映ゆそうに俊史が言う。

「局長になれるかどうかわからないし、そもそも出世が警察庁に奉職した目的でもないけど、今度のことでいまの仕事が捨てたものじゃないことはよくわかったよ。大事なのは、政治家だろうと警察官だろうと、普通の市民の目線を忘れちゃいけないということだ。彼らが暴走したのは、自分たちが特別な存在だと驕《おご》り高ぶった結果だった。おれたちもそこを勘違いしないようにしないとね。そのためには大原さんにも親父にもまだまだ頑張ってもらって、現場で鍛え上げた所轄魂を、しっかり伝授して欲しいんだよ」

葛木にはその言葉が、齢《よわい》を重ねるごとに未来に対して弱気になりがちな自分への叱咤《しった》のような気がした。若い力に期待するのはいいが、それが自らの人生との等価交換になってては身も蓋もない。自分にもまだ歩むべき時間がたっぷりある——。

「もちろんだ。うちにも将来の捜査一課長や刑事部長がいるようだから、そこは頭にしっかり叩き込んでおかないとな」

自らを鼓舞するようにそう言って、一息で流し込んだビールが、きょうはことのほか胃の腑に染みた。

この作品は２０１８年10月徳間書店より刊行されました。
なお、本作品はフィクションであり実在の個人・団体などとは一切関係がありません。

徳　間　文　庫

さいしゅうひょうてき
最終標的
所轄魂

印刷 製本		電話 振替	発行所 発行者 著者	2022年5月15日　初刷

印刷　製本　　大日本印刷株式会社

振替　〇〇一四〇一〇一四四三九二
電話　編集〇三(五四〇三)四三四九
　　　販売〇四九(二九三)五五二一

東京都品川区上大崎三-一-一　〒141-8202
目黒セントラルスクエア

発行所　　株式会社徳間書店

発行者　　小宮英行

著　者　　笹本稜平

ISBN978-4-19-894673-9　(乱丁、落丁本はお取りかえいたします)